W0211393

ullstein

CLAIRE PAULIN

BLANCHE MONET

UND DAS LEUCHTEN DER SEEROSEN

Roman

Ullstein

Besuchen Sie uns im Internet:
www.ullstein.de

Wir verpflichten uns zu Nachhaltigkeit

- Klimaneutrales Produkt
- Papiere aus nachhaltiger Waldwirtschaft und anderen kontrollierten Quellen
- ullstein.de/nachhaltigkeit

MIX
Papier
FSC® C083411

Originalausgabe im Ullstein Taschenbuch
1. Auflage Juli 2022
© Ullstein Buchverlage GmbH, Berlin 2022
Umschlaggestaltung: bürosüd° GmbH, München
Titelabbildung: © Balazs Kovacs / Arcangel;
www.buerosued.de (Landschaft)
Karte: © Peter Palm, Berlin
Gesetzt aus der Albertina powered by *pepyrus*
Druck und Bindearbeiten: CPI books GmbH, Leck
ISBN 978-3-548-06622-6

Für meine Mama

»Sie liebte alles, was er liebte. Sogar den Salat mit Pfeffer.«

Jean-Pierre Hoschedé

Der Kanal
N
W
O
S
Abbeville
Somme
Amiens
Pourville
Fécamp
Étretat
Le Havre
Rouen
Seine
Honfleur
Trouville-sur-Mer
Beauvais
Elboeuf
Les Andelys
Seine
GIVERNY
Beaumont-le-Roger
Vernon
Vétheuil
Oise
Evreux
Argenteuil
Poissy
Paris
Versailles
Montgeron
FRANKREICH
Chartres
0 10 20 30 40 50 km

TEIL I:
Jugend

1876 – 1885

I

Montgeron, Juli 1876

»Hab dich!« Mit einem Haken schnitt Blanche ihrer Schwester Marthe am Rosengarten den Weg ab und packte sie am Ärmel.

»Ich möchte nicht mehr Fangen spielen«, gab Marthe sich geschlagen und ordnete pikiert ihr Kleid. Die Schweißtröpfchen auf ihren geröteten Wangen glitzerten im Sonnenschein.

Blanche freute sich. Darauf hatte sie gehofft, weil es sich wunderbar in ihren Plan einfügte.

»Wie wäre es mit Verstecken? Du darfst suchen«, schlug sie Marthe vor.

Bei Laufspielen war Marthe ihr unterlegen, deshalb verlor sie früher oder später den Spaß daran. Marthe spielte lieber Verstecken, bevorzugte aber das Suchen. Wahrscheinlich fühlte sie sich mit ihren zwölf Jahren schon zu erwachsen, um sich noch wie Suzanne, Jacques, Germaine und Blanche in aufregende Ecken und Winkel des Schlossparks zu verkriechen. Marthe war zwar die älteste ihrer Geschwister, aber auch nur ein Jahr älter als Blanche. Doch es gab etwas, das ihre Schwester ihr voraushatte und um das Blanche sie aus tiefstem Herzen beneidete. Daher war sie fest entschlossen, das zu ändern.

Blanche wusste genau, wo sie sich verstecken wollte – in Papas verbotenem Arbeitszimmer. Was riskant war, denn unbeaufsichtigt duldete er dort niemanden. Nicht einmal Maman, obwohl sie das Château nach Grand-pères Tod geerbt hatte. Selbst das neue Taftkleid war Teil ihres ausgeklügelten Plans. Blanche hatte die Farbe sorgfältig ausgesucht und dafür sogar auf ihr geliebtes Rosa verzichtet. Stattdessen hatte sie sich für Grün entschieden. Nicht wie das helle Grün der jungen Rosentriebe – sondern das tiefere, sattere Grün von Seerosenblättern. Jetzt musste sie nur noch diese eine Sache prüfen, zu der sich bisher keine Gelegenheit bot, da die Kleider erst heute früh aus Paris eingetroffen waren.

»Blanche! Marthe!«, hörte sie Maman aus dem Gartenpavillon rufen.

Blanche fasste Marthe an der Hand und lief mit ihr an der dicken Eiche vorbei zum Pavillon hinüber. So ungeduldig wie Maman klang, sollten sie sie besser nicht warten lassen.

Missbilligend spitzte Maman die Lippen. »Was soll unser Gast nur von euch denken?«

Ebenso wie Blanche und ihre Geschwister trug auch Maman ein neues Haute-Couture-Kleid mit Spitzenkragen, in dem sie neben Papa an der festlich gedeckten Kaffeetafel saß. Seit Wochen plante und organisierte sie alles für den Besuch dieses mysteriösen Herrn, der in den nächsten Monaten hier bei ihnen im Château de Rottembourg wohnen würde. Sie ließ Tafelsilber polieren, Vorhänge waschen, die Zimmer herausputzen und stellte Menüpläne zusammen. Es wurde sogar Bettwäsche mit seinem Monogramm bestickt, damit er sich wie zu Hause fühlte.

»Eure Kleider werden schmutzig, wenn ihr so herumtollt. Setzt euch ordentlich her. Es wird nicht mehr lange dauern, bis er eintrifft.«

Wenn Maman nun darauf beharrte und sie ihr Spiel gerade jetzt beenden mussten, machte sie Blanches Vorhaben unwissentlich zunichte. Sie sah nur einen Ausweg: Papa zu bezirzen, der ihr niemals einen Wunsch abschlug. Sie schob die Unterlippe vor und sah ihren Vater bittend an, der sich gelassen auf seinem Stuhl zurücklehnte. Im Gegensatz zu Maman brachte ihn selten etwas aus der Ruhe, was sich unschwer an seinem gemächlichen Äußeren ablesen ließ.

»Die Mädchen sind aufgeregt«, entgegnete er und tätschelte beschwichtigend Mamans Handgelenk.

Mehr noch als das, dachte Blanche. Sie fieberte dem Besucher entgegen. Würde das Grün ihres Kleides ihn überzeugen?

»Warum nimmst du sie immer in Schutz, Ernest? Unsere Mädchen müssen sich nicht aufführen wie die Kinder des Proletariats.«

»Aber sie lernen nicht jeden Tag einen Maler kennen. Er ist ein echter *Revolutionär,* Alice.«

Ein Revolutionär! Das kannte Blanche bisher nur aus dem Geschichtsunterricht, wenn Madame Cauderlier von der Schreckensherrschaft Robespierres sprach. Aber ihr Besucher war Künstler. Papa hatte ihn beauftragt, Bilder für den Salon des Châteaus zu malen.

»Ich bin mir sicher, die Mädchen geben auf ihre Kleider acht.« Er zwinkerte Blanche mit seinen sanftmütigen braunen Augen zu. Mit einem Wink bedeutete er dem Dienstmädchen, ihm Cognac einzuschenken. Für Papa war das Gespräch damit beendet. Maman schüttelte den Kopf und warf ihm einen verschnupften Blick zu.

• • •

Marthe drehte sich mit dem Gesicht zur alten Eiche, schlug die Hände vors Gesicht und zählte: »Eins, zwei, drei …«

Blanche rannte los. Sie lief quer über den Rasen am Barockgarten entlang. Auf der Treppe zum Seiteneingang übersprang sie jede zweite Stufe. Die Flügeltüren standen in den Sommermonaten weit geöffnet, um das Château zu belüften. Als sie den Flur zu Papas Arbeitszimmer erreichte, lugte sie um die Ecke. Sie hielt den Atem an und lauschte. Alles war ruhig. Nur das Pendel der Standuhr neben ihr tickte.

Auf Zehenspitzen schlich Blanche an der Treppe nach oben vorbei. An den Wänden hingen Ölgemälde. Zu den Porträts von Mamans Verwandten aus den Familien Raingo und Boulade, die bis ins sechzehnte Jahrhundert reichten, kamen ständig neue hinzu. Papa sammelte Kunstwerke. Solange Blanche sich erinnerte, unternahm er keine Reise nach Paris, ohne mit einem Dutzend Bildern zurückzukehren. Auch in ihrem Pariser Haus am Boulevard Haussmann Nr.56 füllten sich die Wände.

Vorsichtig legte Blanche ihre Hand auf das kühle Messing der Türklinke. Ein letztes Mal blickte sie hinter sich und schlüpfte ins Arbeitszimmer.

Sie tappte vorbei an der Bücherwand mit Werken von Molière, Honoré de Balzac und Victor Hugo. Als der Holzboden unter ihr knarrte, zuckte sie zusammen. Sie ignorierte die Weltkugel auf dem Marmorsockel neben Papas Louis-seize-Schreibtisch, die so groß war, dass Blanche sie mit beiden Armen nicht umfassen konnte – denn sie hatte nur Augen für eines.

Die Sonne schien durch das Fenster, und ihre Strahlen fielen auf das Gemälde einer Dame, als wollten sie Blanche den Weg weisen.

»Das ist Madame Camille Léonie Doncieux«, hatte Papa erzählt, als er das Bild mitbrachte und Blanche ihre Begeisterung für das beinahe lebensgroße Porträt nicht verbergen konnte.

»Es ist aus dem Salon de Paris. Dort werden nur die besten Künstler und Arbeiten ausgestellt. Zuerst müssen sie aber dem strengen Urteil einer Jury standhalten, bevor die Bilder in der Galerie aufgehängt werden dürfen. Dieses hat bei den Besuchern für Furore gesorgt.«

Blanche fühlte sich von dem Gemälde magisch angezogen. Wann immer Papa sich hier aufhielt, fand sie einen Grund, ihn und somit Madame Camille zu besuchen. Sicher, sie liebte all die Bilder mit ihren Farben, den unterschiedlichen Pinselführungen und Schattierungen – aber dieses berührte sie auf eine unbeschreibliche Weise. Blanche empfand eine tiefe Verbundenheit mit ihr, obgleich sie dieser niemals begegnet war.

Es schien, als würde Camille das Bild nur zufällig betreten, die vollständige Schleppe ihres Kleides noch nicht ganz im Sichtfeld des Betrachters. Ihre Haut wirkte zart wie die Flügel eines Schmetterlings. Sie senkte den Blick über ihre rechte Schulter. Die Eleganz ihrer Hand, an der sie einen camelfarbenen Handschuh trug, faszinierte Blanche. Wie wunderbar es wäre, sie einmal persönlich zu treffen. Soweit sie wusste, war sie die Ehefrau des Malers, den sie erwarteten.

Was ihr jedoch beinahe den Atem raubte, war das unverwechselbare Spiel von Licht und Schatten auf Camilles Kleid. Diese leuchtenden Sonnenflecken machten es lebendig. Blanche glaubte, den feinen Seidenmusselin rascheln hören zu können.

Sie holte tief Luft und trat ganz nah an das Gemälde heran. Ihr Herz schlug schneller. Dann griff sie ihren Rockzipfel, zog ihn bis zur Nasenspitze herauf und verglich die Farbe ihres Kleides mit dem Grün Camilles. Blanche hatte den Farbton getroffen! Sogar so genau, als wären die Kleider aus ein und demselben Stoffballen geschneidert. Begeistert hüpfte sie auf der Stelle und wirbelte herum, sodass der Rock sich aufblähte und wie der Schirm eines Pilzes um sie herumflog.

Blanche wünschte sich nur eines: Sie wollte ebenso in Öl gemalt werden wie Marthe mit Papa vor einigen Wochen von Monsieur Manet. Darum beneidete sie ihre ältere Schwester. Gerade Marthe. Sie ließ keine Gelegenheit aus, um Papa zu gefallen, wenn er sich Blanche zuwandte. Ursprünglich wollte er nämlich, dass Blanche auf der Bank neben ihm Platz nahm! Aber wie immer hatte Marthe sich vorgedrängelt, da sie schließlich die Ältere sei. Zur Strafe hatte Blanche Marthes Stickzeug unter ihrem Bett versteckt. Es war erst wieder aufgetaucht, als das Dienstmädchen die Zimmer reinigte. Maman hatte Marthe für ihre Unachtsamkeit gerügt, was Blanche im Nachhinein leidtat.

In der vergangenen Nacht hatte Blanche kaum schlafen können. Wieder und wieder stellte sie sich vor, wie dieser erwartete Monsieur Monet sie bitten würde, ihm Modell zu stehen. Sie hoffte, dass allein das Grün ihres Kleides seine Aufmerksamkeit auf sich ziehen würde und ihn an Madame Camille erinnerte, denn das Gemälde stammte von ihm.

»Blanche!«, hörte sie Papa leicht erbost ausrufen.

Vertieft in ihren Wunschtraum, hatte sie alles um sich herum vergessen und nicht bemerkt, dass er ins Arbeitszimmer gekommen war.

»Wie oft habe ich euch verboten, das Zimmer zu betreten?«

»Bitte entschuldige, Papa.« Reumütig schaute sie auf ihre Füße. In den seltenen Fällen, in denen er ärgerlich wurde, sah man ihm lieber nicht ins Gesicht. Dadurch wurde das Donnerwetter nur schlimmer.

»Was treibst du hier?«

»Ich wollte nur Madame Camille besuchen, weil sie und ihr Kleid so wunderwunderschön sind.«

»Verzeihen Sie, Monsieur Hoschedé, wenn ich Ihnen vorgreife, aber allein für dieses entzückende Kompliment an meine Gemahlin darf man der jungen Mademoiselle nicht böse sein.«

Blanches Blick schnellte hoch. Hinter Papa tauchte ein fremder Herr auf, der sie anlächelte.

• • •

Dieser freundliche Mann war Camilles Ehegatte? Er setzte den Hut ab und strich sein braunes Haar zurück.

Blanche knickste. »Guten Tag, Monsieur Doncieux.«

»Guten Tag, Mademoiselle …?«

»Blanche«, ergänzte Papa und sah sie abschätzend an. »Sie ist meine Zweitälteste und weiß eigentlich genau, dass sie nicht hier sein dürfte.«

»Mein Name ist Monet. Als ich Camille malte, waren wir bedauerlicherweise noch nicht verheiratet, Mademoiselle Blanche. Sehen Sie hier.« Er schritt auf das Gemälde zu und deutete auf die rechte, untere Ecke. »Claude Monet, 1866.«

Blanche spürte, wie sie errötete. Wie töricht sie war. Darauf hatte sie noch nie geachtet. Das geschwungene T in seiner Signatur schlängelte sich bis zur Jahreszahl darunter. Sie wollte sich gerade entschuldigen, doch Papa kam ihr zuvor.

»Verzeihen Sie, mein lieber Monet. Blanche wird uns nun verlassen, da wir noch einiges zu besprechen haben.« Er sah sie auffordernd an.

Blanche huschte zur Tür und zog diese leise hinter sich zu.

»Blan-Blan!« Suzanne hopste von der drittletzten Treppenstufe auf sie zu. Maman hatte Ninette angewiesen, sich mit den Jüngeren im Kinderzimmer aufzuhalten, bis der Gast eintraf, damit sie ihre Kleider nicht schon vorher verschmutzten. Aber Suzanne war dem Kindermädchen nicht zum ersten Mal entschlüpft. »Warst du heimlich in Papas Arbeitszimmer?«, flüsterte sie aufgeregt.

Auf Suzanne konnte Blanche sich verlassen. Für ihre acht Jahre war sie schlauer und gewitzter als Marthe und würde Blanche niemals verpetzen. Außerdem schlich sie sich selbst manchmal ins Zimmer, weil sie die Bücher mit ihren aufwendigen Goldschnitten liebte, die dort in den Regalen standen. Ab und zu streichelte sie die Buchrücken, als wären es schnurrende Kätzchen.

»Komm, wir gehen nach draußen, dann erzähle ich dir alles«, antwortete Blanche und nahm Suzanne mit sich.

• • •

Wenig später saßen sie gemeinsam mit Monet an der Kaffeetafel. Sogar Germaine, die mit beinahe drei Jahren langsam zu groß für ihren Kinderstuhl wurde und sich vermutlich deshalb kaum rührte. Suzanne, von Blanche in ihren Plan eingeweiht, verfolgte die Unterhaltung der Erwachsenen ebenso gespannt wie sie.

»Mein lieber Monsieur Monet«, flötete Maman. Sie nahm die Kaffeetasse und spreizte den kleinen Finger ab. »Wir sind hocherfreut, dass Sie uns mit Ihrer Anwesenheit beehren.«

Sie nippte an ihrem Kaffee und wandte ihren Blick nicht von Monet ab.

»Die Freude ist ganz meinerseits, Madame Hoschedé. Ich werde mein Bestes geben.«

»Wir haben das Gartenhaus mitten im Park für Sie herrichten lassen, damit für die Großformate ausreichend Platz ist und Sie in Ruhe arbeiten können. Es sollte Ihnen ermöglichen, sich ganz wie in Ihrem Atelier zu fühlen. Außerdem steht Ihnen am Yerres das Fischerhaus La Léthumière zur Verfügung, falls Sie beabsichtigen, vom Wasser aus zu malen.«

Papa hatte dieses erst vor wenigen Wochen erworben.

»Vielen Dank, Monsieur, aber da ich mit dem Zug angereist

bin und mein Atelierboot an der Seine liegt, werde ich mich wahrscheinlich auf das umliegende Gelände konzentrieren.«

Er besaß sogar ein Boot! Nur, um zu malen!

»Nun denn.« Papa erhob sein Glas und lächelte gönnerhaft. »Ich bin mir sicher, die Welt wird noch viel von Ihnen hören.«

Auch Maman ließ sich Cognac eingießen und prostete Monet zu. Ihre Augen leuchteten wie die Sonnenflecken auf Camilles Kleid. »Auch ich bin davon überzeugt. Auf Ihr Wohl, Monsieur Monet. Wissen Sie bereits, welche großartigen Motive Sie für uns malen werden?«

Er fuhr sich nachdenklich über das bärtige Kinn. »Morgen in aller Frühe begebe ich mich auf die Suche, aber ich habe bereits einige Ideen.«

Blanche hoffte inständig, dass ihr grünes Kleid dazu beigetragen hatte. Suzanne dachte wohl das Gleiche, denn sie stieß ihr unter dem Tisch ans Bein.

»Ich muss Sie morgen leider verlassen«, sagte Papa. »Das Geschäft ruft, und ich werde ein paar Wochen in Paris verbringen.«

Blanche vermisste ihn, wenn er wochenlang fernblieb, weil er sich um sein Textilunternehmen kümmern musste. Umso mehr freute sie sich auf seine Rückkehr, da er immer Bilder und kleine Überraschungen für sie mitbrachte. Beim letzten Mal hatte er ihr eine Rocaille-Frisierbürste und einen passenden Handspiegel mit geschliffenem Glas geschenkt, die sie in einem Kästchen hütete.

»Sie haben mein volles Vertrauen, Monsieur Monet. Sollte es Ihnen an irgendetwas mangeln, so lassen Sie es Alice bitte wissen. Wir werden alles tun, damit Sie sich wie zu Hause fühlen.«

Maman faltete ihren schwarzen Schildpattfächer auseinander und fächelte sich Luft zu.

• • •

Der Mond schien durchs Fenster und malte geheimnisvolle Schatten an die Wand. Blanche lag in ihrem Bett und verschränkte die Arme hinter dem Kopf. Die Tür quietschte, öffnete sich einen Spaltbreit und schloss sich wieder. Dann tapsten nackte Füße über den Boden.

Wie so oft, wenn Suzanne nicht schlafen konnte, kam sie zu Blanche. Meistens dachten sie sich gemeinsam gruselige Geschichten aus, über die Suzanne schließlich einschlief. Zu Blanches Überraschung geschah das immer dann, wenn es gerade am spannendsten war.

Im Zwielicht ähnelte Suzanne in ihrem weißen Nachtkleid einem Gespenst – allerdings mit Rüschen. Sachte hob sie Blanches Bettdecke an und krabbelte darunter. Sie hatte ihr ebenholzfarbiges, lockiges Haar zu einem Nachtzopf geflochten, nahm die Spitze, die an einen kleinen Pinsel erinnerte, und kitzelte Blanche damit im Gesicht. Sie kicherten.

»Kannst du auch nicht schlafen?«, fragte Suzanne. »Woran denkst du?«

»An Monsieur Monet.«

Nach dem Kaffee hatte er sich zurückgezogen, um seine Koffer auszupacken und sich im Gartenhaus einzurichten. Er schickte sogar ihre Dienstboten weg, die sich für gewöhnlich um das Gepäck der Gäste kümmerten, was Blanche wunderte. Bei nächster Gelegenheit wollte sie einen Vorwand finden, um das Gartenhaus zu besichtigen. Sie war so neugierig, wie das Atelier eines echten Künstlers aussehen würde.

Eigentlich hatte sie beabsichtigt, ihm gleich zu folgen, was Maman aber verhindert hatte, weil sie darauf bestand, dass sie sich unter Ninettes Aufsicht zurückzogen.

»Papa sagte, er sei ein Revolutionär.«

Suzanne riss die Augen auf, weil sie vermutlich wieder eine

aufregende Geschichte witterte. »Meinst du, er ist gefährlich und Papa versteckt ihn hier bei uns?«

»Dann würde er uns gewiss nicht mit ihm allein lassen. Er ist Künstler, Suzu.«

»Ja, aber wenn er sich nur als Maler ausgibt und in seinen Reisekisten gar keine Malsachen sind – sondern Waffen. Vielleicht ahnt Papa gar nichts davon. Stell dir mal vor, Monsieur Monet plant heimlich so etwas wie den Sturm auf die Bastille!«

Obwohl Blanche Suzus Fantasien über Gewehre in Monets Künstlerkisten für eher unwahrscheinlich hielt, war es doch ungewöhnlich, dass er die Hilfe der Dienstboten ablehnte. Warum ließ er sie nicht an seine Koffer? Dafür musste es einen Grund geben. War er wirklich nur hier, um zu malen? Sie schätzte ihn etwas jünger als Papa. Er war auch schlanker, und seine langen Haare sahen verwegen aus. Monet wirkte tatsächlich, wie sie sich einen Revolutionär vorstellte – kühn und kämpferisch. Und für sie war er ein Held. Er hatte sie beschützt, damit Papa nicht mit ihr schimpfte. Sie musste herausbekommen, was in seinen Kisten war.

»Wenn er etwas Böses plant, müsste er sich bis zum Angriff verstecken. In unserem Gartenhaus würde ihn niemand vermuten«, spann Suzu ihren Faden weiter.

»Das kann nicht sein. Dann hätte er seine Ehefrau niemals so wunderschön porträtieren können. Außerdem steht sein Name auf dem Bild.«

»Und wenn er gar nicht Monet heißt?«

»Du meinst, wenn jemand anders das Bild gemalt hätte?«

»Das wäre doch möglich!« Wie so häufig ging Suzus Fantasie mit ihr durch.

»Schlaf jetzt, Suzu.« Blanche schlug ihr die Bettdecke über die Schultern. Eine Weile lagen sie eng aneinandergekuschelt. Blanche hörte sie ruhig und gleichmäßig atmen.

»Blan-Blan?«

»Ja?«

»Wenn Monet kein Künstler ist, dann kann er dich nicht in deinem Kleid malen.«

Dann waren all ihre Vorbereitungen umsonst, und Marthe würde sie weiterhin bei jeder Gelegenheit daran erinnern, dass sie die Erwachsenere war.

»Ich möchte nicht, dass du traurig bist«, murmelte Suzu.

»Ich werde bestimmt nicht traurig sein.« Blanche gab ihr einen Kuss auf die Stirn. »Schlaf schön, meine kleine Suzu.«

Blanche streichelte ihre Wange. »Wir werden herausfinden, ob er ein echter Maler ist.«

• • •

An diesem heißen Julinachmittag saß Blanche mit ihren Schwestern im Schatten des Pavillons und bestickte ein Taschentuch mit ihrem Monogramm. Nur Suzanne und sie arbeiteten noch mit Nadel und Faden; Germaine war noch zu klein und spielte auf Ninettes Schoß mit ihrer Porzellanpuppe; und die strebsame Marthe war wie immer längst fertig und las ihnen deshalb etwas vor. Nur Jacques durfte mit einem Netz den Schmetterlingen hinterherjagen. Wie gerne wäre sie in diesem Augenblick ein Junge und würde mit ihm durch den Park rennen, um die bunten Falter einzufangen. Auch wenn sie wohl nie verstehen würde, wieso Jacques einen bezaubernden orangegelben Postillion anschließend auf einem Brett aufspießte. Aber vielleicht begriff er mit seinen sieben Jahren noch nicht, dass selbst die winzigsten Insekten Qualen erlitten, wenn ein Spieß ihre Mitte durchbohrte. Oder Jungen empfanden überhaupt kein Mitgefühl. Schließlich mussten sie später auch Kriege führen und mit Bajonetten auf Feinde einstechen.

»Autsch!« Suzu hatte sich gepikt, ließ ihren Stickrahmen auf den Schoß sinken und steckte ihren Zeigefinger in den Mund. Sie war noch ungeübt, weil sie ihren Stickrahmen erst im April zum Geburtstag geschenkt bekam. Außerdem war ihr Fingerhut vor ein paar Tagen spurlos verschwunden. Blanche hatte ihr geholfen, jeden Winkel nach dem kostbaren Silberhütchen zu durchsuchen. Marthe, die ihnen gerade ein Märchen von Charles Perrault vortrug, stockte, lächelte zufrieden und fuhr fort.

Wahrscheinlich hatte Marthe ihn, auch wenn sie es nicht zugab, weil sie wohl glaubte, Suzanne hätte das Stickzeug unter ihrem Bett versteckt. Am liebsten hätte Blanche Marthe die Zunge rausgestreckt, aber dann würde sie wieder bei Maman petzen. Blanche hielt sich den Stickrahmen vors Gesicht und schnitt dahinter eine Grimasse. Suzanne stieß sie mit dem Ellbogen an und gluckste.

»Vielleicht bekommen wir heute heraus, ob Monet wirklich malen kann oder ob er eine Revolution plant«, flüsterte Suzanne.

Maman wollte mit ihnen am Nachmittag einen Spaziergang zum Gartenhaus unternehmen, in dem Monet sein Atelier eingerichtet hatte. Das bedeutete eine ordentliche Wegstrecke, da das gesamte Gelände etwa einhundert Hektar umfasste. Blanche hoffte, dass Maman nicht mehr allzu lange auf sich warten ließ. Auch in den luftigen Sommerkleidern würde es ein anstrengender Fußmarsch, weshalb sie vermutlich erst losgehen würden, wenn die Sonne etwas tiefer stand.

»Ich glaube nicht, dass er etwas Böses im Schilde führt«, entgegnete Blanche.

»Warum ist er dann heute früh im Dunkeln aus dem Haus, als wir noch alle schliefen? Das ist doch verdächtig«, wandte Suzu ein.

Angeblich hatte Monet einen Erkundungsgang unternommen, obwohl man um diese Zeit kaum etwas erkannte und im Schein einer Petroleumlampe auch nicht viel mehr von der Umgebung sah. Sehr seltsam.

»Er hat sich bestimmt heimlich mit seinen Verbündeten getroffen.« Suzus Augen glänzten aufgeregt.

Marthe warf ihnen einen oberlehrerhaften Blick zu, da ihr Getuschel sie wohl irritierte.

Blanche kicherte. Suzanne war wieder in ihrem Element. »Am Ende verdächtigst du noch Papa, dass er mit ihm unter einer Decke steckt, weil er gleich nach Monet das Haus verließ. Aber deine Geschichte ist wesentlich spannender als Marthes.«

• • •

Zum Glück kam Maman früher als erwartet zum Pavillon und holte sie ab. Marthe hatte keine Lust auf einen Spaziergang und wollte weiterlesen. Auch Ninette blieb mit Germaine und Jacques zurück, der es kaum erwarten konnte, seine bunten Opfer aufzuspießen.

Etwas abseits des Gartenhauses fanden sie Monet. Er stand an einer Staffelei am Ufer des Teiches, der von Fichten und Birken umsäumt war. Der Maler wirbelte den Pinsel durch die Farben auf einem Brettchen in seiner Linken und verteilte mit wirren Pinselstrichen einen Braunton auf der Leinwand.

»Siehst du«, wisperte Suzu. »Das könnte sogar Germaine malen!«

»Psst.« Blanche legte ihren Zeigefinger an die Lippen, weil Monet sich zu ihnen umwandte. Nicht dass er sie hörte!

»Madame Hoschedé, Mademoiselles.« Er lupfte seinen Hut.

Maman senkte schüchtern ihren Blick. »Meine Töchter brannten darauf, Ihnen bei der Arbeit zuzusehen. Sie haben mich den ganzen Tag über bestürmt, Sie zu besuchen.«

Maman übertrieb! Sie hatten lediglich ein einziges Mal gefragt.

Blanche und Suzanne knicksten.

»In der Tat? Dann habe ich es also Blanche und Suzanne zu verdanken, dass ich einen Moment ausruhen darf.« Er lächelte schelmisch.

Blanches Herz raste. Monet hatte sich ihren Namen gemerkt!

»Wie kommen Sie voran?«, erkundigte sich Maman. Sie trat näher an die Staffelei und begutachtete das Durcheinander der Farben. Schließlich nickte sie anerkennend. »Oh, es wird wunderbar.«

Was meinte sie? Wollte sie ihm schmeicheln, oder sah sie tatsächlich etwas darin, das sich Blanche nicht erschloss?

Es waren keine Konturen oder Linien erkennbar. Alles war bunt. In sich verwischt. Durch die linke Hälfte schlängelte sich ein heller Streifen. Und was wollte Monet am Ende darstellen? Den See mit den Bäumen? Nur das Wasser? Vielleicht den Busch auf der gegenüberliegenden Uferseite? Sosehr Blanche sich bemühte, sie durchschaute die Farbkleckse nicht.

Sie kannte nur Gemälde, die Persönlichkeiten wie Mamans Verwandte zeigten; religiöse Szenen und Engel; oder menschliche Tragödien wie dramatische Schiffbrüche. Aber das, was Monet begonnen hatte, war ihr neu.

»Was ist das?«, flüsterte Suzanne ratlos, aber Blanche war zu gebannt, um ihr antworten zu können.

»Madame Hoschedé, es wäre perfekt, wenn Sie mir dort drüben zwischen den beiden Birken Modell stehen würden.«

Wie wollte er Maman porträtieren, wenn alles nur aus Sprenkeln und Schlieren bestand und nicht mal ein Motiv erkennbar war?

»Es wäre mir eine Ehre.« Maman gab Blanche ihren Sonnenschirm. »Lasst Monsieur Monet in Ruhe arbeiten. Setzt euch auf den Baumstumpf dort und seid leise.« Dann ging sie zur anderen Uferseite.

Monet drehte sich zu ihnen um. »Wenn ihr möchtet, stellt euch zu mir.«

Ungezügelt sprang Suzanne auf. Sie hoffte wohl, das große Rätsel um Monet und seine Malerei endlich lösen zu können. Blanche befürchtete das Schlimmste, denn was sie bisher gesehen hatte, war enttäuschend. Wie sollte daraus ein Gemälde werden?

Monet malte. Er malte und malte; er mischte Farben und schuf aus mehreren Grundfarben neue. Mal strich er einen breiten Pinsel über eine große Fläche, mal tupfte er mit hauchfeinen Borsten nur zarte Striche. Alles schwirrte und flimmerte. Das Wasser des Teichs reflektierte die Gräser, Büsche und Bäume, die ihn umgaben. Blanche hielt den Atem an, als sie Maman nach und nach auf der Leinwand erkannte. Sogar zwei Mal. Einmal am Ufer zwischen den Birken stehend und einmal als ihr wässriges Spiegelbild. Blanche verlor jegliches Zeitgefühl, so sehr versank sie in der Entstehung des Bildes. Sie beobachtete jeden Pinselstrich, jeden noch so unscheinbaren Schwung seines Handgelenks. Vor ihr entstand das schönste Gemälde, das sie jemals gesehen hatte. Alles war lebendig. Alles schien sich zu bewegen und zu fließen. Blanche glaubte, sogar zu sehen, wie der leise Wind mit den Birkenblättern spielte. Es war ebenso echt und natürlich wie die leuchtenden Sonnenflecken auf Camilles Kleid.

Schwungvoll setzte er seine Signatur darunter. Das T bekam den gleichen lang gezogenen Bogen wie das Bild von *Camille im grünen Kleid*.

»Es ist fertig«, sagte er schließlich und trat einen Schritt zurück.

Seine ruhige, tiefe Bassstimme holte Blanche zurück ins Hier und Jetzt. Sie fröstelte und rieb sich die Arme. Wie lange hatten sie hier gestanden? Was war da gerade vor ihren Augen geschehen? Aus anfänglich enttäuschenden Farbklecksen hatte Monet ein Gemälde erschaffen, das lebte – das Wasser, das Licht, ja sogar der Wind, der durch die Bäume strich. Immer noch gefangen und sprachlos, konnte sie sich kaum davon abwenden.

»Gefällt es euch?«

Suzanne stand der Mund offen.

Blanche rang nach den passenden Worten. »Sie haben das … Unmögliche gemalt. Das Motiv lebt. Alles scheint sich zu bewegen.«

Monet musterte sie regungslos. Skeptisch kniff er die Brauen zusammen. Hatte sie sich falsch ausgedrückt und ihn verärgert?

Doch dann hellte sich sein Gesicht auf, und er lächelte. »Treffender hätte ich es nicht beschreiben können.«

Blanches Herz schlug höher. Offenbar hatte sie ihm mit ihrer Interpretation seines Gemäldes eine Freude bereitet.

In diesem Moment empfand Blanche etwas, für das es keine Worte gab.

• • •

Die nächsten Tage vergingen wie ein Wimpernschlag. Monet frühstückte, wenn noch alle schliefen. Danach belud er ein Holzwägelchen und zog los in die Umgebung. Zum Mittagessen kehrte er zurück. Er plauderte oft mit Maman über Kunst, Literatur und Theaterstücke, scherzte mit ihnen oder erkundigte sich nach Papa, der noch immer in Paris war. Nachmittags begleiteten Blanche und ihre Geschwister Monet, wenn er seine Arbeit fortsetzte. Meistens hielten sie sich dann in der Nähe des Gartenhauses auf.

Blanche verbrachte ihre Zeit neben ihm auf einem Höckerchen an der Staffelei. Sie reichte ihm Ölfarben und schaute beim Malen zu.

Einmal konnte sie sogar einen Blick in sein Gartenhausatelier erhaschen. Der Boden war mit altem Zeitungspapier ausgelegt, um ihn vor Farbklecksen zu schützen. In der Mitte stand eine schwere Staffelei. Die Korbstühle hatte er unter dem Fenster an die Wand gerückt, ebenso den Tisch. Auf diesem sammelten sich unzählige Kästchen, Gläser mit Pinseln in allen erdenklichen Größen und Breiten, zerdrückte Metalltuben, Skizzenblöcke und Lappen, mit denen er überschüssige Ölfarbe abtupfte. Leinwände, die teilweise schon auf Keilrahmen aufgezogen waren, lehnten an den Wänden oder standen noch gerollt in einer Ecke. Aber sie erspähte nichts, das auf eine Revolution hindeutete. Suzanne war immer noch fest davon überzeugt, dass Monet ein Geheimnis hütete.

Blanche indes hielt ihn für einen wahren Künstler und saß an diesem warmen Julinachmittag neben Monet mit Sicht auf die Rückseite des Châteaus. Vor ihnen stolzierte eine Schar weißer, aufgeplusterter Truthähne, die Käfer, Würmer und Fliegen aufpickte. Wenn Jacques ihnen mit seinem Schmetterlingsnetz zu nahe kam, kreischten, gluckerten und gurrten sie empört.

»Jacques? Bitte lauf mit deinem Netz ein wenig weiter dort drüben entlang. Wenn du sie aufscheuchst, kann ich sie nicht malen.«

Jacques entschuldigte sich und jagte durchs hohe Gras davon.

Monet zündete sich eine Zigarette an, blies den Rauch aus und betrachtete das Federvieh, deren rote Hautlappen an ihren Schnäbeln zappelten.

Blanche fühlte sich wohl in seiner Nähe. Es war, als wäre er immer schon da gewesen. Fast so wie Papa. Monet erzählte von Paris, wo er geboren war; von Le Havre, wo seine Tante Lecadre einen Schiffsbedarfshandel betrieb; von Fécamp und Argenteuil, wo Camille und er zwischenzeitlich lebten; von London, wohin er mit Camille vor dem verheerenden Krieg gegen die Preußen geflohen war. Von dem prächtigen Piccadilly Circus, in dessen Nähe sie eine Weile wohnten, und er schwärmte von den grauen Nebeln der Themse, der die Boote dort regelrecht verschluckte, oder vom Strand in Trouville. Es erinnerte sie an Papas Geschichten, wenn er von seinen Reisen zurückkehrte und darüber berichtete.

»Darf ich Sie etwas fragen?«

»Ich denke nicht, dass ich das verhindern kann«, antwortete er. Sein Lächeln verriet, dass er es nicht böse meinte.

»Papa sagte, Sie seien ein Revolutionär. Stimmt das?«

Abrupt wandte Monet sich von den Truthähnen ab. Seine Miene verfinsterte sich. Ein Stich durchzuckte Blanche. Wie konnte sie ihm nur eine solch taktlose Frage stellen?

»Bitte verzeihen Sie, das war ungehörig von mir«, schob sie rasch hinterher.

Monet sog hörbar Luft ein.

Blanche befürchtete, dass er in der nächsten Sekunde seine Sachen packen und Montgeron verlassen würde. Hatte sie dadurch womöglich sogar Papa in Schwierigkeiten gebracht? Blanche wurde es heiß und kalt, wenn sie an die Konsequenzen dachte.

Monet fuhr sich nachdenklich über den Rauschebart. »Hat er dir erklärt, warum er mich so nennt?«

Sie biss sich auf die Unterlippe und schüttelte den Kopf.

»Nun, was glaubst du, hat er damit gemeint?«

Was sollte sie darauf antworten? Dass Suzanne vermutete, Monet würde sich bei ihnen verstecken und in seinen Reisekisten Waffen verbergen, um einen Anschlag zu planen?

»Ich verrate dir ein Geheimnis. Aber du musst es unter allen Umständen für dich behalten.« Er räusperte sich. »Selbst wenn man dich foltern würde.«

Folter? Blanche wusste zwar, dass die in Frankreich längst abgeschafft wurde, aber sie hatte im Geschichtsunterricht schon einmal Zeichnungen von einer Schandgeige gesehen. Wer sollte sie foltern wollen? Hatte Suzanne mit ihren ausschweifenden Fantasien am Ende doch recht, und es steckte eine Revolte dahinter? Hatte vielleicht sogar Papa damit zu tun?

»Versprichst du es?«

Blanche knetete angespannt ihre Hände. Sie traute sich kaum mehr, ihn anzusehen.

Monet beugte sich zu ihr hinüber. »Man hat mich sogar als *Wahnsinnigen* bezeichnet. Und nicht nur mich – sondern auch meine Freunde.«

Blanche wünschte sich, sie hätte ihm diese Frage niemals gestellt, und hoffte, es würde sie jemand aus dieser misslichen Situation befreien. Wovon redete er? Welche Freunde meinte er? Einen Moment lang war es bedrückend still, doch dann lachte er schallend los, so als ob er wahrhaftig ein bisschen verrückt sei.

»Lass dir von mir keine Angst einjagen. Das war nur ein Spaß. Wenngleich einer, der einen Funken Wahrheit beinhaltet.« Er streichelte beruhigend ihre Schulter. »Man hält mich tatsächlich für einen Revolutionär, der kompromisslos sein Ziel verfolgt, aber das hat keine politischen Hintergründe – vielleicht mit einer kleinen Ausnahme«, wog er ab. »Kennst du den Salon de Paris? Man nennt ihn auch das Palais des Beaux-Arts.«

»Madame Camilles wunderschönes Gemälde wurde dort ausgestellt, wo nur die besten Künstler ihre Arbeiten dem Publikum präsentieren dürfen.«

Monet zog tief an seiner Zigarette und drückte den glühenden Stängel im Gras aus. »Camilles Porträt hing ganz oben.« Sein Gesichtsausdruck verfinsterte sich, als ob er sich darüber ärgern würde. »Du musst wissen, dort hingen eher die weniger guten Werke.«

Was sagte Monet da? Eine Jury hatte entschieden, Camilles

Bild gehöre nicht zu den wichtigsten Gemälden der Ausstellung? Das konnte nicht sein!

»Aber ich habe noch niemals etwas Vergleichbares gesehen«, versicherte Blanche.

»Das Gemälde war ein voller Erfolg. Ich wurde für diese Arbeit mit einer Medaille ausgezeichnet. Aber selbst das brachte die bösen Stimmen nicht zum Schweigen. Man beleidigte Camille, weil sie keine Frau von Welt sei und *daherstampfe.*« Er klang verächtlich.

Wie konnte man diese wunderschöne Frau mit all ihrer Eleganz nur so herabwürdigen!

»Immerhin entsprach es den Regeln der Jury und ihren Richtlinien. Meine kühneren Werke – bezogen auf die Pinselführung und Motive – wurden missachtet. Neuerungen passen nicht in ihre Weltanschauung, wie Kunst zu sein hat.«

Es gab Vorschriften dafür, wie Bilder auszusehen hatten? Blanche erinnerte sich an Mamans Verwandte, die in den Fluren des Châteaus von den Wänden starrten; an die Engel, Heiligenbilder und Schiffsbrüche, die den Betrachtern Geschichten erzählten, aus denen man Lehren ziehen konnte. Nur so durfte man malen?

»Diese Ausstellung ist … *war* lange Zeit die einzige Möglichkeit für Künstler, Geld zu verdienen. Mittlerweile gibt es ein paar kleinere private Kunsthändler, aber als ich begann, gab es keinen anderen Weg. Wenn man abgelehnt wurde, weil die Gemälde nicht den konservativen Vorstellungen entsprachen, fanden sich kaum Käufer. Man musste zusehen, wie man seinen Hunger stillte. Camille und ich haben schwere Zeiten durchlebt, nur weil die feinen Herren der Jury in ihren Gehröcken und Zylindern meine Werke verschmähten. Ich konnte kaum unseren Lebensunterhalt bestreiten.«

Wie konnte sich jemand vor Monets Gemälden verschließen

und die Schönheit darin nicht sehen? Seine Geschichte hörte sich an wie eine von Suzannes Gruselmärchen.

»Das Leben in Paris ist teuer. Deshalb zog ich mit Camille und Jean aufs Land nach Bougival und Argenteuil, wo es etwas preiswerter war.«

Blanche wusste, dass Monet einen Sohn hatte, der im August neun wurde und das Pensionat La Fayette besuchen würde.

»Aber das Kleid von Madame Camille auf dem Gemälde! Es sieht so edel und teuer aus.«

»Selbst das konnten wir uns nicht leisten. Mein guter Freund Frédéric Bazille hatte es uns geliehen. Leider ist er in den letzten Kriegstagen gefallen. Die Ausstellungen im Salon haben siebzigtausend Besucher und mehr, musst du wissen. Viele davon waren potenzielle Käufer. Du kannst dir sicherlich vorstellen, wie schlimm es war, wenn man nicht zugelassen wurde. Ich erinnere mich an ein Jahr, in dem zweitausendachthundert Werke abgelehnt wurden. Über fünftausendsechshundert wurden akzeptiert – aber kein einziges von mir. Alle Exponate aneinandergereiht, hätten eine Strecke von zwölf Kilometern ergeben.« Monets Blick schweifte in die Ferne.

»Aber was hat das mit einer Revolution zu tun?« Blanche senkte ihre Stimme.

»Nun, natürlich war ich nicht der Einzige, den man ablehnte. Auch meine Freunde Renoir, Sisley, Pissarro, Cézanne, Caillebotte und ein paar andere wurden nicht zugelassen. Es war sogar eine gute Freundin darunter. Berthe Morisot.«

Selbst eine Frau war unter ihnen! In Blanches Welt kümmerten Frauen sich um andere Dinge. So wie Maman. Sie organisierten den Haushalt, erzogen die Kinder und überwachten die Dienstboten. Sie waren ihren Ehemännern eine gute Ehefrau; begleiteten sie ins Theater oder auf Maskenbälle und arrangierten Klaviernachmittage oder Soiréen. Das Geldverdienen überließen sie ihren Männern. Aber offenbar wollte auch Monets gute Freundin Berthe Morisot eigenes Geld mit ihren Gemälden verdienen. Wie spannend müsste es sein, Dinge zu tun, die sonst nur Jungen oder Männern vorbehalten waren!

»Sie alle waren abhängig vom guten Willen der Jury und wollten sich nicht mehr vorschreiben lassen, was sie malen durften. Und so schlossen wir uns zu einer Gruppe zusammen. Wir nennen uns *Les Indépendants*«, fuhr Monet fort.

Die Unabhängigen! Allein das hörte sich gefährlich und nach einer Gruppe Rebellen an, die sich an keine Regeln hielt. Ob sie den Herren der Jury etwas angetan hatten? Immerhin waren diese schuld daran, wenn die Künstler hungern mussten. Vielleicht haben diese Unabhängigen sie einfach aufgespießt wie Jacques seine Schmetterlinge. Dann hätte sogar Suzanne mit ihren Vermutungen recht. Blanche atmete flach. Obschon sie sich kaum zu rühren wagte, sie musste es wissen.

»Haben Sie sich an diesen Herren … gerächt?«, presste sie leise hervor.

Monet schwieg. Dann fuhr er sich mit der Hand ruckartig unter dem Kinn entlang, so als würde er eine Enthauptung andeuten.

Blanche riss vor Schreck die Augen auf.

Monet brach in schallendes Gelächter aus. »Auch wenn der ein oder andere von uns das manchmal in Erwägung zog. Wir taten ihnen viel Schlimmeres an!«

Hatten sie die Männer umgebracht?

»Wir haben sie ignoriert, uns über sie hinweggesetzt und in den Atelierräumen von Monsieur Nadar, einem Fotografen am Boulevard des Capucines, unsere eigene Ausstellung organisiert. Diese Schmach war für die Herren der Jury sicherlich weitaus entsetzlicher als der Tod.«

Gott sei Dank hatte sie es bei Monet nicht mit einem Mörder zu tun! Auch wenn Suzanne darüber enttäuscht sein würde. Welche andere Wahl hätte Monet gehabt, mit seinen Gemälden Geld zu verdienen, wenn er nicht gegen diese Jurymitglieder rebelliert hätte? Schließlich musste er seine Familie ernähren.

»War ihre Ausstellung denn erfolgreich?«

Bestimmt hatten sich Hunderte Käufer für Monets Werke gefunden, vermutete sie.

Er lächelte. »Dein Vater hat mein *Impression* erstanden. Du kennst es vielleicht als Sonnenaufgang? Es hängt gegenüber von Camille in seinem Arbeitszimmer.«

»Die Sonne sieht darauf aus wie ein glühender orangeroter Feuerball.«

»Genau das meine ich. Nun, es kamen weniger Besucher, als wir erwarteten. Und viele nur, um uns zu belächeln. In der Presse schrieb man von einer ›Ausstellung der Wahnsinnigen‹. Aber die bösartigste Kritik kam von einem Herrn Leroy in seinem Schundblättchen *Le Charivari*. Ich gebe zu, beim Titel für den *Sonnenaufgang* gab ich mir damals keine besondere Mühe und nannte es schlicht ›Impression‹. Ebendieses feindete er an. Natürlich müsse ein Bild, das schon ›Impression‹ hieße, auch irgendeine Impression beinhalten! Er belächelte die Freiheit und stilistische Flexibilität, die allein dadurch gegeben war, und behauptete, ›unfertige Tapeten seien vollendeter als dieses Bild‹.«

Blanche wusste nicht, was sie von alldem halten sollte. Man hatte Camille beleidigt. Man hatte Monet angegriffen und seine Werke mit Tapeten verglichen. Ebenso seine Freunde. Dennoch hielten sie an ihrer Malerei fest, obwohl sie ihr Leben kaum bestreiten konnten. Monet wollte nur eines – malen! Er glaubte an seine Kunst und war sogar bereit, gegen die Presse und konservative Herren zu kämpfen, ohne sie dabei umzubringen. Monet war ein Rebell! Aber einer, der trotz aller Widerstände an seiner Malerei festhielt.

»Aber selbstverständlich gab es auch erfreuliche Dinge. Seitdem spricht man über uns als *Impressionisten.* Wenn man so möchte, verdanken wir diesem Gemälde unseren Namen. Und wäre dein Vater nicht ein außerordentlicher Kunstkenner, der von dem Sonnenaufgang geradezu hingerissen war, säße ich heute kaum hier, um Truthähne zu malen. Ohne Kunstkenner wie ihn, wären wir verloren.«

In diesem Moment vermisste sie Papa besonders. Wie gerne würde sie ihn ganz fest drücken, weil er nicht wie die anderen dachte, die Monets Kunst ablehnten.

Monet stand abrupt auf. »Madame Hoschedé!« Er klang erfreut.

Maman flanierte unter ihrem Sonnenschirm auf sie zu. »Entschuldigen Sie, wenn Blanche Sie von der Arbeit abgehalten hat.«

»Aber nein! Sie hat mir sogar geholfen.«

Er flunkerte. Bis auf ein paar Farbtuben, die sie ihm angereicht hatte, hatten sie sich lediglich unterhalten. Maman warf einen zweifelnden Blick auf die Leinwand.

»Ich werde mit den Truthähnen morgen früh beginnen, damit ich das Morgenlicht nutzen kann. Sie haben sich ein paarmal erschrocken und waren unruhig. Wahrscheinlich haben sie einen Fuchs gewittert.«

Blanche verkniff sich ein Grinsen, weil sie sich einen Fuchs mit Schmetterlingsnetz vorstellte.

• • •

Blanche und Suzanne begleiteten Monet am nächsten Morgen in aller Frühe und zogen sein Wägelchen vom Atelier zum Château hinauf, wo er die Truthähne malen wollte. Suzanne hatte sich ein

Buch eingepackt, weil sie die Malerei nicht halb so aufregend fand wie Blanche, aber auch nichts verpassen wollte.

Suzanne war enttäuscht, nachdem sie abends von Blanche erfahren hatte, dass Monet keine Revolution mit echten Gewehren plante. Seine Waffen hatten stattdessen weiche Borsten. Es hatte aber auch sein Gutes, denn sie mussten sich nun nicht mehr vorsehen, worüber sie mit ihm sprachen. Wenn sie denn redeten.

Monet arbeitete hochkonzentriert und schwieg seit Stunden. Er grundierte das Château im Hintergrund. Blanche beobachtete seine Palette und hielt die entsprechende Tube für ihn bereit, ehe ihm die Farbe ausging.

»Wissen Sie schon, was Sie malen werden, wenn die Truthähne fertig sind?«, fragte Suzu, die hinter ihnen im Gras auf einer Decke saß. Es war fast Mittag geworden, als Suzu schließlich die Stille durchbrach.

Monet antwortete nicht, nahm mit dem Pinsel Weiß auf und begann mit dem dicken Puter im Hintergrund. Rundum aufgeplustert und gluckernd bewachte er seine Gruppe, wobei er die Schwanzfedern wie ein Rad aufschlug, damit er bedrohlicher wirkte.

»Psst«, zischte Blanche sie an.

»Ich möchte doch nur wissen, ob Monsieur Monet danach dich in deinem grünen Kleid porträtieren wird. Dann könnte ich die Farbtuben so lange für ihn festhalten.«

Monet hielt inne. Dann drehte er sich auf seinem Hocker zu ihr um.

Bedauerlicherweise war Suzanne nicht nur gut darin, Geschichten zu erfinden, sondern auch darin, draufloszuplappern, wenn ihr langweilig wurde. Was sollte Monet nun von Blanche denken?

»Das ist sehr freundlich von dir, Suzanne, aber wie kommst du darauf?«

»Blanche hat sich ihr grünes Kleid ausgesucht, weil sie unbedingt von Ihnen gemalt werden möchte«, verriet sie und lächelte verschmitzt.

Das musste bei Monet doch den Eindruck erwecken, dass Blanche nur deshalb seine Nähe suchte! Was jedoch nicht der Wahrheit entsprach, denn sie liebte seine Gesellschaft und die Schaffensphasen eines Gemäldes bannten sie auf unerklärbare Weise. Blanche spürte, wie ihre Wangen zu glühen begannen.

»Ah, jetzt verstehe ich, wieso du ins Arbeitszimmer deines Vaters geschlichen bist.« Er zwinkerte Blanche zu.

Sie wünschte sich, der Boden unter ihr täte sich auf und würde sie verschlucken wie der englische Nebel die Fischerboote auf der Themse.

»Nun, eigentlich bevorzuge ich das Malen *en plein air.*«

Suzanne legte ihren Kopf schräg. »Was bedeutet das?«

»Das Malen im Freien mit all den unzähligen Möglichkeiten, die die Natur bietet.«

»Aber Sie haben Madame Camille doch auch porträtiert«, stellte Suzanne fest.

»Sicher, weil ich ein Bild für den Salon einreichen wollte. Aber meine Leidenschaft liegt hier draußen.« Monet deutete um sich. Sein Blick schweifte von den Puten zum Ahorn, unter dem sie saßen, hinauf zu den Wolken und der Sonne. Er atmete tief ein. »Alles, was man für ein Kunstwerk benötigt, das, was man sieht, hört, riecht, fühlt und sogar schmeckt, findet sich hier!«

Blanche wurde klar, Monet beabsichtigte weder sie noch sonstige Familienmitglieder zu porträtieren, es sei denn, es ergab sich zufällig, so wie mit Maman am Teich. Sie stellte sich schon Marthes Schadenfreude vor, sollte sie jemals davon erfahren.

Marthe hatte ihr Porträt, und von Blanche würde es so schnell kein eigenes geben.

Suzanne sah sie mitfühlend an. Auch wenn sie jünger war, erspürte sie immer, wie Blanche empfand. Nur aus diesem Grund hatte sie Monet Blanches Traum verraten – sie wollte Blanche glücklich sehen.

»Es tut mir leid, dich enttäuschen zu müssen«, sagte Monet zu Blanche, als hätte er ihre Gedanken erahnt. Er strich sich mehrmals über den Bart und verharrte einen Moment. Dann wandte er sich wieder den Truthähnen zu und nahm Farbe auf, als hätte das Gespräch gar nicht stattgefunden. Monet tupfte am Bürzel des Puters. Blanche hielt die weiße Ölfarbe bereit.

»Blanche? Gib die Tube bitte Suzanne.«

War Monet ihr böse und wollte sie nicht mehr in seiner Nähe haben? Warum sollte Suzanne ihm nun assistieren? Diese stand auf und zuckte ratlos mit den Schultern. Blanche räumte ihr Höckerchen und ging zur Decke hinüber.

»Du brauchst dich nicht zu setzen«, sagte er, ohne sie anzuschauen. »Stell dich neben mich.«

Blanche zögerte, trat aber an seine Seite.

»Welche Farben muss ich mischen, um die Schwanzfedern besser zu treffen?«

Blanches Blick glitt zwischen dem Rad des Truthahns und dem Gemälde hin und her. Sie hatte Monet tagelang zugesehen. Welche Farben würde er wählen? Es war leicht bewölkt, aber die Sonne lugte vereinzelt zwischen den gräulich gelblichen Wolken hervor. Monet würde kein hartes Weiß nehmen, denn die Sonnenstrahlen auf der Lichtung schimmerten durch das Gefieder des Tieres, sodass sein Rad leuchtete wie ein Heiligenschein. Vielleicht ein Ockergelb?

»Gelb, Rot und Blau mit etwas Weiß«, antwortete sie. Was hatte sie noch zu verlieren? Schlimmstenfalls würde er sie ganz aus seiner Nähe verbannen.

In Windeseile vermischte er die Ölfarben auf seiner Palette.

»Etwas mehr Weiß«, gab Blanche an. »Und etwas gelber.«

Monet fügte noch mehr Weiß und Gelb hinzu.

Blanche lächelte. Genau diesen Farbton hatte Blanche sich vorgestellt.

Er hielt ihr den Pinsel hin, an dessen Spitze ein wenig Ocker glänzte. Was hatte er vor?

Zögerlich nahm sie den Pinsel. Dann umfasste Monet ihre Hand.

»Nicht so verkrampft. Jeder Strich muss locker aus dem Handgelenk auf die Leinwand fließen.«

Blanche atmete tief durch die Nase ein. Monet roch nach Seife, Tabak und Heu, was wohl von dem Leinöl in der Ölfarbe kam. Er schob Blanche mit der Linken etwas näher an die Staffelei heran.

»Vergiss nicht, Luft zu holen«, raunte er.

Im nächsten Moment führten sie gemeinsam einen hauchzarten Pinselstrich an einer der Schwanzfedern aus. Ehe Blanche begriff, was geschah, war der Augenblick vorbei. Sie starrte auf den ockergelben Tupfen. Es war kinderleicht. Die Spur der Ölfarbe war so zart wie die Beinchen eines Marienkäfers. Blanche fühlte sich wie von einem Zauberstab berührt. Ihr Herz klopfte so heftig, dass sie befürchtete, es könnte vor Glück aus ihr herausspringen.

»Du hast gemalt!«, hauchte Suzanne ehrfürchtig.

Monet übertupfte ihren ockerfarbenen Pinselstrich. Er verschwand.

»Als Malerei würde ich es zwar noch nicht bezeichnen, aber wenn Blanche fleißig übt, könnte man es eines Tages Malerei nennen.« Monet klang amüsiert.

»Wann haben Sie mit der Malerei begonnen? Wie alt waren Sie?«, fragte Blanche.

»Etwas älter als du. Ich besuchte das Gymnasium in Le Havre. Den Zeichenunterricht leitete Monsieur Jacques-François Ochard, ein Maler. Er weckte meine Begeisterung für das Zeichnen. Es dauerte nicht lange, bis ich sämtliche Schulhefte am Rand mit Ornamenten und Girlanden verzierte.« Monet legte die Hände in den Schoß und schaute versonnen in die Ferne. »Nun, irgendwann wurden daraus die Gesichter und Profile meiner Lehrer, die ich nicht immer zu ihrem Vorteil zeichnete. Ich stellte sie mit riesigen Köpfen, Hakennasen und winzigen Körpern dar und schenkte die Skizzen meinen Klassenkameraden.« Er lachte und griff in seine Westentasche, um sich eine Zigarette anzuzünden. »Die Karikaturen waren nach kurzer Zeit so beliebt, dass ich plötzlich von überall Anfragen bekam. Zu Beginn verkaufte ich die Skizzen für zehn Francs. Damals signierte ich sie noch mit O. Monet.«

Blanche sah Suzanne an, dass sie das ›O.‹ verdächtig fand und ihre Revolutionstheorie erneut in ihr aufflammte.

»Warum gaben Sie sich einen falschen Namen?«, platzte Suzanne heraus.

Monet runzelte die Stirn. »Mein Geburtsname ist Oscar-Claude, und meine Eltern riefen mich Oscar.«

»Aber warum haben Sie dann bei Madame Camille mit Claude unterschrieben und nicht mit Oscar?«, bohrte Suzanne weiter.

»Nun, ich denke, es geschah aus Trotz. Meine Mutter starb sehr früh, und mein Vater hielt nichts von meiner Malerei. Ich sollte einen vernünftigen Beruf erlernen. Zum Glück gab es meine Tante Lecadre, die mich unterstützte.«

»Aber wie kamen Sie von den Skizzen zur Ölmalerei?«, lenkte Blanche das Gespräch wieder um und warf Suzanne einen warnenden Blick zu, damit sie sich zurückhielt.

»Wenig später stellte ich die Karikaturen bei Monsieur Gravier, einem Papierwaren- und Farbenhändler in der Rue de Paris aus, und das Geschäft kam richtig ins Rollen. Hätte ich dort nicht Eugène Boudin kennengelernt, wäre ich wohl allein durch die Karikaturen längst Millionär geworden.«

»Dann hätten Sie mit Ihrer Familie ein sorgenfreies Leben führen können«, wandte Blanche ein. »Warum gaben Sie die Skizzen auf?«

»Weil ich dazu gezwungen wurde.«

Suzanne riss die Augen auf. »Hat dieser Monsieur Boudin Sie bedroht, damit Sie keine Karikaturen mehr zeichnen?«

Monet schmunzelte. »Monsieur Boudin war mir mit seiner plumpen, etwas grobschlächtigen Art zwar nicht sonderlich geheuer, aber er war Maler und einst Teilhaber bei Gravier. Ich traf ihn dort. Er fand meine Arbeiten hervorragend gelungen und hielt mich für sehr begabt. Daher riet er mir, sehen zu lernen und zu malen. *Malen Sie Landschaften*, sagte er. Zuerst maß ich dem keine Bedeutung bei. Doch eines Tages lud er mich ein, ihn nach Rouelles im Nordosten von Le Havre zu begleiten.«

»Was geschah dann?« Suzanne brannte auf die Fortsetzung.

Doch Monet legte eine Pause ein, als gäbe er sich Mühe, sich zu erinnern.

»Ich beobachtete Boudin bei der Arbeit.«

Auch Blanche hatte Monet beobachtet. Stundenlang. Tagelang. Und sie könnte ihm bis an ihr Lebensende zusehen, dachte sie.

»Sie haben nur zugesehen?« Suzanne konnte ihre Enttäuschung nicht verbergen.

»Man darf niemals unterschätzen, wie wertvoll und lehrreich die Kunst der Beobachtung ist, junge Dame. Blanche traf allein dadurch, dass sie mir bei der Arbeit zuschaute, exakt den Farbton, den ich ebenfalls für das Gefieder des Truthahns gewählt hätte.«

Hatte Blanche sich verhört, oder war das ein Lob von Monet?

»Wie ging es weiter?«, drängte Suzanne.

»Eugène Boudin öffnete mir die Augen. Ich *sah* plötzlich, ich verstand und begriff, was Malerei sein kann. Es kam mir vor, als sei ein Vorhang zerrissen. Ich begann, die Natur zu verstehen und zu lieben!«

Wie konnte es sein, dass Monet mit Worten beschrieb, was Blanche vor nur wenigen Minuten bei ihrem ersten Pinselstrich gefühlt hatte?

2

Montgeron, September 1876

Blanche spähte zum Fenster ihres Zimmers hinaus auf die Zufahrt und wartete sehnsüchtig auf Papa, der heute aus Paris zurückkommen sollte. Endlich konnte sie ihm ausführlich von den letzten Wochen mit Monet erzählen. Auch wenn sie Papa unendlich vermisst hatte, waren die Tage schneller vergangen als je zuvor. Zumindest die Zeit an Monets Seite, denn die Schulstunden krochen dahin wie eine Schildkröte. Sie hatte versucht, ihm nachzueifern, und ihre Schulhefte mit Zeichnungen verziert. Leider handelte sie sich damit eine Rüge von Madame Cauderlier ein, die ausgerechnet eine Skizze erwischte, bei der Blanche ihr eine dicke Warze auf die Nase gemalt hatte. Deshalb hatte Maman ihr zwei Wochen Stubenarrest erteilt und ihr verboten, Monet nachmittags zu begleiten. Sie war untröstlich gewesen.

»Aber, meine liebe Madame Hoschedé«, hatte Monet noch versucht, sie zu besänftigen. »Daran zeigt sich nur, wie außergewöhnlich talentiert Blanche ist. Immerhin hat Madame Cauderlier sich wiedererkannt.«

Doch Maman kannte kein Pardon. Blanche musste einhundert Mal in Schönschrift schreiben ›Ich darf Madame Cauderlier nicht beleidigen und keine Warzen auf ihre Nase malen!‹. Woraufhin Suzanne vorschlug, ihr beim nächsten Mal einfach Hasenzähne zu verpassen, da das ja schließlich nicht verboten war.

Am meisten schmerzte sie jedoch, dass nun Maman Monet Gesellschaft leistete. Abends kehrten sie beschwingt und guter Dinge heim. Sie scherzten beim Diner und zogen sich danach in den Salon zurück, wo Maman ihm manchmal bis spät in die Nacht hinein am Klavier Stücke von Chopin, Schubert oder Wagner vorspielte, während Blanche und ihre Geschwister ins Bett mussten.

Maman ahnte nicht, was sie ihr damit antat. Das traf sie härter als tausend Strafarbeiten.

Plötzlich flog ihre Tür auf. »Papa ist zurück!«, rief Suzu und rannte gleich wieder davon.

Blanche hastete die Stufen zur Eingangshalle hinunter. Papa legte Hut und Mantel ab. Die Diener bugsierten seine Reisekoffer an ihm vorbei. Die gestreifte Kutschentruhe mit Messingbeschlägen von Louis Vuitton ließ er in sein Arbeitszimmer tragen. Papa erweckte nicht den Eindruck, sich zu freuen, dass er sie wiedersah. Seine Miene wirkte angespannt und sorgenvoll.

»Wie schön, dass du da bist!« Suzanne schlang ihre Arme um ihn. Papa strich ihr übers Haar und löste sich sanft aus Suzus Umklammerung.

Eilig drückte er Blanche an sich und küsste ihr die Stirn.

»Ich muss dir so viel erzählen!« Blanche klatschte begeistert in die Hände.

»Wo ist deine Mutter?«

Blanche wunderte sich. Er fragte nicht einmal nach. Normalerweise hätte er sich auf der Stelle sämtliche Neuigkeiten angehört. Vielleicht war er müde von der Reise. »Maman begleitet Monsieur Monet an die Seine. Ninette ist mit Germaine und Marthe oben. Papa, ich habe gemalt!«

»Später, mein Liebes. Ich habe viel zu erledigen und muss morgen schon wieder abreisen, aber wir werden sicherlich eine Gelegenheit finden.« Er streichelte ihre Wange. Dann drehte er sich um, ging durch den Salon in sein Arbeitszimmer und verriegelte die Tür hinter sich.

»Was ist denn mit Papa?«, fragte Suzanne irritiert.

Blanche war enttäuscht. Nicht einmal der Hinweis auf ihre Malerei konnte seine Neugierde wecken. Warum war er nach den vielen Wochen so kurz angebunden? Üblicherweise setzten sie sich nach seiner Rückkehr zusammen, er hob Germaine auf seinen Schoß und berichtete von den schillernden Farben der Seidenstoffe, die eingetroffen waren, von Theaterbesuchen und dem neuesten Klatsch aus Paris.

Blanche wandte sich dem Diener zu, der sich an der letzten Reisekiste im Eingangsbereich abmühte. »Hat Papa keine Bilder mitgebracht?«

Er unterbrach seine Arbeit und nickte ihr höflich zu. »Nicht dass ich davon wüsste, Mademoiselle Blanche. Es war kein Leinenpäckchen dabei.«

Wenn Papa Gemälde mitbrachte, wurden diese ordentlich in ein Leinentuch eingeschlagen, damit sie bei der Reise keinen Schaden nahmen.

»Keine neuen Kunstwerke …«

»Und keine Geschenke. Er bringt uns doch immer etwas mit«, murmelte Suzu betrübt und drehte eine Locke um ihren Zeigefinger. »Schließt er sich deshalb in seinem Zimmer ein?«

Auch Blanche war sein Verhalten nicht geheuer. Ihr Vater wirkte um Jahre gealtert.

»Vielleicht hat er es vor seiner Abreise aus Paris nicht mehr rechtzeitig geschafft, die Geschenke einzuwickeln.«

Obwohl sie Suzanne damit erfolgreich beruhigte, wusste sie,

dass er in seiner Kutschenkiste für gewöhnlich nur langweilige Geschäftsunterlagen aufbewahrte.

• • •

Pépin stand in seiner schwarzen Livree neben Papa und legte ihm ein Stückchen Rehbraten mit Hagebuttensoße vor. »*Bon appétit*«, wünschte Papa. Er erhob sein Rotweinglas und prostete Maman und Monet zu, der seine Serviette auf dem Schoß ausbreitete.

Monet schien Weinkenner zu sein. Genauso wie Papa, wenn er einen neuen Wein probierte, prüfte er zuerst die Farbe, den Geruch und behielt den ersten Schluck etwas länger im Mund, wobei er ihn hin und her spülte. Es war ihm anzusehen, wie er den Wein mit allen Sinnen genoss.

»Ein hervorragender Tropfen! Woher haben Sie ihn?«

»Das ist ein Château-Lafite-Rothschild aus Pauillac, etwas nordwestlich von Bordeaux. Eines der besten Weingüter der Region, wenn nicht sogar das Beste! Gerne lasse ich Ihnen ein Fässchen zukommen. Wir erhielten erst kürzlich eine neue Lieferung.«

»Das Angebot nehme ich selbstverständlich gerne an.« Monet griff zum Silberbesteck und sog den Duft des Rehbratens ein. »Sie verwöhnen mich, liebe Madame Hoschedé.«

Maman errötete. »Sie müssen doch bei Kräften bleiben. Lassen Sie es sich munden.«

»Sind Sie mit Ihren Bildern gut vorangekommen? Wie ich hörte, hatten Sie ein wenig Unterstützung«, fragte Papa und warf Blanche einen flüchtigen Blick zu.

Zwei Stunden nach seiner Ankunft war er dann doch aus seinem Arbeitszimmer gekommen, und Blanche hatte die Gelegenheit gehabt, von ihren Nachmittagen mit Monet zu berichten. Papa freute sich über ihren Enthusiasmus und war tief beeindruckt. Als sie beteuerte, später nur einen Künstler heiraten zu wollen, schmunzelte er und meinte, damit hätte sie noch ein wenig Zeit. Aber der Gedanke, solcherart ständig mit neuen Gemälden versorgt zu werden, gefiel ihm sehr. Erst recht, da Blanche beschlossen hatte, Malerin zu werden, und sie ihm von ihrem ersten Pinselstrich unter Monets Hand vorschwärmte.

»Ja, Ihre Frau hat mich liebenswerterweise unterstützt«, antwortete Monet und schnitt ein mundgerechtes Stück vom Rehbraten ab. »Sie stand mir sogar Modell. Ich werde Ihnen die Arbeit später zeigen.«

Maman? Das war ungerecht! Maman hatte ihm in ihren teuren Sommerkleidern sicher keine Farbtuben, Pinsel und verschmutzte Lappen gereicht. Bestenfalls hatte sie unter ihrem Sonnenschirm gesessen und ihm vorgelesen.

»Ich dachte dabei an Blanche«, berichtigte Papa.

»Oh, ja. Das ist wahr. Darüber hinaus halte ich sie für ausgesprochen begabt. Sie täten gut daran, sie zu fördern.«

Das hatte er auch Maman gegenüber erwähnt, die darauf jedoch nicht eingegangen war. Blanche hätte Monet um den Hals fallen können. Sie wünschte sich, später ebenso geschätzt zu werden wie seine Künstlerfreundin Berthe Morisot.

Maman warf ihr einen giftigen Blick zu. »Wir sollten Madame Cauderlier fragen, was sie davon hält.«

Zum Glück hatte Blanche vorhin im Gespräch mit Papa auch den ungerechten Stubenarrest beklagt, und wenn es nach ihm allein ginge, gäbe es keine Strafen. Er zwinkerte.

»Meine liebe Alice, du musst zugeben, Blanches Skizze ist fabelhaft und Madame Cauderlier wie aus dem Gesicht geschnitten. Ich denke, sie hat es bestimmt nicht böse gemeint.«

Blanches Herz schlug höher. In Gegenwart des geschätzten Gastes widerspräche Maman ihm niemals! Endlich dürfte sie Monet wieder begleiten. Sie bemerkte, dass Suzanne ein Kichern unterdrückte, und trat ihr vorsorglich ans Schienbein, damit Maman nicht gleich das nächste Opfer fand.

»Dann ist es beschlossen«, beendete Papa das Thema, da Maman nichts sagte und lediglich nach ihrem Weinglas langte.

Blanche hätte vor Freude tanzen können. Sie war gespannt, woran er gerade malte.

»Bleibt es morgen dabei?«, wandte Papa sich an Monet.

Was meinte er? Hatten sie schon über das nächste Motiv gesprochen?

Monet nickte. Er nahm seine Serviette und tupfte damit an seinen Mundwinkeln.

»Übrigens konnte ich eine feine Auswahl der edelsten Seidenstoffe erwerben. Ein befreundeter Tuchhändler schuldete mir noch einen Gefallen.« Papa beugte sich zu ihm hinüber, und ein Lächeln huschte über sein Gesicht. »Eigentlich fertigt er diese Stoffe exklusiv für Charles Frederick Worth. Wäre das nicht eine wunderbare Überraschung für Ihre Gemahlin? Ihnen würde ich die Stoffe selbstverständlich zum Einkaufspreis überlassen.«

Blanche wusste, Worth war derzeit der begehrteste Couturier in Paris. Auch Maman besaß ein paar dieser luxuriösen Roben, die sie meistens zu Opern- und Theaterbesuchen trug, weil sie so kostbar waren. Wahrscheinlich träumten alle Frauen davon, einmal im Leben ein Haute-Couture-Kleid von Worth zu besitzen. Maman verehrte ihn, weil er auch Kaiserinnen wie Elisabeth von Österreich einkleidete, wie sie ihr stolz erzählt hatte.

»Wenn ich Ihnen meinen Rat als Frau geben darf, seine Kreationen sind atemberaubend. Ich besitze einige seiner Modelle. Was für Sie sicherlich interessant sein dürfte, bei der Herstellung seiner Stoffe wird etwas verwendet, das man Anilin nennt. Die Farben leuchten daher ebenso wie die Ihrer Werke. Ihre Frau würde begeistert sein!«

»Wie könnte ich dieses Angebot ablehnen? Vielleicht wäre es möglich, die Ware gleich mit meinen Arbeiten zu verrechnen?«

»Aber gerne«, sagte Papa.

»Nun, dann werde ich morgen mit reichlich Gepäck beladen sein.«

Gepäck?

Papa lächelte. »Machen Sie sich darum keine Sorgen. Für unsere Abreise ist längst alles vorbereitet.«

Blanche glitt das Besteck aus den Fingern, sodass es am Teller klirrte und sie sich von Maman einen strafenden Blick einfing. Obwohl Hagebuttensoße zu ihren Lieblingsgerichten gehörte, war Blanche der Appetit vergangen. Monet beabsichtigte, davonzufahren, und das gerade jetzt, wo ihr Stubenarrest endlich vorüber war.

Montgeron, November 1876

Das Laub fiel von den Bäumen und kündigte den herannahenden Winter an. Monets Farbpalette passte sich der Natur an. Braungrün- und Orangetöne beherrschten nun seine Motive, wie das der Jagd vor Papas Abreise in der letzten Woche. Im Gegensatz zu Monet, der im September nur ein paar Tage in Argenteuil bei seiner Familie verbracht hatte und dann zu ihnen zurückgekehrt war, häuften sich Papas Reisen nach Paris.

Blanche genoss zwar die gemeinsamen Nachmittage mit Monet, aber Papa war noch nie so lange fort gewesen wie in den letzten Monaten. Sie vermisste ihn mehr und mehr. Das Château wirkte kalt und freudlos ohne ihn. Ihren Geschwistern und Maman schien es ähnlich zu ergehen, denn immer öfter schlossen sie sich ihr und Monet an.

Die Tage wurden kürzer und düsterer. Es regnete und stürmte, sodass Blanche manchmal auf ihrem Höckerchen eiskalt wurde. Maman zog sich dann mit den Kleineren wieder ins Château zurück und erwartete Monet später mit wärmendem Tee. Heute hatte er sogar Blanche vorgeschlagen, ihnen ins Haus zu folgen, doch sie wollte jede Stunde mit ihm auskosten, um zu verstehen, wie er die Farben dieser Jahreszeit einsetzte. Allzu lange würde er vermutlich nicht mehr bei ihnen in Montgeron bleiben, denn das Malen im Freien wurde bei diesem Wetter zu einer Herausforderung. Immer öfter brach er seine Arbeit ab, weil der Wind an der Leinwand zerrte.

»Blan-Blan? Bist du noch wach?« Suzu hatte sich ins Zimmer geschlichen und krabbelte unter ihre Decke.

Sie brachte angenehme Wärme mit ins Bett. Blanche war vorhin so durchfroren, dass sie befürchtete, nie wieder aufzutauen. Selbst wenn sie ihre Nase krauste, fühlte es sich an, als würde ihre Haut nun auf ewig so schrumpelig bleiben und sich nie wieder glatt ziehen.

»Monsieur Monet hat sich verlaufen.«

»Verlaufen?« Vielleicht konnten Ohren ebenso einfrieren wie ihre Nase, und Blanche hatte sich verhört. Der Wind war an diesem Nachmittag so stürmisch gewesen, dass er beißend unter ihre Haube gepfiffen war und Monet seine Arbeit letztlich abbrechen musste, da eine Böe beinahe seine Leinwand davongeweht hätte.

»Ich habe ihn gerade auf dem Flur getroffen.«

Wahrscheinlich war das der Anfang einer neuen Gruselgeschichte, die Suzu passend zum Sturm erfand, der ums Château heulte und den Regen gegen die klappernden Fensterläden peitschte.

»Das war bestimmt der Geist des Kutschers mit dem Pferdefuß, der dich holen will.« Blanche lachte und schlug schnell die Bettdecke über ihre Köpfe. Dabei jammerte sie wie der Wind und kitzelte Suzu.

Den Kutscher hatte sie erfunden, nachdem ein solcher unglücklich unter die Räder seines Fuhrwerks geraten war. In ihrer Fantasie war er qualvoll gestorben und selbst daran schuld, denn er hatte die müden Pferde mit Stockhieben bis zur völligen Erschöpfung traktiert. Mit allerletzter Kraft bäumten sie sich vor ihm auf und zertrampelten ihn. Zur Strafe wurde er in die Hölle geschickt, wo ihm ein Pferdefuß wuchs. Seitdem fand seine dunkle Seele keine Ruhe mehr und geisterte bei Herbststürmen umher. Er suchte seine Gemahlin und die acht Kinder, um sich für seine Sünde zu entschuldigen, da die vaterlose Familie bettelarm war und sich von Ratten aus der Kanalisation ernährte.

»Das war nicht der Kutscher. Es war Monet!«

»Suzu, er wohnt im anderen Flügel. Wieso sollte er sich auf unseren Flur verirren?«

»Vielleicht ist er ein Nachtwanderer und will aufs Dach!« Suzu warf die Decke zurück und setzte sich auf. »Stell dir vor, er fällt von dort oben runter!«

»Wie soll er denn aufs Dach gelangen? Hier sind nur unsere Zimmer und die von Papa und Maman. Die Treppe zum Dachboden ist doch ganz woanders.« Sie gähnte.

»Ja, aber das weiß Monet doch nicht! Wir sollten ihn suchen und wieder in sein Zimmer bringen, bevor er sie doch noch findet und morgen früh tot vorm Haus liegt.«

Wie nicht anders zu erwarten war, galoppierte die Fantasie wieder mit Suzu davon. Blanche war zu müde, um weiter darauf einzugehen. »Leg dich jetzt hin.« Sie drückte Suzu in die Kissen, deckte sie zu und gab ihr einen Kuss auf die Stirn. »Schlaf schön, meine kleine Suzu. Ich bin mir sicher, dass er morgen putzmunter am Frühstückstisch sitzen wird.«

3

Montgeron, Juli 1877

»Warum fährst du mit den Kindern nicht zu deiner Schwester nach Biarritz?«, hörte Blanche die gereizte Stimme Papas.

Mit angehaltenem Atem drückte sie ihr Ohr an die Salontür und lauschte.

Anfang des Jahres hatte sie sich noch gefreut, weil Papa nicht mehr so häufig nach Paris reiste und mehr Zeit zu Hause verbrachte. Alles verlief wie gewohnt. Blanche übte sich im Malen und fertigte Skizze um Skizze an. Täglich lobte Papa ihre Zeichnungen. Einmal erhielt er sogar einen Brief von Monet, in dem dieser sich nach ihren Fortschritten erkundigte. Doch kurz darauf änderte sich Papas Stimmung grundlegend. Irgendetwas war geschehen, das Blanche und ihre Geschwister sich nicht erklären konnten. Angefangen hatte es damit, dass Maman fülliger wurde. Sie war guter Hoffnung, wie sie ihnen erzählt hatte, und würde im August ein weiteres Kind erwarten. Seitdem erkannte Blanche ihre Eltern kaum wieder. Kein Tag verging, an dem sie nicht aneinandergerieten. Maman war derart gereizt, dass sie für jede Kleinigkeit Strafen verteilte. Das war umso schlimmer, da Papa nicht mehr eingriff, wenn sie reihum Stubenarrest anordnete. Selbst die perfekte Marthe konnte Maman nichts mehr recht machen, weshalb sie manchmal tagelang mit einem Buch in ihrem Zimmer verbrachte und nur zu den Mahlzeiten mit verweinten Augen herunterkam.

»Es wäre ohnehin das Beste für dich und die Kinder, wenn du bei deiner Schwester wärst!«

Maman schluchzte. »Was sollen die Leute nur von uns denken? Diese Schmach!«

Blanche erschrak, als Suzanne sich neben sie lehnte und den Zeigefinger auf den Mund legte.

Was sollten sie bei Tante Amélie in Biarritz? Und wie lange würden sie dortbleiben? Sie hatte sich gewünscht, Monet bald wiederzusehen, um ihm ihre Zeichnungen zu zeigen.

»Von mir aus fahr mit den Kindern nach Paris, wenn es dir besser gefällt, aber auch dort wirst du vor dem Gerede nicht sicher sein.«

Warum fürchtete Maman sich davor? Sie erwartete doch nur ein Kind.

»Was soll ich Amélie erzählen?«

»Versuch es mit der Wahrheit. Früher oder später wird auch sie davon erfahren.«

Worüber redeten sie? Suzanne sah sie ängstlich an. Ihre nächtlichen Gruselgeschichten drehten sich immer häufiger um Kinder, die ins Kinderheim gesteckt wurden oder auf der Straße verhungern mussten, weil ihre Eltern sie nicht mehr haben wollten. Suzu befürchtete, Maman könnte ausgerechnet sie durch das neue Geschwisterchen ersetzen, weil sie sich bei ihren Stickarbeiten so ungeschickt anstellte.

»Es ist unabwendbar!«, schimpfte Papa. »Ich muss Monsieur Monet kontaktieren.«

»Warum willst du ihn da hineinziehen?«

»Weil ich keine andere Wahl habe, Alice!«

Blanche hörte Maman weinen.

»Bitte, erspare mir diese Peinlichkeit.«

Blanche wünschte, sie könnte einfach hineingehen und fragen, worüber sie stritten und was Monet damit zu tun hatte. Aber das war unmöglich. Sie würde auffliegen, weil sie gelauscht hatte, und die nächste Strafe wäre gewiss.

»Darum solltest du dir keine Sorgen machen. Monet wird sich angemessen verhalten, dessen bin ich sicher. Gerade er! Und jetzt entschuldige mich bitte, denn ich habe noch ein paar Vorkehrungen zu treffen. Meine Entscheidung steht fest.«

Blanche hörte, wie Mamans Schuhe auf dem Parkettboden klackerten und der Tür nahe kamen. Sie packte Suzu an der Hand und rannte mit ihr die Treppe hinauf.

• • •

Am nächsten Tag nach dem Déjeuner unternahm Maman mit Ninette und Blanches Geschwistern einen Ausflug an die Seine. Wie viele unbekümmerte Tage hatten sie dort mit Monet verbracht. Warum konnte man die Zeit nicht einfach zurückdrehen? Sie vermisste ihn. Umso mehr, da Papa sich verändert hatte. Er war zwar zu Hause, wirkte aber geistesabwesend.

Blanche hatte eine Magenverstimmung vorgetäuscht, um Maman nicht begleiten zu müssen. Aber kaum waren sie fort, kam ein gewisser Monsieur Poiret und verschwand kurz in Papas Arbeitszimmer.

Wenig später stand Blanche in der Eingangshalle und sah mit an, wie dieser ältere Herr zwei Arbeiter anwies, die Präzisionsstanduhr auf ein Pferdefuhrwerk zu verladen.

»Geht vorsichtig damit um und zerbrecht das Glas nicht!« Er

zwirbelte seinen grauen Schnauzbart und stützte sich auf einen Gehstock mit goldenem Knauf.

»Sehr wohl, Monsieur Poiret«, antwortete einer der Männer, der eine Kappe trug und sich mit dem Ärmel über die schweißnasse Stirn wischte. Er hüllte die Uhr sorgsam in Tücher, bevor er sie dem anderen Mann, der auf die Ladefläche hochgesprungen war, entgegenschob. Dort stand bereits die brokatbezogene Chaiselongue aus dem Salon.

Was ging hier vor?

»Passt bloß auf, wenn ihr gleich den Sekretär verladet! Entdecke ich nach dem Transport auch nur einen einzigen Kratzer, ziehe ich den Schaden von eurem Lohn ab.«

Was hatte das zu bedeuten? Warum luden sie all die Möbelstücke auf? Maman liebte die Chaiselongue. Sie hatte sie mitsamt dem Château von Grand-père geerbt. Würden sie umziehen? Was naheliegend wäre, da Blanche Papa gestern auch von Paris hatte sprechen hören, als sie ihre Eltern belauscht hatte.

»Das ist ein Louis-seize, ihr Cretins! Der Sekretär hat mich ein Vermögen gekostet«, schimpfte Monsieur Poiret, als sie den Mahagonisekretär hochhievten.

Poiret hatte die Möbel gekauft? Blanche würde Papa fragen, bevor sie noch länger rätselte. Irgendeine Antwort musste er ihr schließlich geben. Als sie sich umdrehte, tauchte plötzlich Papa neben ihr auf, legte ihr seine Hand auf die Schulter und drückte sie an sich.

»Warum verkaufst du Mamans Möbel?«, wisperte sie.

»Monsieur Poiret?«, rief der Mann mit der Kappe. »Hier ist ein Kratzer auf der Schreibfläche. Der muss schon da gewesen sein, bevor wir den Sekretär nach draußen trugen.«

»Ah, Monsieur Hoschedé«, wandte sich dieser an Papa. »Den werde ich selbstverständlich von der Summe abziehen.«

»Ich habe Ihnen den Sekretär bereits zu einem Freundschaftspreis überlassen«, widersprach Papa.

Blanche wäre es lieber gewesen, Poiret hätte die Möbel wieder dorthin zurückgestellt, wo sie hingehörten, und betete, Papa sähe das ebenso.

»Wenn Sie meinen, Sie finden einen Käufer, der mehr dafür zahlt, kann ich die Möbel auch wieder abladen.« Poiret grinste hämisch.

Papa räusperte sich und fuhr sich nachdenklich übers Kinn.

»Einen Moment«, wies Poiret die Arbeiter an, zu warten.

Hoffentlich antwortete Papa nun, sie sollten die Möbel wieder ins Haus tragen.

»Allerdings dürfte es in Ihrer Situation schwierig werden.« Poiret trommelte ungeduldig mit den Fingern am Gehstock.

Papa presste kurz die Lippen aufeinander. »Machen Sie weiter.« Dann drehte er sich um und ging zurück ins Haus. Was war nur mit ihm los? Noch nie hatte sie ihn so niedergeschlagen und teilnahmslos erlebt. Und von welcher Situation sprach Poiret?

Blanche konnte kaum fassen, wie kampflos Papa nachgegeben hatte. Das war nicht ihr starker und lebensfroher Vater, wie sie ihn kannte. Sie ahnte, dass etwas Schlimmes geschehen sein musste, das ihn derart klein beigeben ließ. Wenn sie nur wüsste, worum es ging, dann konnte sie Papa vielleicht helfen.

Da Papa sich zurückgezogen hatte und Blanche diesen unsympathischen Poiret und seine Männer nicht unbeaufsichtigt lassen wollte, blieb sie so lange draußen, bis alle Möbel verladen waren und sie sich schließlich verabschiedeten.

Auf dem Weg zum Arbeitszimmer traf sie Pépin. Blanche mochte den Diener, der stets fröhlich war und eine Tochter in ihrem Alter hatte.

»Mademoiselle Blanche, geht es dir besser?« Wenn sie niemand hörte, duzten sie sich freundschaftlich. Und obgleich er lächelte, verrieten seine glasigen Augen etwas anderes. Er wirkte ebenso betrübt wie Papa.

Blanche deutete an, dass sie ihm etwas ins Ohr flüstern wollte. Er beugte sich zu ihr hinunter.

»Mir war doch gar nicht übel. Pépin, was geht hier vor?«

Er holte tief durch die Nase Luft. »Eigentlich darf ich nicht darüber sprechen.«

Das konnte er nicht ernst meinen. Neben Papa und Monet war er der Einzige, der sie nicht mehr wie ein Kleinkind behandelte. »Nun sag schon.«

Pépin rang mit sich, so als ob er diesmal nicht recht wüsste, wie er sich ausdrücken sollte. »Dein Vater war in den letzten Jahren sehr großzügig zu mir. Ganz besonders vor drei Jahren. Nun ist es an mir, ihm etwas zurückzugeben.«

Blanche wusste, seine Familie war damals an Pocken erkrankt. Papa hatte einen Arzt bezahlt, der sich um sie kümmerte, und Pépin durfte ein paar Wochen bei vollem Lohn zu Hause bleiben. Glücklicherweise ging die Erkrankung für alle Familienmitglieder glimpflich aus. Nur ein paar Narben auf seinen Wangen erinnerten daran.

Aber was hatte das mit dem Verkauf der Möbel und Papas befremdlichem Verhalten zu tun?

»Wie meinst du das?«

»Ich werde nicht mehr lange für ihn arbeiten«, druckste er.

Was sagte er da? Pépin stand schon zu Grand-pères Zeiten in Diensten der Familie Raingo. Er konnte sich unmöglich nach einer anderen Arbeit umgesehen haben.

»Aber du willst uns doch nicht verlassen?«

»Ich fürchte, mir bleibt keine andere Wahl.«

»Ja, aber warum denn nur?«

Pépin machte ein mitleidiges Gesicht. »Weil dein Papa meinen Lohn leider nicht mehr zahlen kann. Aber ich werde so lange in euren Diensten bleiben, wie es mir finanziell möglich ist. Dennoch muss ich sechs hungrige Mäuler stopfen.«

Blanche wurde schwindelig. Papa sollte nicht mehr genug Geld besitzen, um Pépin zu bezahlen? Wie konnte das sein? So hart, wie er in den letzten Monaten gearbeitet hatte, war das undenkbar.

»Hat Papa das gesagt?«

Pépin nickte und zuckte bedauernd mit den Schultern.

»Das hast du nur falsch verstanden!«

»Dann müssten auch alle anderen ihn missverstanden haben«, entgegnete er.

»Von wem sprichst du?«, bohrte sie.

»Du wirst keine Ruhe geben, oder?«

Blanche schüttelte trotzig den Kopf.

»Nun gut, aber das hast du nicht von mir!« Er sah sie durchdringend an.

Sie versteckte eine Hand hinter ihrem Rücken und überkreuzte die Finger. »Versprochen.«

»Alle Bediensteten müssen sich nach neuen Anstellungen umschauen. Dein Vater war so umsichtig, es rechtzeitig mitzuteilen, damit sie eine Chance … « Pépin brach seinen Satz ab und wischte sich über die Augen.

Blanche brauchte einen Moment, um zu begreifen. Papa verkaufte Mamans Möbel. Er kündigte dem Personal, sogar Pépin. Papa schien tatsächlich in Geldnöten zu sein. Aber dafür gab es vielleicht eine Lösung!

• • •

Nachdem Blanche mehrmals an die Tür von Papas Arbeitszimmer

geklopft hatte, sich aber nichts regte, drückte sie zögerlich die Klinke herunter und spähte durch den Türspalt. Papa saß gebeugt an seinem Schreibtisch. Er hatte das Gesicht in den Händen vergraben. Um ihn herum stapelten sich Papiere. Neben ihm am Boden stand die geöffnete Kutschenkiste. Wo war er mit seinen Gedanken, dass er ihr Klopfen überhört hatte?

Blanche konnte kaum ertragen, ihn so zu sehen. Vermutlich hatte der Verkauf der Möbel sowie die Entlassung Pépins und des restlichen Personals ihm das Herz gebrochen. Aber vielleicht war es noch nicht zu spät, und sie konnte ihm helfen.

»Blanche! Warum hast du nicht angeklopft?«, fragte er erschrocken.

»Das habe ich, sogar mehrfach.«

»Entschuldige bitte. Geht es dir wieder besser?« Er winkte sie zu sich ran, schloss den Deckel der Kutschentruhe und klopfte einladend darauf. »Setz dich her.«

Blanche nickte und hockte sich zu ihm. Die Zeichenmappe, die sie eben aus ihrem Zimmer geholt hatte, legte sie vorerst auf ihre Knie. Ihr Blick schweifte über seinen Schreibtisch. Aus ihrer Perspektive wirkte der Papierberg darauf so unüberwindbar wie der Mont Blanc. Sie war aufgeregt, denn sie musste das Gespräch geschickt lenken, ohne dabei Pépin zu verraten. Erschwerend kam hinzu, dass Papa zu den Menschen gehörte, die niemals Hilfe annahmen. Stattdessen unterstützte er lieber andere und freute sich, wenn es ihnen gut ging.

»Wer ist dieser Monsieur Poiret?«

»Ein unangenehmer Zeitgenosse. Ich habe gelegentlich Stoffe bei ihm eingekauft.«

Das erklärte, weshalb Papa ihn niemals zum Diner eingeladen hatte. Allein die Art, wie er mit seinen Arbeitern umsprang, musste ihm missfallen. Trotzdem leuchtete ihr nicht ein, wieso er ihn nicht einfach ignorierte.

»Das verstehe ich nicht. Wenn du mit ihm keine Geschäfte machen willst, könntest du die Ware woanders bestellen.«

Papa streichelte ihre Wange. »Du bist ein kluges Mädchen.«

»Aber warum verkaufst du ihm Mamans Möbel?«

Papa biss sich auf die Unterlippe. »Im Leben muss man manchmal das kleinere Übel wählen, um ein größeres zu verhindern.«

»Was möchtest du denn damit verhindern?«

»Es ist kompliziert, aber ich wollte Poiret damit ein für alle Male loswerden.«

Was ihm hoffentlich gelungen war. Sollte Blanches Plan jedoch gelingen, müsste Papa ihn trotzdem noch einmal wiedersehen, um die Möbel von ihm zurückzukaufen.

»Weiß Maman davon? Sie wird furchtbar traurig sein.«

Blanche vermutete, Maman unternahm deshalb diesen Ausflug an die Seine, um den Abtransport der Chaiselongue nicht mitzuerleben.

Papa starrte niedergeschlagen auf die Papiere vor sich. »Sie ist eine starke Frau und wird es überwinden. Mach dir keine Sorgen um sie.«

Wenn Blanche ehrlich war, sorgte sie sich viel mehr um Pépin und seine Familie, wie auch um alle anderen, die Papa entlassen musste.

»Lass uns über etwas Schönes sprechen. Was hast du mir da mitgebracht?« Er deutete auf ihre Zeichenmappe.

Blanche lächelte. Nun war der große Augenblick gekommen, der vielleicht alle retten könnte. Während sie die Schleife an der Mappe öffnete, schickte sie noch ein Stoßgebet zum lieben Gott, damit er ihr beistand. Ihre Mappe quoll aus allen Nähten, so viele

Karikaturen beinhaltete sie mittlerweile. Es wurde ohnehin Zeit, ein wenig Platz zu schaffen.

»Neue Zeichnungen?« Sein Gesicht hellte sich auf. Blanche reichte ihm ihre neuesten Werke. Papa lehnte sich auf seinem Stuhl zurück und begutachtete sie. Dann lachte er. »Aber das ist ja Pépin!«

Blanche hatte seine Karikatur eben absichtlich ganz obenauf sortiert, weil sie hoffte, Papa dazu zu bewegen, die Kündigung zurückzunehmen. Da Pépin hochgewachsen war, hatte sie ihn mit endlos dürren Beinen, einem winzigen Oberkörper und schmalem Gesicht gezeichnet. Um ihn herum standen sechs Kinder, die neben ihm wirkten wie kleine Grashalme.

Er legte die Zeichnung beiseite und sah sich die nächste an. »Und das ist Antoine!«

Blanche hatte den Gärtner gemalt, als er das Rosenbeet von Unkraut befreite. Er hatte eine fürchterlich lange, dicke Nase und einen ebenso überdimensionalen Bauch.

»Du hast ihn perfekt getroffen. Deine Zeichnungen sind großartig!«

Ihr fiel ein Stein vom Herzen, denn das war für den nächsten Schritt zwingend notwendig.

»Vielleicht könnten wir sie Monsieur Monet zeigen?«

»Ich werde ihn wohl nächste Woche in Paris treffen. Möchtest du, dass ich sie ihm mitbringe?«

Sie wünschte sich nichts sehnlicher als das!

»Wusstest du, dass Monet heute *Millionär* wäre, wenn er damals weiterhin seine Karikaturen bei Monsieur Gravier im Papierwarenladen ausgestellt und verkauft hätte?«

Er zog anerkennend die Brauen hoch. »Alle Achtung. Das ist mir neu.«

»Aber es stimmt! Vielleicht würde Monsieur Gravier auch

meine Zeichnungen verkaufen. Dann könnten wir doch Mamans Chaiselongue und die anderen Möbel von Monsieur Poiret zurückbekommen.«

Und Pépin und die anderen Bediensteten davon bezahlen, dachte sie. Aber darauf würde Papa gewiss von selbst kommen.

Doch er blickte stumm auf die Zeichnungen und rührte sich nicht. Warum sagte er nichts? Es fühlte sich an wie eine Ewigkeit, bis er die Skizzen schließlich in ihre Mappe zurücklegte und diese mit dem Schleifchen zuband. Als er sie ansah, waren seine Augen tränenunterlaufen. Papa nahm ihre Hand und zog Blanche auf seinen Schoß. Er drückte sie fest an sich und streichelte über ihr Haar.

»Dein Herz ist so groß wie der Ozean, und dafür liebe ich dich.«

»Ich habe dich auch lieb«, hauchte sie ihm ins Ohr.

4

Biarritz, August 1877

Die Landschaft flog an ihr vorüber und erinnerte an die verschwommene Grundierung von Monets Bildern. Unter Blanche donnerten und ruckelten die Räder der Eisenbahn Richtung Biarritz über die Bahnschwellen. Neben ihr im Erste-Klasse-Abteil klammerte Suzu sich an ihre Puppe. Seit sie lesen konnte, hatte sie eigentlich nur noch ihr Bett damit dekoriert. Aber vermutlich gab sie Suzu nun ein Gefühl von Sicherheit. Ihnen gegenüber wiegte Ninette Germaine auf ihrem Schoß, die nach der Aufregung am Morgen endlich aufhörte zu quengeln und einschlief.

Blanche sah zu Maman hinüber, die schmerzlich das Gesicht verzog und sich den dicken Bauch hielt. Mit der anderen Hand krallte sie sich an das Sitzpolster. Ob ihr von der Ruckelei des Zuges jetzt schon schlecht war? Die Fahrt bis zu Tante Amélie würde sicherlich noch mehr als zehn Stunden dauern. Maman pustete stoßweise Luft aus. Plötzlich stöhnte sie auf. Was hatte sie nur?

Eine jüngere Dame stand auf und ging zu ihr. »Madame, kann ich Ihnen helfen? Geht es Ihnen nicht gut?«

Maman lächelte verkrampft und streichelte ihren Bauch. »Eigentlich hätten wir noch ein wenig Zeit, aber nach fünf Kindern weiß man, wann es so weit ist.« Sie keuchte.

Die Dame blickte erschrocken drein. »Ich werde den Schaffner holen«, sagte sie und eilte davon.

Bedeutete das, Maman bekam ihr Baby? Hier im Zug? Ninette sah besorgt aus. Germaine begann zu weinen. Auch Marthe, Jacques und Suzanne starrten hilflos zu Maman hinüber. Blanche wusste, dass manchmal Frauen bei der Geburt starben. Wenn ihr nun etwas zustieße! Blanche wurde angst und bange. Warum konnte Papa jetzt nicht bei ihnen sein?

Kurz drauf erschien der Schaffner und drängte sich an zwei Damen vorbei, die sich erhoben hatten und neugierig zu ihnen schauten. »Bitte setzen Sie sich, Mesdames, es ist alles in bester Ordnung.« Während eine von ihnen sich wieder hinsetzte, folgte die Ältere dem Schaffner.

»Man sagte mir, es gäbe ein Problem, Madame?« Der Schaffner riss die Augen auf, als er Maman sah. »Sie gedenken doch nicht hier im Zug …?«

Die Dame hinter ihm schob ihn brüsk zur Seite.

»Junger Mann, Kinder fragen nicht danach, wo sie auf die Welt gebracht werden, aber sie bestimmen, wann! Machen Sie sich nützlich und halten Sie den Zug an, damit die Passagiere in einen anderen Waggon umsteigen können!« Sie tätschelte Maman beruhigend die Schulter. »Mein Name ist Jeanne Gros.« Sie legte den Hut ab und krempelte sich die Ärmel ihres Kleides auf. »Ich habe selbst neun Kinder geboren und sieben Enkelkindern auf die Welt geholfen, da werden wir Ihres ebenso ans Licht bringen.«

»*Vite, vite*«, trieb Madame Gros den Schaffner an. »Und besorgen Sie mir ein wenig Wasser.« Der Schaffner drehte sich auf der Stelle um und hastete davon.

»Macht euch keine Sorgen.« Maman schenkte Blanche und ihren Geschwistern ein tapferes Lächeln. »Ehe wir in Biarritz ankommen, habt ihr ein neues Geschwisterchen.«

»Ich werde mich um Ihre Kinder kümmern, Madame«, erbot sich die jüngere Dame, die zuvor den Schaffner geholt hatte.

Ninette schien erleichtert, mit ihnen und der jammernden Germaine nicht allein zu sein. »Das ist sehr freundlich von Ihnen, Mademoiselle.«

Kurz darauf stoppte der Zug mit quietschenden Bremsen, und sie mussten in den nachfolgenden Waggon umsteigen. Während Germaine und jetzt obendrein Suzu und Marthe weinten, verzog Jacques keine Miene. Blanche wünschte nur, dass alles gut ausging. Obwohl es im Waggon stickig und heiß war, fröstelte sie. Sie zog Suzu in ihre Arme, weil sie am ganzen Körper zitterte.

»Was geschieht denn nun mit Maman?«, schluchzte sie.

»Madame Gros kennt sich mit Babys aus. Sie weiß, was zu tun ist. Versuch jetzt, an etwas Schönes zu denken.«

Nur woran?, dachte sie insgeheim. Der Tag hatte schon mit einer Katastrophe begonnen und würde hoffentlich nicht in einer weiteren enden.

Kurz nach dem Frühstück hatte Pépin mit trauriger Miene ihre Reisekoffer hinauf in ihre Zimmer getragen. »Packt nur das Notwendigste ein und trödelt nicht!«, hatte Maman ihnen befohlen. Marthe und Blanche mussten den Jüngeren helfen. Nur wenig später saßen sie in den Kutschen, die sie zum Bahnhof fuhren. In der Eile blieb kaum Zeit, um sich ordentlich von Papa zu verabschieden. Wenigstens hatte sie in letzter Sekunde noch geschafft, Pépin seine Karikatur zu schenken, denn Blanche befürchtete, dass sie ihn nie wiedersehen würde. So konnte er die Zeichnung vielleicht selbst für ein paar Francs verkaufen oder sie als Erinnerung behalten.

»Glaubst du, wir bleiben lange bei Tante Amélie?«, fragte Suzu und wischte sich die Tränen mit ihrem Rockzipfel fort. »Papa will das Baby doch bestimmt bald sehen.«

»Er wird gewiss nachkommen, sobald sein Geschäft es erlaubt.«

Blanche wünschte sich im Augenblick nichts sehnlicher als Papas Nähe und die unbekümmerten Wochen mit Monet vor einem Jahr zurück. Sie ahnte, dass sie wohl nie wieder nach Montgeron zurückkehren würden. Obwohl sie ihr Reiseziel kannte, fühlte es sich an wie die Fahrt in eine ungewisse Zukunft.

• • •

Die Sonne ging auf, als sie Biarritz erreichten und Blanche mit Suzu an der Hand auf den Bahnsteig hinabstieg. Nach der stundenlangen Fahrt roch die Luft draußen doppelt so frisch und nach Sommer. Obwohl sie aufgeregt gewesen waren, waren sie dann doch am späten Abend erschöpft eingeschlafen und erst wieder aufgewacht, als Paulette, die junge Dame, die sich ihrer angenommen hatte, sie kurz vor der Ankunft am Bahnhof weckte.

Blanche fiel ein Stein vom Herzen, als sie Maman erspähte, der Madame Gros aus dem Zug half. In ihren Armen trug sie ein eingepacktes Bündel.

Blanche und ihre Geschwister stürmten auf sie zu und umringten sie. Jeder wollte das Neugeborene sehen.

»Langsam, Kinder!«, sagte Maman lächelnd und schlug behutsam einen Zipfel der Decke beiseite, sodass sie das Gesicht des Babys sehen konnten.

»Ist es ein Junge oder ein Mädchen?«, fragte Suzu und stellte sich auf die Zehenspitzen, um einen Blick zu erhaschen.

»Das ist euer Brüderchen – Jean-Pierre.«

»Endlich habe ich einen Bruder!«, rief Jacques und hüpfte begeistert über den Bahnsteig.

Er dachte wohl schon daran, wie sie demnächst zu zweit den

Schmetterlingen hinterherjagen würden, doch bis es so weit war, wäre er selbst schon fast erwachsen.

»Madame Gros, ich weiß nicht, wie ich Ihnen jemals dafür danken könnte.«

»Liebe Madame Hoschedé, das war eine Selbstverständlichkeit«, entgegnete sie und zwinkerte. »Ah, da ist meine Tochter. Werden Sie abgeholt, oder möchten Sie mit uns fahren?«

»Das ist sehr freundlich, aber ich denke, mein Schwager wird uns am Eingang erwarten.«

»Dann darf ich mich verabschieden und wünsche Ihnen alles Gute.«

• • •

Tante Amélies Haus lag oberhalb des Strandes auf einer Klippe. Blanche war von der Aussicht hingerissen. Sie öffnete das Fenster ihres Zimmers, das sie sich mit Suzu teilte, und ließ die Meeresluft herein. Sie duftete besonders und ein wenig nach Fisch. Eine Weile beobachtete sie die weißen Schaumkronen der Wellen, die rauschend an Land spülten. Alles glitzerte und funkelte bis zum Horizont. Sie erinnerte sich an den Sonnenaufgang auf Monets Gemälde. Es war das erste Mal, dass Blanche das Meer sah, aber hier verstand sie seine flammende Begeisterung für die Küste und das Wasser. Als Monet ihr damals erzählt hatte, dass er einmal in Étretat mitsamt seiner Staffelei und Malutensilien von der Brandung davongerissen wurde, hatte sie es kaum glauben können. Angesichts der tosenden Wellen, die unten ein Fischerboot hin und her schaukeln ließen wie eine Nussschale, konnte sie es sich vorstellen.

»Meinst du, wir dürfen vielleicht einmal mit den Füßen ins Wasser?«, fragte Suzu, die sich zu ihr gesellt hatte und einer Möwe hinterherschaute, die krächzend an ihrem Fenster vorbeisegelte.

»Gewiss nicht, bevor du deine Kleider ausgepackt hast.« Blanche stieß sich am Fensterrahmen ab und widmete sich ihrem Gepäck. Zuerst nahm sie die Zeichenmappe heraus und legte sie auf ihr Nachtschränkchen. Hoffentlich blieben sie nicht allzu lange hier. Sie brannte darauf, endlich Monet wiederzusehen, um ihm ihre Skizzen zu zeigen. Mit ein wenig Glück waren sie gut genug, damit sie endlich mit der Ölmalerei beginnen durfte. Die Tage bis dahin würde sie nutzen, um das Meer zu malen, denn damit würde sie ihn sicherlich beeindrucken.

»Suzu, beeil dich, damit wir rechtzeitig zum Déjeuner kommen!«

• • •

Blanche und Suzanne trafen sogar ein wenig zu früh im Esszimmer ein, an das sich Tante Amélies Salon anschloss.

»Du weißt, du und die Kinder seid hier herzlich willkommen. Bleibt, so lange ihr möchtet. Dennoch kann ich Ernests Verhalten nicht gutheißen«, hörte sie Tante Amélie sagen.

Blanche hielt Suzanne vor dem Durchgang an der Schulter zurück, damit sie stehen blieb, wo Maman und Tante Amélie sie nicht sahen. War die Tante böse, weil er nicht mitgereist war und sein Geschäft nicht alleinlassen konnte? Das ergab keinen Sinn, denn Tante Amélie war eine Frohnatur und die Jüngste der Schwestern. Verglichen mit Maman, wäre sie ebenso als Blanches erwachsene Schwester durchgegangen, weil sie so mädchenhaft und modern wirkte.

»Wie Georges mir vor eurer Ankunft gestand, hat Ernest sich auch von uns Geld geborgt, um einen *vorübergehenden* Engpass zu überbrücken. Das war vor über einem Jahr«, bemerkte sie spitz.

Blanche mochte Onkel Georges. Hilfsbereit und gut gelaunt,

wie er war, wunderte sie sich nicht, wenn ausgerechnet er ausgeholfen hatte. Sollte Papa etwa schon länger in Geldnöten gewesen sein?

»Ich habe von alldem nichts geahnt. Er hat nie etwas gesagt«, beteuerte Maman.

Das klang ganz nach ihrem rücksichtsvollen Vater. Er wollte immer nur, dass es allen gut ging und hielt Sorgen fern.

»Erlaube mir die Bemerkung, aber es ist verwunderlich, wenn ein Ehemann seine Frau kurz vor der Niederkunft allein mit fünf Kindern und einem Kindermädchen verreisen lässt, das selbst noch ein halbes Kind ist. Mir musst du nichts vormachen, Alice.«

Was meinte sie damit?

»Wusstest du, dass Ernest sich Geld von unseren Geschwistern geborgt hat? Er schuldet Alphonse, Louis und Achille ebenfalls beträchtliche Summen.«

Wobei Achille nur Mamans Schwager und der Mann von Tante Gabrielle war.

»Das kann nicht wahr sein!«

»Wenn du meinen Rat hören möchtest, Alice, ihr habt Gütertrennung. Warte nicht, bis es zu spät ist. Unsere Männer verwalten zwar unsere Mitgift, aber deshalb hast du trotzdem ein Anrecht auf deinen Erbteil. Solltest du von alldem nichts mitbekommen haben, dann frage dich, was er sonst noch vor dir verheimlicht. Stell dir vor, Rottembourg wird versteigert.«

»Gott bewahre uns davor!«

»Unsere Eltern würden sich im Grab umdrehen. Du solltest deinen Erbteil einklagen.«

Welch düsteres Szenario malte Tante Amélie da aus? Was stand ihnen bevor, wenn sie nicht mehr in ihr Zuhause zurückkonnten? Blanche wurde schwindelig. Schockiert hielt sie die Hände vor den Mund. Suzus Augen füllten sich mit Tränen. Obschon sie jünger war, wusste auch sie, was eine Versteigerung bedeutete. Und was schlug Tante Amélie Maman vor? Sollte sie etwa gegen ihren eigenen Ehemann vorgehen, bloß weil Papa in Schwierigkeiten steckte? Blanche ahnte, sie würde ihr Zuhause niemals wiedersehen.

5

Biarritz, Mai 1878

Seit acht Monaten wohnten sie nun schon bei Tante Amélie und Onkel Georges. Zwar gefiel ihnen Biarritz mit seinen vornehmen Häusern, den ausländischen Gästen und der Flaniermeile am Strand, einmal hatten sie sogar die Sommerresidenz von Kaiserin Eugénie und Nikolaus III. von außen besichtigt, doch Blanche und ihre Geschwister sehnten sich nach Rottembourg, ihrem Zuhause. Vor allem aber vermissten sie Papa, den sie zum letzten Mal im August gesehen hatten. Kurz nach Jean-Pierres Geburt war er angereist, um seinen Jüngsten zu begutachten und die Geburtsurkunde zu unterschreiben. Mittlerweile konnte der Kleine schon krabbeln.

Blanche und ihre Geschwister hatten sich gefreut, weil die Familie wieder komplett gewesen war. Doch letztlich hatte es keine vierundzwanzig Stunden gedauert, bis zwischen ihren Eltern dunkle Wolken aufgezogen waren.

»Wie konntest du mir das antun, Ernest?«, hatte Maman ihn angeherrscht. Bald darauf war er abgereist.

Blanche vermutete, dass seine Reise nach Belgien mit seinen finanziellen Sorgen zusammenhing, denn dort lebte ein gut betuchter Cousin Papas. Sie vermisste ihn unendlich. Auch zu ihrem Geburtstag im November hatte sie lediglich einen Brief erhalten, den sie nun mitsamt der Rocaille-Bürste und dem Spiegel in ihrem Kästchen hütete.

Heute verbrachten sie einen Tag am Strand, denn die steigenden Temperaturen luden nach den kalten Wintermonaten dazu ein, und es war beinahe windstill. Während Maman mit Jean-Pierre, Tante Amélie, Marthe, Suzanne und Germaine unter einem gespannten Baldachin Schutz vor der Sonne suchten, spielte Jacques am Wasser und hechtete kleinen Sardellenschwärmen nach, die sich bis ans Ufer wagten.

Blanche hatte sich unweit der anderen niedergelassen und zeichnete das Meer. Seichte Wogen schwappten ans Land. Das Wasser rollte über den hellen Sand die Böschung hinauf, lief zungenförmig aus und floss glitzernd zurück, wo sich schon die nächste Welle aufbäumte. Sie wünschte, sie hätte mehr als nur ihre Pastellkreiden, und sehnte sich nach dem matten Glanz der Ölfarben, um die Schönheit der Wellen festhalten zu können.

»Maman? Wann kommt denn Papa wieder?«, hörte Blanche Suzu unvermittelt fragen.

Blanche ließ von ihrer Zeichnung ab, und sogar Marthe schaute von ihrem Buch auf. Alle warteten gespannt auf die Antwort. Maman war in den letzten Monaten stets dieser Frage ausgewichen. Wann immer man sie danach gefragt hatte, wann Papa käme oder sie nach Rottembourg zurückkehren würden, flüchtete sie sich in Ausreden.

Maman antwortete nicht und hob stattdessen Jean-Pierre, der aus dem Schatten herausgekrabbelt war, energisch auf ihren Schoß zurück.

Tante Amélie sah Maman tadelnd an. »Wann willst du es den Kindern endlich sagen? Oder soll ich das übernehmen?«

»Amélie!«

»Du kannst sie nicht ewig vertrösten«, entgegnete Amélie bissig.

Was wusste sie, das Maman ihnen verschwieg?

»Es wird noch eine Weile dauern, bis …«

»In der letzten Woche kam ein Brief von eurem Vater«, fiel Amélie Maman ins Wort.

»Ich möchte die Kinder nicht unnötig beunruhigen.«

Maman schien es nicht zu gefallen, dass Tante Amélie sich über sie hinwegsetzte, wie Blanche unschwer an ihrem Gesichtsausdruck ablesen konnte.

»Unnötig?«, fragte Tante Amélie schnippisch. »Kurz vor der Versteigerung wird es höchste Zeit!«

Blanches Herz raste. Sprach sie etwa von Rottembourg?

»Das ist nicht der richtige Augenblick.«

»Und wann ist der richtige Zeitpunkt? Wenn ihr in eine ungewisse Zukunft irgendwohin flieht wie Ernest vor seinen Gläubigern nach Belgien?«

In Blanche verkrampfte sich alles. Papa war geflohen? Wie schlimm war seine Lage? Welche schreckliche Wahrheit verbargen ihre Eltern vor ihnen?

»Ich finde, auch die Kinder haben ein Anrecht darauf, zu erfahren, dass ihr Vater euch in den *Ruin* getrieben hat. Er hat mit *deinem* Geld das Leben eines Krösus geführt. So benimmt sich nur jemand, dem seine Familie gleichgültig ist! Ein ehrbarer Mann hätte alles dafür getan, um Schaden von seiner Familie abzuwenden. Er ist ein Hochstapler.«

Maman starrte ihre Schwester erbost an.

So ärgerlich hatte Blanche Amélie noch nie erlebt. Egal, wie sehr sie ihre Tante liebte, es versetzte ihr einen Stich, sie derart abfällig über Papa reden zu hören. Außerdem war es falsch.

»Papa hat immer gut für uns alle gesorgt«, platzte Blanche heraus und erschrak selbst vor ihrer Kühnheit, unerlaubt dazwischenzureden.

»Blanche!«, rügte Maman sie. Dann wandte sie sich wieder Amélie zu. »Es steht dir nicht zu, dich einzumischen.«

»Verzeih mir, aber wer gewährt euch seit Monaten Unterschlupf, weil Ernest ganz offenbar nicht in der Lage ist, mit deinem Geld hauszuhalten? Vergiss nicht, Rottembourg gehörte einst unserer Familie. Daher steht es mir sehr wohl zu, mich über deinen Taugenichts von Ehemann auszulassen.«

»Nicht vor den Kindern!«

Marthe und Suzanne schauten erschrocken. Am schlimmsten musste es für Suzu sein, weil ihre unbedarfte Frage einen Streit verursacht hatte. Was meinte Tante Amélie mit ›Unterschlupf‹? Bisher hatte sie angenommen, sie wären hier in verlängerten Ferien, weil Papa angeblich darüber nachdachte, eine Residenz in Biarritz zu erwerben. Damit hatte Maman ihnen den längeren Aufenthalt erklärt. Papa war abwesend, weil er sich um das Tuchgeschäft kümmern musste.

»Erzähl ihnen von den Außenständen und Hypotheken. Alice, es sind zwei Millionen Francs! Allein Petit, Durand-Ruel und Worth fordern zusammen beinahe einhunderttausend Francs. Dabei geht es nur um Luxusgüter! Ernest hat sich mit deinem Geld ein Leben geleistet, das weit über seine Verhältnisse ging.«

Die Namen Worth und Durand-Ruel kannte Blanche. Offenbar schuldete Papa sowohl dem Couturier als auch dem Kunsthändler beträchtliche Summen.

»Die Bilder, die Ernest bei Petit und Durand kaufte, sind Geldanlagen, weil sie im Wert steigen werden«, widersprach Maman.

»Ob auch die Roben von Worth im Wert steigen werden? Alice, sieh endlich der Wahrheit ins Auge! Ernest hat diese neuen impressionistischen Maler und vor allem diesen Monet unterstützt, weil er auf eine schnelle Vermehrung seines Geldes baute. Wie viele Gemälde besitzt er allein von ihm? Sind es zwölf? Ehe diese an Wert gewinnen, sind wir alle längst gestorben.«

Am liebsten hätte Blanche laut aufgeschrien. Nicht nur, weil Tante Amélie Papa beleidigte, sie hatte keine Ahnung von Monet und seinen großartigen Werken. Monets Kunst würde sich durchsetzen und wäre sicherlich bald sehr wertvoll, denn Papa war Kunstkenner, das hatte schließlich auch Monet betont.

»Die Bilder werden teurer, dessen bin ich sicher«, antwortete Maman gelassen und streichelte Jean-Pierres Wange.

Tante Amélie schüttelte eingeschnappt den Kopf. »Dass gerade *du* darauf hoffst, wundert mich nicht.«

Maman warf ihr einen galligen Blick zu.

»Wir werden in drei Wochen erfahren, wie viel sie wert sind. Das Ergebnis der Versteigerung dürfte nicht mehr allzu lange auf sich warten lassen«, fügte Amélie schnippisch an.

Blanche fuhr zusammen. Sollten etwa Monets Gemälde versteigert werden? *Madame Camille im grünen Kleid*, der *Sonnenaufgang* und der *Strand von Trouville*?

»Doch bevor die Gemälde dran sind, würde ich es an deiner Stelle vorziehen, darüber nachzudenken, wo ihr künftig leben werdet, wenn dieser Monsieur Blache in Rottembourg einzieht.«

Was hatte Monsieur Blache damit zu tun? Er war ein wohlhabender Geschäftsmann aus Montgeron und hatte Papa ein paarmal besucht.

»Amélie, mäßige dich! Die Kinder bekommen Angst. Das wird nicht passieren.«

»Ich kann nicht glauben, wie naiv du bist! Ernest hat einhunderteinundfünfzig Gläubiger, die auf ihr Geld warten. Auf Blache läuft bereits die zweihunderttausend-Francs-Hypothek für Rottembourg, und er wird zweifelsfrei den Zuschlag erhalten, wenn er heute mitbietet.«

Wovon redete sie da? Würde Rottembourg etwa heute versteigert? Marthe und Suzanne begannen zu weinen. Auch Blanche konnte ihre Tränen nicht mehr aufhalten. Nur Jacques planschte am Wasser und ahnte nicht, dass sich ihr Zuhause gerade in ein Luftschloss verwandelte.

Biarritz, Juni 1878

Blanche saß am Esszimmertisch in Tante Amélies Haus, trank einen Schluck Milch und strich Butter auf ihr Frühstücksbrot. Bis auf Jean-Pierre, der ab und an vergnüglich quietschte und brabbelte, war es still am Tisch. Die Stimmung der letzten Tage war gedrückt. Marthe hatte seit dem Streit am Strand kein einziges Wort mehr gesprochen, weder mit Maman, die ihnen die Situation zu erklären versucht hatte, noch mit jemandem sonst. Nicht einmal mit Onkel Georges, der sein Bestes gab, sie aufzuheitern.

Sie waren nun heimatlos.

Dieser Schmerz hatte sich tief in Blanches Herz gefressen. Schloss Rottembourg – ihr Zuhause – war an Monsieur Blache verloren und damit alles, was sich noch darin befand. Die Gemälde, die Möbel, ja sogar ein Teil ihrer Kleider. Am meisten quälte es sie, dass die Bilder ihrer Kindheit nun an fremden Wänden hängen würden. Vor allem die von Monet.

»Madame Pagny, verzeihen Sie die Störung«, unterbrach der Diener das schweigsame Frühstück und trug ein kleines Silbertablett mit einem Umschlag darauf herein. »Gerade erreichte uns ein Telegramm für Madame Hoschedé.«

»Vielen Dank, Auguste«, sagte Amélie und legte ihre Serviette vom Schoß auf den Tisch. »Ist es von Ernest?« Sie beugte sich neugierig zu Maman hinüber.

Diese stellte ihren Kaffee ab und nahm das Telegramm entgegen. Während Auguste sich höflich verbeugte und wieder entfernte, riss sie den Umschlag auf und zog die Nachricht heraus.

Blanche und Suzanne tauschten flüchtige Blicke aus. Selbst Marthe wirkte hoffnungsvoll.

»Ist es von Papa?«, fragte Jacques ungeduldig.

Ob er darin endlich einen Besuch ankündigte? Vielleicht würde er sogar schon morgen anreisen und schrieb deshalb ein Telegramm. Oder hatte er bereits ein neues Heim für sie gefunden und bat sie, zu ihm zu kommen? Selbst wenn sie heimatlos blieben, so wäre es mit Papa an ihrer Seite erträglicher – egal wo.

Maman lehnte sich zurück und starrte auf das Blatt Papier. Dann presste sie ihre Hand vor ihre Brust.

»Womit haben wir das verdient?«, flüsterte sie und faltete den Zettel zusammen.

Warum antwortete sie Jacques nicht?

Amélie griff nach dem Telegramm und las. »Gut, dass ich dich davon überzeugen konnte, wenigstens einen Teil deines Erbes zurückzufordern. Wovon hättest du sonst nun mit den Kindern leben sollen?«

Was bedeutete das?

»Ich werde Ernests Mutter telegrafieren. Vielleicht kennt sie einen geeigneten Advokaten, der sich der Sache annimmt.«

»Dann wäre Ernest gewiss nicht *dort* gelandet.« Amélie zerknüllte das Telegramm und stand auf. »Diesmal darfst du es deinen Kindern selbst mitteilen«, sagte sie spitz und verließ den Raum.

»Ist Papa wieder in Belgien?«

»Ziehen wir auch dorthin?«, fragte Suzu.

Blanche und ihre Geschwister umringten Maman. Diese

schien nach Worten zu suchen und drehte gedankenverloren ihren Ehering um den Finger.

»Er ist in Paris.«

»Werden wir nun am Boulevard Haussmann leben?«, fragte Jacques.

Blanche liebte die geschäftige Stadt mit den unzähligen Cafés, Droschken, den Theatern und der Seine. Seit Mai fand sogar die Weltausstellung auf dem Champ de Mars statt. Onkel Georges hatte ihnen aus der Zeitung von den Hauptattraktionen vorgelesen, zu denen ein großes Aquarium, ein Fesselballon und sogar der Kopf einer Freiheitsstatue gehörten, die später einmal in Amerika stehen sollte. Außerdem besaß Monet ein Atelier in Paris. Vielleicht könnte sie ihn besuchen, wenn sie in seiner Nähe wohnten.

»Ich fürchte, wir werden noch eine Weile hierbleiben müssen.«

Jacques schob die Unterlippe vor. »Aber in Paris könnte ich viel besser Schmetterlinge fangen, weil es da nicht so windig ist.«

Maman lächelte mitfühlend und streichelte ihm über die Wange.

Jacques hatte die erste Zeit am Meer zwar spannend gefunden, aber die kleinen Sardellen waren flink und schwierig zu fangen. Und wenn er mal eine erwischte, musste er sie wieder freilassen. Onkel Georges hatte anfangs seine liebe Mühe damit, Jacques davon zu überzeugen, dass man Sardellen nicht auf einem Brett aufspießen könnte, weil sie, anders als Schmetterlinge, anfangen würden zu stinken.

»Sag uns bitte, wo Papa ist«, drängte Blanche.

Maman holte Luft. »Wie ihr wisst, haben die Versteigerungen von Rottembourg und der Gemäldesammlung leider nicht so viel Geld eingebracht, wie wir uns erhofften. Daher hat der Konkursverwalter eine Klage gegen Papa eingereicht.«

Warum erhob man Anklage gegen ihn, wenn er doch kein Geld mehr besaß?

»Was bedeutet das?«, hakte Blanche nach.

»Der Konkursverwalter war der Meinung, man müsste Papa dafür bestrafen, weil man nur einen Bruchteil des Geldes eintreiben konnte.«

»Aber das ist doch nicht Papas Schuld!«

»Nein, Blanche, aber es ist nicht mehr zu ändern. Ein Richter hat ihn nun zu vier Wochen Gefängnis verurteilt. Wir werden versuchen, ihn da herauszuholen, aber das kann sich hinziehen.«

»Papa ist im Gefängnis?«, rief Suzu erschrocken aus.

»Aber er hat doch gar nichts getan!«, verteidigte Blanche ihn.

Marthe rannte weinend davon.

»Ich breche mit Onkel Georges zusammen in das Gefängnis ein und befreie Papa«, verkündete Jacques und lief aus dem Speisezimmer, wohl, um keine Zeit zu verlieren.

»Was machen wir denn nun?«, fragte Blanche.

»Ihr müsst jetzt tapfer sein. Früher oder später werden sie ihn freilassen. Irgendwie geht es immer weiter.«

6

Vétheuil, September 1878

Je näher sie ihrem Ziel kamen, desto lauter sangen sie vierstimmig »Frère Jacques«. Immer wieder begannen sie lachend von vorne, weil gerade Jacques ständig seinen Einsatz verpasste.

Maman hatte Vater Papavoine, der die öffentliche Kutsche betrieb und sie die letzten Kilometer vom Bahnhof in Mantes nach Vétheuil brachte, gebeten einzuschreiten, wenn ihm der Gesang zu anstrengend wurde. Doch statt ihnen das Singen zu verbieten, unterstützte er vom Kutschbock aus abwechselnd eine ihrer Kanonstimmen. Auch Maman wippte Jean-Pierre, der auf seinen Fingerchen kaute, auf ihrem Schoß im Takt.

Blanche war überglücklich, als sie die Seine überquerten und die Straße bei Saint-Martin-la-Garenne hinauffuhren. Das Panorama hinunter ins Tal war atemberaubend. Die Seine schlängelte sich beinahe kreisförmig durch die Landschaft. Im Fluss lagen große, längliche Inseln.

Vater Papavoine hielt die Pferde am Ortseingang von Vétheuil an und half ihnen, ihr Gepäck abzuladen.

Im Vergleich zu Schloss Rottembourg und auch Tante Amélies Villa Marie wirkte das mit graubraunen Ziegeln gedeckte Häuschen wie eine Hutschachtel. Blanche konnte sich nicht vorstellen, wie allein ihre Reisekisten dort hineinpassen sollten, aber das war ihr in diesem Moment egal. Viel wichtiger war, wer in diesem Haus bereits wohnte.

»Madame Hoschedé, herzlich willkommen! Ich hoffe, Sie hatten eine angenehme Reise!«, begrüßte Monet sie, der im Türrahmen stand. »Treten Sie ein. Ihr Mann ist gerade zum Postamt gelaufen, aber er wird jeden Moment zurück sein.«

Ein Junge mit dunkelbraunen Haaren drängte sich an ihm vorbei. Das musste Monets Sohn Jean sein, der etwa im gleichen Alter wie Jacques war. Jean stürzte sich neugierig auf Jacques' Schmetterlingsnetz, welches dieser die ganze Reise über nicht aus der Hand gelegt hatte, und löcherte ihren Bruder mit Fragen. Die beiden schienen sich auf Anhieb zu verstehen.

Hinter Monet tauchte eine zierliche Frau auf, die ein Baby trug. Blanches Herz schlug höher. Madame Camille! So oft, wie sie ihr Porträt bewundert hatte, gab es keine Zweifel. Die sanftmütigen braunen Augen, ihre feingliedrigen Hände, mit denen sie das Kind hielt – sie war so viel schöner, als Blanche sie sich vorgestellt hatte.

Nachdem sich alle begrüßt hatten, traf auch Papa ein. In seinen Armen fühlte sie sich ganz und gar angekommen. Nicht nur in einem neuen Zuhause, sondern auch in einer hoffnungsvollen Zukunft. Zusammen mit ihm, Monet, Camille und dem Rest der Familien war Blanches Welt komplett. Sie würde wieder von Gemälden umgeben sein und von Monet lernen können.

Kurz darauf führte Monet sie in eine zugige Scheune im Hof, in der eine gedeckte Kaffeetafel stand. Blanche erinnerte sich an den Nachmittag, an dem Monet in Rottembourg eingetroffen war und sie unter dem Pavillon saßen. Nicht nur die Häuser unterschieden sich, sondern auch das Inventar. Nur wenige Schritte von der Tafel entfernt war ein Hühnerstall, in dem vier weiße Hennen gluckten.

Zum Glück rochen die Hühner nicht halb so beißend wie die Truthähne in Rottembourg.

Camille wiegte Michel auf ihrem Schoß. Blanche schätzte ihn auf etwa ein halbes Jahr.

»Ich fürchte, das entspricht nicht dem Komfort, den Sie gewohnt sind, meine liebe Madame Hoschedé. Das Esszimmer bietet leider nicht genug Platz für zwölf Personen. Deshalb müssen wir uns mit dieser Scheune begnügen, aber wir werden uns sicherlich arrangieren«, sagte Camille.

»Machen Sie sich keine Gedanken, es ist uns eine Ehre. Danken wir unseren Männern dafür.«

Papa hatte nach dem Gefängnisaufenthalt Kontakt zu Monet aufgenommen. Da beide Familien schwierige finanzielle Zeiten durchlebten, beschlossen die Familienoberhäupter, sich gegenseitig zu unterstützen. Grand-mère legte die Miete für ihre Unterkunft aus, die Monet entdeckt hatte, als er zum Malen nach Bennecourt, nur unweit von Vétheuil, aufs Land gereist war.

Nun saßen sich beide Väter am Tisch gegenüber und tauschten flüchtige Blicke aus, die Blanche nicht zu deuten wusste. Keiner von beiden lächelte. Vermutlich waren sie nur angespannt, ob sich ihre Familien vertragen würden.

»Madeleine, bitte zeigen Sie den Kindern ihre Zimmer und helfen Sie ihnen beim Auspacken. Sie werden müde sein von der Reise«, wies Camille das Dienstmädchen an, das sie während der Mahlzeit bedient hatte.

»Sehr wohl, Madame«, antwortete sie und bedeutete Blanche und ihren Geschwistern, ihr zu folgen.

»Wo sollen wir denn alle schlafen?«, flüsterte Suzu, als sie hinter Madeleine nacheinander die schmale Stiege hinauftappten. Die Holzdielen unter ihnen knarrten unheimlich, und Blanche fürchtete, die morschen Stufen könnten nachgeben, wenn zu viel Gewicht auf ihnen lastete.

In der schrägen Dachkammer gab es nur eine winzige Luke, um zu lüften. Vielleicht roch es deshalb so stockig. Ringsherum standen drei Betten und eine Kinderwiege vor kalten grauen Wänden. Unter den gequilteten Bettüberwürfen lugten Nachttöpfe hervor. Den letzten freien Platz neben der Tür belegte eine wurmstichige Kommode, aus deren Ornamenten an einigen Stellen Holz herausgesplittert war. Darauf standen eine geblümte Waschschüssel und eine Kanne, an der Porzellan abgeplatzt war. Wo sollten sie bloß ihre Kleidung aufbewahren?

Die einzige Möglichkeit schien, die Reisekisten in die Mitte des Zimmers zu stellen und die Garderobe gar nicht erst auszuräumen.

»Jean-Pierre schläft in der Wiege neben Maman und Papa. Wir teilen uns ein Bett. Marthe und Germaine das andere, und Jacques möchte bestimmt zu Jean in das Zimmer der Monets ziehen, weil die beiden sich so gut verstehen«, antwortete Blanche auf Suzus Frage.

Marthe sah naserümpfend in den Raum. Suzu ergriff Blanches Hand, weil sie wohl befürchtete, Marthe könnte sich weigern, mit Germaine in einem Bett zu schlafen. Diese hatte die unangenehme Angewohnheit, sich quer zu legen, und man hatte irgendwann ihre Füße im Gesicht.

»Wir werden uns daran gewöhnen«, tröstete Blanche Marthe. »Außerdem sind wir sowieso häufig unten.«

Obwohl Blanche selbst daran zweifelte, wie sie in diesem engen Haus mit vierzehn Personen den Winter überstehen sollten, hoffte sie, die meiste Zeit mit Monet in der Natur zu verbringen.

• • •

Seit Tagen war das Wetter nasskalt. Es stürmte und regnete, sodass Monet seine Arbeit auf den Inseln unterbrechen musste. Das Atelierboot lag daher am Ufer der Seine vertäut, was Blanches Traum zerschlug, ihm zuzusehen, da es keinen Platz gab, an dem er ungestört malen konnte.

Von allen Seiten pfiff der Wind durch die Ritzen der Scheune im Hinterhof, die sie als Gemeinschaftsraum nutzten. Ohne Decken und Mäntel hielt man es nicht aus. Maman sorgte sich um Camille, die immer öfter matt und abgeschlagen wirkte. Ihr Zustand verbesserte sich nicht, obwohl sie auf einer Chaiselongue, in mehrere Decken gehüllt, ruhte.

»Entwöhnen Sie den Kleinen«, riet Maman, da Camille Michel noch stillte.

Camille trank einen kräftigen Schluck Bordeaux, lächelte gequält und drückte eine Hand auf ihren Unterleib. »Ich bin bereits dabei, mich zu erholen. Der Rotwein wärmt angenehm von innen.«

Maman sah besorgt zu Monet hinüber, der sich ebenfalls Wein einschenkte.

»Ich werde Georges de Bellio einladen und ihn bitten, dich zu untersuchen«, sagte er und leerte sein Glas in einem Zug.

»Der Spaziergang vorhin hat mich zu sehr angestrengt. Morgen wird es mir wieder besser gehen«, entgegnete Camille. »Du hast de Bellio schon zu oft bemüht.«

Durch die Enge des Hauses war es unmöglich, etwas voreinander geheim zu halten. Der Name de Bellio war in den letzten Tagen häufig gefallen. Der Arzt und Kunstsammler streckte Monet seit Jahren Geld vor, welches dieser in Form von Gemälden zurückzahlte.

Mit Camilles Gesundheitszustand, der sich ebenso stetig verschlechterte wie das Wetter, sank auch Monets Laune. Er wirkte deprimiert und verstimmt, weil der Regen ihn zwang, seine Malerei zu unterbrechen. Die Kinder und Bediensteten schlichen auf leisen Sohlen umher, um Monet nicht unnötig zu reizen. Papa war nach Paris abgereist, um sich Arbeit zu suchen. Wohl weil Maman wieder allein war, hörte Blanche sie nachts manchmal weinen.

Um Madame Camille etwas Ruhe zu gönnen, hatte Maman alle Kinder zu einem Spaziergang an die Seine aufgescheucht, trotz des schlechten Wetters.

Monet war am Morgen samt einem geschnürten Paket mit Gemälden nach Paris aufgebrochen, um sie zu verkaufen. Da Maman darauf bestand, Camille niemals allein zu lassen, durfte Blanche zurückbleiben und ihr Gesellschaft leisten.

Camille, die sich weigerte, das Bett zu hüten, lag in ihrem Wintermantel auf der Chaiselongue und klopfte einladend neben sich. »Blanche, komm, setz dich zu mir.«

Vorsichtig nahm sie am Fußende Platz, um ihr nicht wehzutun. Niemand wusste recht, was Camille fehlte, aber Mamans und Monets besorgten Gesichtern nach zu urteilen, musste es ernst sein. Monet hatte davon abgesehen, de Bellio zu rufen, weil Camille sich von Maman überzeugen ließ, Michel zu entwöhnen, um ihrem geschwächten Körper Ruhe zu gönnen.

Im Gegensatz zu damals, als Blanche Camilles Schönheit auf dem Porträt bewunderte, jagte ihr Anblick ihr heute beinahe Angst ein. Unter Camilles großen braunen Augen lagen dunkle Schatten. Ihre Wangenknochen stachen hervor, da sie zu den Mahlzeiten nicht mehr als Brühe und etwas Brot zu sich nahm.

»Es ist schön, dass dir die Malerei so viel Freude bereitet. Claude sagt, du seist sehr talentiert.«

Seit ihrer Ankunft hatte sich für Blanche bisher keine Gelegenheit geboten, Monet ihre Skizzen zu präsentieren, weil er entweder über seinem Rechnungsbuch gebeugt saß oder Korrespondenz erledigte. Sie hatte sich nicht getraut, ihn dabei zu unterbrechen. Obendrein merkte sie ihm an, wie sehr ihn Camilles Krankheit bedrückte. Um zu ihrer Genesung beizutragen und auch Monet zu unterstützen, übernahm Blanche es gern, sich um Camille zu kümmern, wenn Maman mit den anderen spazieren ging. Nebenbei blieb ihr etwas Zeit, um zu zeichnen.

»Claude berichtete mir von der Karikatur deiner Lehrerin aus Montgeron. Hast du sie dabei?«

Es überraschte sie, denn die letzten Wochen fühlten sich an, als hätte Monet die Monate in Château de Rottembourg längst vergessen.

»Ich habe sie in meiner Mappe, Madame.«

»Möchtest du sie mir zeigen?«

Eilig stand Blanche auf, holte ihre Skizzenmappe und reichte sie ihr. Camille öffnete die Schleife und klappte den Deckel auf. Nach und nach zog sie die Zeichnungen heraus und betrachtete sie ausgiebig. Dann lachte sie herzlich.

»Wer ist das?«, fragte sie und deutete auf den kugelrunden Bauch der Figur.

»Das ist Antoine, unser Gärtner. Leider konnte ich ihm das Bild nicht mehr schenken, weil wir in aller Eile nach Biarritz abreisen mussten.«

Camille wurde plötzlich ernst. »Das tut mir leid. Vermisst du dein Zuhause sehr?«

Blanche dachte einen Moment nach, ehe sie antwortete, weil sie Camille nicht beunruhigen wollte. Die schöne Zukunft, in die Blanche an ihrem ersten Tag in Vétheuil noch geblickt hatte, war verblasst. Papa und Monet hielten sich in Paris auf, Camille war krank, Maman weinte nachts, und die beiden Kleinen bekamen Zähnchen oder hatten Blähungen und quengelten durchgehend. Das Haus fühlte sich wie ein Gefängnis an, da das Wetter verrücktspielte und sie nicht nach draußen ausweichen konnten. Sie vermisste Rottembourg unendlich. Mit dem Château hatte sie nicht nur ihr Zuhause verloren, sondern auch das Gefühl, sicher zu sein. Es fühlte sich an, als hätte man ihr den Boden unter den Füßen weggerissen. Ihr Leben war voller Unsicherheiten. Fast so wie die morsche Treppe, die jederzeit einzustürzen drohte.

»Ein wenig«, antwortete sie leise.

»Du darfst niemals die Hoffnung aufgeben, versprichst du mir das?«

Erahnte Camille, wie Blanche sich fühlte? Bisher hatten sie sich nur über alltägliche Dinge unterhalten, und meistens war noch jemand anderes dabei. Aber in diesem Moment erinnerte Blanche sich an die Vertrautheit, die sie allein beim Anblick des Gemäldes in Papas Arbeitszimmer Camille gegenüber empfunden hatte.

Diese setzte sich umständlich auf und strich Blanche eine Strähne aus dem Gesicht, die sich aus ihrem zurückgesteckten Haar gelöst hatte. »Auch Claude und ich haben schwierige Jahre erlebt. Du musst fest daran glauben, dass sich alles zum Guten wenden wird. Daraus schöpfen wir die Kraft, die uns das Leben abverlangt, um unsere Träume zu verwirklichen.«

Blanche bewunderte diese sanftmütige Frau, die sich trotz ihrer Krankheit um andere sorgte. Für die Kunst ihres Mannes ertrug sie sogar ein ärmliches Dasein in einer zugigen Scheune und schien dennoch glücklich zu sein. Wie sehr musste sie Monet lieben. Und obgleich Camille so zerbrechlich wirkte, strahlte sie eine Stärke aus, für die Blanche die Worte fehlten.

Dann umarmte Camille sie und drückte sie ganz fest an sich.

»Was ist dein allergrößter Traum, Blanche?«

»Dass Sie ganz schnell wieder gesund werden.«

Camille streichelte ihr über den Rücken. »Das werde ich. Ganz bestimmt. Aber das meine ich nicht. In deinem Alter wollte ich eine berühmte Schauspielerin werden, die auf den großen Theaterbühnen Europas vom Publikum gefeiert wird. Was wünschst du dir von ganzem Herzen? Verrätst du es mir?«

Diese Frage irritierte sie. Dafür hatte sich noch nie jemand interessiert. Nicht einmal Maman oder Papa. Aber wenn sie tief in sich hineinhorchte, gab es nur eine Sache.

»Ich möchte Malerin werden. Wie Madame Morisot«, flüsterte sie.

Camille löste sich aus der Umarmung, sah sie an und lächelte. »Claude hat dir von ihr erzählt?«

Blanche nickte.

»Deine Zeichnungen sind hervorragend. Wenn das dein Herzenswunsch ist, dann musst du dafür kämpfen. Egal, wie schwer es ist.«

• • •

Am Abend beeilten sie sich, ihr Diner in der Scheune einzunehmen, da die Temperaturen es nicht erlaubten, sich länger draußen aufzuhalten. Madeleine räumte bereits den Tisch ab, als Monet aus Paris zurückkehrte.

»Habt ihr mir etwas übrig gelassen?«, fragte er beschwingt. Er herzte Camille, setzte sich zu ihnen an den Tisch und goss sich Bordeaux ein. »Es gibt großartige Neuigkeiten.«

»Konntest du die Gemälde verkaufen?«, fragte Camille.

»Nun, Luquet erwarb sechs Landschaften. Fünf gingen an de Bellio und vier weitere an Hecht.«

»Dann warst du erfolgreich«, stellte Camille erfreut fest.

»Sie waren geradezu begeistert von den neuen Motiven. Meine Ausflüge nach Bennecourt und Lavacourt haben sich ausgezahlt.

Daher werden wir noch eine Weile hierbleiben.« Madeleine tischte Monet einen Teller Suppe auf.

Maman raffte den Kragen ihres Mantels zusammen. »Dann wäre es vielleicht angebracht, die Scheune ein wenig mit Stroh abzudichten.«

Blanche befürchtete, dass auch das nicht ausreichen würde, um sie vor dem Frost im Winter zu schützen. Neben dem Stroh war es zu gefährlich, eine Feuerstelle zu errichten.

»Dafür habe ich bereits eine Lösung gefunden.« Monet kostete den inzwischen aufgetragenen Braten und schmunzelte.

»Spann uns nicht länger auf die Folter«, forderte Camille ihn gut gelaunt auf. »Was hast du vor?«

»Du erinnerst dich an Madame Elliott?«

»Sie wohnt im Les Tourelles.«

Das Haus, das man auch das Chalet du Belvédère nannte, lag etwas oberhalb der Straße auf einem Hügel. Wenn man nicht wusste, dass es sich um ein Wohnhaus handelte, hätte man es von Weitem ebenso für den Glockenturm der Kirche halten können.

»Werden wir bei Madame Elliott einziehen?«, fragte Jean neugierig.

Auch Marthe guckte plötzlich nicht mehr so griesgrämig wie kurz zuvor. Wahrscheinlich dachte sie, Madame Elliott würde zumindest sie beherbergen, damit sie endlich wieder einen ordentlichen Kleiderschrank hätte. Denn im Gegensatz zu allen anderen, war Marthe die Einzige, die ihre Kleider ausgepackt und überall im Zimmer verteilt hatte.

»Ich fürchte, so viele Plagegeister wären der alten Madame dann doch zu viel. Aber Vater Papavoine erzählte, dass eines ihrer Häuser frei ist und sie einen Mieter sucht.«

»Vielleicht könnten wir es uns ansehen«, schlug Camille vor.

»Dazu ist es zu spät«, entgegnete Monet und trank einen Schluck Wein.

»Dann findet sich eine andere Lösung für den Winter«, entgegnete Camille.

Obwohl diese behelfsmäßige Unterkunft Camille gesundheitlich am meisten beeinträchtigte, war sie dennoch die Genügsamste von ihnen allen.

»Nun, Vater Papavoine hat mich direkt zu Madame Elliott kutschiert, und ich habe den Mietvertrag bereits unterschrieben.«

»Können wir uns denn die Miete leisten?«, fragte Camille ungläubig.

»Die Bilder haben genügend Geld eingebracht, sodass auch nach Abzug der Vorauszahlung von de Bellio etwas übrig ist.«

»Wann werden wir umziehen?«

»Am ersten Oktober.« Monet grinste schelmisch.

»Aber das ist schon morgen«, entfuhr es Maman.

»Deshalb sollten wir uns sputen, unsere Sachen zu packen. Vater Papavoine wird in aller Frühe mit der Kutsche bereitstehen, um unsere Koffer hinaufzufahren.«

Blanche und Suzu kicherten, denn Marthe sank in sich zusammen wie ein nasser Sack, da sie als Einzige ihre Kleider wieder ordentlich einpacken müsste, um rechtzeitig abfahrbereit zu sein.

• • •

Im Morgengrauen hörte Blanche das Hufgetrappel und die Räder der Kutsche, die über das Kopfsteinpflaster rumpelten. Ihre Reisekisten standen bereits vor dem Haus. Obenauf gackerten die Hühner in einem Weidenkorb um die Wette. Ninette und Madeleine waren gleich nach dem Frühstück mit den Babys, Marthe und den Jungen zum anderen Ende von Vétheuil marschiert, um das Haus notdürftig herzurichten, ehe der Rest der Familien mit dem Inventar eintraf.

Vater Papavoine hatte zwei Helfer aus dem Ort mitgebracht, die nun die schweren Gepäckstücke verluden. Blanche und Suzanne kletterten auf den Kutschbock und nahmen den Hühnerkorb entgegen, den Monet ihnen hochreichte.

Das Haus lag am nordwestlichen Ausgang von Vétheuil an der Straße nach Chantemesle und La Roche-Guyon. Schon von außen sah es komfortabler und einladender aus als das vorherige. Über ihm am Hang thronte Les Tourelles von Madame Elliott, gegen das ihr neues Haus wiederum klein wirkte wie ein Schuppen.

Jacques und Jean hasteten ihnen die Treppe vom Garten herauf entgegen.

»Papa, Papa!«, rief Jean, noch ehe die Kutsche zum Stehen kam. »Der Garten reicht bis zur Seine hinunter! Unten ist sogar eine Anlegestelle für dein Atelierboot.«

Die Hosen der beiden waren bis zu den Knien nass. Für die Jungen schien es jetzt schon ein Paradies zu sein.

Monet lachte. »Ihr könnt euren Erkundungsgang später fortsetzen. Kommt, helft uns, die Sachen hineinzutragen.«

Blanche und Suzanne reichten ihnen den Hühnerkorb und sprangen vom Kutschbock.

Bis zum Mittag fuhren Vater Papavoine, Monet und die Helfer noch einige Male zwischen den Häusern hin und her, um das restliche Mobiliar heraufzuschaffen. In allen Zimmern herrschte geschäftiges Treiben. Madeleine richtete sich in der Küche im Erdgeschoss ein und klapperte mit den Kupfertöpfen, die sie an den Wänden aufhängte. Da sie am Vormittag kaum zum Kochen kommen würde und auch der Herd mehrere Stunden vorgeheizt werden musste, hatte sie am Abend zuvor noch eine Mahlzeit vorbereitet. Ninette räumte Geschirr und Tischwäsche in die Schränke im Erdgeschoss. Monet ließ zuerst Camilles Chaiselongue hereintragen, damit seine Frau verschnaufen konnte. Unterdessen wies Maman Ninette an, wo ihre Gegenstände unterzubringen waren.

Blanche und Suzu gingen in die erste Etage hinauf, wo sich drei Räume mit Betten befanden.

»In welchem werden wir schlafen?«, fragte Suzu.

Marthe, die ihre Frage wohl gehört hatte, streckte ihren Kopf aus einem der Zimmer. »In diesem! Die beiden dort haben eine Feuerstelle und sind Maman und den Monets vorbehalten.« Sie deutete auf die beiden gegenüberliegenden Türen.

Marthes anfängliche Begeisterung für das neue Heim hatte sich bereits gelegt, weil sie lieber bei Madame Elliott eingezogen wäre. Dabei war dieses Haus viel moderner, als sie erwartet hatten, und sie mussten nun nicht mehr in einer kalten Scheune essen.

Suzu zuckte ratlos mit den Schultern, nachdem Marthe wieder verschwunden war.

»Guck mal«, sagte Blanche, »hier ist noch eine Tür.«

»Lass uns nachsehen, was dahinter ist.«

Blanche drückte die Klinke herunter. »Wir haben sogar einen Anstandsort.«

Den Luxus dieser Räumlichkeit hatten sie bereits bei Tante Amélie in der Villa Marie zu schätzen gelernt. Sie freuten sich noch viel mehr darüber, nachdem Marthe erst kürzlich versehentlich ihren Nachttopf umgestoßen hatte und heimlich zurück ins Bett geklettert war. Das ganze Zimmer hatte danach gerochen, sodass Blanche und Suzu nur noch unter der Bettdecke atmen konnten. Am nächsten Morgen, als Maman die Bescherung entdeckte, schob Marthe es einfach Germaine in die Schuhe, die noch zu klein war, um zu verstehen, warum Maman mit ihr schimpfte.

Blanche schaute aus dem Flurfenster. »Sieh mal, hier gibt es sogar einen Obstgarten!«

Die Blätter der Apfelbäume trugen ihr Herbstkleid und leuchteten in Gelb- und Orangetönen. Gleich nach der Treppe, die von der Straße zum Garten hinunterführte, fiel er seicht bis zur Seine ab. Von hier aus konnte man auch die Anlegestelle am Ufer erkennen.

»Lass uns nachsehen, wohin die Treppe führt«, schlug Blanche vor und zog Suzu hinter sich die schmale Stiege hinauf.

Es beruhigte sie, weil diese nicht so morsch knarrte wie die im vorherigen Haus. In einem Raum befand sich das Gepäck von Ninette und Madeleine, die sich das Zimmer teilten, neben dem es einen weiteren Anstandsort gab. Hinter der letzten Tür verbarg sich ein Speicher. Eiskalte Luft strömte ihnen entgegen. Überall hingen Spinnweben wie Tücher von den Dachbalken herab. Durch den Luftzug zwischen den Ritzen des Daches schwebten sie gespenstisch hin und her. Die Dachluke war so klein und verschmutzt, dass kaum ein Lichtstrahl hereinschien, aber in der hintersten Ecke entdeckte sie einen Stuhl und einen Tisch. Auf ihm standen ein Teller und ein Leuchter mit heruntergelaufenem Kerzenwachs. Wer könnte hier oben gegessen haben?

»Das ist unheimlich.« Suzu zerrte sie von der Tür fort.

Obwohl sie Geistergeschichten liebte, war ihr die Angst anzusehen.

»Der Speicher liegt genau über unserem Zimmer. Ich wette, wir können hören, wenn der Kutscher mit seinem Pferdefuß hier herumgeistert. Klock-klock, klock-klock«, ahmte Blanche das Geräusch abwechselnd mit hoher und tiefer Stimme nach. Suzu stürmte die Treppe hinunter und schaute nicht zurück.

• • •

Am Abend fielen sie todmüde, aber glücklich in ihre Betten. Bis auf Jean-Pierre und Michel, die bei ihren Müttern in den beheizbaren Räumen schliefen, teilte Blanche sich zusammen mit Suzanne, Marthe, Germaine, Jean und Jacques das größte der Zimmer.

Obgleich das Licht gelöscht war, schmiedeten Jacques und Jean Pläne. Die beiden waren viel zu aufgekratzt, um schlafen zu können, weil der Garten ihnen unendliche Möglichkeiten bot, sich auszutoben.

»Wir dürfen nur dicke Stämme suchen«, flüsterte Jean.

»Aber woher bekommen wir die Seile, um sie zusammenzubinden?«

»Papa wird uns bestimmt welche besorgen, wenn er darauf auch malen darf.«

Während die beiden nur an ihr Floß dachten, überlegten Blanche und Suzu, was Monet beim Diner gemeint haben könnte, als er ihnen für den nächsten Tag eine Überraschung versprochen hatte. Nicht einmal Camille oder Maman wollte er verraten, um was es sich dabei handelte.

»Vielleicht bekommen wir neue Wintermäntel«, vermutete Suzu.

Die luftigen Sommerkleider, die sie im August für Biarritz eingepackt hatten, schützten sie nicht gegen die Kälte des herannahenden Winters. Einiges an Kleidung war noch in Kisten verpackt aus Montgeron eingetroffen, aber aus ihren alten Mänteln wären sie sicherlich herausgewachsen.

»Oder wir unternehmen einen Ausflug nach Vernon«, rätselte Blanche.

Die Stadt lag ein Stück stromaufwärts am anderen Seineufer und war weit größer als Vétheuil. Das Schloss Bizy gehörte einst Louis XV. und Madame de Pompadour. Wenn sich sogar ein König dort niedergelassen hatte, war Vernon vielleicht ebenso schön wie Biarritz.

Sie überlegten noch eine Weile, kamen jedoch zu keinem Schluss. Im Haus war es längst still geworden.

»Schlaf jetzt«, sagte Blanche und kuschelte sich näher an Suzu.

»Gute Nacht, Blan-Blan.«

Blanche war fast eingeschlafen, als Suzu sie aufschreckte. »Was ist das?«, flüsterte sie und drückte sich noch enger an Blanche.

Über ihnen auf dem Speicher waren Schritte zu hören.

»Der Kutscher!«

• • •

Nachdem Ninette den Frühstückstisch abgeräumt hatte, klopfte es an der Haustür. Alle vermuteten dahinter zu Recht Monets große Überraschung, die sich ihnen als Madame Petit vorstellte.

»Madame Elliott lobte Sie in den höchsten Tönen«, sagte Monet und geleitete die hagere, schwarz gekleidete Dame ins Esszimmer.

Er machte sie mit Maman und Camille bekannt, bevor diese sich ins Wohnzimmer zurückzogen.

»Die Kinder haben eine Menge Wissen aufzuholen. Ich freue mich, dass Sie sofort mit dem Unterricht beginnen können.«

Monet hatte mit Madame Elliotts Hilfe wohl nicht nur ein Haus, sondern gleich auch eine neue Hauslehrerin gefunden. Jean und Jacques rollten mit den Augen, weil sie vormittags am Seineufer Holz für ihr Floß sammeln wollten. Nur die übereifrige Streberin Marthe rannte los, um ihre Schulsachen zu holen. Blanche, Suzanne, Jean und Jacques schlossen sich ihr an, trödelten jedoch, die Bücher herauszusuchen, mit denen sie zuletzt gelernt hatten.

»*Commençons*«, sagte Madame Petit, die am Kopfende des Esszimmertischs stand, nachdem sie alle Platz genommen hatten.

»Zuerst werden wir überprüfen, wie gut ihr lesen könnt. Marthe, du beginnst.«

Natürlich las sie fehlerfrei. Unglücklicherweise waren nach ihr die Jungen an der Reihe, denen Madame Petit besser botanische Fragen gestellt hätte. Während Jacques nur stockend las, verhaspelte Jean sich bei jedem zweiten Wort.

Madame Petit schnappte nach Luft und richtete hektisch ihren Nasenzwicker. »Was soll nur aus euch werden?«

Die restlichen Vormittagsstunden zogen sich scheinbar endlos dahin, bis das Esszimmer schließlich um elf Uhr für das Déjeuner geräumt werden musste. Monet bestand auf frühe und pünktliche Mittagsmahlzeiten, was den einfachen Grund hatte, dass er das beste Nachmittagslicht zum Malen nutzen wollte.

»War das die Überraschung?«, murrte Jean und tauchte seinen Löffel in die Suppe.

»Gefällt euch die Lehrerin nicht?«, fragte Monet amüsiert.

»Du bist auch nicht gerne zur Schule gegangen«, wich Jean aus.

»Deshalb habt ihr eine Hauslehrerin, die euch nun täglich etwas beibringen wird.«

Die Gesichter der Jungen wurden immer länger. Die Einzige, die strahlte, war Marthe.

»Aber sie piepst wie eine Maus«, wandte Jean ein.

»Und sie riecht nach Kampfer.« Jacques krauste die Nase, weil Madame Petit damit wohl ihre Wäsche vor Motten schützte.

Blanche und Suzu kicherten, denn die beiden Jungen sprachen aus, was auch sie dachten.

Monet schmunzelte. »Nun, dann solltet ihr darauf hoffen, dass Madame Petit nicht die einzige Überraschung am heutigen Tage bleibt.«

• • •

Am Nachmittag saßen sie im Wohnzimmer an ihren Stickereien. Da das Haus länger leer gestanden hatte, war das Gemäuer ausgekühlt. Trotz des Feuers, das Ninette am Morgen in allen Zimmern geschürt hatte, erwärmten sich die Räume nur langsam.

»Meinst du, Monet holt unsere Überraschung ab?«, fragte Suzu, die sich beim Sticken schon mehrfach in den Finger gestochen hatte, weil sie ständig zum Fenster schaute.

Blanche antwortete nicht, da sie dem Gespräch von Maman und Camille folgte.

»Ich werde Ernest telegrafieren, damit er mir Geld schickt. Es kann nicht angehen, dass Ihr Mann für mich und meine Kinder aufkommt und dafür sogar seine Freunde bemühen muss.«

»Sorgen Sie sich nicht, meine liebe Madame Hoschedé. Monsieur Caillebotte ist wohlhabend und großzügig. Er wird uns behilflich sein, wenn er Claudes Brief erhält.«

Ob Monet deshalb nach dem Déjeuner zum Postamt aufgebrochen war? In Rottembourg hatte er den Namen Caillebotte schon einmal erwähnt. Er war einer seiner Impressionisten-Freunde.

»Wir müssen uns doch gegenseitig unterstützen und zusammenhalten«, fuhr Camille fort und schlang ihre Decke enger um sich.

Bedeutete das, Maman hatte kein Geld mehr, weil Papa ihr keines schickte? Er arbeitete doch in Paris bei der *Le Voltaire* als Kunstkritiker und schrieb Artikel für die Zeitung, wie er ihnen gesagt hatte.

»Dennoch kann Ernest sich nicht aus der Verantwortung ziehen. Mir ist es furchtbar unangenehm.«

»Es wird sich alles zum Guten wenden. Claude braucht ein neues Atelier, nachdem er seins in der Rue d'Edimbourg gekündigt hat. Das wird auch für Monsieur Caillebotte außer Frage stehen.«

Warum fragten sie nicht Papa? Schließlich fiel nun die Miete für das letzte Haus weg. Stattdessen könnte er doch die Miete für Monets Atelier zahlen.

Ninette eilte herein und unterbrach das Gespräch. »Madame Monet, am Hintereingang stehen vier Männer und möchten etwas anliefern.«

Suzu legte ihren Stickrahmen beiseite, sprang auf und eilte zum Fenster, wohl in der Hoffnung, irgendetwas zu erspähen.

Was konnte so groß sein, dass es gleich vier Männer brauchte? Waren es vielleicht ein paar verbliebene Möbel aus Rottembourg? Aber das Haus war doch schon vollgestellt. Lediglich die Wand hinter Camilles Chaiselongue, wenn man sie abrückte, würde ein wenig Platz bieten.

»Ich kümmere mich«, sagte Maman und bedeutete Camille, liegen zu bleiben. »Danke, Ninette. Was ist es denn?«

»Es war nicht zu erkennen, weil das Fuhrwerk mit Tüchern abgedeckt ist.«

Blanche erinnerte sich an Monsieur Poiret und seine Männer, die Mamans Chaiselongue mitgenommen hatten. Ob sie diese zurückbrachten?

»Auf Anweisung von Monsieur Monet bitten sie darum, dass alle nach draußen kommen sollen.«

Gab es außer Madame Petit tatsächlich noch eine weitere Überraschung? Alle sprangen auf, und sogar Camille erhob sich langsam.

Die Ladefläche des Fuhrwerks war mit grauen Tüchern abgedeckt, die sich im scharfen Herbstwind aufbauschten und flatterten. Die beiden Braunen, die davorgespannt waren, scharrten unruhig mit den Hufen.

Einer der Männer nahm seine Kappe ab und verneigte sich. »Mesdames, mit den besten Wünschen von Monsieur Monet.«

»Wohin dürfen wir es tragen?«, fragte ein anderer, während seine Helfer sich die Ärmel hochkrempelten.

»Dazu müssten Sie mir verraten, was es ist«, antwortete Camille lächelnd und trat näher an den Wagen heran.

Der Mann mit der Kappe ergriff einen Zipfel und riss das Tuch herunter.

Camille schlug beide Hände vor den Mund. »Ein Klavier!«

• • •

Blanche fühlte sich geborgen, wie in einer Höhle, in der ihnen nichts und niemand etwas anhaben konnte. Draußen war es ungemütlich, kalt und nass. Der Wind zerrte an den Fensterläden, die mit jeder Böe klapperten, als schlüge jemand mit einem Knüppel dagegen. Ninette zog die Vorhänge zu, um die eisige Luft, die durch die Ritzen der Fensterrahmen kroch, abzuhalten.

Sicher, das Haus war klein, und sie mussten sich mit den Gegebenheiten arrangieren, aber es schützte sie und war wohlig warm. Viel gemütlicher als Rottembourg mit seinen endlosen Fluren, den hohen Decken und riesigen Räumen, die in strengen Wintern schwer beheizbar waren.

In Rottembourg hatte sie auch den Duft der Speisen niemals so intensiv wahrgenommen. Hier hörte man Madeleine in der Küche mit den Töpfen klappern, auch wenn man sich in den oberen Etagen aufhielt. Heute roch es nach geschmortem Hühnchen und Bratäpfeln mit Johannisbeerenkonfitüre, die Ninette zum Diner auftischte.

Nach dem Essen stopfte Monet seine Pfeife und legte einen Buchenholzscheit in den offenen Kamin. Es knisterte und knackte. Ein paar glühende Fünkchen tanzten über den Flammen.

Das schwarzbraune Dubain-Klavier mit gedrechselten Beinen

hatte seinen Platz an der Wand hinter Camilles Chaiselongue gefunden. Die Kerzen, die beidseitig am Instrument in angebrachten Messingleuchtern steckten, tauchten Maman und ihre Noten in heimeliges Licht. Es fühlte sich an wie ein vorgezogenes Weihnachtsfest.

Hier waren sie sicher. Was Monet ihnen in so kurzer Zeit ermöglicht hatte, erwärmte ihr Herz. Das Haus war zu einem Heim geworden. Sie sangen, scherzten und lachten, als hätten sie keine Sorgen und Nöte. Ein Zuhause, in dem alles seine Ordnung hatte. Sie schätzte sogar den Unterricht bei Madame Petit als Teil eines geregelten Lebens. Wenn nun Papa bei ihnen sein könnte, dann wäre es vollkommen.

Maman blätterte in ihren Noten und stimmte ein neues Lied an. Jean und Jacques sprangen auf, tanzten und hopsten durchs Zimmer, sodass die blaue Vase auf dem Klavier erzitterte. Monet klatschte im Takt.

Blanche freute sich, mit wie viel Elan Maman sich dem Klavierspiel hingab. Zum ersten Mal seit Wochen wirkte sie unbeschwert. Sicherlich würden sich auch ihre Geldsorgen bald lösen, wenn Papa Geld schickte.

Mit einem Akkord beendete Maman das schwungvolle Stück und drehte sich zu ihnen herum. »Monsieur Monet, wäre es Ihnen recht, wenn ich mich darum bemühen würde, auch Kindern aus dem Dorf Klavierunterricht zu erteilen? Damit könnte ich unsere Haushaltskasse aufbessern und auch etwas beitragen.«

»Bitte fühlen Sie sich nicht verpflichtet, Geld hinzuzuverdienen. Aber wenn es Ihnen Freude bereitet, wie könnte ich Ihnen diesen Wunsch abschlagen.«

»Ich hoffe, auch Sie sind damit einverstanden, Madame Monet?«

»Es wäre mir eine willkommene Abwechslung. Warum fragen

Sie nicht Madame Lefèvre, ob sie Sie empfehlen könnte? Als Lebensmittelhändlerin kommt sie überall herum. Soweit ich weiß, beliefert sie die gesamte Umgebung bis La-Roche-Guyon hinauf.«

»Sie haben recht. Je mehr Leute davon erfahren, desto eher spricht es sich herum.«

»Dann sollten Sie auch Madame Ozanne darüber informieren, wenn Sie morgen die Wintermäntel für die Kinder bestellen.«

»Das ist eine hervorragende Idee«, stimmte Maman zu.

Blanche, Suzu und Marthe strahlten. Endlich mussten sie nicht mehr in ihren dünnen Capes frieren. Wie schön wäre es, auch in Vétheuil neue Freundinnen zu finden, wenn Maman demnächst Klavierunterricht gab. Seit Rottembourg fehlte ihr der Kontakt zu anderen. Blanche vermisste eine Freundin außerhalb der Familie.

Monet kratzte die Asche aus seiner Pfeife ins Feuer. »Wir sollten zu Bett gehen. Uns steht ein anstrengender Tag bevor.«

»Wie meinst du das? Hast du noch weitere Überraschungen für uns?«, neckte Camille ihn.

»Ich war beim Zimmerer. Da ich vorerst kein Atelier in Paris habe, dachte ich daran, den Speicher herzurichten.«

»Aber da spukt es!«, entfuhr es Suzu.

Blanche stieß sie mit dem Ellbogen an, weil sie eine Rüge von Maman erwartete, doch diese lächelte.

Monet guckte skeptisch. »Woher weißt du das?«

»Weil der Geist gestern Nacht umhergewandert ist. Direkt über uns«, murmelte sie und sah hilfesuchend zu Blanche.

»Nun, wenn ihm langweilig wird, könnte er nachts meine Bilder fertigstellen«, überlegte er.

Jean breitete die Arme aus, verdrehte plötzlich die Augen und torkelte durchs Zimmer. »Ich bin der böse Speichergeist und komme, um dich zu holen.«

Jacques tat es ihm gleich. »Man hat mich in Ketten gefesselt einen qualvollen Hungertod sterben lassen«, krächzte er.

»Wer zwei Bratäpfel essen kann, wird nicht vor Hunger sterben. Ab mit euch ins Bett«, forderte Camille die Jungen auf.

Blanche konnte ihr Glück kaum fassen. Wenn Monet ein Atelier einrichtete, würde sie wieder von ihm lernen können. Camille hatte recht gehabt: Man durfte die Hoffnung niemals aufgeben!

November 1878

In den nächsten Wochen pendelte sich ihr aller Leben ein. Vormittags unterrichtete Madame Petit bis elf Uhr. Monet bestand auf ein pünktliches Déjeuner um halb zwölf, selbst wenn er morgens Exkursionen in die nähere Umgebung unternahm. Bei gutem Wetter zog er danach erneut los. Hinderten ihn Regen oder Sturm daran, nutzte er sein Atelier, nachdem der Zimmerer das Dach notdürftig abgedichtet hatte.

Das Haus war voller Leben, denn dank den Mesdames Ozanne und Lefèvre kamen nachmittags regelmäßig Klavierschülerinnen zu ihnen, die sogar von weit her mit der Kutsche vorfuhren. Jean und Jacques spielten häufig mit Abel Lauvray, dem Sohn des Notars, der sie besuchte. Auch Marthe und Suzanne trafen sich mit anderen Kindern, wenn sie ihre täglichen Pflichten im Haushalt erledigt hatten.

Doch am allermeisten freute Blanche sich, dass sie Geneviève Peltier begegnet war. Diese Freundschaft hatte sie allein Monet zu verdanken, der sie letztens mit zu seinem Künstlerkollegen Léon Peltier genommen hatte. Er wohnte nur einen kurzen Fußmarsch entfernt und war ebenso Maler, jedoch kein Impressionist. Mit rotblauem Halstuch, Pfeife und Baskenmütze stand er Monet Modell, aber als Blanche ihm wie gewohnt assistieren wollte, wehrte er ab.

»Du bist nicht hier, um meine Farben aufzufüllen. Monsieur Peltier dachte, vielleicht möchtest du seine Tochter kennenlernen.«

Geneviève war ein verschlossenes Mädchen, und ihr Vater sorgte sich um sie, da sie keine Freundinnen hatte. Sie genügte sich selbst und verbrachte die meiste Zeit damit, ihre Nase in Bücher zu stecken. Als Geneviève Blanche erblickte, leuchteten ihre wasserblauen Augen auf, die sie wie ihre rotblonden Locken und das schmale Gesicht von ihrem Vater geerbt hatte. Blanche spürte vom ersten Moment an ein unsichtbares Band zwischen ihnen, so wie sie es auch gegenüber Camille empfunden hatte. Allein durch die Malerei von Monet und Genevièves Vater hatten sie vieles gemeinsam.

Am Nachmittag wartete Blanche sehnsüchtig im Flur auf ihre Freundin, denn heute war ein besonderer Tag. Maman hatte sogar den Klavierunterricht abgesagt, weil sie den Esszimmertisch für die Kaffeetafel brauchten. Leider konnten Papa und Monet nicht dabei sein. Monet wollte ein paar Ansichten von Vétheuil in Paris verkaufen und Papa ihm helfen, ein neues Atelier zu finden.

Blanche öffnete die Haustür, kaum dass Geneviève angeklopft hatte, und umarmte ihre Freundin.

»Herzlichen Glückwunsch zum Geburtstag.« Geneviève überreichte ihr ein flaches Päckchen, das ein getrocknetes Gänseblümchen und ein vierblättriges Kleeblatt zierten.

Mit unendlicher Geduld presste sie die kleinen Pflänzchen wochenlang zwischen Löschblättern unter einem Stapel Bücher, ohne ein einziges Mal nach ihnen zu schauen, weil sie befürchtete, die Blättchen könnten beschädigt werden.

»Mach es auf! Mach es auf!«, drängte Suzu, die sich zu ihnen gesellte.

Wie so oft, wenn Blanche mit Geneviève zusammen war, wollte Suzu daran teilhaben, um nichts zu verpassen. Manchmal tat es Blanche leid, sie abzuwimmeln, aber hin und wieder hatte sie das Bedürfnis, mit Geneviève allein zu sein.

Unter den gespannten Blicken der anderen entfernte Blanche vorsichtig die Pflänzchen und legte sie neben ihren Kuchenteller. Dann öffnete sie die Verpackung. »Es sind Rosen-Glanzbilder.«

Blanche konnte ihre Augen kaum davon abwenden. Zehn Blüten waren alle, die Geneviève besessen hatte.

»Was für eine entzückende Idee«, bemerkte Maman.

Aber ihre Mutter ahnte nicht, was die Bildchen Blanche bedeuteten. Sie erinnerten sie an den Rosengarten in Rottembourg. Blanche hatte ihrer Freundin anvertraut, dass sie befürchtete, den lieblichen Duft des Gartens zu vergessen. Gerührt legte sie die Röschen auf den Tisch und drückte Geneviève an sich.

»Wir haben auch ein Geschenk für dich«, verkündete Camille schließlich. »Jean, sei so lieb und überreiche es Blanche.«

Auch dieses Päckchen war flach, jedoch schwerer als das von Geneviève.

»Was ist es?«, wollte Suzu wissen.

»Ein Poesiealbum«, rief sie erfreut, als sie das Päckchen aufriss.

So eines hatte Blanche sich schon immer gewünscht und sich in Paris die Nase an der Scheibe eines Papierwarenladens platt gedrückt. Sie strich über den samtigen Einband und schlug es auf.

»Liest du es uns vor?«, fragte Suzu ungeduldig.

»*Zum 13. Geburtstag, Vétheuil 12.11.1878.*« Diese weiche, verschnörkelte Handschrift war eindeutig Camilles. Auf der nächsten Seite stand ein Vers:

Schlägt dir die Hoffnung fehl,
nie fehle dir das Hoffen,
ein Tor ist zugetan,

doch tausend sind noch offen.
Möge das Leben nur Gutes für dich bereithalten.

Blanche war überwältigt. Niemand außer Camille verstand die besondere Bedeutung dieser Zeilen für sie.

Camille lächelte wissend. »Du könntest Geneviève bitten, etwas hineinzuschreiben.«

»Ich möchte auch!«, meldete Suzu an, die sich vermutlich zurückgesetzt fühlte.

»Zuerst werden wir von Madeleines Galettes aux Marrons kosten«, schlug Maman vor.

Der Duft des Maronenkuchens war Blanche schon am Vormittag während des Unterrichts in die Nase gestiegen.

»Wie ich sehe, komme ich zur rechten Zeit«, tönte es hinter Blanche.

Sie zuckte zusammen und drehte sich um. Monet! Blanche sprang auf.

»Was hätte ich nur getan, wenn mir Madeleines Kuchen entgangen wäre?« Monet grinste schelmisch und warf Camille einen verschwörerischen Blick zu. Als er Geneviève sah, fasste er sich nachdenklich an die Stirn. »Gibt es heute einen Grund zu feiern, oder warum haben wir einen Gast?«

»Blanche hat Geburtstag«, erklärte Geneviève.

Auch wenn Monet Blanches Ehrentag offenbar vergessen hatte – er war da.

»Ich habe die schönsten Geschenke der ganzen Welt bekommen«, ergänzte sie und zeigte ihm eilig ihre Präsente. »Vielen Dank für das wunderschöne Poesiealbum.«

»Dafür darfst du meiner Frau danken.« Er setzte sich zu ihnen an die Tafel. Ninette brachte ein Gedeck und schenkte ihm Kaffee ein.

»Hast du nicht etwas vergessen?«, fragte Camille.

»Du meinst, außer Blanches Geburtstag?«

Camille stupste ihn scherzhaft in die Seite. »Halt sie nicht so lange hin.«

Was meinte sie?

Monet zwinkerte Blanche zu. »Nun, vielleicht sollte ich noch mal hinausgehen und schauen, ob ich doch eine Kleinigkeit für dich mitgebracht habe.«

Alle starrten ihm nach, als er im Flur verschwand und kurz darauf mit leeren Händen wieder im Türrahmen stand. »Leider blieb mir keine Zeit, die Überraschung hübsch zu verpacken, aber ich hoffe, du freust dich trotzdem darüber.«

Neben Monet erschien Papa!

7

Vétheuil, Juli 1879

Der Winter, der hinter ihnen lag, war der schlimmste, den Blanche jemals miterlebt hatte. Ihre anfängliche Freude über die ersten Schneeflocken, die vom Himmel tanzten, war rasch verflogen. Die glitzernden Eisblumen an den Fensterscheiben verwandelten sich in dicke Eisschichten, und es schneite ununterbrochen. Über den Dächern von Vétheuil und Lavacourt dampften graue Rauchschwaden aus den Schornsteinen in die frostige Winterluft. Ninette verbrachte den halben Tag damit, die Feuer zu stochern, doch das Eis an den Fenstern taute nicht ab, sodass sie sogar tagsüber die hölzernen Läden verschlossen hielten. Schon im Februar ging ihnen das Kaminholz aus. Glücklicherweise half Genevièves Vater mit zwei Wagenladungen aus, damit sie den Winter überstanden.

Mit dem Wetter änderte sich auch Monets Farbpalette. Seine Bilder waren so düster und grau wie der dreckige Schneematsch auf den Straßen. Selbst bei schneidender Kälte arbeitete er in drei Mäntel gepackt und mit Wollhandschuhen im Freien. Manchmal begleitete Blanche ihn und hielt einen Schirm über seine Staffelei, um die Leinwand vor den Schneeflocken zu schützen. Obwohl Monet malte wie besessen, blieben die Käufer aus, was seine ohnehin gereizte Laune noch verschlechterte. So missmutig und niedergeschlagen kannte Blanche ihn bis dahin nicht. Selbst ihr gegenüber reagierte er oft harsch und unleidlich, wenn sie vor Kälte zitternd kaum noch den Schirm halten konnte und er sie schließlich ins Haus schickte. Es kam ihr vor, als wären Monets Seele und sein Lachen erfroren.

Nicht einmal Camille konnte ihn aufmuntern und dazu überreden, an der nächsten Mai-Ausstellung der Impressionisten teilzunehmen. Da Monsieur Caillebotte jedoch auch das neue Pariser Atelier in der Rue de Vintimille bezahlte und ihn daher wiederholt zur Teilnahme drängte, gab Monet ihm nach.

»Er nötigt mich durch seine zweitausendfünfhundert Francs Unterstützung! Damit ich nicht als Drückeberger dastehe, übersende ich Caillebotte einige Gemälde, aber ich werde keinen Fuß in diese Ausstellung setzen«, tobte er. Danach zerschlitzte er ein Gemälde, das Caillebotte später restaurierte.

Trotz positiver Kritiken in den Zeitungen schien Monet in seiner Depression gefangen. »Diese elende Existenz raubt mir sämtliche Kraft!«, hörte Blanche ihn ein anderes Mal auf dem Speicher schimpfen.

Obendrein verschlimmerte sich Camilles Zustand zusehends. Ihr Gesicht war eingefallen. Die Wangenknochen stachen hervor, und ihre Haut wirkte dünn wie Pergament. Ihre einstige Anmut war ihrer Krankheit gewichen. Dennoch ertrug sie tapfer ihr Leid und klagte nie, sondern sorgte sich um alle anderen, besonders um ihren Mann.

Maman, die mit dem Haushalt, der Versorgung der Kleinkinder und den Klavierstunden ausgelastet war, kümmerte sich aufopfernd um Camille. Immerhin behandelte Doktor Tichy aus La-Roche-Guyon sie, wenn er Madame Elliott konsultierte und danach bei ihnen vorbeikam, aber auch seine Medizin schlug nicht an. Mittlerweile war Camille nur noch ein Schatten ihrer selbst und ihr Körper so geschwächt, dass sie beim letzten Sonntagsspaziergang mit Atemnot zu kämpfen hatte und mitten auf der Straße nach Chantemesle niedersank, um zu verschnaufen und den Rückweg bewältigen zu können.

Blanche wünschte, Monet wäre endlich aus Paris zurück. Er war in die Hauptstadt gefahren und versuchte, dort Geld aufzutreiben, weil ihm seine Farben ausgingen. Vielleicht könnte er seinen Freund de Bellio, der ebenfalls Arzt war, dazu bewegen, sich Camilles anzunehmen.

»Wir tragen die Chaiselongue mit vereinten Kräften in den Garten hinunter«, hatte Maman heute nach dem Déjeuner beschlossen, da sie dachte, die Sonne und die frische Luft würden Camille guttun. Im Schatten eines Apfelbaumes ruhte sie sich nun aus und sah den Jungen zu, die mit aufgekrempelten Hosen barfuß am Seineufer herumtollten und ihr Floß ausbesserten. Da Maman Klavierunterricht gab und Marthe und Suzu mit Madeleine zu Madame Lefèvre unterwegs waren, um Lebensmittel zu kaufen, leistete Blanche Camille Gesellschaft.

Mit einem Lächeln schaute diese Jean und Jacques zu, bevor sie versonnen zum Himmel emporblickte, wo ein paar Graugänse schnatternd vorüberflogen.

Woran sie wohl gerade dachte? Ob sie jemals wieder gesund wurde? Der Vers aus ihrem Poesiealbum fiel ihr ein – welches Tor würde sich Camille auftun, wenn ihre Hoffnung fehlschlüge?

Plötzlich stöhnte Camille auf und fasste sich an den Unterleib.

»Soll ich Ihnen Ihre Medizin bringen?« Blanche ertrug kaum, Camille so leiden zu sehen. Die Krämpfe, die sie peinigten, kamen in den letzten Tagen häufig aus dem Nichts. Doktor Tichy hatte bei seinem letzten Besuch ein Fläschchen Morphinsaft dagelassen, falls die Schmerzen andauerten.

Camille nahm Blanches Hand. »Es geht gleich wieder. Mach dir keine Sorgen um mich.«

Wenn sie ihr nur helfen könnte.

Langsam entspannten sich ihre Züge, und sie schloss ihre Lider. »Möchtest du nicht lieber Geneviève besuchen? Sie wird dich vermissen.«

Woher nahm Camille sogar jetzt die Kraft, an andere zu denken?

»Ich bin gerne bei Ihnen.«

Selbst wenn sie mit Geneviève zusammen durch die Wiesen entlang des Flussufers wanderte, um Pflänzchen für ihr Herbarium zu suchen, kreisten Blanches Gedanken um Camille. Geneviève hatte ihr beim letzten Spaziergang tatsächlich gestanden, wie sehr Blanche ihr fehlte, doch sie wollte jede Minute mit Camille auskosten. Sie fürchtete, ihre gemeinsame Zeit würde bald ablaufen.

• • •

Am Abend war die Stimmung noch bedrückender. Camille hütete das Bett, denn ihre Schmerzen hielten an, obwohl Maman ihr Morphinsaft verabreicht hatte. Sie rührte nicht einmal ihre Brühe an.

Monet war kurz vor dem Diner aus Paris zurückgekehrt. Bis auf eine kurze Begrüßung wagte niemand bei Tisch, ihn anzusprechen, da sich tiefe Sorgenfalten auf seinem Gesicht abzeichneten.

»Ich habe kein einziges Gemälde verkauft. De Bellio besaß die Impertinenz, mir zu sagen, er erkenne in ihnen keinen Fortschritt. Er sähe mich in einem entsetzlichen Teufelskreis gefangen.«

Maman hielt inne und runzelte die Stirn. »Worauf stützt er diese absurde Behauptung?«

»Angeblich hätte er einigen Freunden meine Bilder angeboten, die allesamt nicht interessiert gewesen wären.«

»Dann verstehen sie nichts von Kunst.«

»Es kam noch schlimmer! De Bellio sagte mir offen heraus, er hielte es für unmöglich, jemals Geld mit ihnen zu machen«, schimpfte er und donnerte seine Faust auf den Tisch.

Germaine ließ vor Schreck ihren Löffel in die Suppe plumpsen und begann zu weinen. Auch Blanche und die anderen hörten auf zu essen. Ninette, die Monets Wutausbruch wohl bis in die Küche gehört hatte, eilte herbei und nahm Germaine mit, damit Monet sich nicht noch mehr aufregte.

»Nehmen Sie die Worte dieses Ignoranten nicht zu ernst. Es wird der Tag kommen, an dem er sich bei Ihnen in aller Förmlichkeit entschuldigen muss, weil er sich geirrt hat«, beruhigte Maman ihn.

»Nun, dann wird sich auch Émile Zola bei mir entschuldigen müssen!«, zeterte er.

»Zola? Aber er war Ihnen doch immer wohlgesinnt. Denken Sie nur daran, wie er *Camille im grünen Kleid* lobte.«

Monet lachte höhnisch. »Das scheint er vergessen zu haben! Ich habe in Paris erfahren, dass Zola einen Artikel im *Messager de l'Europe* veröffentlicht hat. Darin hat er bemängelt, ich würde mich mit ›dem Ungefähren‹ begnügen. Ich würde die Natur nicht mit der Leidenschaft des wahren Schöpfers studieren, weil ich allein des Geldes wegen zu ›hastig‹ produziere. Ich werde kein einziges Bild mehr verkaufen!« Monet stürzte seinen Wein in einem Zug herunter.

Allmählich bekam es auch Blanche mit der Angst zu tun, so aufbrausend und ungehalten, wie er war.

»Das beste Beispiel dafür ist Faure«, fuhr er fort.

»Sie meinen den Bariton? Ernest stellte ihn mir einmal nach einem Opernbesuch vor.«

Monet nickte. »Ihm bot ich *Vétheuil im Nebel* an.«

Blanche wusste genau, von welchem Bild er sprach. Bei diesem Gemälde sah man mittig die Silhouette der Kirche, die zwischen den Blau- und Grüntönen der Seine und des Himmels hervorstach.

»Faure lachte mich lauthals aus und wollte mir nicht einmal fünfzig Francs dafür bieten!« Monet schlug erneut mit der Faust auf den Tisch.

Trotz all seiner Wut sah man ihm an, wie verzweifelt er war und unter den Zurückweisungen litt. Das wog für ihn vermutlich schwerer als seine Geldnöte. Bisher war Camille seine Stütze, aber die Sorge um ihre schlechte Gesundheit belastete ihn. Was war nur aus dem rebellischen, jugendlichen Maler geworden, den sie in Rottembourg kennengelernt hatte? Sie erinnerte sich an die Stunden in der Eiseskälte, in denen er wie vom Teufel besessen malte. Am liebsten hätte Blanche ihn umarmt und alle Last von ihm genommen, aber was konnte sie schon bewirken? Seine Gemälde waren von berührender Schönheit, doch langsam begann sie zu begreifen, wie vernichtend und folgenschwer derlei Urteile wie die von de Bellio und diesem Zola für Monet waren.

»Es trifft mich zutiefst, Sie so niedergeschlagen zu sehen«, sagte Maman leise und tätschelte seinen Arm. »Ernest wird uns aus der Misere helfen müssen. Gleich nach dem Essen werde ich ihm schreiben. Unsere Schulden bei Madame Lefèvre belaufen sich mittlerweile auf dreitausend Francs. Sie wird uns keine Lebensmittel mehr verkaufen, wenn wir nicht zumindest unseren guten Willen zeigen. Auch Madame Ozanne kann ich nicht mehr lange hinhalten, weil sie noch auf einen Teil des Geldes für die Wintermäntel und die Sommergarderobe wartet. Die einhundertfünfzig

Francs, die Ernest vom Verkauf der Vétheuil-Ansicht schickte, sind ein Tropfen auf den heißen Stein. Wir fallen Ihnen zur Last, obwohl es seine Pflicht ist, uns zu versorgen.«

In den Monaten nach Blanches Geburtstag war Papa nur noch zweimal in Vétheuil gewesen. Nach einem Streit mit Maman, der durch die dünnen Wände im Haus nicht zu überhören war, war er am nächsten Morgen abgereist, ohne sich von ihnen zu verabschieden. Seitdem hatte er sich nicht mehr blicken lassen. Maman verübelte ihm, wie wenig er sich um sie kümmerte und Monet allein für zwei Familien aufkommen musste. Sie schämte sich, da sie keinen Sou besaß und den Monets das Leben durch sieben zusätzliche Esser erschwerte. Aber warum verhielt Papa sich Blanche und ihren Geschwistern gegenüber so fremd? Dafür musste es einen Grund geben.

Plötzlich entspannte sich Monets Miene. Er streichelte Mamans Hand, wie Blanche es sonst nur von Papa kannte. »Grämen Sie sich nicht. Ich schätze mich glücklich, Sie gerade jetzt, da Camille so krank ist, an meiner Seite zu wissen. Wo wäre ich nur ohne Sie?«

Maman lächelte schüchtern und legte ihre Hand auf seine.

»Mir ergeht es ebenso.«

August 1879

»Sie wird verhungern«, hatte Maman gestammelt und Ninette geschickt, Doktor Tichy zu holen, da Camille keinen Bissen mehr bei sich behielt. Abwechselnd hatten Maman, Blanche und Marthe an ihrem Bett gesessen und versucht, sie zu füttern.

Doch wenn sie einen Löffel Suppe herunterbekam, zitterte sie am ganzen Körper und erbrach sich kurz darauf, was sie noch mehr schwächte.

Zwischenzeitlich hatte Monet de Bellio geschrieben und um seinen Rat als auch finanzielle Mittel gebeten, obwohl dieser sich so unflätig über Monets Bilder geäußert hatte. Aber de Bellio blieb unnachgiebig. In einem Antwortschreiben bedauerte er lediglich den traurigen Zustand Camilles und hoffte, dass sie diesen mit sehr viel Pflege überwinden würde. Monet war am Boden zerstört. Allen fiel es zusehends schwerer, Camilles Qualen zu ertragen.

»Es steht nicht mehr in meiner Macht«, sagte Doktor Tichy schließlich mit gedämpfter Stimme. Er setzte im Flur seinen Zylinder auf und hob den schwarzen Arztkoffer vom Boden.

»Beten Sie.« Mit diesen Worten gab er Monet die Hand und verabschiedete sich.

Blanches Kehle schnürte sich zu. Der Arzt hatte gesagt, was alle befürchtet hatten, aber es nicht auszusprechen wagten.

»Wird sie sterben?«, wimmerte Suzu und hielt sich an ihr fest, als Monet die Tür hinter Doktor Tichy schloss.

Blanche brachte es nicht über sich, ihr zu antworten. Monet stieg mit gesenktem Kopf an ihnen vorbei die Treppen hinauf und schloss sich oben im Atelier ein.

•••

In den letzten beiden Augustwochen nach Doktor Tichys Besuch hatte Maman darauf bestanden, dass auch nachts jemand an Camilles Bett wachte. Monet schlief fortan auf Camilles Chaiselongue im Wohnzimmer, da er am Morgen wie gewohnt seiner Arbeit nachging. Michel und Jean-Pierre quartierte Maman im Zimmer von Ninette und Madeleine ein, damit ihr nächtliches Gequengel Camille nicht störte.

Maman, Marthe und Blanche wechselten sich stündlich ab,

was kräfteraubend war, sodass Blanche und Marthe sich tagsüber nur schwerlich auf ihren Unterricht konzentrieren konnten.

Es war drei Uhr nachts, als Marthe Blanche weckte, um sie abzulösen. Leise tappte Blanche im Dunkeln über den Flur in Camilles Zimmer.

Die Decke auf dem Stuhl neben ihrem Bett war noch warm von Marthe, als Blanche sich unter ihr verkroch. Neben der Kerze, die Tag und Nacht auf dem Nachtschränkchen brannte, lag eine Bibel. Seit Doktor Tichys letztem Besuch betete Maman dreimal täglich dafür, Gott möge Camille von ihren Qualen erlösen und zu sich holen. Für Blanche fühlte es sich unendlich grausam an. Wie konnte Maman der armen Camille den Tod wünschen? Ebenso könnte Gott sie von ihrem Leiden befreien, indem er ein Wunder geschehen ließ und sie wieder gesund wurde.

Camille hatte gesagt, Blanche dürfe niemals die Hoffnung aufgeben. Daran hielt sie sich fest und betete mehrmals täglich darum, Gott möge nicht Mamans Gebete, sondern die ihren erhören. Wenn Camille starb, würde auch ein Teil von Monet sterben und Jean und Michel wären ohne Mutter. Ob Maman über diese Konsequenzen nachgedacht hatte? Wie sollte Monet malen, wenn er seine geliebte Frau betrauerte?

»Ich glaube an keinen Gott«, hatte Monet rüde gesagt, als Maman ihn dazu aufforderte, gemeinsam mit ihr für Camille zu beten. Dann nahm er Hut und Jacke und fuhr mit dem Atelierboot hinaus auf die Seine. Blanche war hin- und hergerissen, aber ehe sie sich falsch verhielt, riskierte sie lieber vergebliche Gebete, als womöglich einen Gott zu erzürnen.

Camille wurde von einem Hustenanfall geschüttelt und hob ihre Lider. Blanche sprang auf und beugte sich über sie.

»Trinken Sie ein wenig.« Behutsam hob Blanche ihren Kopf an und flößte ihr etwas Wasser ein. »Wie geht es Ihnen?«

»Blanche, mein liebes Kind«, hauchte sie und streckte matt ihre Hand nach ihr aus. »Nun weiß ich, warum Claude dich am meisten liebt.«

Was sagte sie da? Redete sie im Fieber? Blanche fühlte sachte ihre Stirn, aber die Temperatur schien normal zu sein.

»Wie meinen Sie das?«

»Bewahre dir deine Warmherzigkeit und Güte«, brachte sie angestrengt heraus. Dann schloss sie ihre Augen.

• • •

Bis zum Morgen geisterten Blanche Camilles Worte durch den Kopf. *Nun weiß ich, warum Claude dich am meisten liebt.* Wie kam sie darauf? Ob Monet mit Camille über sie gesprochen hatte? Und, wenn ja, warum? Oder vermutete Camille das nur? Sie liebte ihren Mann über alles. Ob man fühlte, was der andere dachte, wenn man aus tiefster Seele liebte? Wie gerne hätte sie Camille geweckt, um sie zu fragen.

Gegen Mittag hielt Blanche sich mit Maman und Monet im Wohnzimmer auf und lenkte sich mit einem Buch ab. Marthe wachte gerade bei der Kranken. Die anderen Kinder hatte Ninette nach dem Frühstück zu Madame Petit gebracht, um sie außer Haus zu unterrichten. Selbst aus Madeleines Küche drang kein Laut herüber, dabei war es schon halb zwölf.

»Ich wünsche mir für meine Freundin ein christliches Ende«, sagte Maman unvermittelt zu Monet, der sich hinter der *Le Gauloise* verschanzte.

Maman bezeichnete sich als Camilles Freundin? Und trotzdem betete sie für deren Tod? Blanche war verwirrt. Niemals könnte sie für Genevièves Tod beten und sich zugleich ihre Freundin nennen.

Monet faltete die Zeitung zusammen und warf Maman einen giftigen Blick zu.

»Es wird kein Ende geben!«

Maman schluckte, weil sie wohl nicht mit einer derart heftigen Reaktion gerechnet hatte.

»Mein lieber Monet, ich möchte Ihnen nicht zu nahe treten, aber ich fürchte, Sie dürfen sich nicht länger der traurigen Gewissheit verschließen. Sie haben gehört, was Doktor Tichy sagte.«

»Sie vertrauen diesem Quacksalber? Nur weil er nichts mehr für Camille tun kann, bedeutet das nicht, dass sie sterben wird!«

»Abgesehen von Doktor Tichy … ich vertraue meinem Gefühl.«

Monet sah sie abschätzig an. »Demselben Gefühl, mit dem Sie auch Ihren Gatten ehelichten?«

Warum brachte er jetzt Papa ins Spiel? Das ergab keinen Sinn.

»Verzeihen Sie mir, aber diese Frage werde ich selbstverständlich nicht beantworten«, entgegnete Maman. Dann bekam sie diesen Ausdruck, dem man am besten auswich. »Ihre geliebte Gattin schwindet vor unseren Augen dahin. Wenn meine Töchter und ich nicht rund um die Uhr an ihrem Bett säßen, um ihr ein wenig Wasser einzuflößen, wäre sie vermutlich schon längst verschieden!«

Maman richtete sich kerzengerade auf, als wolle sie Monet dadurch einschüchtern.

»Und dafür bin ich Ihnen dankbar«, presste er hervor.

»Es wird geschehen«, sagte sie bestimmt und sah ihm mitten ins Gesicht. »Gestehen Sie sich die Wahrheit ein. Es liegt in Ihren Händen, ihre letzten Stunden mit Glück zu erfüllen.«

»Glück? Pah …« Er pustete verächtlich und sprang aus seinem Sessel auf. »Mein Glück hat mich schon vor Monaten verlassen! Sonst müsste ich keinen de Bellio anbetteln, damit er Camilles

Amulett aus dem Pfandhaus auslöst, um es mir noch rechtzeitig zu schicken!«

Rechtzeitig wovor? Ihrem Tod? Der Beerdigung? Rechnete Monet etwa doch damit, dass Camille diese Krankheit nicht überleben würde?

Nun erhob sich auch Maman und ging zu Monet hinüber, der sich beidhändig auf das Fensterbrett stützte und den Kopf hängen ließ.

»Das war eine kluge Entscheidung. Aber treffen Sie eine weitere.« Sie legte mitfühlend ihre Hand auf seine Schulter. »Wer könnte Sie besser verstehen als ich. Ich weiß, wie gerne man eine schreckliche Wahrheit verdrängt. Sie wissen, warum Sie de Bellio um das Amulett baten.«

»Weil es keinen Gott gibt!«

»Auch wenn Sie nicht an unseren Schöpfer glauben, so gestatten Sie es Ihrer geliebten Frau. Tun Sie es für sie – als letztes Geschenk. Erfüllen Sie ihr diesen Wunsch und lassen Sie nach Priester Amaury rufen.«

Monet rang offenkundig mit sich. Es brach Blanche das Herz, ihn so zu sehen.

»Gott kann ich mich verwehren – aber niemals Camille.«

»Es gilt aber noch ein Hindernis zu überwinden.«

»Wovon sprechen Sie?«

»Ihre Ehe wurde nur standesamtlich vollzogen. Bevor sie das heilige Sakrament der Letzten Ölung empfängt, sollten Sie sich vor Gott dem Herrn zu ihr bekennen.«

Was wollte Maman ihm damit sagen?

»Sie lieben sie.«

Er seufzte. »Tun Sie, was Sie für das Richtige halten.«

»Ich danke Gott für Ihre Barmherzigkeit.«

»Danken Sie mir und nicht dem Herrn!«

• • •

Am Nachmittag traf auch Papa aus Paris ein, weil Maman ihm vor zwei Tagen telegrafiert hatte, dass Camilles Ende nahte.

»Papa!« Blanche stürzte sich in seine Arme, als er zur Haustür hereinkam.

»Seit meinem letzten Besuch ist aus dir eine junge Dame geworden.« Er drückte sie an den Schultern von sich und betrachtete sie.

Auch Blanche musterte ihn. Er hatte zugenommen, der Gehrock und die graue Weste spannten über seinem Bauch, als hätte der Schneider nicht richtig gemessen. Sein ohnehin fülliges Gesicht ähnelte ein wenig dem vollen Mond.

»Wo ist deine Mutter?«

»Sie ist gegangen, um Priester Amaury zu holen.«

»Und deine Geschwister?«

»Ninette ist mit ihnen bei unserer Lehrerin, weil Maman möchte, dass Madame Camille nicht gestört wird. Papa, ich bin so glücklich, dass du da bist.«

»Begleitet Monsieur Monet deine Mutter zur Kirche?«

Warum verhielt er sich so unterkühlt? Er benahm sich fast wie ein Fremder. Freute er sich denn gar nicht, wieder bei ihnen zu sein? Ob Camilles Zustand ihm näher ging, als sie erwartete?

»Er ist oben in seinem Atelier.«

»Wir können später reden«, sagte er und eilte hinauf.

• • •

Wenig später trafen Maman und der Geistliche ein, den sie ins Wohnzimmer führte, wo Blanche, Papa und Monet warteten. Als

Maman Papa sah, hob sie missbilligend eine Braue und wandte sich sogleich wieder dem Priester zu.

»Bitte nehmen Sie Platz, Abbé Amaury.«

War das alles? Warum würdigte sie Papa keines weiteren Blickes? Freute sie sich denn nicht, dass er ihrer Bitte umgehend nachgekommen war und sich auf den Weg gemacht hatte? Oder war sie ihm noch böse, weil er nach dem Streit vor Monaten so abrupt abgereist war? Aber sie schrieben sich regelmäßig Briefe. Maman noch häufiger als er. Papa wirkte ebenso distanziert.

Der wohlgenährte Priester trug einen schwarzen Talar mit weiß umrandetem Beffchen. »Gelobt sei Jesus Christus«, begrüßte er Monet und Papa.

»In Ewigkeit. Amen«, entgegnete Papa.

»Bonjour, Monsieur Amaury«, sagte Monet.

»Wir freuen uns sehr, dass Sie so schnell kommen konnten«, sprang Papa ein, um Monets Fauxpas zu glätten. Der Geistliche rümpfte die Nase, ließ sich nieder und legte seine Bibel neben sich.

Monet fuhr sich über den Bart, als sei nichts geschehen.

»Entschuldigen Sie mich bitte einen Moment, Abbé«, lenkte Maman die Aufmerksamkeit auf sich. »Ich lasse Ihnen einen Tee servieren.«

Blanche wagte sich kaum zu rühren, so beklemmend und unangenehm war die Atmosphäre im Wohnzimmer.

»Blanche, begleite mich.«

Es dauerte nicht lange, bis sie Camille zurechtgemacht hatten. Maman hatte eines ihrer Worth-Sommerkleider bereitgelegt. Das weiße Kleid, welches Camille schon aufgrund Mamans üppiger Rundungen viel zu weit war, hing wie ein mit Perlen und Spitzen besticktes Laken um ihren ausgemergelten Körper. Das Häubchen ließ ihr ausgezehrtes Gesicht noch schmaler wirken, aber sie lächelte.

Die Augen der Braut strahlten, als Priester Amaury sie und Monet in Gottes Namen traute und das Paar segnete.

Sogar Monet schien erleichtert zu sein. Zärtlich küsste er Camilles Stirn und umarmte sie, so gut es ging, denn sie war nicht mehr in der Lage, sich selbst aufrecht zu halten, weswegen Maman ihr drei Kissen hinter den Rücken drapiert hatte.

Nur Monet blieb bei ihr, als sie die Letzte Ölung empfing. Maman betete in einem fort und ignorierte Papa, sodass er Hut und Gehstock nahm, um an der Seine entlangzuspazieren. Blanche wollte sich ihm anschließen, doch Maman hinderte sie daran, weil sie Ninette mit den Kindern zurückerwartete.

Nach dem Diner sollten sich alle von der Todgeweihten verabschieden. Maman rechnete damit, dass Camille in der Nacht sterben würde.

»Sie kann nur zu Gott gehen, wenn ihre Seele Frieden findet«, erklärte Maman.

Blanche empfand es befremdlich, mit wie viel Entschlossenheit und Eifer Maman das Zepter führte und jedem eintrichterte, wie er sich Camille gegenüber zu verhalten hatte. Ohne sie wäre Blanches und ihr aller Leben nie mehr das, was es einmal war.

Es war herzzerreißend mit anzusehen, wie Camille sich von Jean und dem kleinen Michel verabschiedete, der noch nicht verstand, wozu Maman ihn zu seiner Mutter ins Bett legte. Er quietschte vergnügt, brabbelte und versuchte, ihr die Haube vom Kopf zu ziehen.

Blanche war froh über jede Sekunde, die Camille noch unter ihnen weilte. Als würde diese sich gegen ihren Tod wehren, hielt sie weitere drei Tage durch.

Jean weinte sich jede Nacht in den Schlaf, während Jacques tröstend auf seinen Freund einredete. Marthe war völlig in sich gekehrt und sprach kaum ein Wort. Germaine und Suzu stellten sich Camille bereits als Engel vor.

• • •

Am Morgen berichteten Jean und Jacques beim Frühstück, dass sie Geneviève gestern am Seineufer getroffen hätten. Sie kränkelte und war traurig, weil sie Blanche sehr vermisste. Ein paar Tage zuvor hatte sie sogar das Bett hüten müssen.

Blanche verging der Appetit. Durch die Aufgaben, die Maman ihnen zuteilte, blieb wenig Zeit, und sie wollte jede Minute mit Camille auskosten. Mittlerweile waren die traurigen Gesichter und die Totenstille im Haus jedoch kaum auszuhalten. Auch das betretene Schweigen ihrer Eltern war unerträglich. Die Stunden an Camilles Bett waren noch die angenehmsten. Zu ihrem Erstaunen sprang Monet ihr bei.

Er sah von seinem Frühstückskaffee auf. »Liebe Madame Hoschedé, entheben Sie Blanche am Vormittag von ihren Pflichten und gestatten Sie, ihre Freundin zu besuchen.«

Maman fuhr sich mit der Serviette über den Mund. »Wo kämen wir hin, wenn wir alle unsere Pflichten vernachlässigten?« Ihr Tonfall bedeutete zweifellos, dass sie nicht daran dachte, von ihrem Standpunkt abzurücken.

Früher hätte Papa Blanche in dieser Situation beigestanden und sich gegen Maman durchgesetzt. Heute bestrich er bloß sein Brot und sah nicht einmal auf.

»Denken Sie daran, wer uns im Februar mit zwei Fuhren Brennholz aushalf. Es wäre auch in Monsieur Peltiers Sinne, wenn Blanche sich um seine Tochter kümmerte. Ihm liegt viel daran, dass sie mit Blanche befreundet ist.«

Mamans Nasenflügel bebten. »Pünktlich um elf Uhr bist du zurück! Wehe, du verspätest dich!«

• • •

Es roch bereits nach Herbst, aber in der Sonne, die sich nur hin und wieder hinter einer Schäfchenwolke versteckte, war es angenehm warm. Blanche und Geneviève hockten im Gras und sahen der vorübergleitenden Fähre auf der Seine nach, die stromaufwärts trieb und eine blökende Herde Schafe transportierte. Am anderen Ufer stieg ein Schwarm Stare auf, als hätten sie sich am Boden vor etwas erschreckt. Wellenförmig flogen die unzähligen Tiere auf sie zu. Ihre ständigen Richtungswechsel innerhalb der Vogelwolke wirkten wie ein Band, das hellgrau, dann wieder dunkelgrau durch die Lüfte flatterte.

Geneviève pflückte ein Hirtentäschel und gab es Blanche. »Vielleicht hilft es Madame Camille, wenn sie einen Tee davon trinkt, um die schlechten Körpersäfte abzuleiten.«

Die Täschchen des Krauts waren herzförmig. Die Natur brachte wunderbare Dinge hervor.

Geneviève kannte sich aus und wusste von jedem Pflänzchen, das in den Wiesen wuchs, sogar die lateinischen Namen. Ebenso, gegen welche Krankheiten man sie verwendete.

»Maman ist davon überzeugt, dass Camille nichts und niemand mehr helfen kann. Sie betet Tag und Nacht dafür, dass Gott Camille erlöst. Aber vielleicht hast du recht, und man könnte es versuchen.«

»Deine Mutter betet dafür, dass sie stirbt?« Geneviève runzelte ungläubig die Stirn.

Blanche nickte resigniert. »Sie will, dass wir alle dafür beten.

Aber ich kann es nicht. Deshalb habe ich nur so getan und dafür gebetet, dass Gott Mamans Gebete ignoriert. Glaubst du an Gott?«

»Ich weiß nicht, ob es stimmt, aber Papa sagt, es gibt etwas zwischen Himmel und Erde, das der Mensch nicht begreifen kann – also müssen wir daran glauben.«

»Du meinst, Gott ist dazwischen?«

Geneviève strich sich eine Locke hinters Ohr und zuckte mit den Schultern.

»Wenn die Seele bei Gott weiterlebt, würde das bedeuten, überall dazwischen wären Seelen.« Blanche betrachtete den Vogelschwarm, der sich dem Ufer näherte.

Auch Geneviève sah zu ihnen hinauf. »Vielleicht wird man ja als Vogel wiedergeboren. Sie sind immer zwischen Himmel und Erde«, überlegte sie.

Wie schön war es, sie als Freundin zu haben, mit der sie über solche Dinge reden konnte. Geneviève betrachtete die Welt mit ganz anderen Augen als Marthe, die sich mehr und mehr Mamans Überzeugungen anpasste, je älter sie wurde. Aber was, wenn am Ende Monet recht hatte und es gar keinen Gott gab? Dann wäre Camilles Seele nach dem Tod einfach für immer verschwunden. Blanche gefiel der Gedanke, als Vogel wiedergeboren zu werden.

Oder als orangegelber Postillion, der in diesem Moment neben ihnen auf ein rosafarbenes Tausendgüldenkraut zuflatterte. Sie war von einer tiefen Ruhe erfüllt, die jäh unterbrochen wurde, als sie Jacques durch die Wiese auf sie zustürzen sah. Eilig standen sie auf.

»Madame Camille ist tot!«, keuchte er.

• • •

Gegen halb elf Uhr hatte Camilles Herz aufgehört zu schlagen.

Wie sie von Jacques auf dem Nachhauseweg erfahren hatte, war sie bis zuletzt bei vollem Verstand.

Vom Flur aus hörte sie Madeleine in der Küche weinen. In der ersten Etage kam Monet Blanche entgegen, hastete die Stufen zu seinem Atelier hinauf und schlug die Tür hinter sich zu.

Die anderen standen schweigend am Totenbett. Sogar Papa wischte mit einem Taschentuch über seine Augen und schnäuzte sich. Blanche trat an das Bett heran. Niemals zuvor hatte sie eine Tote gesehen, doch Camilles Anblick ängstigte sie nicht. Sie sah aus, als schliefe sie friedlich. In ihren gefalteten Händen hielt sie einen Rosenkranz.

Blanche bemerkte, dass sie selbst noch das Hirtentäschelkraut bei sich trug. Sie würde es pressen, denn diesen 5. September würde sie ihr Leben lang nie mehr vergessen.

Obwohl Mamans Gesichtsausdruck voller Vorwurf und Tadel war, war er nicht halb so schlimm wie die Vorwürfe, die Blanche sich selbst machte, da sie Geneviève Camille vorgezogen hatte und die wenigen letzten Stunden nicht bei ihr geblieben war. Diese Zeit war nun unwiederbringlich verloren. Es blieb ihr nur, zu hoffen, dass Camille ihr vergab, wo auch immer sie sich gerade befand.

Über ihnen auf dem Speicher rumorte es. Maman schaute erbost zur Decke. Dann polterte es die Treppe herunter, und Monet stand plötzlich mit seiner Staffelei im Türrahmen. »Lasst uns allein!«

Alle starrten ihn entsetzt an. Was hatte er vor?

»Geht! Hinaus mit euch!«, tobte er und schleppte die Staffelei ans Fußende des Totenbetts.

Maman riss den Mund auf und schlug empört die Hände vors Gesicht. »Monsieur Monet, versündigen Sie sich nicht!«

»Haben Sie nicht gehört, was ich gesagt habe!«

»Monsieur Monet«, sagte Papa mit gesenkter Stimme und legte

beschwichtigend seine Hand auf Monets Schulter, die dieser zornig abschüttelte. »Raus! Alle!«

»Sie wissen nicht, was Sie tun!« Maman geriet außer sich. »Heilige Maria, Mutter Gottes, hilf uns! Der Teufel ist in ihn gefahren.«

»Ihr Gott hat mich meiner geliebten Frau beraubt«, höhnte er. »Dann wird mir der Teufel dabei helfen, Camilles schwindende Seele einzufangen! Und nun hinaus mit Ihnen!«

• • •

Bis Monet am Nachmittag das Totenzimmer verließ und sich mit seiner Staffelei hoch in sein Atelier begab, betete Maman ein Vaterunser nach dem anderen. Für ihr Verständnis war Monet von Camille und dem Teufel besessen.

Blanche konnte die Gedanken ihrer Mutter nicht nachvollziehen. Ob es ihm gelungen war, Camilles Seele zu malen? Wie sah er, was doch unsichtbar war? Aber er hatte in Rottembourg schon einmal das Unmögliche auf eine Leinwand gebannt. Den Wind. Die Sonne. Das Fließen des Teiches. Alles war in Bewegung. Vielleicht sah er auch, wie Camilles Seele aus ihr herausschwebte. All seine Bilder lebten.

Sie verstand Monets Bedürfnis, Camille für immer festhalten zu wollen, und sei es auch nur auf einer Leinwand. Sie war nur zweiunddreißig geworden! Ihre Seele in einem Gemälde einzufangen, hatte etwas Unvergängliches. Es beruhigte Blanche, denn so hätte auch sie vielleicht die Möglichkeit, Camille immer wieder zu sehen, selbst wenn sie lange fort war. Ob es sündhaft war, so zu denken?

Nachdem Monet sich im Atelier eingeschlossen hatte, schickte Maman Marthe zu Maurer Aimé Paillet und Uhrmacher Louis-Gustave Havard, um sie herbeizuholen, damit sie sich von Camilles Tod vergewisserten und danach auf dem Bürgermeisteramt bezeugten. Auf dem Rückweg sollte Marthe zur Kirche gehen, damit der Glöckner die Totenglocke läutete. Das Geläut von Notre-Dame erschallte. Da die Kirche nur einen Steinwurf entfernt lag, kam Marthe kurz darauf zurück.

»Kümmere dich um Monsieur Monet und unterstütze ihn, alles für die Beerdigung vorzubereiten«, trug Maman Papa auf. »Ich werde nun mit Blanche und Marthe Madame Camille einkleiden und die Totenwache halten.«

»Alice, wir müssen reden! So kann es nicht weitergehen.«

»Das sehe ich ebenso«, entgegnete Maman schnippisch, »aber du wirst verstehen, dass wir zuerst die Trauerfeierlichkeiten hinter uns bringen müssen.«

»Ich möchte, dass ihr zu mir nach Paris zieht.«

»Ernest, ich werde Monsieur Monet jetzt nicht im Stich lassen.«

Zwei Tage wachte Blanche an Camilles Sarg und lenkte sich mit den Gedanken an Papas Aussage ab. Auch wenn sie ihn vermisste, konnten sie Monet gerade jetzt nicht allein zurücklassen. Was würde aus ihm, wenn Maman ihm die alltäglichen Dinge nicht mehr abnahm? Wie sollte er arbeiten und sich zugleich um Jean und Michel kümmern? Außerdem hatten sie sich in Vétheuil eingelebt. Alle hatten Freunde gefunden. Geneviève war ihr ebenso ans Herz gewachsen wie Camille. Was, wenn nun Geneviève durch einen Umzug nach Paris aus Blanches Leben verschwinden würde? Eine Familie gehörte normalerweise zusammen, aber nach Camille auch noch Geneviève zu verlieren, war unerträglich.

Am Sonntagmittag um zwei Uhr fegte der Wind das Herbstlaub über die Straße vor ihrem Haus, als breitete er für Camille einen güldenen Teppich aus. Angeführt von Priester Amaury und Monet, stieg der Trauerzug zur Kirche hinauf.

Begleitet vom Glockengeläut, zogen sie nach der Messe schweigend durch die schmale Gasse bis zum Tor des Friedhofs. Direkt gegenüber, am Ende der Einfriedungsmauer zur Rechten, türmte sich ein Berg frisch ausgehobener schwarzgrauer Erde auf. Dort würde Camille auf ewig in Dunkelheit gefangen sein. Zum ersten Mal seit Camilles Tod flossen Blanches Tränen, als sie ein Sträußchen Hirtentäschel zu ihr hinabwarf. Nur der Gedanke, dass Camille durch Monets Gemälde weiterlebte, tröstete sie.

• • •

Am nächsten Morgen hastete Blanche die Stufen zu ihrem Zimmer hoch. Wenn es eines gab, worauf Madame Petit empfindlich reagierte, war es Unpünktlichkeit. Blanche hatte ihr Schreibheft auf der Kommode vergessen, und ihre Lehrerin würde jeden Moment zum Unterricht eintreffen. Sie musste sich beeilen, um sich keine Strafarbeit einzuhandeln. Maman hatte darauf gedrungen, dass so schnell wie möglich alles wieder wie gewohnt ablief.

Noch bevor sie oben angelangte, hörte sie Papas Stimme hinter der verschlossenen Schlafzimmertür ihrer Eltern. »Ich bin damit einverstanden, wenn du Monsieur Monet unterstützt, solange er sein Leben mit Jean und Michel ordnet, aber danach erwarte ich dich mit unseren Kindern in Paris.«

Er beabsichtigte tatsächlich, sie alle zu sich zu holen!

»Das Leben in Paris ist teurer als hier«, entgegnete Maman. »Ehe wir dir folgen, wäre es angebracht, zuerst unsere Schulden in Vétheuil zu tilgen. Oder denkst du, ich lasse Monsieur Monet auf Schuldenbergen sitzen, die wir ihm verursacht haben? Wir sind zu siebt, Ernest! Wenn ich Ninette mitrechne, sogar acht. Madame Lefèvre wird ihre Lebensmittellieferungen einstellen, weil du mir zu wenig Geld gibst.«

»Du hast dich verändert, Alice.«

»Ich habe dir vertraut. Und nun lässt du mich um unser tägliches Brot betteln. Früher hättest du kein Auge zugetan, wenn du gewusst hättest, dass es mir und den Kindern an etwas fehlt.«

»Es hat mich zutiefst erschüttert, dass du mich in deinem letzten Brief mit ›mein lieber Freund‹ angesprochen hast.«

Papas Stimme klang traurig. Mein lieber Freund? Das musste ihn bis ins Mark getroffen haben, denn Maman nannte ihn sonst immer ›mein Liebling‹.

»Was erwartest du von mir, wenn du all mein Bitten und Betteln überhörst? Wäre Monsieur Monet nicht so großherzig, wären wir längst verhungert, wenn ich mich nur auf dich verlassen müsste. Wir sind allein Madame Lefèvre dreitausend Francs schuldig. Die Kinder brauchen Winterkleidung, Schulbücher, der Unterricht und das Personal müssen bezahlt werden. Ich gebe Klavierunterricht, damit ich ein wenig zur Haushaltskasse beitragen kann.«

»Gib mir noch etwas Zeit. Ich verspreche dir, ich werde dafür aufkommen.«

»Wann, Ernest? *Wann* wirst du dafür aufkommen?«

Maman klang erbost. Es hörte sich an, als würde sie im Zimmer auf und ab laufen. Papa schwieg.

Unten hallte der Türklopfer. Das musste Madame Petit sein. Eilig nahm Blanche das Schreibheft von ihrer Kommode und huschte zurück. Im Flur stieß sie beinahe mit Papa zusammen. Er wirkte überrascht, sie hier oben anzutreffen. Wollte er sie schon wieder verlassen? Hinter ihm stand Maman.

»Warum bist du nicht beim Unterricht?«, fuhr sie Blanche an.

Ob Maman befürchtete, dass sie etwas von der Auseinandersetzung aufgeschnappt hatte?

»Verzeih mir, ich habe mein Heft vergessen.«

»Spute dich!«, trieb Maman sie zur Eile.

Doch Blanche stand wie angewurzelt, da Papa sie in den Arm nahm. Wie sehr sie ihn vermisste! Sie schloss die Augen und genoss seinen vertrauten Duft. Durch das ständige Wachen an Camilles Bett und die anschließende Beisetzung hatten sie kaum Zeit füreinander gefunden, und nun ging er schon wieder fort.

»Wann kommst du zurück?«, fragte sie und klammerte sich an ihn. Es war ihr gleichgültig, ob sie zu spät zum Unterricht kam.

»Das hängt allein von deiner Mutter ab.« Dann schob er sie sanft von sich und nahm seinen Koffer.

• • •

Da Madame Petit sich am Morgen nach ihrer Ankunft mit Ninette verplaudert hatte, entging Blanche in letzter Minute einer Strafarbeit, aber sie schaffte es kaum, dem Unterricht zu folgen. Auch als sie alle später im Esszimmer ihre Hausaufgaben erledigten, schweiften ihre Gedanken immer wieder zu Papa und einem drohenden Umzug nach Paris ab. Um ihre Geschwister nicht zu beunruhigen, behielt sie es vorerst für sich. Selbst wenn er ihr noch so sehr fehlte, die Vorstellung, Vétheuil, Monet und Geneviève zu verlassen, ängstigte sie. Warum zog Papa nicht einfach zu ihnen? Auch hier würde er gewiss eine Zeitung finden, für die er seine Kunstartikel schreiben könnte. Warum erwog er nicht einmal, hier zu leben, wo der Lebensunterhalt obendrein erschwinglicher war. Am wichtigsten war es, dass sie als Familie zusammenlebten.

Zum ersten Mal wurde ihr schmerzlich bewusst, wie sehr Papas Bankrott nicht nur ihr Leben verändert hatte, sondern auch ihre Eltern und deren Verhältnis zueinander. Früher waren sie stets liebevoll miteinander umgegangen, doch in den letzten Monaten erinnerte Blanche sich an keine einzige zärtliche Geste zwischen ihnen. Maman nannte Papa ›mein lieber Freund‹, und seine seltenen Besuche endeten jedes Mal in einem Streit, worauf er abreiste. Monet und Maman kümmerten sich um alles. Blanche wusste nun, es war allein ihm zu verdanken, dass sie alle genug zu essen hatten. Das Streitgespräch zwischen ihren Eltern hatte alles auf den Kopf gestellt, sogar das bisher unumstößliche Bild von Papa. Es schmerzte sie beinahe körperlich, anzuerkennen, dass Monet sich für alles verantwortlich zeigte, obwohl sie nicht seine Kinder waren, wohingegen Papa sich nach Paris zurückzog.

Auf einmal wurde sie durch ein lautes Klopfen aus ihren Gedanken gerissen. Das Geräusch kam von oben. Anscheinend hämmerte Maman an Monets Ateliertür. Nach dem Frühstück hatte er sich dort eingeschlossen.

»Monsieur Monet! Öffnen Sie die Tür.« Wieder trommelte sie dagegen. »Sie haben einen schlimmen Verlust erlitten, wie wir alle, aber ich erwarte von Ihnen, dass Sie sich zusammenreißen!«

Die anderen am Tisch starrten sich an. Jean wollte etwas sagen, aber Marthe hielt ihm den Mund zu.

»Sie stören mich bei meiner Arbeit!«, polterte Monet zurück.

»Welche meinen Sie? Indem Sie den ganzen Tag das Bildnis Ihrer verstorbenen Frau anstarren und ihre Briefe lesen, wird Ihr Schmerz nicht vergehen!«

»Das ist allein meine Sache!«

»Das werde ich gewiss nicht akzeptieren, denn Sie tragen die Verantwortung für Ihre Kinder. Die beiden haben ihre Mutter verloren, und es wird ihnen nicht helfen, wenn sie nun auch noch ihren Vater verlieren, weil er vor Kummer nicht aus seiner Dachkammer kommt!«

»Es steht Ihnen nicht zu …«, tobte er.

Maman schnitt ihm das Wort ab. »Täuschen Sie sich nicht! Ich gab Ihrer Frau auf dem Sterbebett mein Versprechen.«

Nachdem Priester Amaury Camille gesalbt und sich alle von ihr verabschiedet hatten, bat Camille darum, ein paar Minuten mit Maman allein zu sein. Als diese später das Zimmer verließ, wirkte sie völlig durcheinander und erschüttert, verlor aber kein Wort darüber.

»Vernichten Sie alles von ihr!«, forderte sie. »Schmeißen Sie diese Briefe ins Feuer und stehen Sie Ihren Kindern bei!«

»Verschwinden Sie!« Dann hörte es sich an, als würde etwas von innen gegen die Ateliertür knallen.

Kurz darauf rauschte Maman an ihnen vorbei ins Wohnzimmer. Blanche schielte von ihrem Schulbuch zu ihr hinüber. Diese strich sich flüchtig übers Haar und rückte ihr Kleid zurecht, bevor sie sich in den Sessel fallen ließ.

Sie hatte diesen unverkennbaren Gesichtsausdruck, wenn sie in Rage war – der, bei dem man sich am besten in Luft auflöste.

Alle am Tisch gaben sich unbeteiligt. Sogar Jean, der mehr oder minder davon betroffen war, wagte nicht aufzublicken. So gut hatte auch er Maman in den letzten Monaten kennengelernt.

Plötzlich stürzte Monet donnernd die Treppe herunter. Er hetzte schnurstracks ins Wohnzimmer, einen Stapel Briefe unter den Arm geklemmt.

»Damit Sie Ihren Willen bekommen!«, grollte er. Er riss den Schürhaken vom Kamin und richtete ihn gen Himmel empor. »Ihr vermaledeiter Gott hat uns das Liebste genommen! Und was auch immer Sie Camille am Sterbebett versprachen, auch ohne diese Briefe werde ich sie niemals vergessen! Auch ich habe ihr etwas geschworen, und das wird auch die Macht des Feuers nicht zerstören!«

Maman starrte ihn fassungslos an. Monet sank vor dem Kamin auf die Knie und legte die Briefe neben sich. Dann nahm er den ersten, küsste ihn und warf ihn in die Flammen. Die orangeroten

Zungen loderten auf und zerfraßen das Papier in Sekundenschnelle zu einem schwarzen Klumpen Asche.

Jean sprang auf, sodass der Stuhl nach hinten rüberkippte.

»Papa! Papa!«, schrie er auf. Weinend lief er zu Monet und hockte sich neben seinen Vater. »Bitte wirf Mamans Briefe nicht fort«, flehte er und drückte sich an ihn.

Monet küsste den nächsten Brief. »Es ist gut so, Jean.« Beruhigend streichelte er seine Wange. »Es ist gut so.«

Jean schluchzte. »Aber du wirst sie vergessen!«

Monet legte seine Hand unter Jeans Kinn und hob sachte seinen Kopf an. »Wie könnte ich sie jemals vergessen? Du hast ihre Augen.«

• • •

In den nächsten Tagen gingen Maman und Monet sich aus dem Weg. Sie trafen sich lediglich zu den Mahlzeiten und besprachen nur das Nötigste. Monet arbeitete meistens im Atelier an Stillleben mit Früchten und Blumen. Blanche lauerte darauf, dass er ihr wie früher gestatten würde, ihm behilflich zu sein, um herauszufinden, wie er die Gegenstände ästhetisch anordnete. Außerdem hatte noch niemand das Porträt von Camille auf dem Totenbett gesehen, weil er es oben hütete.

»Es ist so herrliches Wetter heute. Möchten Sie uns nicht auf einen Spaziergang begleiten?«, fragte Maman ihn wohlgestimmt.

Er schüttelte den Kopf und tunkte ein Stückchen Brot in den Soßenrest auf seinem Teller. »Ich muss weiterarbeiten. Gehen Sie nur.«

Wenn Maman mit den anderen einen Ausflug unternahm, könnte Blanche zu Hause bleiben, um zu zeichnen. Mit etwas

Glück würde Monet sie bemerken und ihr erlauben, zu ihm hinaufzukommen.

Maman seufzte. »Die Farbenpracht des Herbstes wird Ihnen entgehen.«

»Nun, derzeit bevorzuge ich die prächtigen Farben von Quitten, Äpfeln und Weintrauben.« Dann nahm er drei Äpfel aus der Obstschale und ging wieder hinauf.

Es war deprimierend, Monet so nah bei sich zu wissen, und doch war er so fern, dachte Blanche, als sie später allein im Esszimmer saß und versuchte, den armdicken Strauß Astern, der in der blauen Vase auf dem Klavier stand, zu skizzieren. Wenn sie nur wüsste, wie Monet ein Stillleben begann. Wie gerne würde sie ihm zuschauen, denn dann wüsste sie, worauf sie achten musste.

Draußen schlug jemand den gusseisernen Klopfer gegen die Haustür. Erwartete Monet Besuch? Maman wäre gewiss nicht aufgebrochen, wenn sie davon gewusst hätte. Wieder hämmerte es. Diesmal energischer. Da auch Ninette und Madeleine ins Dorf gegangen waren, öffnete schließlich Blanche.

»Ich muss zu Monsieur Hoschedé«, sagte der Mann. Blanche hatte ihn noch nie gesehen. Er war gewiss zehn Jahre älter als Monet, trug einen feinen Anzug mit Nadelstreifen und eine schwarze Melone.

»Mein Vater ist nicht …«, setzte sie an, doch der Fremde trat einen Schritt auf sie zu und schob erbost seinen Gehstock zwischen Tür und Rahmen.

Wo blieb Monet? Hatte er das Klopfen nicht auch gehört?

»Mademoiselle, diese Ausreden sind mir bekannt. Ich denke, Sie sollten den Anstand haben, mich hereinzubitten.«

Ehe Blanche reagieren konnte, stieß er die Tür auf, drängte sie zurück und marschierte ins Esszimmer.

»Richten Sie ihm aus, Théodore möchte ihn sprechen.«

Er schaute sich missbilligend um und beäugte die Einrichtungsstücke.

»Bitte warten Sie hier.« Blanche drehte sich um und rannte hoch.

Keuchend klopfte sie an. »Monsieur Monet, Monsieur Monet, bitte öffnen Sie! Sie müssen sofort herunterkommen! Ein Monsieur Théodore ist hier und will unbedingt zu Papa.«

Schneller als erwartet, riss er die Tür auf und wirkte gehetzt.

»Ich konnte nichts dafür. Er hat mich beiseitegedrängt. Bitte verzeihen Sie mir.«

Ohne ein Wort hechtete Monet an ihr vorbei das Treppenhaus hinunter. Blanche hatte Mühe, ihm zu folgen, weil er drei Stufen auf einmal nahm.

»Was fällt Ihnen ein!«, brüllte Monet und blieb abrupt stehen, sodass Blanche in ihn hineinrannte.

Monsieur Théodore hatte den Asternstrauß aus der blauen Vase genommen und diesen wohl über die Tischkante geschlagen, denn überall auf dem Tisch und am Boden verteilten sich lila und gelbe Blütenblätter sowie zerrupfte Stängel. Es sah aus, als wäre der Herbststurm durchs Haus gejagt und hätte eine Schneise der Verwüstung hinterlassen. Das Klaviergehäuse war geöffnet. Er hielt die Vase drohend darüber, als wolle er das Blumenwasser hineinschütten.

»Warum fragen Sie nicht Monsieur Hoschedé, was ihm einfällt, seine Schulden nicht zu begleichen?«

»Wagen Sie es nicht!«, warnte Monet, da der Geldeintreiber die Vase immer weiter kippte. »Was schuldet er Ihnen?«

»Vierhundert Francs.«

Monet stemmte die Hände in die Hüften. »Wofür?«

»Ich frage meine Kunden nicht danach, wofür sie das Geld benötigen. Wie ich hörte, sucht Monsieur Hoschedé des Öfteren die einschlägigen Etablissements auf. Er lässt sich seine Vorliebe für schöne Damen einiges kosten. Wenn Sie verstehen, was ich meine.« Er schaute flüchtig in Blanches Richtung. »Geben Sie mir das Geld, wenn er zu feige ist, herauszukommen, und Sie sind mich los.«

»Ich habe kein Geld! Erst recht keine vierhundert Francs!«

Théodore grinste und goss ein paar Tropfen aus der Vase ins Klavier.

»Hören Sie auf!« Monet pirschte einen Schritt vor.

»Bleiben Sie stehen! Ich weiß, dass Hoschedé sich hier in Vétheuil versteckt. Meine Informanten sind überall.«

»Nun, dann sollten Sie sich bessere Quellen suchen, denn Monsieur Hoschedé ist längst wieder abgereist. Und nun verschwinden Sie!«

Auf einmal stieg dem Geldeintreiber Zornesröte ins Gesicht. In einem Schwall kippte er das Blumenwasser ins Klavier und warf die blaue Vase schwungvoll zu Boden. Sie zersprang in tausend Stücke.

Die Scherben knirschten unter Monets Füßen, als er auf diesen Théodore zuschritt, aber dieser drehte geübt seinen Gehstock zwischen den Fingern, packte ihn wie einen Knüppel und holte aus.

Blanches Herz raste. Wenn er jetzt zuschlüge, würde er Monet mit dem Metallknauf treffen.

Beschwichtigend hob Monet beide Hände und wich zurück.

»Richten Sie Monsieur Hoschedé einen lieben Gruß aus. Es wäre gescheiter, sofort zu zahlen. Wir möchten doch nicht, dass eines der acht Kinderlein darunter leiden muss.«

Ruckartig straffte er seinen Gehrock und verschwand ebenso schnell, wie er gekommen war.

Blanche fühlte sich wie betäubt. Sie spürte ihre glutheißen Wangen. Ihr Kinn zitterte. Es war ihre Schuld, dass dieser Théodore das Klavier ruiniert hatte und Mamans Klavierstunden wegfielen, wo das Geld ohnehin an allen Enden fehlte. Sie wünschte sich, sie wäre niemals geboren, weil sie sich vor Maman fürchtete, und ließ ihre Tränen laufen. Maman würde toben. Alle, Monet, Ninette und Madeleine inbegriffen, würden es ausbaden müssen, weil sie so töricht gewesen war, diesem ungehobelten Kerl die Tür zu öffnen.

»Geht es dir gut?«, fragte Monet und schloss sie in seine Arme.

Sie nickte und vergrub ihr Gesicht an seinem Jackenrevers. Am liebsten wäre sie in ihn hineingekrochen, weil sie sich für ihre Dummheit schämte und er ihr Schutz bot. Monet strahlte eine Stärke aus, wie sie sie bisher nur bei Papa empfunden hatte.

»Maman wird mich verfluchen und verteufeln.«

Monets Bauch zuckte, als ob er lachte. »Oh, damit kenne ich mich aus. Dann sind wir nun fortan beide vom Teufel besessen. Gegen diesen Grobian konntest du nichts ausrichten.«

»Wird er wiederkommen?«

»Hab keine Angst. Papa Monet wird dafür sorgen, dass wir ihn nie mehr wiedersehen.«

• • •

Maman schien einem hysterischen Anfall nahe, als sie mit Ninette und den anderen zurückkehrte. Kaum sah sie die Bescherung, ließ sie ihr Sträußchen Wiesenblumen fallen, das sie unterwegs gepflückt hatte.

»*Mon Dieu!* Was hast du angestellt?«

Natürlich dachte sie, Blanche wäre dafür verantwortlich, da sie am Boden das Porzellan der zertrümmerten Vase aufsammelte.

»Verzeih mir, Maman«, stammelte sie und traute sich nicht, aufzuschauen.

Suzu eilte ihr zu Hilfe und kniete sich neben sie.

»Blanche trifft keinerlei Schuld daran! Dieses Malheur haben wir Ihrem werten Gatten zu verdanken«, brummte Monet, der nebenan mit seiner Zeitung raschelte und zu ihnen ins Esszimmer kam.

Ihr fiel ein Stein vom Herzen, dass er ihr beistand.

»Ninette, geh mit den Kindern in den Garten hinaus«, befahl sie.

Mit knappen Worten berichtete Monet was geschehen war.

»Vierhundert Francs! Wofür, um Himmels willen, hat sich Ernest diese Summe geliehen?«

»Nun, danach sollten Sie Ihren Gatten fragen.«

»Darauf können Sie Gift nehmen!«, fauchte Maman. »Er speist uns mit Almosen ab und führt selbst ein ausschweifendes Leben? Seien Sie gewiss, das werde ich mir nicht gefallen lassen.«

Dieser Monsieur Théodore hatte von Etablissements und Papas Vorliebe für schöne Damen gesprochen. Blanche konnte sich zusammenreimen, was er damit gemeint hatte, doch vor Maman und Suzanne würde Monet das gewiss nicht wiederholen. Sie wollte nicht glauben, dass Papa derartige Häuser aufsuchte. Wer wusste, wofür er das Geld tatsächlich benötigt hatte. Vielleicht richtete er auch die Wohnung in Paris ein, um sie nachzuholen.

Auch wenn Blanche froh darüber war, Mamans Schelte entgangen zu sein, fühlte sie, dass die Kluft zwischen ihren Eltern dadurch umso größer wurde. Hätte sie diesem Théodore nur nie die Tür geöffnet.

8

Vétheuil, Dezember 1879

Es hatte Tage gedauert, das Klavier auseinanderzunehmen, um die Filzhämmer, Saiten und den Innenraum zu trocknen. Das Geld für die Klavierstunden fehlte bitter in der Haushaltskasse. Und als ob das nicht schon genügte, hatte Madeleine im Oktober geheiratet. Bestärkt durch ihren Mann, war sie nicht mehr bereit, ständig auf ihren Lohn zu warten, sodass sie sich schließlich weigerte, die Wäsche zu erledigen. Einmal wöchentlich brachte Blanche diese daher zur Wäscherei, die wiederum kostspieliger war als Madeleines Lohn. Der einzige Vorteil bestand darin, dass Blanche sich mit Geneviève verabreden konnte, damit sie sie begleitete, um ein wenig mit ihr zu plaudern.

Immer häufiger tauchten Leute wie dieser Monsieur Théodore auf und forderten ihr Geld ein. Doch nicht nur diese. Madame Lefèvre weigerte sich, sie weiterhin mit Lebensmitteln zu beliefern, und schickte beinahe täglich einen Burschen, um an die offene Zahlung zu erinnern. Deswegen waren sie nun auf den Gemüsemann Arsène aus Fonteney-Saint-Père angewiesen.

»Sein verdammtes Gemüse verkauft er zu utopischen Preisen«, schimpfte Monet, aber ihnen blieb nichts anderes übrig.

Auch Madame Céleste, bei der sie ihre Kartoffeln einkauften, erhöhte den Preis pro Sack um fünfzig Centimes und rechtfertigte ihn mit der erschwerten Beschaffung der Waren. Der Winter war eingebrochen, und Vétheuil lag unter einer weißen, glitzernden Decke.

Sämtliche Wasserläufe waren gefroren, und die Temperaturen sanken auf minus fünfundzwanzig Grad. Man konnte kaum die Nase aus dem Fenster stecken. Während die Schiffsführer versuchten, ihre Fähren und Boote auf der Seine um dicke Eisschollen zu manövrieren, kämpften sich auf den Straßen die Kutschpferde durch meterhohen Schnee. Vater Papavoine war bei Dennemont mit seinem Fuhrwerk in eine Schneeverwehung geraten und stecken geblieben, sodass sogar das *Journal de Mantes* darüber berichtete, weil es zwanzig Männer bedurfte, das Fuhrwerk und die Tiere zu bergen. Bis auf wenige Ausnahmen war Vétheuil nahezu von der Außenwelt abgeschnitten.

Kurz vor Weihnachten drohte Madeleine ihren Dienst endgültig zu quittieren. Obendrein kränkelten einige von ihnen. Marthe litt an Halsschmerzen und konnte kaum sprechen. Jean und Jacques husteten und hatten sich gegenseitig angesteckt, da sie in einem Bett schliefen. Germaine kratzte ständig an einem nässenden Ekzem und schrie die halbe Nacht. Da Ninette mit dem Heizen der Öfen und der anfallenden Hausarbeit ausgelastet war, wachte Maman selbst über Jean-Pierre und Michel, weil sie auch bei ihnen Ansteckungen befürchtete. Nur Blanche und Suzanne waren noch gesund und sprangen Maman und Ninette bei, wo immer sie gebraucht wurden.

Monet hatte endlich sein Dachboden-Atelier verlassen und sich wieder in seine Arbeit im Freien gestürzt. Wie im letzten Jahr setzte er sich mit mehreren Wintermänteln übereinander der sibirischen Kälte aus und malte vom Packeis aus Vétheuil im Winter.

Maman hatte Papa geschrieben, wie dringend nötig sie jeden

Sou bräuchten, und ihm die durch den Winter erschwerten Lebensbedingungen geschildert. Doch in seinem Antwortbrief befand sich kein einziger Franc, wohl aber enthielt er bittere Vorwürfe gegen Monet über die unhaltbaren Zustände, die er ihnen zumutete.

»Warum kommt er nicht her und rettet seine Familie, die er selbst in diese prekäre Lage brachte, weil er nicht mit Geld umgehen kann? Er sollte mir danken, dass ich seine Frau und Kinder nicht verhungern lasse, während er sich in Paris amüsiert«, wetterte Monet, als Maman ihm Papas Brief vorlas.

Danach holte sie die blecherne Büchse, in der sie das Haushaltsgeld verwahrte. Sie schüttete die Münzen auf den Esstisch und zählte. »Zwanzig Francs und drei Centimes.« Es schepperte mit jeder Münze, die sie zurück in die Dose warf. Fünf Francs behielt sie übrig und schob sie Blanche zu. »Die gibst du Madame Richard und richtest ihr Grüße von mir aus. Nach Weihnachten bekommt sie den Rest.«

Blanche fragte sich, wie Maman das anstellen wollte, denn sie schuldeten der Wäscherin beinahe das Hundertfache. Wenn nicht ein Wunder geschah, würde diese ähnlich wie Madeleine bald keinen Finger mehr krümmen.

In dieser stürmischen Zeit fand Blanche Halt bei Geneviève. Anders als die Bewohner des Dorfes, die hinter vorgehaltener Hand über den brotlosen Künstler tuschelten, der mit einer verheirateten Frau und ihren Kindern zusammenlebte, verurteilte Geneviève niemals etwas. Es kümmerte sie nicht, was die Leute redeten. Auch ihr Vater war Künstler und wurde skeptisch beäugt, denn sie führten ein anderes Leben als die Bauern und Arbeiter, die täglich schufteten und schwitzten und Schwielen an den Händen trugen. Geneviève hörte ihr zu und gab ihr das Gefühl, verstanden zu werden. Bei ihr waren alle Geheimnisse sicher verwahrt, sogar jenes, das Papa und die schönen Damen betraf.

»Ich habe nur fünf Francs für Madame Richard dabei. Sie wird verärgert sein, da Maman versprach, die Rechnung heute zu begleichen«, erzählte Blanche Geneviève, als sie die Grande Rue zur Wäscherei hinaufstapften. Ihre Strümpfe und Schuhe waren durchnässt, und ihre Füße fühlten sich an wie Eisklumpen, da der Schnee von oben in ihre Schnürstiefel sickerte.

Geneviève hatte sich die graue Wollmütze und den Schal so tief ins Gesicht gezogen, dass nur noch ihre blauen Augen durch einen Schlitz blinzelten, weil ihnen der eisige Wind entgegenschlug. Beide trugen je einen Henkel des Wäschekorbs und mussten ab und zu die Seite wechseln, weil ihnen die Arme schmerzten.

»Madame Richard wird gewiss nachsichtig sein. Morgen ist Weihnachten«, redete Geneviève ihr gut zu.

Blanche fühlte sich gleich ein wenig leichter, da Geneviève ihr Mut zusprach.

Wenig später betraten sie den kopfsteingepflasterten Hinterhof der Wäscherei. Obschon man den Schnee hier geräumt hatte, rutschten sie beinahe aus, da es erneut zu schneien begann. Überall standen dampfende Holzzuber, an denen die Wäscherinnen mit Stöcken Wäschestücke unter Wasser drückten und einweichten. Im Sommer wuschen sie die Kleidung im Waschhaus an der Seine, doch bei diesen eisigen Temperaturen, bei denen sogar der Fluss gefroren war, wichen sie hierher aus.

»Ah, die beiden Künstlertöchter«, sagte Madame Richard spöttisch. Geschwind trocknete sie ihre Hände an der weißen Schürze ab und winkte ihnen, ihr zu folgen.

Im Raum neben der Küche befand sich die Wäschekammer, in der sich die abholbereiten Weidenkörbe türmten. Der Anzahl nach zu urteilen, ließ halb Vétheuil hier seine Wäsche waschen.

Geneviève stieß Blanche aufmunternd mit dem Ellbogen an. Obwohl sie Madame Richard kannten, schüchterte ihre grobschlächtige Art und ihr loses Mundwerk sie ein.

Sie löste den Knoten ihres weißen Kopftuches, das vom Schnee durchnässt war, und hängte es vor dem Kamin über einen Schemel. »Wird auch Zeit, dass ich mein Geld krieg«, sagte sie forsch. »Wir ham's nich alle so dicke wie die feinen Herrschaften, die sich die Finger nur an Malfarbe dreckig machen.«

Blanche wurde es heiß und kalt. Auch mit Geneviève an ihrer Seite, traute sie sich kaum, Mamans Grüße auszurichten.

Die Wäscherin holte ihr Rechnungsbuch und schlug es auf. »Zusammen mit der Wäsche von heute krieg ich fünfhundertachtzig Francs und zwanzig Centimes. Die zwanzig Centimes kannste behalten.«

Madame Richard suchte den Wäschekorb heraus und stellte ihn auf den Tisch. Obenauf lag Jacques' Anzug fein säuberlich zusammengefaltet, damit er nicht knitterte.

Mit zittrigen Fingern griff Blanche in ihre Manteltasche und legte das Fünf-Francs-Stück auf den Tisch. Madame Richard betrachtete sie argwöhnisch, da Blanche ihre Hand erneut in die Tasche steckte.

Sie atmete tief ein und fasste allen Mut zusammen. »Maman hat aufgetragen, Ihnen Grüße auszurichten. Meine Geschwister sind krank geworden, sodass Doktor Tichy kommen musste. Daher bittet sie darum, dass Sie sich bis nach Weihnachten gedulden. Mehr als die fünf Francs konnte sie nicht erübrigen.«

Augenblicklich verdüsterte sich Madame Richards Miene. »Soso«, sagte sie spitz und kräuselte dabei ihren Mund wie Maman, wenn sie bitterböse war. Dann drehte sie sich auf dem Absatz um, eilte durch die Tür zum Innenhof und brüllte: »Claudette!«

Kurz darauf kam sie mit einem untersetzten Waschweib im

Schlepptau zurück, deren Gesicht mit Pockennarben übersät war. Claudette krempelte sich ihre dreckigen Ärmel auf, stellte sich breitbeinig in den Ausgang und grinste schief, wobei sie zwei Reihen brauner Zahnstummel freilegte.

Madame Richard stemmte die Hände in die Hüften. »Du hast doch die Wäsche von den feinen Pinkeln gewaschen. Woll'n nich zahlen! Was machen wir mit Betrügern?«

Blanche zitterte vor Angst und griff nach Genevièves Hand.

»Im Zuber über mein Waschbrett zieh'n«, sagte Claudette. Mit der Zunge fuhr sie sich durch ihre Zahnlücken und spuckte einen Krümel aus.

Hinter Claudette tauchte eine weitere Wäscherin mit einem gefalteten Stapel Tischwäsche auf. »Gibt's Ärger mit denen?« Sie deutete mit dem Kinn auf Blanche. »Die Mutter von der da rennt ständig zur Beichte. Aber das sind keine ehrbaren Leute. Die Frau braucht gleich zwei Männer, um sie zu beglücken.«

»Was meinste, was Priester Amaury im Beichtstuhl von der zu hören kriegt«, grölte Madame Richard.

»Von der Beichte kriegt der rote Ohren«, stimmte Claudette in das Geläster ein. Die drei lachten dreckig.

»Leben in Sünd' und Schande unter einem Dach. Da kommt's auf eine Sünde mehr nich an«, legte Claudette nach.

Geneviève sah erschrocken zu Blanche und ängstigte sich offenbar ebenso wie sie. Am liebsten würde sie weglaufen.

»Die Mesdames Lefèvre und Ozanne haben sich mit derlei Ausreden täuschen lassen, aber ich lass mich nich verscheißern.« Im nächsten Moment wuchtete Madame Richard den Korb vom Tisch und stellte ihn zurück zu den anderen. »Die Wäsche behalte ich als Pfand. Richte deiner Mutter aus, wenn sie die zurückhaben will, muss sie zuerst zahlen.«

»Aber Jacques' Anzug …«, wandte Blanche zaghaft ein.

»Haben Sie ein Herz, Madame Richard«, versuchte Geneviève, sie umzustimmen, doch diese verschränkte die Arme vor der Brust.

»Hast du ein Herz, Claudette?«, prustete sie verächtlich.

»Das is bei der Kälte am Fluss abgestorben, als ich mir für diese Sünder die Hände blutig gewaschen hab.«

•••

Dummerweise hatte Blanche vor Schreck auch den Korb mit der schmutzigen Wäsche bei Madame Richard zurückgelassen. Maman regte sich fürchterlich darüber auf, da sie nun keine Bettwäsche zum Wechseln mehr besaßen und sie auf die von Ninette und Madeleine zurückgreifen musste. Zwar hatte Geneviève Blanche bis nach Hause begleitet, um noch ein gutes Wort für sie einzulegen, aber Maman blieb hart, ließ sie ihr Versäumnis spüren und strafte sie mit Missachtung. Blanche zog es vor, nichts vom bösartigen Getratsche der Waschweiber wiederzugeben, denn es hätte Mamans Wut nur angeheizt.

»Liebe Madame Hoschedé«, sagte Monet beim Diner, als er vom Vorfall bei Madame Richard erfuhr. »Gnade ist doch eine Tugend Ihres Gottes. Nehmen Sie sich ein Beispiel an ihm.« Dann zwinkerte er Blanche zu, wohl wissend, dass er Maman damit umzustimmen vermochte. »Blanche musste lediglich die Konsequenzen von dem tragen, was Ihr Gatte verursacht hat.«

Leider lag Monet damit richtig, denn Papa entzog sich offensichtlich jeder Verantwortung, für sie aufzukommen.

Maman überging seine Bemerkung. Stattdessen regte sie sich auf, dass Jacques ohne seinen guten Anzug am Heiligen Abend nicht in die Mitternachtsmesse konnte. Für sie kam es einer Todsünde gleich. Er hingegen führte sich auf, als wäre es das schönste

Geschenk auf Erden, da er bei Monet, Jean und Michel bleiben durfte.

In der Kirche stolzierte Maman erhobenen Hauptes mit Blanche und ihren Schwestern bis zur ersten Bank und würdigte Madame Richard keines Blickes. Herablassend rümpfte diese die Nase und tuschelte mit der Butterfrau.

Seit Camilles Tod glaubte Blanche nur noch vage an Gott, aber sie betete dennoch für ein Wunder.

Das Weihnachtsfest verlief traurig. Bis auf Jean-Pierre und Michel, für die Maman in letzter Minute zwei Holzklappern auftreiben konnte, gingen alle anderen leer aus. Nicht einmal Papa, auf den sie gehofft hatten, ließ von sich hören. Doch am nächsten Morgen traf ein Paket von Grand-mère Hoschedé ein.

Maman riss zuerst den Umschlag darin auf. »Nicht ein Sou!«, wetterte sie. »Was sollen wir mit den Kleidungsstücken, wenn wir verhungert sind?« Erneut schrieb sie Papa, da sich in der Haushaltsbüchse nur noch klägliche fünfzehn Francs befanden.

Zwei Tage später, als Maman vom Markt heimkehrte, klagte sie Monet ihr Leid. »Wir haben noch fünf Francs. Die Butterfrau besteht auf die dreißig Francs, die wir ihr schulden, und verkauft mir keine Butter mehr. Wahrscheinlich hat Madame Richard sie angestachelt. Unser Geld reicht nicht mehr für einen Sack Kartoffeln! Was soll nur aus uns werden?«

Es langte nicht einmal für eine Fahrkarte nach Paris, damit Monet dort ein paar Gemälde verkaufen konnte.

Madeleine streckte die Gemüsesuppe vom Vortag, die ohnehin nur noch nach Wasser schmeckte, und würzte mit einem ordentlichen Löffel Salz und ein paar getrockneten Kräutern.

Zumindest wärmte die Mahlzeit. Blanche brach ein Stück Brot ab und tauchte es in die wässrige Brühe.

Ninette unterbrach sie beim Essen. »Verzeihen Sie, Madame

Hoschedé, aber Mademoiselle Portet, die Leiterin des Postamts, hat ihren Laufburschen geschickt.«

Alle hörten auf zu essen. Maman nahm den Brief entgegen, den Ninette ihr überreichte, öffnete ihn und zog einen Fünfzig-Francs-Schein heraus. Mit glänzenden Augen wandte sie sich an Monet. »Sie können damit eine Fahrkarte nach Paris kaufen, um Ihre Schneelandschaften zu verkaufen.«

»Ist das Geld von Ihrem Gatten?«, fragte er nach.

Im Umschlag steckte ein Notizzettel. Maman las, schüttelte den Kopf und reichte ihn Monet. Dieser warf einen kurzen Blick darauf, dann stand er auf, zerknüllte das Papier und schmiss es ins Kaminfeuer.

Warum sah Maman wütend aus, obgleich Sie sich eben noch freute, dass durch einen Gemäldeverkauf Geld in ihre Haushaltskasse käme?

»Nun, Mademoiselle Portet wird ihre Gründe dafür haben«, sagte Monet mürrisch, setzte sich wieder und aß weiter.

»Darüber ist das letzte Wort noch nicht gesprochen«, entgegnete Maman.

Worauf spielten sie an? Hatte Mademoiselle Portet ihnen etwa Geld vorgestreckt?

»Ich werde gleich auf dem Postamt ein Telegramm an Georges Petit und Duret aufgeben, um mein morgiges Kommen anzukündigen. Möchten Sie, dass ich mich bei Mademoiselle Portet erkundige?«

»Oh, diese Erkundigung werde ich selbst einholen«, sagte Maman bissig.

• • •

Am Tag nach Monets Abreise nach Paris stiegen die Temperaturen plötzlich an. Es taute und regnete ununterbrochen. Da ihr Haus an einen Kreidefelsen grenzte, flossen die Schnee- und Wassermassen gleich doppelt auf sie herab und überfluteten den Hof. Madeleine legte am Kücheneingang Tücher aus, damit das Wasser nicht bis in ihr Reich eindrang. Trotz des Tauwetters war die Seine von Eisschollen blockiert, ebenso wie der kleine Seitenarm, der sich unten an ihrem Garten entlangschlängelte.

Am Silvestermorgen brachte Monet zu aller Überraschung nicht nur Geld aus der Hauptstadt mit.

»Papa!«, rief Marthe und stürzte sich in seine Arme. Auch Blanche, Suzanne, Jacques und Germaine umringten ihn. Die Einzige, die nicht aufstand, um ihn zu begrüßen, war Maman. Vom Esstisch aus, an dem sie ihr Haushaltsbuch führte, sah sie ihn strafend an.

»Lasst mich bitte mit eurer Mutter allein.«

Kaum hatten sie ihn wieder, schickte er sie schon hinaus. Blanche konnte sich vorstellen, wie dieses Gespräch enden würde. Marthe dachte wohl das Gleiche, denn sie zog ihren Mantel an und rannte nach draußen.

»Kommst du auch mit«, fragte Suzu und setzte ihre Haube auf, um mit den anderen auf dem Eis zu spielen.

»Ich gehe nach oben«, log Blanche.

Doch sie dachte nicht daran, sich in ihr Zimmer zu verkriechen. Sie hasste es, wenn ihre Eltern stritten, aber Papa würde sich für die vierhundert Francs vor Maman rechtfertigen müssen, die dieser Monsieur Théodore eintreiben wollte. Daran bestand kein Zweifel. Und es war Blanches Schuld, dass Maman überhaupt davon erfahren hatte, weil sie ihn hereingelassen hatte. Keines ihrer Geschwister ahnte, was er über Papas Vorliebe für schöne Damen geäußert hatte. Auch die Waschweiber hatten sich ihre Mäuler über das ehrlose Zusammenleben von Maman und Monet zerrissen. Und dann gab es noch die Frage nach dem Geld von Mademoiselle Portet, welches sie ihnen vorgestreckt hatte.

Es würde nicht mehr lange dauern, bis das Gespräch ihrer Eltern durchs ganze Haus schallte. Um sich abzulenken, würde sie Madeleine in der Küche besuchen.

»Der feine Herr ist da«, hörte sie diese hinter der angelehnten Küchentür flüstern.

Mit wem sprach Madeleine? Ninette konnte es nicht sein, da sie mit den beiden Kleinen schon vor den anderen in den Garten hinausgegangen war, und Monet war oben im Atelier.

»Vielleicht juckt's der Madame«, entgegnete eine knarzige Männerstimme und lachte derb.

»Bist du wohl still«, wies Madeleine ihn zurecht. »So was darf man nicht mal denken!«

»Ganz Vétheuil redet darüber.«

»Aber niemand in diesem Hause«, zischelte sie. »Sonst erzähle ich der Madame, dass wir unser Gemüse woanders kaufen müssen, weil du mir Verdorbenes lieferst.«

Arsène! Ihr Gemüselieferant.

»Freu dich, dass ich dir drei halb verfaulte Kohlköpfe bringe. Wenn man dem Gerede Glauben schenkt, steht ihr überall dick in der Kreide.«

»Ihr?« Madeleine prustete verächtlich. »Pass auf, was du sagst, Arsène. Ich warte seit Wochen auf meinen vollen Lohn. Wenn das im neuen Jahr so weitergeht, müssen die Herrschaften selbst kochen lernen.«

Ganz Vétheuil sprach über sie? Was dachten die Leute? Ob sie eine Ahnung hatten, dass ihnen Gerüchte und Tratsch das Leben zusätzlich erschwerten? Maman verausgabte sich ohnehin, um den Haushalt für elf Personen zu organisieren, und musste überall um gut Wetter bitten, damit sie noch irgendwo Lebensmittel auftrieb. Wenn Blanche darüber nachdachte, ärgerte auch sie sich über Papa, weil er sie im Stich ließ. Obgleich Maman kein einfacher Charakter war, da sie meistens ihren Kopf durchsetzte und oft streng und ungerecht urteilte, war sie dennoch für sie da. Er hingegen schien die Tatsache, dass sie in Armut lebten, auf die leichte Schulter zu nehmen. Ein bisschen konnte sie Mamans ablehnende Haltung nachvollziehen. Denn auch Blanche selbst verspürte nicht mehr die überschwängliche Freude wie früher, wenn er sie besuchte.

Seitdem Monet sie vor dem Geldeintreiber gerettet hatte, nannte sie ihn *Papa* Monet. Beim ersten Mal war es ihr herausgerutscht, aber er hatte es wohlwollend aufgenommen und gelächelt. Danach waren alle anderen ebenso zu Papa Monet übergegangen. Alle. Bis auf Marthe, die es als Verrat an Papa empfand.

Blanche sah nichts Unrechtes darin. Sie lebten zusammen. Monet gab ihnen ein Dach über dem Kopf und ernährte sie. Es fühlte sich beinahe an wie eine echte Familie. So, als ob Papa und Monet nur die Plätze getauscht hätten.

Blanche kehrte vor der Küchentür um. Selbst Madeleine und Arsène redeten schlecht. Überall, wo man hinkam, wurde getuschelt. Überall herrschten Ärger und Streit. Es wunderte sie nicht, dass Monet sich aus alldem raushielt und sich zum Malen zurückzog, wo er keiner Menschenseele begegnete. Wenn sie sich ihm nur anschließen dürfte, um alldem zu entfliehen! Doch Maman spannte sie ein, wo sie konnte. Nur das gelegentliche Beisammensein mit Geneviève heiterte sie auf.

»Vierhundert Francs, Ernest!«, hörte sie Maman keifen. »Welcher Teufel treibt dich an, dich im Bordell zu amüsieren, während ich mich mit deinen Kindern durchschlage!«

Wie erstarrt blieb sie an der Stiege stehen.

»Du wolltest doch unbedingt hierbleiben und nicht zu mir

nach Paris ziehen, obwohl es deine Pflicht als Ehefrau wäre, mir zu folgen«, erhob Papa seine Stimme.

»Und das rechtfertigt, dass du dich mit diesen Huren herumtreibst?«

»Bist du besser? Über dich zerreißt sich ein ganzes Dorf das Maul.«

»Ach ja? Dann hast du hoffentlich auch mitbekommen, was man sich über dich und Mademoiselle Portet erzählt! Oder warum übersendet sie uns bereitwillig fünfzig Francs, wenn du mit dem Finger schnippst?«

»Darüber regst du dich auf?« Papa lachte höhnisch. »Hast du dich jemals in meine Lage versetzt?«

»Erwartest du etwa von mir, dich zu bedauern, weil du uns in den Bankrott getrieben hast?«

»Ich räume meine Fehler ein. Aber was ist mit dir?«

»Ich weiß nicht, was du meinst.«

»Führe mich nicht an der Nase herum. Diese beiden Bilder hier … das sind Monets Augen.«

Monets Augen? Welche Bilder meinte er? Blanche überlegte, welche Gemälde in den beiden Zimmern gemeint sein könnten. Ein Stillleben mit Kapuzinerkresse und ein weiteres mit einem Fasan hingen im Wohnzimmer. Daneben einige frühere Werke mit Motiven aus Argenteuil und Fécamp. Im Esszimmer gab es ein paar Skizzen. Über dem Klavier hingen das Bild von Jean-Pierre, das Monet Maman am letzten Neujahrstag geschenkt hatte, und jenes von Michel, das er kurz darauf Camille überreichte.

»Versündige dich nicht gegen dein eigenes Kind!«, schimpfte Maman.

»Oh, die Sünde hast du längst vor mir begangen.«

Von welcher Sünde sprachen sie?

»Ich frage mich, wie du in einem deiner letzten Briefe schwerwiegende Vorwürfe gegen Monsieur Monet erheben konntest, obwohl gerade er besonders unglücklich darüber ist, weil es hier an allen Ecken und Enden fehlt und er sogar bei diesen Temperaturen unermüdlich arbeitet.«

»Monet, Monet, immer dreht sich alles um Monet! Du weißt genau, wovon ich rede!«

»Vermutlich liegt es daran, weil *du* es vorziehst, durch Abwesenheit zu glänzen und dich zu amüsieren, anstatt mir beizustehen.«

»Wir drehen uns im Kreis, Alice. Ich werde morgen früh abreisen. Und nun werde ich nachschauen, welchen Wein Monsieur Monet in der Vorratskammer lagert. Du entschuldigst mich.«

Blanche huschte die Stufen hinauf, damit sie nicht erneut mit Papa zusammenstieß. Zielstrebig eilte er an der Treppe vorbei und bemerkte sie nicht einmal.

• • •

Die Wiedersehensfreude aller hatte nicht lange angehalten. Den Rest des Silvestertages plünderte er Monets Weinvorrat, betrank sich und geriet mit ihm aneinander, sodass sie sich alle in ihre Zimmer zurückzogen. Maman schloss sich nach dem Diner mit Jean-Pierre und Michel in ihrem Schlafzimmer ein, weil die beiden Kleinen schrien wie am Spieß.

Monets Stimme donnerte durchs Haus. »Wer hat Ihnen geholfen, Bilder vor dem Gerichtsvollzieher zu verstecken, um sie heimlich zu verkaufen! Und Sie erdreisten sich, mir Vorhaltungen zu machen?«

Blanche zog Suzu ihre Decken über die Ohren, weil sie es nicht ertrug, unfreiwillig mitzuhören.

»Warum ziehen wir nicht nach Paris, wenn Papa Monet und

Papa sich nicht vertragen können?«, wisperte Suzu, die sich zitternd an sie kuschelte.

Blanche glaubte, die Antwort darauf zu kennen. Da nur sie von den Bordellen und Mademoiselle Portet wusste, wollte sie Suzus Angst, ihre Eltern könnten sich trennen, nicht schüren. Es reichte, wenn Blanche sich den Kopf zerbrach. Obendrein quälten sie ihre Gewissensbisse. Auch der Gedanke an die beiden Gemälde von Jean-Pierre und Michel beschäftigte sie. Beim Diner hatte sie die Bilder genauer betrachtet. Die beiden Jungen ähnelten sich tatsächlich. Was spielte das für eine Rolle? Maman echauffierte sich zu Recht, weil Papa ganz offenbar Geld verschleuderte, das sie dringend brauchten. Sie hätten die vierhundert Francs zwischen Madame Richard, Arsène und der Butterfrau aufteilen können. Vermutlich hätte sie das ihnen gegenüber milde gestimmt. Warum verstrickte Papa sich in Widersprüchen? Sie wusste, dass er seine Familie liebte, doch im nächsten Moment verhielt er sich, als würden sie ihn nichts angehen.

»Paris ist teurer als Vétheuil, deshalb möchte Maman hierbleiben.«

»Aber wir könnten uns hier ein eigenes Haus mieten«, überlegte Suzu.

»Papa schreibt für die Pariser Zeitung. Er kann nicht bei uns wohnen.«

Was keinen Sinn ergab, denn wenn er wollte, würde er gewiss auch im nahe gelegenen Vernon eine Anstellung finden. Wie sie es auch drehte und wendete, die Situation schien ausweglos.

»Ich möchte nicht, dass du traurig bist«, murmelte Suzu.

Obwohl Blanche sich bemüht hatte, ihre Schwester zu beruhigen, spürte diese, dass etwas nicht stimmte.

»Alles wird gut, Suzu.«

9

Vétheuil, Januar 1880

Alle hatten sich nach etwas Ruhe und Frieden gesehnt. Die Ruhe war nach Papas Abreise am Neujahrsmorgen eingekehrt, doch es fühlte sich nicht nach Frieden an. Eher nach einem Waffenstillstand auf unbestimmte Zeit, bis sich der Krieg zwischen Papa, Maman und Monet fortsetzen würde.

Nur Geneviève vertraute sie ihre Gewissensbisse an, als sie drei Tage später am Ufer entlangschlenderten. Trotz des Tauwetters trieben riesige Eisschollenberge auf der Seine, und zum ersten Mal blinzelte die Sonne hinter dem dichten grauen Schleier hervor.

»Hat jemand geschimpft, weil du diesem Monsieur Théodore geöffnet hast?«

»Papa Monet sagte, ich hätte nichts gegen ihn ausrichten können.«

»Allein deshalb kannst du nichts dafür. Er kam wegen des Geldes, das dein Vater sich von ihm geliehen hat. Irgendwann wäre es sicher herausgekommen, dass er das Geld für … andere Dinge brauchte.«

Das leuchtete Blanche ein und beruhigte sie ein wenig. Ihre Freundin besaß die seltene Gabe, mit nur wenigen Sätzen Blanches Gefühle zu ordnen. Was würde sie nur ohne sie tun?

»Sieh mal da.« Geneviève lief näher an die Böschung heran und deutete mit dem Finger auf einen dunkelgrauen Fleck auf einer Eisscholle etwa zehn Meter weit vom Ufer entfernt.

Blanche legte die Hand über die Augen, um besser sehen zu können.

»Das ist ein Vögelchen«, stellte Geneviève aufgeregt fest.

Jetzt sah auch Blanche den kleinen Spatzen, der mit einem Flügelchen zuckte und verzweifelt ruderte, um sich vom Eis zu lösen.

»Er wird erfrieren, wenn wir ihn nicht retten!«

Ehe Blanche sichs versah, setzte Geneviève einen Fuß auf das Eis. »Geneviève! Nicht! Das Eis ist zu dünn.«

Blanche griff nach ihrer Hand, um sie aufzuhalten, doch Geneviève entwischte ihr.

Graziös balancierte sie auf der Eisscholle und lachte. »Ich bin leichter als du.«

Ja, da sie einen Kopf kleiner und zierlicher war. Trotzdem zog sich Blanches Magen zusammen. »Warte auf mich!« Mit den Zehenspitzen berührte sie das Eis und rutschte dabei an der Böschung ab. Im letzten Moment fing sie sich.

»Bleib am Ufer!« Geschickt hopste Geneviève über den Spalt zur nächsten Scholle hinüber, die vom Fluss nur langsam mitgetrieben wurde, und sah sich zu ihr um.

Blanche war hin- und hergerissen. Sollte sie ihr nachgehen? Oder besser am Ufer bleiben und ihr am Rand entlang folgen? Sie atmete erleichtert auf, als Geneviève das Vöglein erreichte und sich hinunterbeugte, um es aufzuheben.

»Es ist eiskalt, aber es lebt. Vielleicht wohnt in ihm die Seele eines Verstorbenen«, rief sie. Über die Entfernung hinweg strahlten ihre blauen Augen. Vorsichtig tastete sie sich zurück und übersprang den ersten Zwischenraum. Gleich würde sie wieder bei ihr sein. Nur noch ein kleines Stück. Doch im selben Moment, als Genevieve zum Sprung ansetzte, schlug das Vögelchen wild mit den Flügeln, entglitt ihr und fiel ins Wasser. Geneviève wollte es herausfischen, verlor das Gleichgewicht und stürzte hinterher.

»Geneviève!«, schrie Blanche, »Hilfe!« Verzweifelt sah sie sich nach etwas um, mit dem sie Geneviève aus dem Wasser fischen könnte. Ein Ast! Sie brauchte einen langen Ast!

Der wollene Mantel und ihre dicken Winterröcke zogen Geneviève runter. Kurz tauchte ihr Kopf über der Wasseroberfläche auf. Mit den Händen suchte sie Halt an der Eisscholle. Ihre Finger krallten sich ins Eis.

»Halt dich fest! Du schaffst es!«

Zentimeterweise kämpfte sie sich vor.

»Hilfe!« Blanche schrie aus Leibeskräften. Warum hörte sie niemand? Noch ein kleines Stückchen, dann könnte Geneviève sich mit dem Oberkörper aufs Eis ziehen. Das Wasser klatschte, als sie heftig mit den Füßen strampelte, um sich aufzustoßen. Sie musste sich beeilen! Die Eisscholle hinter ihr trieb immer näher auf sie zu.

Blanche stolperte und fiel der Länge nach hin. Aus dem Schnee ragte ein Zweig. Eilig rappelte sie sich auf und zerrte mit aller Kraft daran. Im nächsten Augenblick wuchtete sie den abgebrochenen Ast aus dem Schnee, hockte sich damit ans Ufer und schob Geneviéve den rettenden Halt entgegen. »Versuch, dich daran rauszuziehen!«

Diese griff danach. Erst mit der einen, dann mit der anderen Hand. Ihr Gesicht war bleich. Sie keuchte, so sehr strengte es sie an, sich herauszuziehen.

Gerade als Geneviéve auf allen vieren neben Blanche ans Ufer krabbelte, schloss sich der Spalt zwischen den beiden Eisschollen. Nicht auszudenken, wenn sie dazwischen eingeklemmt worden wäre.

Aber Geneviève sah zurück und lachte und zitterte zugleich. »Wenn du bei mir bist, kann mir nichts passieren.«

Pourville, Juni 1882

Blanche setzte sich auf ihr Bett in der Villa Juliette. Sie nahm die hölzerne Schatulle vom Nachtschränkchen, in der sie all ihre Erinnerungen aufbewahrte. Seit Rottembourg waren sie nun zum vierten Mal umgezogen. Ob sie jemals ein bleibendes Zuhause finden würden?

Zuerst waren sie von Vétheuil nach Poissy umgezogen, womit jedem klar wurde, dass Maman sich von Papa trennte, obwohl sie äußerlich den Schein wahrte und auch ihm weiterhin Hoffnungen machte. Blanche hatte es immer geahnt. Maman folgte Monet. Nicht Papa. In Vétheuil hatte sie das Zusammenleben mit Monet vor der Familie und aller Welt damit rechtfertigen können, dass er sie mit der Erziehung der mutterlosen Kinder Jean und Michel betraut hatte. Auch wenn Monet nicht an Gott glaubte, erlaubte er ihr sogar, Michel taufen zu lassen. Gegenüber Papa erklärte sie dennoch, dass sie wieder mit ihm in Paris zusammenleben wollte. Sobald er aber darauf drängte, entzog sie sich ihm und flüchtete sich in Ausreden. Die Spannungen zwischen ihm und Monet, die sich hauptsächlich ums Geld drehten, führten letztlich so weit, dass Papa nicht zu Marthes siebzehntem Geburtstag kam. Daraufhin zog Marthe sich noch mehr von ihnen zurück, weil sie sich nicht dazu durchringen konnte, Papa Monet zu sagen.

Ebenso wie das stetige Auf und Ab zwischen ihren Eltern gestaltete sich Monets finanzielle Lage. Zwar verkauften sich seine Gemälde recht gut, doch wenn er Geld nach Hause brachte, gab es zunächst unzählige Löcher in der Haushaltskasse, die zu stopfen waren. Es war bereits verplant, ehe er es verdiente.

Seine Finanzen waren genauso unstet wie die Beziehungen zu seinen Freunden und Käufern. Mal stellte er zusammen mit seinen Impressionisten-Freunden aus, dann kehrte er zum Salon im *Palais de l'Industrie* zurück. Schließlich pflegte er engeren Kontakt zu Monsieur Durand-Ruel, und der Kunsthändler wurde sein Hauptabnehmer.

Da Monet ständig neue Motive suchte und er sich nach nun drei Jahren in Vétheuil nicht mehr wohlfühlte, bat er den Kunstkritiker und Freund Émile Zola um Rat. Dieser empfahl ihm, nach Poissy zu ziehen, was für Blanche den schmerzhaften Abschied von Geneviève bedeutete.

Die Villa Saint-Louis, die Monet dort gemietet hatte, war wesentlich größer und bequemer als ihr beengtes Heim in Vétheuil. Aber seine Wahl war auch wegen der schulischen Möglichkeiten auf Poissy gefallen. Während Jean und Jacques das dortige Gymnasium besuchten, verbrachten Blanche und ihre Schwestern die meiste Zeit im Nonnenpensionat.

Hier fand Monet jedoch nicht die Inspiration, die er sich durch frühere Malreisen erhofft hatte. Obendrein geriet er erneut in finanzielle Schwierigkeiten, da Monsieur Durand-Ruel selbst durch den Zusammenbruch der Handelsbank l'Union Générale betroffen war, deren Aktien in den Keller sanken und die ihm keine Kredite mehr gewährte.

Kurz darauf waren sie in Pourville in der Villa Juliette mitten im Ort gelandet, wo sie die Sommermonate verbringen würden. Wehmütig streichelte Blanche die geschnitzten Efeuranken des Kästchens und öffnete es.

Obenauf lag ihr Poesiealbum. Gedankenverloren las sie das Sprüchlein, das Camille ihr hineingeschrieben hatte.

»Schlägt dir die Hoffnung fehl,
nie fehle dir das Hoffen,
ein Tor ist zugetan,
doch tausend sind noch offen.«

Daneben hütete sie das getrocknete Hirtentäschel, das sie an Camilles Todestag auf der Wiese gepflückt hatte. Beinahe drei Jahre waren seitdem vergangen. Sie fehlte Blanche. Jeden Tag. In Vétheuil hatte sie in den warmen Monaten wöchentlich ein Sträußchen Hirtentäschel auf ihr Grab gelegt. Monet hingegen hatte den Friedhof seit der Beerdigung nie wieder betreten. Es wunderte sie, aber vielleicht tröstete ihn sein letztes Porträt von Camille mehr als ein Besuch ihrer Ruhestätte. Von Poissy aus war er nur ein einziges Mal nach Vétheuil gereist, um im Rathaus eine Konzession über fünfzehn Jahre für die zwei Meter Bodenfläche auf dem Grund des Friedhofs zu erwerben.

Niemand außer Blanche hatte das Bild gesehen, und auch sie nur durch einen Zufall, weil Monet seine Palette vergessen hatte und sie hinaufgeschickt hatte, diese zu holen. Camilles Gemälde stand auf der Staffelei, und das Tuch, mit dem er es sonst verbarg, war noch zurückgeschlagen. Blanche hatte sich kaum davon lösen können, so sehr zog die Echtheit Camilles sie in ihren Bann. Monet hatte es tatsächlich fertiggebracht, das Unmögliche zu malen – ihre schwindende Seele. Sie war so wahrhaftig, als könne man nach ihr greifen, um sie aufzuhalten. Sie wirkte wie ein hauchfeiner Schleier.

Blanche blätterte zu der Seite in ihrem Poesiealbum, auf der ihre beste Freundin liebe Worte hinterlassen hatte. Die Röschen aus Glanzpapier, die Geneviève ihr geschenkt hatte, bewahrte sie zwischen den Seiten. Sie strich mit dem Zeigefinger über jede einzelne roséfarbene Blüte. Wie sehr vermisste sie die gemeinsame

Zeit. Alles, was sie zusammen erlebt hatten! Noch in derselben Nacht, nachdem Geneviève damals in die Seine gefallen war, brach unter Donnergrollen und den Schreien der Anrainer eine gewaltige Schneeschmelze über Vétheuil und Lavacourt herein und zerstörte die Häuser, die direkt am Uferhang lagen. Mit den Wassermassen, die aus Mantes herabstürzten und die Eisschollenberge Richtung Meer drückten, spülte die Seine unzähliges Hab und Gut an. Tagelang hatten sie die Uferregion durchstreift, um nach brauchbaren Gegenständen zu suchen und sich Geschichten über die ehemaligen Besitzer auszudenken.

Vorsichtig schloss sie das Poesiealbum, damit die Röschen und das Hirtentäschel nicht zerknickten, und legte es zurück in ihre Schatulle. Dann umarmte sie ihr Kopfkissen und weinte. Alles, was ihr etwas bedeutet hatte, war aus ihrem Leben verschwunden. Rottembourg, Vétheuil, Camille, Geneviève und sogar Papa. Würde sich das jemals ändern? Würde sie jemals etwas finden, woran sie sich für immer festhalten könnte? Würde sie je ein Tor durchschreiten, hinter dem sich eine bessere Welt verbarg?

• • •

In der ersten Woche in Pourville zeigte Monet ihnen die Umgebung. Es war ihm anzusehen, wie sehr es ihn freute, sie an Orte zu führen, die er von früheren Malreisen kannte. Gemeinsam erklommen sie die Klippen von Amont, wanderten bis zur Kirche von Varengeville hinauf und unternahmen Spaziergänge an der Steilküste von Pourville.

Da Monet sich wieder seiner Arbeit widmen musste, stand Blanche in den nächsten Wochen noch vor dem Morgengrauen auf, um ihn zu begleiten.

Was immer Monet an diesem Tag vorhatte, es musste außergewöhnlich sein. Er sprach nie mit ihr über das nächste Motiv. Aber als er an diesem Morgen um vier Uhr die knarrenden Treppenstufen vom Schlafzimmer hinabstieg und sich im Speisezimmer an den gemeinsamen Frühstückstisch setzte, während der Rest der Familie noch schlief, entdeckte Blanche ein seltsames Glitzern in seinen Augen.

»Verzeihen Sie, Monsieur Monet.« Die Mundwinkel der Köchin zuckten, als sie mit zittrigen Händen englische Würstchen und Speck auftrug, die für Monets Feinschmeckergaumen eindeutig zu schwarz geraten waren. »Wie konnte ich so unachtsam sein. Es wird nie wieder vorkommen, Monsieur«, beteuerte sie und strich nervös ihre Küchenschürze glatt.

Monet überhörte ihre Entschuldigungen und lächelte milde. Er nahm eine geröstete Scheibe Brot und bestrich sie mit Butter.

Angesichts der angebrannten Speisen wunderte Blanche sich über seine gute Stimmung.

»Wir werden heute ein paar zusätzliche Leinwände mitnehmen müssen. Obendrein benötige ich die zweite Staffelei.« Monet lud zwei Eier Orsini auf einen Beistellteller. »Und eine weitere Palette.« Er trank einen Schluck Kaffee und sah Blanche an.

Seine Aufforderung war unmissverständlich, und sie beeilte sich, ihr Frühstück zu beenden, damit alles zum Abmarsch bereit wäre.

»Ich werde in ein paar Minuten zurück sein.« In Windeseile verstaute sie die Materialien auf ihrem Bollerwagen und wartete damit vor der Haustür auf ihn.

• • •

Die Sonne tauchte langsam über dem Meer auf und färbte den Himmel und das Wasser goldgelb. Die Vögel begrüßten sie mit einem Morgenlied. Der Duft eines neuen Tages lag in der Luft, als Monet und Blanche durch das taunasse Gras liefen. Es roch nach der See, und ihre Lippen schmeckten salzig. Blanches Strümpfe waren feucht und klebten an ihren Fesseln. Auch der Rocksaum ihres weißen Sommerkleides war durchweicht. Sie hatte den Weg über Mühe gehabt, mit Monet Schritt zu halten und den Wagen mit der doppelten Ladung Material hinter ihm her die steile Strecke hinaufzuziehen. Monet war einzig auf sein Motiv konzentriert, um die beste Stelle auszumachen, wo er die Staffelei aufstellen würde. Schließlich hielt er am Rande der Klippe an.

Zufrieden ließ er seinen Blick schweifen. Im Westen ragten die mit Feuerstein durchzogenen Kalksteinklippen empor, als würden sie sich den Wellen entgegenstemmen. Das Wasser schimmerte goldgrau und verschmolz am Horizont mit den Farben des Himmels. Dieser schien so nah, als könnte man ihn berühren. Wenn es einen Gott gab, war man ihm nirgendwo so nahe wie hier. Blanche schloss die Augen und sog die frische Brise ein.

Monet tat das, was er immer tat, wenn er mit einem Motiv zufrieden war. Er griff in seine Westentasche und zündete sich eine Zigarette an. »Dies ist ein perfekter Platz«, entschied er und blies den Rauch seiner *Hongroise* aus.

Blanche schickte sich an, Monets Staffelei aufzubauen. Wie gewohnt ließ sie ihn die Größe der Leinwand auswählen und reichte ihm seine Palette. Als sie sich mit den Farben und Pinseln neben ihn stellte, um sie für ihn bereitzuhalten, runzelte er die Stirn.

»Was ist mit der anderen Staffelei? Auf dem Wagen ist sie zu nichts nutze.«

Blanche wagte nicht, zu hinterfragen, warum Monet heute parallel an zwei Staffeleien arbeiten wollte. Seit sie ihm assistierte, hatte sie schon einige künstlerische Launen erlebt.

»Wo soll ich sie aufstellen?«, fragte sie.

Monet richtete seine Aufmerksamkeit darauf, Farben auf die Palette zu geben, seine *Hongroise* im Mundwinkel.

»Jeder Künstler muss das Motiv, das er malen will, selbst finden. Nur seine innere Stimme und sein Gefühl richten die Augen auf den perfekten Ort. Die Berufung des Malers ist es, die Staffelei an der entsprechenden Stelle zu platzieren und das auszuführen, was sein Innerstes ihm befiehlt.«

Was wollte Monet ihr damit sagen? Würde er ihr später die Anweisung geben, wo er die Staffelei wünschte? Blanche lächelte zaghaft, weil sie nicht sicher war, was er damit meinte.

»*Vite, vite!*«, trieb Monet sie an. »Was sagt dir dein Gefühl?«

Fragte Monet sie tatsächlich, was *ihr* Gefühl ihr sagte?

»Wenn du einen halben Tag dafür brauchst, herauszufinden, was du malen willst, ist das Motiv verschwendet. Schau dir die Natur an und male, was du siehst, so gut du kannst. Die Aufgabe des Künstlers besteht darin, das darzustellen, was sich zwischen dem Objekt und dem Künstler befindet, nämlich die Schönheit der Atmosphäre.«

Sie zögerte. Nachdem Monet mit einem Sandton für die Klippen begonnen hatte, grundierte er nun mit Hellgrau die Schatten des Meeres und tupfte mit einem Tuch überschüssige Farbe auf.

»Spute dich. Sonst hat die Köchin das Hähnchen zum Mittag bereitet, ehe du mit deiner Arbeit begonnen hast.«

Blanche war sprachlos. Sie hatte all ihre Skizzen angefertigt, um eines Tages für diesen Moment bereit zu sein. Beherzt schritt sie auf das hölzerne Wägelchen zu. Sie schaute über die Weite der Küstenlandschaft. Ihr Blick haftete an der äußersten Spitze der Klippen. Obgleich sie jede Sekunde damit rechnete, dass sie ihn doch missverstanden hatte und er sie für ihre törichten Flausen zurechtweisen könnte, nahm sie die Staffelei und suchte sich eine Stelle, etwa drei Meter von Monet entfernt.

Tausende Male hatte Blanche jeden Pinselstrich, den Monet ausführte, in sich aufgesogen; den kaum merklichen Schwung seines Handgelenks beobachtet, mit dem er den Pinsel in die Ölfarben tauchte und aus den Grundfarben eine Neue erschuf, die er fast zärtlich auf die Leinwand aufbrachte. Auch wenn der Beginn der Komposition eines Bildes für Laien keinen Sinn ergab, so wusste sie um die Bedeutung der Grundierung, der farblichen Abstufungen und Schattierungen, die erst zum Ende der Arbeit ihre Vollkommenheit offenbarten.

Da Monet mit jeder Faser seines Daseins in die Anmut der Natur versunken war und keine Einwände brachte, wählte sie die kleinste Leinwand für sich aus. So oft hatte sie sich vorgestellt, wie es sich anfühlen würde, den ersten Pinselstrich auf eine frische Leinwand aufzutragen.

Der Glanz und der Duft der Ölfarben auf ihrer Palette übten einen magischen Zauber auf sie aus. Behutsam streichelte sie über die kostbare Leinwand und nahm jede noch so kleine Erhebung wahr. Blanche wollte mit einem hellen Ockergelb beginnen, der Grundierung für die Felsen. Was, wenn sie versagte und die Einmaligkeit des Moments für immer verloren wäre?

Doch dann geschah etwas, worauf sie nicht vorbereitet war. Ihre Gefühle für das, was sie in vollkommener Schönheit vor sich sah, lenkten ihre Hand. Blanche fühlte die Farben, in die sie den Pinsel eintauchen musste, um die Kalksteinklippen erstrahlen zu lassen; die Düsterheit des Meeresgrunds; den goldenen Schleier der Sonne, der alles erleuchtete.

Als hätte Blanche in ihrem ganzen Leben niemals etwas anderes getan, versanken die Borsten des Pinsels im Rot, fuhren durch Gelb, nahmen Blau auf und vereinten sich auf ihrer Palette zu einem wunderschönen Ocker, welches sie mit Weiß aufhellte. Sachte setzte sie den Pinsel an. Ein hauchzarter, seidiger Strich, mit dem der Pinsel über die Leinwand glitt. In diesem Augenblick verstand Blanche, warum Monet wie ein Besessener malte und nicht müde wurde, ständig auf der Suche zu sein – er musste malen, er konnte sich nicht dagegen wehren.

10

Poissy, April 1883

Im Herbst verließen sie Pourville und zogen in die Villa Saint-Louis nach Poissy zurück. Anfang November trieb es Monet erneut hinaus an die Ufer der Seine und nach Rouen, wo er seinen Bruder Léon besuchte, der dort die Dependance einer Schweizer Chemiefabrik leitete. Blanche bedauerte, dass Monet lediglich Michel und Jean mitnahm und sie mit Maman und ihren Geschwistern in Poissy bleiben musste.

Es fühlte sich seltsam leer an, wenn Monet nicht bei ihnen war, und sogar Maman konnte kaum verheimlichen, dass sie ihn vermisste, auch wenn sie es nicht offen zugab. Sehnsüchtig erwartete sie seine Briefe. An Tagen, an denen der Postbote keine Nachricht von ihm brachte, war sie ungenießbar. In Rouen hielt Monet es glücklicherweise nicht lange aus.

Er kehrte gerade rechtzeitig zurück, um ihnen beizustehen, da im Dezember die Seine über die Ufer trat und ihre Villa umflutete. Das Haus blieb unbeschadet, aber der Garten überschwemmte und die Wassermassen trugen den Boden ab. Ohne Monet wäre gewiss nichts mehr zu retten gewesen. Doktor de Bellio riet Monet zwar, dieses Naturschauspiel in Gemälden zu verewigen, doch dafür fand sich keine Gelegenheit. Er hatte alle Hände voll damit zu tun, den Garten zu befestigen und sein Atelierboot zu bergen, zumal die Hausangestellten geflohen waren, weil sie wohl befürchtet hatten, im Haus zu ertrinken. Obschon er nicht wollte, dass Blanche sich in Gefahr begab, brauchte er jemanden, der half, das Boot zu sichern. Gemeinsam retteten sie es vor den Fluten.

Ihre finanzielle Situation hingegen wollte sich nicht bessern. Am Ende des Jahres zog Monet die Bilanz seiner Verkäufe an Monsieur Durand-Ruel.

Blanche war diesem während ihrer Ferien in Pourville zwei Mal begegnet. Sie mochte den freundlichen, angegrauten Kunsthändler sehr, der stets ein Lächeln auf den Lippen trug.

»Wie außerordentlich«, bemerkte er, als er zufällig eines ihrer ersten Gemälde betrachtete, das Blanche im hintersten Winkel von Monets Atelier aufbewahren durfte. »Man merkt gleich, dass Sie die Schule des führenden Impressionisten genießen, Mademoiselle Blanche.« Dabei zwirbelte er seinen grauen Schnauzbart, trat einen Schritt zurück und nickte anerkennend.

»Nun, ich bin nicht Blanches Lehrer«, stellte Monet richtig.

Nachdem er sie an jenem Tag am Meer aufgefordert hatte, zu malen, verlor er nie ein Wort darüber, wie sie besser werden konnte. Und wenn sie Monet nach seiner Meinung fragte, kritisierte er nur, was seiner Ansicht nach nicht vollkommen war.

In diesem Jahr beliefen sich Monets Einkünfte bei jenem Monsieur Durand-Ruel zwar auf fast fünfundzwanzigtausend Francs, aber dem standen Ausgaben in Höhe von mehr als einunddreißigtausend Francs gegenüber, die Monet mit erneuten Lieferungen nur teilweise ausgleichen konnte.

Im Februar des Jahres hatte Monsieur Durand-Ruel daher in seinen Räumen in Paris am Boulevard de la Madeleine Nr. 9 Monets erste Einzelausstellung mit fünfundvierzig Bildern eingerichtet. Auch Doktor de Bellio und der Bariton Faure stellten hierfür Bilder aus ihrer Sammlung zur Verfügung, allerdings fand die Ausstellung nicht den Anklang, den Monet sich erhofft hatte.

»Es war eine Katastrophe, die allein Monsieur Durand-Ruel zu verantworten hat!«, schimpfte er. »Er hätte sorgfältiger planen müssen. Hätte er die Presse rechtzeitig über die Ausstellung informiert und wären die Lichtverhältnisse im hinteren Raum angemessen gewesen, hätte sich auch ein Erfolg verzeichnen lassen.«

Durand-Ruel schob eine Teilschuld auf die allgemeine wirtschaftliche Flaute, die durch den Tod des Staatsmanns Gambetta eingetreten war. Er war der Meinung, dass die Käufer sich aufgrund der politischen Unsicherheit zurückhielten.

Schließlich erschienen noch einige Artikel, wie der von Gustave Geffroy in der *La Justice*, der sich über ein Stillleben mit zwei frisch gebackenen Galettes derart löblich äußerte, dass man beim Lesen das Gefühl bekam, als hätte die Köchin sie soeben gebacken, golden und knusprig aus dem Ofen geholt und einem unter die Nase geschoben. Monet freute sich, aber es änderte nichts an ihrer finanziellen Misere.

Auch Papa, der zum letzten Mal im Februar bei ihnen war, um sich mit Maman auszusprechen, während Monet sich in Étretat aufhielt, konnte nicht helfen, den Mietrückstand auszugleichen, was im April beinahe zu einem Prozess mit der Vermieterin geführt hätte.

»Wenn ich nur einen festen Standort hätte«, schrieb Monet von unterwegs. Er war es leid, ständig umherzureisen, und suchte in der Gegend um Vernon nach einer dauerhaften Bleibe. Blanche hasste die ständigen Umzüge ebenso, aber was blieb ihnen übrig?

Einer Fügung des Schicksals war es zu verdanken, dass Monet freudestrahlend zurückkehrte.

»Meine liebe Madame Hoschedé, ich habe ein Heim gefunden, in dem auch Sie sich wohlfühlen werden.«

Im Nachhinein erwies sich die misslungene Ausstellung als Glücksfall, denn die Miete ihres neuen Hauses in Giverny streckte Monsieur Durand-Ruel vor. Vermutlich gab er sich die Schuld am mangelnden Erfolg derselben, weshalb er Monet mit über fünftausend Francs unterstützte und so den Umzug ermöglichte.

Giverny, April 1883

Blanche, Suzanne, Jacques und Jean begleiteten Monet im Atelierboot nach Giverny im Département Eure. Der Ort lag am rechten Seineufer etwa fünfhundert Meter vom Fluss entfernt, wo sie das Boot vertäuten.

Obwohl es Blanche missfiel, umzuziehen, faszinierte sie ihr neues Zuhause an der Rue de l'Amsicourt, die bis nach Gisors und Vernon führte. Von hier aus gelangte man durch ein Tor in der Mauer, die das sechsundneunzig Ar große Grundstück umgab, zum Haupthaus, welches sie mit seiner Großzügigkeit überwältigte: acht Zimmer, zwei Mansarden, ein Keller und ein Speicher. Oben am Giebel befand sich ein Ochsenauge, das den vornehmen Charme einer Villa vermittelte. Der Vorbesitzer hatte auf diesem Grundstück eine Kelterei betrieben, ein Pressoir, in dem er Apfelwein herstellte. Linker Hand schlossen sich eine Scheune, ein Holz- und ein Geräteschuppen sowie die Anstandsorte an. Ein kleineres Gebäude weiter abseits des Haupthauses umfasste ebenfalls mehrere Räume sowie Küche, Vorratskammer und einen Stall, in dem ihre Hühner untergebracht werden konnten. Die Apfel- und Pflaumenbäume blühten, und die Bienen summten und surrten um die weiß-roséfarbenen Dolden herum, die wie faustgroße Schneebälle aussahen. Zwei Eiben führten die Allee aus Zypressen und Fichten zum Garten hinab an. In einer der Tannen nistete eine Kohlmeise und zwitscherte gegen die kleine Eisenbahn an, die hinter der Grundstücksmauer kaum hörbar Richtung Vernon über die Schienen klackerte und parallel der oberen Dorfstraße fuhr.

Blanche verliebte sich vom ersten Augenblick an in diesen Ort, der sich auf eigentümliche Weise anfühlte wie damals Rottembourg, nur dass die Rosenbeete fehlten und es stattdessen einen Gemüsegarten gab. Ähnlich musste es Monet ergangen sein.

»Meint ihr, eurer Mutter wird es gefallen?«, fragte er beschwingt, nachdem sie alle Räume besichtigt hatten.

Suzu klatschte begeistert in die Hände. »Maman wird entzückt sein. Jedes Zimmer hat sogar einen eigenen Kamin!«

Gewiss, es war kein herrschaftliches Anwesen wie ihr Château, doch es war freundlich, hell und weitläufig. »Maman wird es lieben«, bestätigte auch Blanche.

Der einzige Wermutstropfen, den es barg, war die Tatsache, dass Papa ihnen niemals hierher folgen würde.

Jean und Jacques hopsten die Treppe hinab. »Dürfen wir in den beiden Mansardenzimmern wohnen?«

Von dort oben konnte man bis zur Seine hinüberschauen. Wahrscheinlich planten die beiden Jungen schon das nächste Floß, über das sie von ihren Zimmern aus wachen könnten.

Ihr Vermieter Monsieur Singeot schickte drei seiner Arbeiter, die sie beim Umzug unterstützten. Während Maman, Marthe und Ninette in Poissy die restlichen Koffer packten und den Abtransport der Möbel überwachten, trugen die Männer hier die Kisten ins Haus, die sie auf dem Atelierboot mitgebracht hatten.

»Morgen Nachmittag wird sich auf Monsieur Singeots Empfehlung Personal und eine Köchin vorstellen, doch bis dahin müssen wir uns mit Brot und Käse begnügen«, erklärte Monet und drückte Blanche ein paar Francs in die Hand. »Die Straße links hinauf an der Route de Vernon liegt Madame Baudys Lebensmittelladen. Kauft ein, was wir benötigen.«

Blanche und Suzu mussten nur wenige Minuten laufen. Das Geschäft war nicht zu verfehlen. Vor ihm standen drei Bäuerinnen mit Gemüsekörben über den Armen und unterhielten sich. Die Kräftigste von ihnen mit Kopftuch, deren gerötete Wangen lilablaue Adern durchzogen, stieß die anderen an, lachte ordinär und deutete mit dem Kinn auf sie. Die anderen beiden sahen sich zu ihnen um. Suzanne nahm Blanches Hand, da ihr wohl unheimlich war, wie argwöhnisch die Weiber sie beäugten.

»Ein Skandal«, zischte die Kräftige.

»In unserem Dorf! Eine Schande ist das«, fauchte eine andere.

Die Dritte spuckte wie ein Kutscher vor ihnen auf den Bürgersteig. »Macht, dass ihr fortkommt. Wir wollen nichts mit euch zu tun haben!«

Da die Weiber vor dem Laden standen und den Weg blockierten, blieben Blanche und Suzu stehen.

»Catrice, Nanna, Dorette! Ihr vergrault mir meine Kundschaft, wenn ihr mitten vor meiner Ladentüre quatscht. Geht und lasst die Demoiselles vorbei!« Eine junge Dame stand im Eingang. Das musste Madame Baudy sein. Blanche war überrascht von ihrer Schönheit. Sie trug ihre Haare nur am Hinterkopf hochgesteckt. Ihre dichten braunen Locken fielen über ihre Schultern nach vorne. Das hellgrüne Kleid betonte ihre zierliche Figur. Sie sah aus wie ein Modell von Worth und wirkte für ein Dorf wie Giverny viel zu elegant. Blanche schätzte sie ein paar Jahre älter als sie selbst, doch ihr selbstbewusstes Auftreten, mit dem sie die Bäuerinnen vertrieb, imponierte ihr.

»Dann muss ich demnächst woanders einkaufen, wenn hier solche Leute verkehren«, maulte die Kräftige mit dem Kopftuch.

»Richte Monsieur Riou in Vernon meinen Gruß aus, wenn du

bei ihm einkaufst! Sein Camembert ist zu hart, und außerdem ist er überteuert.«

Die Bäuerinnen verzogen sich eingeschnappt.

»Kommt!«, sagte Madame Baudy und winkte sie herein.

Suzu entspannte sich und ließ Blanches Hand los, als sich die Ladentür hinter ihnen schloss.

»Vielen Dank, Madame Baudy«, sagte Blanche.

»Nennt mich Angelina. Herzlich willkommen in Giverny.«

»Ich bin Blanche, und das ist meine Schwester Suzanne. Wir sind …«

Wie sollten sie sich vorstellen? Als die Stieftöchter von Monet? Als Blanche Hoschedé? Das würde für noch mehr Verwirrung sorgen.

»Ihr seid die Töchter des Malers. Dies ist ein Dorf mit weniger als dreihundert Seelen. Da kann man seine *familiären Umstände* nicht lange geheim halten.« Angelina lächelte wissend und zwinkerte.

Blanche war erleichtert, dass sie offenbar nicht zu den Leuten zählte, die sich den Mund über sie zerrissen.

»Werden die Mesdames nun woanders einkaufen?« Suzu klang besorgt.

»Oh, schert euch nicht um sie. Sie sind viel zu geizig, ihren Käse in Vernon zu kaufen.«

»Aber woher wussten Sie, wer wir sind?«, fragte Blanche.

»Monsieur Singeot, von dem euer Vater das Haus gemietet hat, ist der Arbeitgeber der Männer, die euch beim Umzug helfen. Und diese *Mesdames* sind ihre Frauen.« Angelina lachte. »Alles, was neu ist, lehnen sie von Natur aus ab. Sie fanden es schon vulgär, dass ich im Laden keine Haube mehr trage.«

Angelinas freundliche Art begeisterte sie auf Anhieb. All das, was Blanche in den letzten Monaten an Missachtung, bösartigem

Gerede und Verleumdungen erfahren musste, da Maman und Monet zusammenlebten, war auf einmal wie weggewischt. Seit Langem fühlte Blanche sich wieder von jemandem um ihrer selbst willen geachtet. Sie hatte ein gutes Gefühl bei Giverny.

TEIL II:
Liebe

1886 – 1914

I

Giverny, Mai 1886

An diesem Morgen war die Luft noch kühl, und der Frühnebel schwebte über den Wiesen und Feldern, als Blanche mit Jean-Pierre und Michel den Weg vom Pressoir zur Grundschule antrat. Sie schlug ihr Schultertuch enger um sich. Die beiden trödelten gerne und waren ein paarmal zu spät zum Unterricht erschienen, weswegen Maman darauf bestand, dass entweder Marthe oder Blanche die beiden begleiteten. Da Monet sich in Paris aufhielt und sie ihm nicht behilflich sein konnte, übernahm sie diese Aufgabe gerne. Auf dem Rückweg würde sie Angelina besuchen, deren Geschäft nur wenige Schritte von der Schule entfernt lag.

Die Tafelschwämmchen, die aus Jean-Pierres und Michels braunen Ranzen herausbaumelten, schleuderten um sie herum. Sie rannten vor ihr die Straße hinauf und lachten. Blanche erkannte schon von Weitem, wer sich am Tor zum Schulhof aufhielt, da auch ihre Kinder die Grundschule besuchten. Die schlimmsten Tratschweiber des Dorfes.

Sie beeilte sich, die Kleinen einzuholen, damit sie nicht allein an ihnen vorbeimussten, da sie keine Gelegenheit ausließen, spitze Bemerkungen über Blanches Familie fallen zu lassen.

»Die sehen beide gleich aus!«, hörte Blanche Catrice lästern.

Die drei blickten angewidert zu Jean-Pierre und Michel, als litten sie an einer ansteckenden Krankheit. Die Jungen hüpften unbekümmert an ihnen vorbei durch das Schultor.

»Das ist wie bei meinen Ferkeln. Da sehe ich auch, welcher Eber die Sau bestiegen hat«, höhnte Catrice, während die anderen beiden die Geräusche eines quiekenden Schweins nachahmten.

Zum Glück verstanden die Kleinen noch nicht, was Catrice damit angedeutet hatte, doch Blanche verletzte es zutiefst. Wäre sie nur so schlagfertig wie Angelina. Der Bösartigkeit dieser drei allein ausgesetzt, fürchtete sie, dass sie sich noch Schlimmeres einfallen lassen könnten, wenn sie etwas erwiderte, und Jean-Pierre und Michel am Ende noch etwas davon aufschnappten. Blanche kämpfte gegen ihre Tränen an, die vor Wut in ihr aufstiegen.

Erhobenen Hauptes schritt sie an ihnen vorüber. »Bonjour, Mesdames!« Insgeheim wünschte sie ihnen aber das Fegefeuer.

Eilig verabschiedete sie sich von den Jungen und hoffte, dass sie ihr nichts anmerkten. Kaum hatte sie den Schulhof unter den hochmütigen Blicken der Weiber verlassen, hastete sie die leicht abschüssige Straße hinunter. An der Bordsteinkante stolperte sie, weil die Tränen ihre Sicht verschleierten.

Das Glöckchen über Angelinas Ladentür bimmelte, als Blanche sie aufstieß. Das Geschäft war leer. Um diese Uhrzeit frühstückte Angelina häufig mit Lucien in einem der hinteren Räume, wenn er zu Hause war.

Angelina war bereits auf dem Weg nach vorne und kam ihr im Flur entgegen. Stumm fiel sie Angelina um den Hals und weinte.

»Was ist geschehen?«, fragte Angelina. »Hol erst mal tief Luft. Komm, wir gehen ins Esszimmer. Lucien ist noch da, aber er wollte ohnehin gleich nach Vernon aufbrechen.«

Lucien faltete seine Tageszeitung zusammen und sah sie beunruhigt an. »Blanche! Setz dich.«

»Bitte entschuldigt, dass ich euch beim Frühstück störe.«

»Was redest du da?«, wehrte er ab. »Bitte, nimm Platz.«

Er stand auf und bot ihr galant einen Stuhl an. »*Mon cœur*«, sagte er an Angelina gerichtet, »ich lasse euch beide allein. Es sieht aus, als könne Blanche den Rat ihrer Freundin besser gebrauchen als den meinen.« Dann küsste er sie zärtlich, holte Hut und Mantel und verabschiedete sich.

Blanche verstand, wieso Angelina glücklich mit Lucien war. Sein liebevolles Wesen und sein Humor erinnerten Blanche an Papa in früheren Zeiten. Außerdem behandelte er Angelina, entgegen den üblichen Konventionen, ebenbürtig und nicht wie eine Ehefrau, die zu tun hatte, was man ihr vorschrieb. Obendrein sah er mit seinen auffallend hellgrünen Augen und dem pechschwarzen Haar umwerfend aus und hatte einen Blick, der Frauenherzen schmelzen ließ. So wie Angelina eine Schönheit war, wirkte Lucien wie ihr männliches Pendant.

Angelina schenkte Blanche Kaffee ein und hörte sich an, was ihr eben an der Schule widerfahren war. Niemals hätte sie gewagt, Maman oder gar Monet davon zu berichten. Es hätte Maman zutiefst erschüttert, und Monet wäre anschließend vermutlich jähzornig geworden und hätte die Bäuerinnen in der Luft zerrissen.

»Kümmere dich nicht um sie. Indem sie ihre Bösartigkeiten versprühen, lenken sie nur von ihrem eigenen Unglück ab. Catrices Mann soll ein Verhältnis mit einer Schneiderin aus Vernon haben, die nun ein Kind erwartet, obwohl sie nicht verheiratet ist.« Angelina kicherte schadenfroh.

Lucien betrieb einen Nähmaschinen- und Kurzwarengroßhandel und reiste daher häufig über Land, von wo er den neuesten Tratsch der Umgebung mitbrachte.

Es verschaffte Blanche ein wenig Genugtuung, dass gerade

Catrices Mann offenbar keinen Gefallen mehr an seiner Frau fand, was sie nicht im Mindesten wunderte.

»Selbst wenn dem so wäre«, griff Angelina wieder auf. »Es würde nichts ändern. Jean-Pierre ist dein kleiner Bruder, und du liebst ihn.«

Ebenso wie Geneviève damals, besaß Angelina das Talent, das Wesentliche auf den Punkt zu bringen.

»Für wen spielt es denn eine Rolle, wer sein Vater ist?«

»Möglicherweise für Papa … und Jean-Pierre selbst.«

Ihre Eltern waren noch immer verheiratet, doch Papa hatte nie einen Fuß nach Giverny gesetzt. Den Kontakt hielten sie durch Briefe, die immer seltener wurden.

»Um Jean-Pierre solltest du dir keine Sorgen machen. Wie du mir erzähltest, ist er mit Monet aufgewachsen, da euer Vater seit Jean-Pierres Geburt mehr Zeit in Paris verbrachte als mit euch. Und dein Vater muss damit zurechtkommen. Deine Mutter hat gewiss ihre Gründe, warum sie nicht mit ihm zusammenleben will. Liebe ist wie ein Vögelchen, das sich niederlässt, wo es ihm gefällt.«

In gewisser Weise verstand sie Maman sogar. Von Monet ging eine unerklärbare Anziehung aus. Sie selbst liebte ihn, wie er war. Er verkörperte Stärke, war klug und charmant. Zwar kam es mitunter vor, dass er im nächsten Moment aus lauter Wut mit dem Holzschuh ein Bild zertrat, das ihm misslungen war, oder er zerschlitzte die Leinwand, aber selbst das faszinierte sie. Er war ein Perfektionist, ein Ruheloser, der nie müde wurde, sein Bestes zu geben. Ebenso besaß er eine berührende Seite, wenn er an sich selbst zweifelte, mit sich haderte oder bis zur völligen Erschöpfung arbeitete, weil er sich für unzulänglich hielt und nicht erkannte, wie einzigartig und außergewöhnlich seine Werke waren.

Warum sollte Maman anders für ihn empfinden als sie? Auch wenn Monet launisch war wie das Wetter, gab er sich jede erdenkliche Mühe, sie alle zu versorgen. Er unterschied nicht, wessen Schuldgeld er zahlte oder wer einen neuen Mantel benötigte. Irgendwie schaffte er es immer, Geld aufzutreiben, damit sie genug zum Leben hatten.

Maman und Monet führten eine wilde Ehe, die sie nach außen verbargen, indem sie die guten Sitten wahrten und sich siezten. Doch Monet ließ ihr freie Hand, was den Haushalt und die Kinder betraf, als wären sie ein Ehepaar.

Blanche dachte an den Tag nach ihrer Ankunft in Giverny zurück. Monet erhielt damals die Nachricht, dass Monsieur Manet in Paris verstorben war. Da er unbedingt an der Beerdigung teilnehmen wollte, war er umgehend abgereist. Er lieh sich bei Monsieur Durand-Ruel Geld für einen Anzug und trug zusammen mit Émile Zola, Antonin Proust, Maler Henri Fantin-Latour und Kunstkritiker Duret Monsieur Manet zu Grabe, während Maman ihr neues Heim einrichtete, Personal einstellte und den Tagesablauf organisierte.

»Ich habe nichts anderes von Ihnen erwartet, meine liebe Madame Hoschedé«, lobte Monet sie, als er von der Beerdigung heimgekehrt war und sich hochzufrieden über die Dinge äußerte, die Maman in der Zwischenzeit arrangiert hatte.

Angelina goss Blanche Kaffee nach. »Liebe lässt sich nicht erklären. Es kümmert sie nicht, ob sie den guten Sitten entspricht. Sie kommt und vergeht, oder sie blüht ewig.«

»Meinst du, die Liebe meiner Eltern ist einfach so vergangen?«

»Das kann ich nicht beurteilen. Aber wenn man aus tiefstem Herzen liebt, fühlt man sich nur wie ein halber Mensch, wenn man voneinander getrennt ist.«

Im vorletzten Jahr hatte Monet eine Malreise nach Bordighera unternommen. Aus angekündigten vier Wochen Aufenthalt wurden vier Monate. Mit jedem Brief, den er Maman damals schickte, sank ihre Stimmung, weil Monet ihr von der Gastfreundschaft und Schönheit der Signora Moreno vorschwärmte. Ihrem Mann gehörte der Giardino Moreno, ein Park mit Palmen, Orangenbäumen und einem Olivenhain an der Westseite der Altstadt, der einst der Öffentlichkeit zugänglich war. Monet gelang es, sich mit den Morenos anzufreunden, um dort malen zu dürfen, woraufhin Maman ihn mit wütenden Briefen überschüttete.

»Vielleicht hat Maman so empfunden, als Monet sich in Bordighera aufhielt.«

Angelina zuckte mit den Schultern. »Die Antwort auf deine Frage liegt auf der Hand. Es scheint ihr hingegen nichts auszumachen, dass dein Vater in Paris lebt.«

»Marthe gibt Monet die Schuld daran.«

»An solch einer Situation trägt niemand allein die Schuld. Vielleicht kann deine Mutter nicht verzeihen, dass dein Vater sie in den Bankrott getrieben hat. Immerhin sind auch ihre Kinder betroffen, um die sie sich sorgt.«

»Aber so, wie es jetzt ist, betrifft es uns ebenfalls.«

»Das mag sein. Doch würde es dir besser gefallen, wieder in Paris bei deinem Vater zu leben? Mit Spannungen und Streit? Ohne Monet? Ohne Malerei? Und ohne mich?« Angelina zwinkerte verschmitzt.

Vor Blanches innerem Auge flammten all die Auseinandersetzungen ihrer Eltern der letzten Jahre auf. Sie erinnerte sich an ihre erste Begegnung mit Monet damals in Papas Arbeitszimmer. Monet und die Malerei waren seitdem ein fester Bestandteil ihres Lebens geworden. Gewiss, sie könnte auch in Paris malen, aber es wäre nicht das Gleiche. Giverny war zu dem Zuhause herangewachsen, nach dem sie sich gesehnt hatte. Ein fester Ort, zu dem sie gehörte, der ihr vertraut war und an dem sie sich wohlfühlte.

Vielleicht war das Vermissen Papas der Preis, den sie dafür hinnehmen musste.

»Wie könnte ich ohne dich leben«, antwortete Blanche und lächelte.

»Siehst du. Zerbrich dir nicht den Kopf über das, was andere denken.«

Vorne im Laden läutete das Glöckchen. Angelina stand auf. »Trink in Ruhe den Kaffee aus«, bedeutete sie ihr, sitzen zu bleiben. »Wahrscheinlich sind es Catrice, Nanna und Dorette.«

Blanche trank einen Schluck. Überrascht vernahm sie die Stimme eines Mannes. Da Angelina aufgebracht klang, ging sie ihr nach. Vielleicht benötigte sie Hilfe, denn Männer verirrten sich nur selten in Lebensmittelläden.

Vor Angelinas Verkaufstheke stand ein Mann um die dreißig. Mit seinem schwarzen Schlapphut, den düsteren Augen und der flegeligen Kleidung wirkte er wie ein Vagabund. Angelinas Blick nach zu urteilen, war er ihr unheimlich.

»Hotel in Giverny?«, fragte er mit rauchiger Stimme.

»In Vernon gibt es eine Unterkunft«, antwortete Angelina.

»I came to paint and then there's no hotel in this shithole here«, murmelte er.

»Vernon!«, wiederholte Angelina.

Ein Engländer. Blanche hatte nur zwei, drei Worte verstanden, weil er so undeutlich sprach.

»Sind Sie Maler?«, fragte Blanche dazwischen.

Er nickte.

»Kommen Sie aus London?«

»Ich bin Amerikaner.«

Ein amerikanischer Maler verirrte sich nach Giverny? Ob es Zufall war? Monsieur Durand-Ruel hatte im letzten Jahr Kontakte zur American Art Association geknüpft, um den Markt auszuweiten. Anfang April wurde in den American Art Galleries am Madison Square Garden eine Ausstellung mit über dreihundert Bildern eröffnet. Monet gefiel die Vorstellung nicht, seine vierzig Gemälde »ins Land der Yankees« abreisen zu sehen, weshalb er zusätzlich über den Kunsthändler Petit an der Internationalen Kunstausstellung in Brüssel teilnahm. Ein Schritt, der ihr nicht einleuchtete. Monsieur Durand-Ruel war derjenige, der Monet immer unterstützte und sogar aushalf, als das Internat Dubois sich geweigert hatte, Jean im neuen Schuljahr aufzunehmen, weil das vergangene noch nicht vollständig beglichen war. Außerdem bezahlte er derzeit den Umbau der Scheune zum Atelier. Blanche freute sich, dass Monets Bilder sogar in Amerika ausgestellt wurden. Im Land der Freiheit, wie man sagte, in dem alles größer und schöner sei als in Europa. Sie erinnerte sich an den Kopf dieser Freiheitsstatue, der damals bei der Weltausstellung in Paris präsentiert wurde. Angeblich sollte sie bald vor New York eingeweiht werden. Sie stellte es sich aufregend vor, den Ozean mit einem Schiff zu überqueren, um sie zu besichtigen. Irgendwann. Irgendwann würde sie nach Amerika reisen.

»Bitte gehen Sie nach Vernon«, wurde Angelina energisch, ging zur Tür und komplimentierte ihn hinaus. »Dort gibt es Zimmer.«

Der Fremde starrte sie verdutzt an. Dann lupfte er widerwillig seinen Hut und ging hinaus.

»Gut, dass ich nicht mit ihm allein war. Er sah aus wie ein Landstreicher«, sagte Angelina erleichtert.

»Ob er weiß, dass Monet in Giverny lebt? Vielleicht hat er in Amerika Monsieur Durand-Ruels Kunstausstellung mit Monets Gemälden besucht. Er sagte doch, er sei Maler.«

Angelina griff sich nachdenklich ans Kinn.

»Was ist?«

»Welcher Maler kann sich eine Reise von Amerika nach Frankreich leisten?«

»Wenige.«

Im nächsten Augenblick drehte Angelina sich um. Sie riss die Ladentür auf, raffte ihre Röcke und rannte los. Was hatte sie vor?

Beinahe stieß Angelina auf der Straße mit den drei Klatschweibern zusammen, die auf das Geschäft zustrebten und empört die Köpfe schüttelten. Sollte Blanche das Geschäft so lange abschließen, bis sie zurück war? Aber die drei standen bereits in der Tür und drängten hinein.

»Ich habe es vorausgesagt!«, hetzte Catrice hinter vorgehaltener Hand. »Kaum ist ihr ahnungsloser Gatte aus dem Haus, stellt sie fremden Männern nach.« Die anderen beiden stimmten in ihr Gegacker ein.

Wut brodelte in Blanche auf.

»Wer weiß, warum der so viel umherreist«, spekulierte Nanna.

»Jedenfalls nicht, um ledige Schneiderinnen in Vernon zu schwängern.« Blanche erschrak vor sich selbst. Dennoch lösten die schockierten Gesichter, besonders das von Catrice, ein unverhofft befreiendes Gefühl in ihr aus.

Catrice blitzte sie an. »Genau dort werde ich ab heute meine Lebensmittel kaufen!« Sie stieß die anderen beiden an, die mit ihr auf dem Absatz kehrtmachten und aus dem Geschäft stürmten.

Blanche stützte sich mit den Händen auf den Tresen und atmete tief durch. Das hatte sie nun davon. Wenn sie es ernst meinten und nicht mehr hier einkauften, würde Angelina Verdienst einbüßen. Gar nicht auszudenken, was es noch mit sich brachte. Sie würden jede Gelegenheit nutzen, Angelinas Geschäft in Verruf zu bringen, was ihre Freundin am Ende ihre Existenz kosten konnte.

Schwungvoll flog die Ladentür auf. Angelina japste. »Blanche! Ich habe *die* Geschäftsidee!«

»Und ich habe deine Kundschaft vergrault«, entgegnete sie kleinlaut.

»Du meinst Catrice?«

Mit knappen Sätzen gestand Blanche ihr, wozu sie sich hatte hinreißen lassen.

Angelina winkte ab. »Sie kam mir gerade entgegen und hat Gift und Galle gespuckt. Es war längst überfällig, dass du dich wehrst. Catrice wird sich demnächst noch mehr aufregen.«

»Wovon sprichst du?«

Ihre Augen leuchteten. »Ich werde heute Nacht meinen ersten Übernachtungsgast beherbergen.«

»Du meinst den Amerikaner? Aber wo soll er denn schlafen? Was wird Lucien dazu sagen?«

»Oh, Lucien wird mich gewiss nicht von seiner Bettkante stoßen.« Sie lachte spitzbübisch. »Mr Metcalf wird in meinem Zimmer übernachten, und morgen früh serviere ich ihm ein feudales Frühstück, damit er seinen Freunden vom *Hotel Baudy* berichten kann!«

»Du willst ein Hotel eröffnen?«

»Warum nicht? Das Haus ist groß genug.«

»Musst du das nicht zuerst mit Lucien besprechen?«

»Er würde mir niemals einen Wunsch abschlagen!«

Blanche staunte, wie selbstverständlich Angelina handelte und eigene Entscheidungen traf, ohne Lucien um Erlaubnis zu bitten. Immerhin plante sie ein Hotel und nicht die Mittagsgerichte der nächsten Woche. Und Angelina zweifelte keine Sekunde an Luciens Einverständnis. Sollte Blanche jemals heiraten, wünschte sie sich ebenfalls einen so modern eingestellten Ehemann wie ihn.

»Mr Metcalf ist Maler. Vielleicht hat er in Amerika tatsächlich von Monet gehört. Stell dir vor, all seine Freunde kämen nach Giverny, um Monet zu besuchen und hier zu übernachten!«, malte

Angelina sich aus und wirbelte mit ausgebreiteten Armen durch den Laden.

Wer auch immer dieser Mr Metcalf war, es fühlte sich an, als öffnete sich mit ihm und Angelinas Hotel ein Tor zur Welt.

• • •

Nachdem Mr Metcalf bei Angelina genächtigt hatte und von ihr erfuhr, dass Monet in Giverny lebte und sie mit Blanche befreundet war, hatte es keine Woche gedauert, bis er mit drei Freunden zurückkehrte.

Er hatte nicht lockergelassen und Angelina gebeten, über ihre Freundschaft zu Blanche, ein gutes Wort für ihn und seine Landsmänner einzulegen, um Monet treffen zu dürfen, weil sie ihn nicht unangemeldet überrumpeln wollten.

Als Blanche Monet gestern davon berichtet hatte, zögerte er nicht lange und schrieb eine Einladung, was Maman in helle Aufregung versetzte.

»Was servieren wir nur Amerikanern?«, fragte sie und sah Monet an, der im Speisezimmer in seiner Lektüre blätterte. »Wären es Renoir, Sisley oder Mirbeau wüsste ich, was ihnen mundet. Beten wir, dass Marguerite sich als verlässlich erweist.«

Nach nun vier Köchinnen, denen Maman aus unterschiedlichen Gründen gekündigt hatte, ruhte nun ihre ganze Hoffnung auf Marguerite, damit sie sich nicht vor den Gästen blamierten.

»Nun, Sie stellen einfach ein exzellentes Menü zusammen, wie ich es von Ihnen gewohnt bin.« Er blickte über seinen Gartenbaukatalog und lachte, aber Maman war schon nebenan in der Küche verschwunden, um den Menüplan mit Marguerite durchzusprechen.

Auf dem morgendlichen Rückweg von der Schule, wo sie die

Jungen abgeliefert hatte, betrat Blanche Angelinas Geschäft, um ihren Gästen Monets Einladung zu überbringen. Die Herren frühstückten in einem Nebenraum, den Angelina bereits in der letzten Woche eingerichtet hatte. Sie hatte Handwerker, Möbel und sogar feinste Tisch- und Bettwäsche bestellt, die sie mit den Initialen LB besticken ließ. Lucien unterstützte die Pläne seiner Frau wahrhaftig. Um ihr Vorhaben zu stärken, ließ er sogar ein Hotelwappen mit den Buchstaben LB anfertigen. Das L repräsentierte jedoch keinesfalls seinen Vornamen Lucien, sondern stand für Angelinas Mädchennamen Ledoyen.

»Zu einem ordentlichen Hotel gehört auch ein heimeliges Speisezimmer, damit die Gäste sich wie zu Hause fühlen«, sagte Angelina, als sie Blanche hineinführte.

Es duftete angenehm warm nach Kaffee, Tee, gebratenen Würstchen, Speck und Pfannkuchen.

Metcalf sprang vom Stuhl auf. »Mademoiselle Hoschedé, ich hoffe, Sie bringen gute Nachrichten.«

Blanche spürte, wie sie errötete, da sich auch die anderen Herren erhoben und sie charmant begrüßten. Die Amerikaner waren allein durch ihr Auftreten anders als Franzosen. Sie wirkten weltoffener, aber sie konnte nicht begründen, woran es lag. Möglicherweise war es der Gedanke, dass sie den weiten Weg über den Ozean auf sich genommen hatten, nur um hier sein zu können, um zu malen. Sie überreichte Metcalf den Umschlag, der ihn öffnete und seinen Freunden vorlas.

»Richten Sie Monsieur Monet meinen allerverbindlichsten Dank aus! Wir können es kaum erwarten, den Meister des Impressionismus höchstpersönlich kennenzulernen.« Er verbeugte sich so tief, dass Angelina sich ein Lachen verkniff, weil seine Verrenkung eigenartig aussah. Auch Blanche musste ein Kichern unterdrücken.

»Wir freuen uns sehr auf Ihren Besuch.«

›Meister des Impressionismus‹ hatte er Monet genannt! Die Ausstellung, die Durand-Ruel in New York organisiert hatte, schien erste Wirkung zu zeigen, obwohl Monet dem skeptisch gegenüberstand. In Amerika schritt der Impressionismus voran, und Maler wie Mr Metcalf und seine Freunde strömten neuerdings nach Paris, um sich an der Académie Julian einzuschreiben und zu studieren, wie sie von ihm erfuhr.

Metcalf selbst hatte in New Mexico und Arizona Illustrationen für die Zeitungen *Harper* und *Century* angefertigt und damit Geld verdient. Was Blanche faszinierte, denn Metcalf dokumentierte zeichnerisch sogar den Stamm der Zuñi, die am Rande des Oberen Zuñi Rivers lebten. Amerika. Wie gerne würde sie die Ureinwohner, die weite Prärie oder die hohen Häuser von Chicago sehen, die dort gebaut wurden und sich über zehn Etagen in den Himmel streckten, wie sie aus Mr Metcalfs Schilderungen wusste.

Angelina winkte, ihr in die Küche zu folgen. »Mit diesem berühmten Stiefvater stehen deine Verehrer bald Schlange«, flüsterte sie ihr zu.

»Angelina!«

»Was ist falsch daran? Du bist im heiratsfähigen Alter.«

Darüber hatte sie noch nie nachgedacht. Im November würde sie einundzwanzig. In diesem Alter war Maman bereits Mutter.

»Zuerst ist Marthe dran«, wich sie aus.

Ihre Schwester glich bis auf die Haarfarbe Maman, deren dunkelbraunes Haar hellgraue Strähnen durchzogen. Marthe hingegen war blond, und ihre Figur ähnelte der ihrer Mutter in jüngeren Jahren. Marthe hatte etwas Unnahbares, Fremdes und Stocksteifes an sich, und obwohl sie Schwestern waren, erschloss sich Blanche nie, was in Marthe vorging. Sie verbarg ihre Gefühle vor jedem.

»Marthe. Wenn sie ihr griesgrämiges Gesicht nicht ablegt, wird sie jeden Mann vergraulen und als alte Jungfer enden. Mr Metcalf hat keine drei Sätze mit ihr gewechselt, als ich sie ihm vorstellte. Dir hingegen hat er seine halbe Lebensgeschichte erzählt.« Angelina füllte den Wasserkessel und setzte ihn auf den Ofen. »Oder gefällt er dir nicht?«

Blanche zuckte mit den Schultern. Bei ihrer zweiten Begegnung kam der hochgewachsene Amerikaner nicht mehr ganz so vagabundenhaft daher. Er plauderte offenbar gern mit ihr, und sie genoss es, seinen spannenden Geschichten zu lauschen. Aber ob sie ihn attraktiv fand?

»Du hast gesagt, wenn es Liebe ist, fühlt man sich nur wie ein halber Mensch, sobald man voneinander getrennt ist.«

Metcalf hatte ihr keine einzige schlaflose Nacht bereitet, nicht so wie Lucien Angelina, sofern sie nicht geflunkert hatte.

Angelina lächelte vielsagend. »Wenn dir der Richtige begegnet, wirst du es in der ersten Sekunde wissen. Es fühlt sich an, als würdest du deine andere Hälfte erkennen, ohne ihr jemals begegnet zu sein.«

• • •

Eine Woche später hetzte Maman nach dem Frühstück wie ein aufgescheuchtes Huhn durchs Haus, weil sie die Amerikaner um elf Uhr zum Déjeuner erwarteten.

Monet hingegen widmete sich ausgiebig dem Garten, dem er noch mehr Aufmerksamkeit schenkte, seit das Atelier fertiggestellt war und er den Arbeitern dort nicht mehr auf die Finger schauen musste.

Der Umbau hatte ihn und Maman nicht ruhen lassen. Monet hatte beschlossen, die Treppe zu verlegen, kam damit jedoch dem angrenzenden Vorratsraum ins Gehege. Die darin befindlichen Lebensmittel bewachte sie wie eine königliche Leibgarde den Herrscher. Da Maman den Handwerkern sowie dem häufig wechselnden Hauspersonal misstraute, schloss sie die beiden Eierkästen, sämtliche Kommoden und vor allem den riesigen Vorratsschrank im Régence-Stil ab. In ihm bewahrte sie Tee und Kaffee vom berühmten Pariser Händler *Kardomah*, Cayennepfeffer, Zimt, Olivenöl aus Salon-de-Provence und Safran auf, teure Genüsse, die nicht aus Giverny kamen und daher besonders kostbar waren. So kostbar, dass sie es in Kauf nahm, seitdem einen schweren Schlüsselbund mit sich herumzutragen.

Monet schien hocherfreut über die Gesellschaft seiner Gäste, die von der gelungenen New Yorker Ausstellung und seinen Werken schwärmten, und lauschte den löblichen Ausführungen der Herren Metcalf, Hart und Beckwith. Einzig Mr Frederick MacMonnies hielt sich zurück, da ihn wohl irritierte, dass Suzu ihn anlächelte, wann immer sie sich von Maman und Monet unbeobachtet fühlte.

»Wir sollten den Kaffee im Garten einnehmen«, schlug Monet vor und erhob sich vom Tisch, um die Gäste nach draußen zu geleiten.

Suzu strahlte, beugte sich zu Blanche vor und deutete auf Mr MacMonnies, der Monet als Letzter folgte. »Sieht er nicht umwerfend aus? Hast du seine grünen Augen gesehen?«

»Ich wusste nicht, dass du ihm so tief in die Augen geschaut hast, um sogar die Farbe erkennen zu können. Lass dich nicht von Maman erwischen.« Blanche kicherte. Für ihren Geschmack wirkte er zu schlaksig, und beim Essen hatte man den Eindruck, er wusste nie so recht, wohin mit seinen Armen und dem langen Oberkörper. Er saß gekrümmt am Tisch und beugte sich zum Suppenlöffel runter, als hätte er Angst, die Suppe nicht heil bis zum

Mund zu führen. Aber möglicherweise lag es auch an Suzus Blicken, die ihn verunsicherten.

»Wenn du ihn weiter anstarrst, stolpert er noch über seine langen Beine«, raunte Jean im Vorübergehen und grinste schelmisch.

Suzus Wangen leuchteten rot wie der Klatschmohn im Garten. »Pscht.« Sie legte ihren Finger an die Lippen, weil Maman aus der Küche kam.

»Es ist ungehörig, zu tuscheln, wenn Gäste anwesend sind!«, rügte sie. »Geht hinaus und leistet ihnen Gesellschaft.«

Auf der Terrasse hatte Maman vormittags eine edle Kaffeetafel arrangiert, für die sie dreimal das Tischtuch austauschen ließ, weil es zerknittert war. Auf die Tischwäsche achtete sie penibel, denn diese durfte nach dem Bügeln nur ordentlich aufgerollt werden. Maman würde das Dienstmädchen wohl nicht mehr lange erdulden, weil es sich zu ungeschickt anstellte.

Anstatt über seine Beine zu stolpern, verschüttete Mr MacMonnies seinen Kaffee, sodass er sein Jackett und Hemd sowie die Tischdecke ruinierte und somit bei Maman einen bleibenden Eindruck hinterließ.

Nachdem die Kaffeetafel aufgehoben worden war, schlenderte Monet den Herren voran die Sandallee hinunter. Blanche und ihre Geschwister hielten sich angemessen hinter ihnen.

Jean drehte sich zu Suzu um. »Er kann nicht essen und nicht trinken. Außerdem reicht ein Maler in der Familie«, hänselte er und äffte MacMonnies' o-beinigen Gang nach.

»Im Gegensatz zu dir, habe ich wenigstens zugehört. Er studiert an der *École nationale supérieure des beaux-arts de Paris* Bildhauerei.«

»Die drei krummen Sätze, die er von sich gab, waren nicht schwer zu merken. Du solltest dir lieber einen Schriftsteller suchen.«

Jean hatte es gerade nötig, über MacMonnies' gebrochene Sätze zu lästern. Sein Englisch war schlechter als das Französisch der Amerikaner, und mitunter haperte es an seiner Rechtschreibung. Obwohl er schon neunzehn war, erteilte ihm der hiesige Grundschullehrer Cellier noch hin und wieder Nachhilfe. Wenn die beiden nicht aufhörten und Monet sich gestört fühlte, ahnte Blanche, was ihnen später blühte. Sie stieß Jean an und wies nach vorne, damit er seinem Vater zuhörte und sich benahm.

Monet deutete auf den Rand der Allee. »Zuerst haben wir die Zypressen und fürchterlich gestutzte Buchsbäume herausgerissen, die überall wucherten, damit die Pflanzen mehr Licht bekommen. Licht, meine Herren! Licht! Es ist ein Fluch und Segen zugleich! Es taucht die Welt in unvorstellbare Farben, aber es erschwert unsere Arbeit so außerordentlich. Es ist zum Verrücktwerden. Wenn Sie einmal vor einer Leinwand am Meer standen, wissen Sie, wovon ich spreche. In Bordighera hätte ich mit Gold und Diamanten malen müssen, um diese Farbtöne einzufangen.«

Die Zypressen und Buchsbäume waren nach dem Umzug das geringste Problem. Sie wurden ausgegraben, und an ihrer Stelle wuchsen nun Stockrosen, Chrysanthemen und Sonnenblumen. Seitdem lagen Maman und Monet sich in den Haaren, sobald er auf die Fichten zu sprechen kam, weil er auch diese fällen wollte, um mehr Licht zu gewinnen. Da Maman die Bäume liebte, verteidigte sie diese bis aufs Blut. Nach unendlichen Diskussionen gab sie nur so weit nach, dass er die unteren Äste kappen durfte.

Die Amerikaner standen ehrfürchtig im Halbkreis um Monet und hingen förmlich an seinen Lippen. Nur MacMonnies drehte sich kurz zu ihnen um, wohl auf der Suche nach Suzanne.

Monet fuhr unbeirrt fort. »Und dort werde ich Tulpenbeete anlegen. Erst letzte Woche kehrte ich aus Holland zurück. Dort zeigte mir der erste Botschaftssekretär in Den Haag die wunderbaren Tulpenfelder zwischen Haarlem und Leiden. Es ist eine Pracht! Ein Meer aus Blüten, in Streifen gepflanzt. Diese Leuchtkraft, die schillernden Farben, in denen sich das Licht spiegelt. Und erst dieses Rosa!«

Die Amerikaner nickten, nur MacMonnies wandte sich erneut zu ihnen um, doch sein Blick blieb an Blanche hängen. Er lächelte schüchtern, dann drehte er sich rasch wieder zu Monet um.

Jean, der das bemerkte, knuffte sie in die Seite. »Denk gar nicht erst darüber nach. So viele Tischtücher, wie du bräuchtest, hast du nicht in deiner Aussteuertruhe.«

2

Giverny, August 1888

Anfang des Monats hatte Mr MacMonnies Lady Mary Fairchild geheiratet, ebenfalls eine Malerin, die er an der Académie Julian kennenlernte, wie Blanche von Angelina erfahren hatte. Blanche war ihm zwar noch einige Male begegnet, als sie ihre Freundin besuchte, aber er löste bei ihr kein Herzklopfen aus. Suzu hingegen war wochenlang mit einem Gesicht wie sieben Tage Regenwetter umhergelaufen, als sie von seiner Hochzeit erfahren hatte. Sie hatte ihn damals angehimmelt und jede Gelegenheit genutzt, am Hotel vorbeizuflanieren, um ihm zu begegnen. Seinerseits bestand aber wohl keinerlei Absicht, sodass er irgendwann sang- und klanglos abgereist war.

Mr Metcalfs Besuch bei Monet hatte hingegen etwas anderes in Gang gesetzt. Das Dorf kam Blanche seitdem vor wie der Mont Saint-Michel, wo dem Bischof Aubert von Avranches einst der Erzengel Michael erschienen war. Scharen von amerikanischen Malern und Bildhauern, die in Paris studierten, pilgerten nach Giverny.

Oft mieteten sie sich für mehrere Wochen oder Monate ein und bezahlten gelegentlich mit Gemälden. Die Wände im Hotel Baudy hingen voller Bilder, denn viele bedankten sich auch mit einem ihrer Werke für Angelinas ausgesuchte Gastfreundschaft. Sogar Monets Freunde Renoir und Pissarro hatten hier bereits übernachtet und ihr zum Abschied ein Werk geschenkt.

Ihre Freundin erwies sich als geborene Gastgeberin. Intuitiv erspürte sie die Bedürfnisse ihrer Gäste, erweiterte die Räumlichkeiten und ließ im Hinterhof ein Atelier bauen, durch dessen Glasdach das Licht von oben hereinfiel. Sie setzte sogar Boston-Bohnen, in Kansas City modernen Garnelensalat, Frisco Omelett und englisches Kotelett aus Santa Barbara auf ihre Speisekarte.

Gegenüber auf der anderen Straßenseite errichtete Lucien einen Tennisplatz, damit sich die Amerikaner die Zeit vertreiben konnten. Wenn sie nicht durch die Umgebung streiften, malten, Skulpturen schufen oder sich sportlich betätigten, feierten sie rauschende Feste mit Klaviermusik und Banjo.

Maman war froh, dass ihr Grundstück von hohen Mauern umgeben war, damit sie ihre Ruhe behielten, die Künstler Monet nicht beim Malen störten und ihnen auf die Pelle rückten.

Am Nachmittag begleitete Blanche Jacques und Michel zum Tennisplatz, denn die beiden begeisterten sich für sämtliche Sportarten. Diese durften sie jedoch nicht im Garten ausüben, obwohl er genügend Platz bot. Monet gefiel es nicht, wenn sie dort spielten. Die Blumenbeete mit den Geranien, Tulpen und Vergissmeinnicht, die er hegte wie eine Mutter ihr Neugeborenes, konnten beschädigt werden. Er verbot, die Blumen zu berühren oder ihnen zu nahe zu treten, wie es der Sohn von Auguste Renoir einmal gewagt hatte. Weil Renoir diesem keinen Einhalt geboten hatte, wäre beinahe ein Streit entbrannt.

Meistens lieferten sich die Jungen daher mit ihren Kanus Ruderwettkämpfe, aber eines der Paddel war gebrochen, sodass sie sich heute im Tennis messen wollten.

Angelina trug gerade ein Tablett mit Zitronenlimonade hinaus in den Hof, wo einige Künstler vor dem Atelier den Sommertag genossen. »Ich bin sofort zurück. Ich muss dir unbedingt etwas erzählen.«

Blanche ahnte bereits, um was es sich drehte, und wartete in der Küche auf sie.

Angelina wehte herein und stellte lachend das Tablett ab. »Heute Morgen –«, sagte sie inbrünstig, als verkünde sie die Krönung eines neuen Königs.

»Lass mich raten«, schnitt Blanche ihr das Wort ab. »Woher kommt er diesmal?« Seit Monaten bemühte Angelina sich, ihr den einen oder anderen Amerikaner schmackhaft zu machen, wenn sie glaubte, er könnte ihr gefallen. Blanche hingegen war misstrauisch geworden und bezweifelte, dass sich die Herren ernsthaft für sie interessierten. Erst wenn sie erfuhren, dass ihr Stiefvater Claude Monet hieß, überschlugen sie sich plötzlich vor Schmeicheleien und Galanterie.

»Du solltest ihn dir wenigstens einmal anschauen. Er ist aus Ohio und …« Sie trat etwas näher auf Blanche zu und senkte ihre Stimme. »Er soll betucht sein. Und er würde Monet gerne kennenlernen.«

»Wer würde das nicht? Das kennen wir doch schon.«

Obwohl es Monet schmeichelte, dass sie seine Kunst schätzten, wählte er seine Gäste sorgfältig aus. Nicht jeder, der imstande war, einen Pinsel zu führen, erhielt eine Essenseinladung.

»Ja, aber eines seiner Gemälde mit dem Titel *La Veuve* wurde im Pariser Salon lobend erwähnt. Vielleicht weckt das Monets Neugierde, und er spricht eine Einladung aus, ihn und seinen Freund Mr Sargent zu empfangen.«

»Ich soll Monet dazu überreden, sie einzuladen, damit ich mir diesen Mr Ohio anschauen kann? «

»Er bat mich freundlich darum.« Angelina legte den Kopf

schief. Das tat sie nur, wenn sie sich davon etwas für ihr Hotel versprach. Dann langte sie nach einem Zettel und hielt ihn ihr hin. Es war die Speisekarte. Das Besondere an ihr war nicht die Auflistung der Speisen inklusive Champagner Pommery, Veuve Clicquot und Zigarren. Dreiviertel der Karte bestand aus einer Karikatur eines Mannes, der ein Hühnchen tranchierte und sich dabei mit dem Fuß auf dem Tier abstützte.

»Ich frage, weil Mr Butler diese für mich gezeichnet hat.«

»Könntest du ihn mir vorstellen?«

»Bedaure, er wollte mit einem Freund an die Seine, um zu malen. Aber ich bin mir sicher, Mr Butler wird euch gefallen.«

• • •

Für jemanden, dessen Gemälde *La Veuve* im Salon lobend erwähnt worden war, interessierte sich sogar Monet, und er lud Mr Butler und seinen Freund, Mr Sargent, wenige Tage später ein.

Monet gefielen Sargents Ausführungen über dessen malerischen Werdegang, denn dieser hatte mit seinem Gemälde der *Madame X* einen Skandal ausgelöst, weil er mehr bloße Schulter darstellte, als die Belle Époque erlaubte.

Vermutlich erinnerte Monet das an seinen verstorbenen Freund Manet, der mit seiner nackten *Olympia* den größten Skandal aller Zeiten verursacht hatte. Außerdem hatte Mr Sargent das Londoner Atelier von Mr Whistler übernommen, einem alten Freund Monets.

Während Monet aufmerksam Sargents Schilderungen folgte, beobachtete Blanche, mit welcher Hingabe Suzu sich Mr Butler widmete. Ihre Schwester war offensichtlich von ihm hingerissen und konnte ihre Augen nicht von ihm lassen. Es war schlimmer als bei MacMonnies. Auch Butler linste immer wieder zu Suzu.

Dabei ähnelte Mr Butler dem schlaksigen MacMonnies in keiner Hinsicht. Der Statur nach schien er sich eher durch Angelinas amerikanische Speisekarte zu schlemmen und dazu den Bordeaux zu genießen. Er war stattlich, und sein Anzug saß makellos, die Schuhe waren auf Hochglanz poliert, ebenso wirkte sein selbstbewusstes Auftreten. Suzu hatte sich ganz offensichtlich in den Amerikaner verguckt, den Blanche zwar sympathisch fand, der ihr aber wohl auch keine schlaflose Nacht bescheren würde, weswegen sie sich zurückhielt und Suzu den Vortritt ließ.

In den Tagen danach hatte Suzu nur noch von Mr Butler geschwärmt. Seitdem hatte sie sämtliche Liebesgedichte gelesen, die sie in Monets umfangreicher Bibliothek finden konnte. »Ich würde ihn so gerne wiedersehen. Sonst reist er irgendwann ab wie Mr MacMonnies, wenn mir nichts einfällt«, jammerte sie.

Doch Blanche hatte eine Idee.

Am Nachmittag begleitete sie Michel und Jean-Pierre zum Tennisplatz und wartete bei Angelina, bis Mr Butler eintraf. Sobald das Licht nachließ, fanden sich die Künstler wieder im Hotel ein, wo sie den Tag ausklingen ließen.

»Mademoiselle Blanche! Wie schön, Sie zu sehen!«, sagte Butler, als er an Angelinas Rezeption eintraf und seine Staffelei abstellte.

»Ich bin gerade zufällig hier, weil meine Brüder Tennis spielen. Mir fiel gerade ein, dass Sie beim Essen zu meinem Stiefvater sagten, Sie wären dankbar, wenn Sie Hinweise für mögliche Motive bekämen.«

Butler nickte.

»Da Monet derzeit in Paris ist, dachte ich, ich könnte Ihnen vielleicht behilflich sein, denn das erste Heu ist geerntet. Das sollten Sie sich anschauen. Es ist nur eine unscheinbare Weide vor einem Wäldchen, die etwas versteckt liegt, aber das Licht ist außergewöhnlich.«

Hinter Butler kam Angelina von draußen herein und schüttelte belustigt den Kopf, da Blanche sie in ihren Plan eingeweiht hatte.

»Wenn Sie möchten, könnte ich Sie und Mr Sargent führen.«

Auch Mr Sargent, der kurz darauf zu ihnen stieß, war begeistert von ihrer Idee, sodass sie sich für den nächsten Vormittag an der kleinen Brennnesselinsel am Seineufer verabredeten. Diese war den Amerikanern bekannt, weil Monet ihnen erzählt hatte, wo seine Atelierboote ankerten. Von dort war es nur ein Katzensprung zur Weide.

Am nächsten Vormittag war Suzu kaum zu bewegen, mit ihr zum Malen loszuziehen. Es kostete Blanche einige Überredungskünste, bis sie einwilligte, mitzukommen.

Die beiden Herren waren offenbar schon früher eingetroffen und standen nahe dem Ufer vor ihren Staffeleien.

Suzu schlug begeistert die Hände vor den Mund, als sie sie erblickte. »Das ist ja Mr Butler!«

Blanche lachte fröhlich. Maman hätte niemals erlaubt, dass Suzanne sich mit ihm trifft, aber Blanche hatte Maman vorgegaukelt, die Heugarben malen zu wollen, ehe die Bauern sie einfuhren. Was sogar der Wahrheit entsprach.

Suzu schloss ihren Sonnenschirm, warf ihn in ihren Bollerwagen und packte beidhändig ihre Röcke, damit sie schneller durch die von Mohn- und Kornblumen übersäte Wiese vorwärtskam.

»Eine Dame rennt nicht«, erinnerte Blanche sie, damit sie nicht losstürzte.

Suzu blinzelte, da die Sonne sie blendete. »Ist das neben ihm Mr Sargent?«

»Ja, und er war ebenso begeistert, die Heugarben zu sehen, wie dein Mr Butler.«

Nur etwa hundert Schritte trennten sie noch von den beiden. Blanche mühte sich allein mit dem Wägelchen ab, das durch die Hasenlöcher rumpelte, da Suzu nicht mehr zu stoppen war. Marguerite hatte ihnen Nantaiser Kekse, Teekuchen mit kandierten Früchten und Limonade als Wegzehrung in einen Picknickkorb gepackt, ebenso eine Decke, was den Wagen zusätzlich beschwerte.

Die beiden Amerikaner hörten sie kommen und drehten sich zu ihnen um.

Der Herr neben Butler war jedoch nicht Mr Sargent. Von Weitem ähnelten sie sich, aber Mr Sargent trug keinen Vollbart.

»Warten Sie, Mademoiselle! Ich helfe Ihnen!«, rief der Unbekannte und eilte auf sie zu.

Blanches Herz stolperte, als er vor ihr stehen blieb und die Hand zum Gruß an seinen Billycoke-Hut legte. »Gestatten Sie?« Unversehens nahm er ihr den Bollerwagen ab. »John Leslie Breck, es freut mich, Ihre Bekanntschaft zu machen.«

Seine zimtbraunen Augen mit winzigen bernsteinfarbenen Sprenkeln verschlugen ihr die Sprache. Sie schluckte.

»Vielen Dank, Mr Breck.«

»Oh, ich denke, wir müssen nicht so förmlich sein.« Er lachte und blinzelte kurz zur Sonne hinauf. »Meine Freunde nennen mich Jack.«

• • •

Anfangs kam es Blanche fast unanständig vor, Jack mit seinem Vornamen anzusprechen. Die Amerikaner gingen mit den Umgangsformen weitaus lockerer um als Maman und Monet, die sich noch siezten, obwohl sie seit Jahren zusammenlebten. Dabei entstand durch das Du eine wohltuende Vertrautheit.

Auch Suzu und Theodore duzten sich und schlenderten nur unweit von Blanche und Jack, die auf der ausgebreiteten Picknickdecke pausierten, am Ufer entlang. Anders als alle anderen, die sich vor Freundlichkeit überschlugen, wenn Blanche sich ihnen als Monets Stieftochter vorstellte, schien es Jack nicht im Mindesten zu interessieren. Er erwähnte Monets Malerei nur am Rande. Stattdessen erzählte er ihr von Newton in Massachusetts, wo er aufwuchs; von der Königlichen Münchner Akademie und seinem Kunststudium bei Gustave Boulanger.

Blanche reichte ihm ein Stück von Marguerites Teekuchen. »Du bist weit herumgekommen. Vermisst du Amerika und deine Eltern nicht?«

»Mein Vater starb, als ich fünf Jahre alt war, und meine Mutter hat nach seinem Tod noch einmal geheiratet.«

Blanche schalt sich selbst für ihre Neugierde, da sie mit ihrer Frage vermutlich eine traurige Erinnerung wachrief. Auch wenn Papa nicht gestorben war, vermisste sie ihn und dachte oft an Rottembourg zurück.

»Das tut mir sehr leid.«

»Das muss es nicht.« Jack lächelte und griff in die Westentasche seines braunkarierten Anzugs, zog etwas hervor und hielt es gegen die Sonne. Ein roséfarbener Stein, der im Sonnenlicht funkelte. Ein Rosenquarz in der Größe eines Wachteleis. »Damit ist mein Vater immer bei mir.« Behutsam legte er ihr den Stein auf die Handfläche. »Er war Marineoffizier, und ich wurde vor Hongkong auf hoher See geboren. Nach meiner Geburt erstand er diesen Stein dort und schenkte ihn meiner Mutter, weil er ewige Liebe bedeutet. Nach seinem Tod gab meine Mutter ihn mir, da man ihm auch heilende Kräfte für ein trauerndes Herz nachsagt.«

»Wie wunderschön er glänzt.«

Als sie den Quarz betrachtete, fielen ihr Genevièves Rosenblüten ein. Ähnlich musste es Jack mit seinem Vater ergehen.

»Trägst du ihn immer bei dir?«

»Seit dreiundzwanzig Jahren war ich keinen Tag ohne ihn.«

Sie rechnete nach. Dann musste er achtundzwanzig sein. Bisher schien es ihr, dass Männer anders empfanden als Frauen. Sie führten Kriege. Jacques spießte Schmetterlinge auf, die Jungen angelten und töteten eine Brasse, indem sie sie wie selbstverständlich mit dem Kopf gegen einen Stein schlugen. Jack hingegen bewies das Gegenteil. Vielleicht sprach es aber auch nur für ihn allein und seine Empfindsamkeit.

Sie spürte, dass er sie beobachtete. Die Stille, die sie in diesem Moment umgab, schien vertraut. Es fühlte sich innig an, den Rosenquarz – etwas so Kostbares wie Jacks Erinnerung an seinen Vater – zu halten. Niemals hätte sie jemanden Genevièves Röschen berühren lassen. Doch er ließ sie teilhaben.

Blanche gab Jack den Stein zurück und streifte ihn dabei mit ihren Fingerspitzen. Sie erschrak und zuckte zurück, als hätte sie versehentlich an Marguerites heißen Ofen gefasst. Jack löste Herzklopfen in ihr aus. Irritiert lächelte sie. »Deine Malerei ist wirklich gut.«

Was redete sie nur? Es war untertrieben, aber sie wusste nicht anders auszuweichen. Das angefangene Gemälde auf seiner Staffelei war ebenso herausragend wie die Monets.

Jack räusperte sich. »Danke für das Kompliment, aber ich fürchte, sie kann mit deiner nicht mithalten. Du hattest die Möglichkeit, von dem besten Lehrer unterrichtet zu werden.«

»Monet unterrichtet niemanden.«

Jack zog überrascht die Brauen hoch. »Niemanden?«

»Nicht einmal mich.«

»Ich würde gerne von ihm lernen, aber wenn er nicht unterrichtet … musst du mir zeigen, wie er es angeht.«

Er bemühte sich nicht einmal um Kontakt zu Monet. Allein durch seine Zurückhaltung verdiente er es, dass Monet sich seine Werke ansah.

»Möchtest du, dass ich dich ihm vorstelle, damit du ihm deine Bilder vorführen kannst?«

»Ich denke, das wird nicht nötig sein. Aber deine Meinung zu meinen Gemälden wäre mir wichtig.«

Giverny, Oktober 1888

Blanche liebte die gemeinsamen Nachmittage mit Jack, Theodore und Suzanne. In den letzten vier Wochen hatten sie Ausflüge in die nähere Umgebung unternommen, die zu einer angenehmen Gewohnheit geworden waren. Gerade jetzt zur Erntezeit fanden sich immer neue Motive, da die Bauern das Korn in bis zu acht Meter hohen Schobern auf den Feldern türmten.

»Was hat Marguerite uns heute Leckeres aus der Küche mitgegeben?«, fragte Jack und lugte verschmitzt von seiner Palette zu Blanche.

Diese Frage stellte er immer, wenn er lieber mit ihr plaudern wollte, anstatt zu malen.

»Beignets de Pommes. Aber lass mich zuerst schauen, ob du dir schon einen Apfelkrapfen verdient hast.«

Eilig drehte Jack die Staffelei von ihr weg, als sie auf ihn zuschritt.

Blanche lachte. »Ist es so misslungen, dass du dich nicht traust, es mir zu zeigen?«

»Oh, ich glaube, es ist das Beste, was ich jemals gemalt habe, aber es ist noch nicht fertig. Gönnst du mir trotzdem einen Moment?«

Sie öffnete den Picknickkorb und sah sich suchend nach Suzanne und Theodore um, die hinter einem der Getreideschober verschwunden waren. Wahrscheinlich, weil Theodore sich im Schutz der Korntürme, die aussahen wie runde Häuschen, einen Kuss erhoffte.

Einerseits beneidete sie Suzu um Theodores draufgängerische Ader. Auf der anderen Seite übte gerade Jacks Zurückhaltung einen unwiderstehlichen Reiz auf sie aus. Zudem schaffte die Malerei eine innige Verbundenheit zwischen ihnen. Obendrein hatte Blanche nicht so viel Zeit zu vertrödeln wie ihre Schwester, denn sie sah sich verpflichtet zu malen. Sie musste Fortschritte vorweisen, wenn sie heimkehrte und Monet sie nach ihrem Tagewerk fragte.

Jack setzte sich seitlich auf die Decke, winkelte ein Bein an und stützte den Ellbogen auf sein Knie. Glücklicherweise kamen ihnen die Temperaturen in diesem Herbst entgegen und der Boden war noch warm, doch der Winter würde nicht mehr allzu lange auf sich warten lassen. Wo würden sie bei Eis und Schnee malen? Oder ob er mit Theodore nach Amerika zurückkehrte?

Bisher glaubten Maman und Monet, die täglichen Verabredungen galten allein der Malerei, was es Blanche und Suzanne erleichterte, sich mit ihnen zu treffen. Nur Jean hegte Vorbehalte gegen die Amerikaner. »Dieser Theodore ist ein aufgeplusterter Truthahn«, hatte er gestänkert. »Und John Leslie Breck stolziert umher wie ein Pfau. Wahrscheinlich halten sich alle Amerikaner für was Besonderes, weil ihr Land größer ist als Frankreich.«

Blanche vermutete Eifersucht dahinter, weil sich das Leben aller im Hause Monet nur um Malerei drehte. Vielleicht würde Jean milder urteilen, wenn sie sich stattdessen für Chemie oder Botanik interessierten, so wie er selbst, oder sein Vater ihm mehr Zeit widmete.

Blanche reichte Jack einen Krapfen. »Werdet ihr über den Winter hierbleiben, oder reist ihr zu Weihnachten nach Hause?«

Er biss in das Gebäckstück und kaute genießerisch.

Wenn sie beabsichtigten, die Feiertage mit ihren Familien zu verbringen, müssten sie bald aufbrechen. Blanche verdrängte den Gedanken, ihm monatelang nur schreiben zu können. Außerdem dauerte es Wochen, einen Brief von Frankreich nach Amerika zu befördern.

Endlich schluckte er und lächelte. »Was wäre dir lieber?«

Sie senkte ihren Blick. Am liebsten wäre ihr, wenn Monet Jack und Theodore am Heiligen Abend zu ihnen einladen würde, damit sie das Fest nicht im Hotel verbringen mussten, aber das war undenkbar. Obwohl Blanche Jacks Namen ein paarmal aufgrund seiner herausragenden Malerei Monet gegenüber erwähnt und gehofft hatte, ihn damit neugierig zu stimmen, war er für Monet nur einer von vielen Künstlern, die sich in Giverny aufhielten.

In weiser Vorausschau auf ihre redseligen, jüngeren Geschwister, die sich womöglich verplapperten, war es zu heikel, sich heimlich mit ihnen zu verabreden. Maman sah jedoch nichts Kompromittierendes darin, weil Suzu sie begleitete. Vielleicht dachte sie in Hinsicht auf ihr eigenes Leben mit Monet aber auch nicht so konservativ, wie sie alle glauben ließ.

»Das hängt von dir ab«, ergänzte er seine Frage und brachte Blanche damit aus der Fassung. Gewiss, sie liebte seine Nähe und vertraute ihm, aber ob es sich schickte, ehrlich darauf zu antworten? Von der ersten Sekunde an wusste sie, Jack war der Mann, den sie sich für ihr Leben wünschte. Morgens beim Aufwachen dachte sie zuerst an sein Lächeln, und am Abend träumte sie sich mit seinen braunen Augen, in denen man sich verlor, in den Schlaf.

Plötzlich sprang er auf und ordnete sein Jackett. »Ist das dort hinten dein Stiefvater?«

Blanche sah über ihre Schulter. Er reichte ihr seine Hand und half ihr auf, eilte zu seiner Holzkiste, in der er seine Utensilien verstaute, und tauschte die Leinwand auf der Staffelei gegen eine andere aus.

Monet winkte und verharrte kurz am Rand des Feldes, dann stapfte er gemächlich auf sie zu.

»Monsieur Monet, es freut mich außerordentlich, Ihre Bekanntschaft zu machen. John Leslie Breck«, stellte er sich vor und verbeugte sich.

Nachdem Monet ihn begrüßt hatte, ging er an ihm vorbei auf die Staffelei zu und musterte das Gemälde.

Warum hatte Jack die Leinwände ausgetauscht?

Monet strich sich über den Bart und stemmte die Hände in den Rücken. »Nun, Monsieur Breck, Blanche berichtete mir von Ihren Bildern.«

Also hatte ihr Stiefvater ihr doch aufmerksam zugehört?

Monet deutete auf den oberen Bildrand. »Wenn Sie ein Werk nicht an einem Tag fertigstellen können und den Winkel am nächsten Tag verändern, werden Sie die Natur niemals so treffen, wie sie ist. Die Farben stimmen nicht. Das Licht scheint von der anderen Seite.«

»Zeigen Sie mir, wie es geht?«

Monet blickte nachdenklich über das Feld zu der Stelle, wo Suzu mit Theodore hinter dem Getreideschober verschwunden war. Hoffentlich blieben sie vorerst, wo sie waren. Die beiden hatten vor Verliebtheit nicht einmal Monets Kommen bemerkt.

»Morgen früh. Pünktlich, wenn die Sonne aufgeht, werden wir gemeinsam hier malen. Sehen Sie und lernen Sie, aber ich werde Ihnen nichts beibringen.«

Es irritierte Blanche, dass Monet sich mit keinem Wort nach Suzanne erkundigte.

Dann wandte sich Monet ihr zu und betrachtete ihr Gemälde. »Der Getreideschober ist ein hervorragendes Motiv, aber es ist schon spät. Du solltest heimkommen.«

• • •

Auf dem Nachhauseweg vergoss Suzu bittere Tränen. »Und wenn Monet uns vom Feldweg aus hinter dem Schober entdeckt hat?«

»Dann säße dein Kopf jetzt gewiss nicht mehr zwischen deinen Ohren.«

Sosehr auch Blanche sich wünschte, mit Jack allein zu sein, wagte sie es nicht, wie Suzu hinter einem Getreideschober zu verschwinden. Monet hatte sie zwar nicht mit Theodore erwischt, doch Suzu würde sich rechtfertigen müssen, warum sie sich allein mit einem Mann von Blanche entfernt hatte. Einmal mehr schätzte sie Jacks Zurückhaltung, die sie nicht in die Bredouille brachte.

Schon draußen vor dem Haus hörten sie Monet und Maman lautstark diskutieren.

»Wie können Sie es gutheißen, dass Ihre Tochter offenbar mit einem Yankee anbändelt?«, schimpfte Monet.

»Oh, davon war niemals die Rede, aber ich kann die Mädchen nicht zu Hause einsperren, damit sie keinem Amerikaner über den Weg laufen, der wegen Ihrer Malerei in Giverny ist. Ich bin froh, dass wir eine hohe Mauer haben, sonst ginge es hier zu wie im Taubenschlag.«

Suzu griff nach Blanches Hand und verbarg ihr Gesicht an ihrem Arm. Blanche wunderte sich über Mamans verteidigende Worte, denn schließlich rangierte gerade bei ihr die Etikette an oberster Stelle.

»Dennoch entschuldigt es nicht, dass Suzanne sich mit diesem Butler irgendwo allein in den Feldern herumtreibt.«

»Ich darf doch sehr bitten, Monsieur Monet! Meine Töchter haben die beste Erziehung genossen, die ich ihnen angedeihen lassen konnte. Daher bin ich mir sicher, es wird eine logische Erklärung dafür geben, warum Suzanne sich nicht bei Blanche aufhielt.«

Blanches Gedanken überschlugen sich. Sie brauchten eine einleuchtende Begründung, warum Suzu vorhin gefehlt hatte. Nur welche? Solange die Auseinandersetzung andauerte, war es klüger, vor der Haustür abzuwarten, um nicht zwischen die Fronten zu geraten und sich etwas einfallen zu lassen.

Suzu nestelte an ihrem Taschentuch und stopfte es in den Ärmel ihrer roten Jacke.

»Wenn es Ihr Mann wäre, der Ihnen in dieser Situation etwas erklären müsste, wären Sie dann ebenso gutgläubig?« Kurz darauf hörten sie eine Tür zuknallen. Vermutlich die Ateliertür, denn dorthin zog Monet sich stets zurück, wenn er mit Maman aneinandergeriet und sie keine Einigung fanden.

Blanche drückte Suzu an sich. »Komm, wir sprechen zuerst mit Maman.«

»Sie wird mich vierteilen.«

»Das wird sie nicht.«

Blanche zog Suzu mit sich ins Esszimmer, wo Maman unruhig auf und ab wanderte.

Maman schleuderte Suzu einen bitterbösen Blick entgegen. »Wo warst du?«

»Bei Blanche, die ganze Zeit!«

»Monet hat mir anderes berichtet. Er hat dich nicht auf dem Feld gesehen.«

»Verzeih mir, Maman, aber …«

»Suzanne hat für Mr Butler Modell gesessen«, sprang Blanche

ihr bei. »Es ist ein wunderschönes Gemälde, auf dem sie im Schatten einer Pappel sitzt und stickt.«

Diese Lüge war gewagt, aber eine bessere fiel ihr in diesem Moment nicht ein. Tatsächlich hatte Jack Suzu vor einigen Tagen porträtiert, als sie ebenfalls ihre rote Jacke trug. Blanche hoffte nur, dass weder Maman noch Monet den Beweis einfordern würden, denn die unterschiedlichen Pinselführungen von Theodore und Jack waren verräterisch. Monet würde binnen einer Sekunde erkennen, dass Suzus Porträt unmöglich von Theodore stammen konnte.

Suzu nahm Blanches Hand und drückte sie dankbar. »Ich wollte nicht wieder stundenlang mit dem Sonnenschirm stehen müssen, deshalb hat Mr Butler mir freigestellt, mich dort zu positionieren, wo es für mich am angenehmsten wäre.«

Maman kniff die Augen zusammen und sah Suzu forschend an. Damit traf sie Mamans empfindlichsten Nerv, denn sie erinnerte sich nun gewiss an den letzten heftigen Streit mit Monet. Vor wenigen Wochen hatte er ein junges Modell etwa in Suzus Alter aus Paris einbestellt, um sie zu porträtieren. Da Maman wohl befürchtete, dass Monet an der Demoiselle zu viel Gefallen finden konnte, verbot sie ihm, künftig fremde Frauen zu malen. Stattdessen musste Suzu stundenlang mit dem Sonnenschirm auf einem Feld in glühender Hitze verharren. Beim Abendessen hatte ihr Arm vom Halten des Sonnenschirms so sehr geschmerzt, dass ihr der Löffel aus der Hand gefallen, auf ihrem neuen Kleid gelandet war und es mit Fettflecken ruinierte.

»Geht und wascht eure Hände«, sagte Maman und eilte Richtung Atelier.

Kaum war sie darin verschwunden, fiel Suzu Blanche um den Hals und drückte ihr einen Kuss auf die Wange. »Danke«, hauchte sie. »Aber wenn sie das Bild sehen wollen?«

»Mach dir keine Sorgen. Diese Blöße würde Maman sich niemals geben. Aber ihr beide müsst besser achtgeben!«

»Oh, Blan-Blan.« Suzus Stimme klang wie ein zarter Singsang. »Theodore möchte mich heiraten!«

»Ihr kennt euch erst seit ein paar Wochen!«

Ob sie es mit ihrer Abenteuerlust nicht übertrieb?

»Aber Theodore hat vorhin um meine Hand angehalten.«

Deshalb hatte sich das Versteckspiel hinter dem Getreideschober so in die Länge gezogen!

Trotzdem ging es um eine Entscheidung für ihr Leben und nicht darum, welches Buch sie als Nächstes las. Ob sie sich dessen bewusst war? Blanche schluckte. Jack und sie hatten sich noch nicht einmal geküsst, und Theodore und Suzu sprachen bereits über eine Hochzeit?

»Es wurde auch Zeit, dass ihr endlich nach Hause kommt«, sagte Marthe.

Blanche fuhr herum. Marthe lehnte sich gegen den Türrahmen und verschränkte die Arme vor der Brust. Seit wann stand sie dort? Hatte sie etwa gehört, dass Theodore beabsichtigte, Suzu zu heiraten? Wenn dem so war und sie es an Maman weitertrug, konnte Suzu Theodore für immer *Adieu* sagen. Und damit wären auch Blanches Stunden mit Jack ein Ende gesetzt.

• • •

»Meinst du, Marthe hat es mitbekommen?«, fragte Suzu, als Blanche ihre Zimmertür hinter ihnen schloss.

»Ich weiß es nicht, aber du solltest dich vorerst von Theodore fernhalten.«

»Ja, aber …«

»Du hörst jetzt auf mich! Ich werde Monet morgen früh begleiten. Schreib Theodore einen Brief, in dem du ihm alles erklärst. Wenn er dich wirklich liebt und dich heiraten will, wird er dafür Verständnis haben und so lange auf dich warten, wie es nötig ist. Auch Maman würde einer Heirat nach so kurzer Zeit niemals zustimmen.«

Suzu ließ sich niedergeschlagen auf Blanches Bett fallen. »Und wie lange soll es dauern, bis ich ihn wiedersehen kann?«

»Lass Monet mit Jack malen. Er wird gewiss ein gutes Wort für Theodore einlegen. Monet steht den Amerikanern verhalten gegenüber, aber er wird seine Meinung ändern, sonst hätte er sich nicht mit ihm verabredet. Erst recht, wenn er erfährt, dass Theodore sich verstärkt für die Förderung des Impressionismus in Amerika einsetzen will.«

»Woher weißt du das?«

»Während du dir Heiratsanträge machen lässt, muss ich hin und wieder malen, damit wir nicht auffallen. Dabei kann man sich wunderbar unterhalten.« Blanche zwinkerte ihr aufmunternd zu und schüttete Wasser in ihre Waschschüssel. »Jack hat mir erzählt, dass er sich ebenfalls engagieren will.«

»Du meinst, dann gefallen ihm Theodore und Jack besser?«

Blanche musste lachen. »So in etwa. Wenn die beiden Monet davon überzeugen können, dass die Amerikaner den Impressionismus zu schätzen wissen wie wir, wird es sein Vertrauen in ihr Kunstverständnis und in sie stärken. Damit hätten wir viel gewonnen.«

»Und dann darf ich Theodore heiraten?«

»Das weiß ich nicht. Aber es wäre hilfreich, wenn Monet die Amerikaner grundsätzlich nicht als Kunstignoranten empfände und ihnen offener gegenüberstünde, ehe er ihnen seine Stieftöchter anvertraut.«

Mit einem Satz sprang Suzu auf. »Will Jack dich etwa auch heiraten?«

Nachdenklich wusch Blanche ihre Hände. »Ich wünsche es mir von Herzen.«

3

Giverny, November 1888

Jack hatte am nächsten Morgen einige seiner Werke mitgebracht, um sie Monet vorzuführen. Wie Blanche es geahnt hatte, schätzte Monet sein Talent und seine Gemälde. Obwohl ihr Stiefvater auch ihn nicht unterrichtete, verhielt er sich ihm gegenüber wohlwollend. Wie nicht anders zu erwarten war, lobte Monet seine Werke selten und verwies lediglich auf Stellen, die in seinen Augen misslungen waren, ebenso wie er Blanches Gemälde beurteilte. Monet respektierte Jack als Maler, sodass sie sich von da an mehrmals wöchentlich verabredeten und Monet ihn sogar nach Hause einlud.

Da Monet die geplante Förderung der Association of Arts in Amerika interessierte, für die Jack und Theodore sich einsetzen wollten, öffnete es auch diesem die Tür, und Suzu konnte ihre Begeisterung kaum zügeln. Sogar Maman verstand sich gut mit ihm, weil er gerne aß und nicht müde wurde, von ihren Gerichten zu schwärmen.

Als Monet und Jack am Nachmittag über das Licht in ihrem Garten philosophierten, fühlte Blanche sich, als schwebe sie auf einer bunten Wolke aus Herbstfarben. Es erfüllte sie mit Glück, die beiden wichtigsten Menschen in ihrem Leben über die Malerei verbunden zu sehen.

Monet schlenderte ein paar Schritte am rechteckigen Blumenbeet entlang und klaubte ein rostrotes Eibenblättchen aus dem kläglichen Rest einer Chrysantheme.

»Sehen Sie, Mr Breck, welch wunderbare Konstellationen entstehen, wenn die Sonne durch die Zweige der Eiben scheint? Die Impression ist nur ein flüchtiger erster Reiz, den unser Auge erfasst. Im nächsten Moment streicht der Wind durch das Geäst, streut die vertrockneten Blätter über die Beete und wirft neue Schatten.«

Leider warf auch Monets Anwesenheit einen Schatten auf ihr Beisammensein, denn neben ihm mussten sie auf gebührlichen Abstand achten und sich siezen, was ihnen zunehmend schwerer fiel.

Außer ein paar Minuten bei Angelina bot sich ihnen selten die Möglichkeit, allein zu sein. Da es auch am *Hotel Baudy* von Menschen wimmelte, steckten Jack und sie sich Briefe zu, die Blanche in ihrem abschließbaren Holzkästchen aufbewahrte, damit diese nicht in die falschen Hände gerieten.

»Ich werde mich nun zurückziehen, da Korrespondenz auf mich wartet«, sagte Monet, was für Jack das sichere Zeichen war, sich zu verabschieden.

Blanche wollte die Gelegenheit nutzen, um Jack ihren Brief zuzustecken. »Ich werde Mr Breck zum Tor geleiten.«

Sie hatte ihm gestern bis spät in die Nacht hinein auf seinen letzten Brief geantwortet, den sie seitdem in ihrer Rocktasche bei sich trug.

»Mr Breck wird allein hinausfinden. Ich brauche dich im Atelier.«

Ihnen blieb nichts übrig, als den kurzen Augenblick zu nutzen, in dem Monet ihnen den Rücken zukehrte, um ihre Briefe auszutauschen. In der Eile glitt Blanche Jacks Brief aus den Fingern, ehe sie ihn in die Rocktasche stecken konnte, und wehte durch eine Bö ins Blumenbeet.

»Kommst du«, forderte Monet sie ungeduldig auf, weil er wohl bemerkte, dass sie ihm nicht folgte, und drehte sich nach ihr um.

Was nun? Es war unmöglich sich zu bücken, um den Brief aus dem Blumenbeet zu sammeln, da er vom Weg entfernt zwischen zwei Ästen einer Staude verkeilt lag. Nur Monet und der Gärtner durften die Beete betreten. Hoffentlich fiel ihm das weiße Papier nicht auf. Sie würde ihn später heimlich holen.

Erst nach dem Abendessen hatte sie Gelegenheit, um mit Suzu durch den Garten zu spazieren. Es war bereits dunkel geworden, und bis auf den Kegel der Petroleumleuchte sah man nicht viel.

»Wo hast du ihn verloren?«, wisperte Suzu und streifte mit dem Fuß das Laub beiseite.

»Irgendwo hier muss er sein.« Blanche schwenkte das Licht über dem Beet.

»Was stand denn darin?«

»Ich habe ihn noch nicht gelesen!«

»Du musst doch in etwa wissen, worum es zuletzt in deinen Zeilen ging.«

»Er hat mir so viel von seiner Heimat erzählt … davon, dass ich es kaum erwarten könne, Massachusetts kennenzulernen, Boston und New York.«

Suzu fröstelte und rieb sich die Arme. »Hier ist er nicht! Es ist sinnlos. Lass uns morgen früh weitersuchen.«

• • •

Blanche hatte die Nacht über kein Auge zugetan. Auch am Morgen, bevor sie sich mit den Jungen auf den Schulweg begab und sie noch einmal nachschaute, blieb der Brief verschwunden.

Sie musste mit Jack sprechen, um herauszufinden, was er ihr geschrieben hatte, und eilte zum Hotel, nachdem sie Jean-Pierre und Michel am Schulhof abgeliefert hatte. Um diese Uhrzeit frühstückte er für gewöhnlich, wenn er nicht bereits zum Malen verabredet war. Im Frühstücksraum saßen jedoch nur fünf Gäste, die Blanche nicht kannte, sodass sie zur Küche durchging.

Angelina brühte gerade Kaffee auf. »Du siehst gehetzt aus.«

In knappen Sätzen berichtete sie ihr, was sich zugetragen hatte.

»Weißt du, wo Jack ist?«

»Er müsste drüben im Atelier sein.«

Blanche drehte sich auf dem Absatz um und rannte durch den Hinterausgang, über den Kiesweg zum Atelier, die Stufen hinauf und stieß die Tür auf.

Theodore, Sargent, Robinson und Beckwith standen um ein Gemälde herum und starrten sie erschrocken an.

Jack kam ihr entgegen. »Blanche! Ist etwas passiert?«

»Ich muss dich sprechen«, wisperte sie, verließ das Atelier und lief hinter dem Gebäude tief in Angelinas verwunschenen Garten, wo sie niemand hören konnte. Jack folgte ihr und packte ihre Hand, um sie anzuhalten.

Blanche fuhr herum, folgte einem Impuls und umarmte ihn. Wochenlang musste sie sich zusammenreißen, aber in diesem Augenblick schienen all die Zwänge von ihr abzufallen.

Jack schwieg und hielt sie, obwohl er nicht wissen konnte, was geschehen war. Wie gerne würde sie mit Jack nach Amerika reisen, um dort mit ihm zu leben. Sie hasste dieses Versteckspiel, nur um diese unglückseligen Anstandsregeln einzuhalten.

Nach einer Weile hob er ihr Kinn an. »Darf ich das als Antwort verstehen?«, flüsterte er.

»Antwort? Worauf?«

Er lächelte. »Auf meinen Brief.«

»Was stand darin?« Blanche löste sich von ihm, hielt seine Hände und trat einen Schritt zurück. »Er ist verschwunden.«

Jack runzelte die Stirn. »Du hast ihn gar nicht gelesen?«

»Wie sollte ich? Ich kann ihn nicht wiederfinden. Wenn Monet ihn liest …«

»Das wäre nicht gut.«

»Was hast du mir geschrieben?«

Grübelnd fuhr er sich über den Nacken. »Ob du dir vorstellen könntest, meine Frau zu werden.«

Blanche fühlte sich wie betäubt. Ausgerechnet in diesen Zeilen, die für jedermann lesbar waren, der sie fand, stellte er ihr diese Frage? Ihr wurde schwindelig. In jedem anderen Moment wäre sie vor Glück zersprungen, aber dass ihre Familie möglicherweise durch einen Brief davon erfuhr, raubte ihr die Luft.

»Komm, setz dich«, sagte er und führte sie zu einem Mäuerchen. »Es tut mir leid, dass ich dich in Schwierigkeiten gebracht habe.«

Einmal mehr wurde ihr klar, warum sie Jack liebte. Sogar jetzt dachte er nicht an sich, sondern sorgte sich um ihr Wohl. Es stand außer Frage, was geschehen würde, wenn der Brief Monet und Maman in die Hände fiele. Sie würden den Kontakt mit allen Mitteln unterbinden, weil sie sich hintergangen fühlten.

»Wie kann ich dir nur helfen? Soll ich mit Monet sprechen und ihn offiziell um deine Hand bitten? Vorausgesetzt, du möchtest es.«

Es war ihm anzusehen, wie er mit sich haderte und darum bemüht war, eine Lösung zu finden.

Er fasste sich an die Stirn. »Wie konnte ich so dumm sein! Es war zu riskant, es dir zu schreiben, aber ich konnte nicht länger schweigen. Ich genieße die Zeit, wenn wir gemeinsam mit Monet malen, die Essen bei euch zu Hause mit deiner Familie, aber es ist schwierig. Es verlangt mir Unmenschliches ab, dir so nah zu sein, und doch fühlt es sich an, als trenne uns ein Ozean. Nur durch mich bist du in diese prekäre Lage geraten. Sag mir, was ich tun kann, damit es dir besser geht. Egal, was es ist.«

Blanche sah ihm tief in die Augen und legte ihre Hand an seine Wange. »Küsst du mich?«

• • •

Zu Hause angekommen, warf Blanche im Flur einen flüchtigen Blick in den Spiegel neben der Garderobe und strich eine Strähne hinters Ohr, die sich aus ihrem Nackenknoten gelöst hatte. Ihre Wangen glühten. Sie hielt inne und legte ihre kühlenden Hände darauf. Hoffentlich sah ihr niemand an, was vorhin in Angelinas Garten geschehen war.

Jacks Küsse hatten sie die Sorge um den verlorenen Brief beinahe vergessen lassen. Auf dem Heimweg hatte sich jedoch ein dumpfes Unbehagen in ihr ausgebreitet. Was, wenn jemand zu Hause den Brief gefunden hatte? Welche Erklärung konnte sie vorbringen, wenn Maman oder Monet sie auf den Inhalt ansprachen? Egal, wie sie es drehte und wendete – sie würden sich getäuscht und belogen fühlen. Über die Konsequenzen wagte sie nicht nachzudenken.

Sie musste den Brief finden, denn sie glaubte nicht daran, dass der Wind ihn über die Gartenmauer geweht haben könnte.

Aus dem blauen Salon kam Marthe auf sie zu und sah sie spöttisch an. »Du siehst mitgenommen aus. Hast du heimlich deinen Amerikaner getroffen?«

Blanche fuhr zusammen. Hatte Marthe den Brief womöglich an sich genommen? Das sähe ihr ähnlich. Ebenso hämisch wie eben jetzt hatte sie in Rottembourg gegrinst, als Suzus Fingerhut verschwunden und nie wieder aufgetaucht war.

»Wie kommst du auf diesen Unfug?« Sie bemühte sich, gelassen zu bleiben. Je vehementer sie sich verteidigte, desto verdächtiger fände Marthe es.

»Du warst ziemlich lange fort. Es ist gleich halb zehn.«

»Ich war bei Angelina, das ist kein Geheimnis. Um Mr Butler und Mr Breck zu informieren, dass Monet heute früh nach Paris aufgebrochen ist, damit sie nicht vergebens darauf hoffen, in den nächsten Tagen von ihm zu hören.«

»Wie rücksichtsvoll von dir«, bemerkte Marthe spitz. »An deiner Stelle würde ich mich vorsehen.«

Ahnte oder wusste sie etwas? Dessen konnte man sich bei ihr nie sicher sein. Meistens half es, Marthe durch einen Angriff in die Defensive zu treiben. Aber was, wenn sie den Brief hatte? Dann war es ratsam, sie nicht herauszufordern.

»Ich weiß nicht, wovon du sprichst. Aber du hast recht. Es ist schon halb zehn. Ich sollte die Eier aus den Nestern sammeln und die Hühner füttern.«

Blanche streifte ihre geöffneten Schnürstiefel ab, schlupfte in ein Paar Holzschuhe und nahm das Eierkörbchen von der Kommode.

»Mit liebestollen Hennen kennst du dich ja am besten aus«, rief Marthe ihr nach.

•••

Die nächsten Tage glichen einem Tanz auf dem Vulkan. Bei jedem Tritt befürchtete Blanche, aufzufliegen. Hinter jeder Äußerung von Marthe, aber auch Jean und Jacques, die in Richtung der Amerikaner ging, vermutete sie das Wissen um Jacks Brief und dessen

Inhalt. Sie rechnete jede Minute mit einer Katastrophe. Maman war gereizt. Ob es diesmal ausschließlich an Monets Abwesenheit lag? Ähnlich wie bei Marthe durchschaute man ihre Fassade nie gänzlich. Unerwartet konnte aus ihr hervorbrechen, was seit Tagen unter der Oberfläche blubberte und brodelte. Wäre Monet zu Hause, wäre diese Ungewissheit noch grauenvoller zu ertragen. Wenn er wütend war, war er unberechenbar. Schon bei gelegentlichen Streitereien mit Maman schlichen alle nur auf Zehenspitzen umher und wünschten, sich in Luft aufzulösen, bis sein Zorn sich legte. Oder wenn er in einer Krise steckte und sich mit keinem seiner Werke zufriedengab. Zum Glück hegte er selten Groll gegen die Kinder, es sei denn, man kam den Blumenbeeten zu nahe oder drückte sich am Abend davor, die Pflanzen zu wässern. Wie würde er aber toben, wenn ihm klar wurde, dass Blanche ihn mit Jack hinterging?

Aus lauter Angst, Marthe könnte ihr nachspionieren, überließ Blanche es Suzu, die Jungen zur Schule zu begleiten. Dabei konnte sie eine Nachricht für Jack überbringen, in der Blanche ihm erklärte, warum sie sich plötzlich von ihm zurückzog. Es zerriss sie, sich gerade jetzt von ihm fernzuhalten.

Nach dem Diner malte Blanche in ihrem Zimmer an einem Stillleben aus einer Schale mit Äpfeln, einem Patisson-Kürbis und der grünen Blumenvase auf ihrer Kommode, das ihr kaum von der Hand ging, weil sie unkonzentriert arbeitete. Sie vermisste Jack. Auf einmal hörte sie jemanden die Treppe heraufpoltern, und schon stürzte Suzu zur Tür herein. Blanche sah ihre tränengefüllten Augen, legte eilig die Palette beiseite und sprang auf.

Jemand hat den Brief gefunden!, schoss es ihr durch den Kopf.

»Sie werden abreisen«, wimmerte Suzu und vergrub ihr Gesicht an Blanches Schulter.

»Theodore und Jack?«

Suzu schluchzte.

»Bist du sicher?«

»Theodore schickte eben eine Nachricht und fragte, ob Monet zurück sei, weil er … ach, irgendwas wegen dieser Association in Amerika … und Jacks Großmutter ist verstorben, weswegen sie morgen früh nach Le Havre aufbrechen.«

Blanche erstarrte. »Morgen früh? Weißt du, wann?«

»Nein, aber wir können uns nicht mal verabschieden. Maman würde es niemals gestatten. Außerdem ist es bereits dunkel.«

Auch Blanches Tränen flossen. Warum gerade jetzt? Wie lange würden sie sich nicht wiedersehen? Sie konnte Jack nicht gehen lassen, ohne ihm *Adieu* zu sagen und ihn ein letztes Mal zu umarmen. Ob er je zurückkommen würde?

»Wir werden uns verabschieden. Und wenn es das Letzte ist, was wir tun.«

• • •

Es war Mitternacht. Um diese Zeit schlief Maman für gewöhnlich. Blanche lag im Bett und lauschte, ob sich im Zimmer gegenüber etwas regte. Alles schien ruhig. Ein Holzscheit knisterte im Kamin und hüllte den Raum in ein schummriges Licht.

Sie schlug die Bettdecke zurück und setzte ihre Zehenspitzen auf den Dielenboden. Maman hatte einen leichten Schlaf und konnte in den Sommermonaten sogar von einer Mücke aufwachen, die sich in ihr Schlafzimmer verirrte.

Ihr Plan war tollkühn, doch sie sahen keinen anderen Ausweg, um sich von Jack und Theodore zu verabschieden. Hoffentlich war Suzu nicht eingeschlafen, was schon früher bei zu spannenden Gutenachtgeschichten passierte. Vermutlich schaltete ihr Körper einfach ab, wenn sie sich zu sehr aufregte.

Suzanne hatte durchgehalten und wartete bereits in der vom Vollmond erleuchteten Küche auf sie. Zur Sicherheit nahmen sie eine Petroleumleuchte mit.

Der Riegel des Küchenfensters quietschte.

»Sei leise«, wisperte Suzu.

Sie horchte. Dann schwang ihre Schwester sich zuerst hinaus und nahm die Lampe entgegen, die Blanche heimlich nach dem Abendessen aufgefüllt hatte.

Kurz darauf liefen sie die Dorfstraße zum Hotel hinauf. Es war abenteuerlich, im Mondschein durch den Ort zu huschen.

Vor ihnen blitzte etwas auf.

Suzu blieb stehen. »Was ist das?«

Irgendwo knackte es. Obwohl Suzu Gruselgeschichten liebte, sprang sie erschrocken in einen Busch. Blanche drückte sich die Hand vor den Mund, damit sie nicht laut loslachte. Leuchtende Augen tigerten am Straßenrand entlang.

Sie kicherte und reichte Suzu ihre Hand. »Hast du gedacht, der Kutscher mit dem Pferdefuß geistert hier herum? Das war eine Katze.«

Suzu rappelte sich aus dem Gebüsch auf und klopfte erleichtert ihr Kleid ab.

Musik, Gesang und Gelächter aus Richtung des Hotels drangen zu ihnen herüber, als sie um die Ecke bogen. Angelinas Gäste feierten das Leben.

»Ein Banjo! Endlich dürfen wir das miterleben!« Suzanne hüpfte begeistert auf der Stelle.

»Bist du verrückt geworden? Wir gehen durch den Hintereingang in die Küche und hoffen, dass uns niemand sieht außer Angelina oder Lucien.«

»Wer soll uns denn hier sehen?«

»Mr Robinson und all die anderen, die Monet beiläufig erzählen könnten, dass seine Stieftöchter sich hier mitten in der Nacht amüsiert haben. Wenn das herauskommt, werden sie uns nicht vierteilen, sondern für immer und ewig in ein Kloster stecken. Oder hat es dir im Nonnenpensionat in Poissy so gut gefallen?«

Die Zeit dort war für Suzu am allerschlimmsten gewesen. Oberin Schwester Radegonde, deren gichtverkrümmte Finger sie an eine Hexe erinnerten, hatte ihr verboten, Abenteuergeschichten zu lesen, da es sich für eine junge Dame angeblich nicht schickte.

Sogar im Dunkeln sah Blanche Suzu ihre Enttäuschung an.

»Wenn wir verheiratet sind und vielleicht sogar in Amerika leben, können wir feiern, so lange wir mögen. Aber heute werden wir uns verabschieden und nach Hause gehen, ehe jemandem auffällt, dass wir nicht in unseren Betten liegen.«

Die Hintertür der Hotelküche war nur angelehnt. In der Spüle türmten sich schmutziges Essgeschirr und Gläser. Auf dem Tisch standen ein paar silberne Servierplatten mit Käse – und Pastetenresten sowie diverse Brotkörbchen mit Überbleibseln. Blanche bewunderte, wie Angelina den Hotelbetrieb schaffte. Lange bevor die Gäste aufstanden, hatte sie bereits alles wieder in Ordnung gebracht und das Frühstück vorbereitet.

Im Schankraum wurde gesungen und offenbar auch getanzt, denn es hörte sich an, als würde ein Dutzend Menschen aufstampfen.

Plötzlich schwang die Küchentür auf, und Angelina, die hereinkam, rutschte beinahe das Tablett aus den Händen. »Habt ihr mich erschreckt! Was macht ihr denn hier?«

Hastig berichtete Blanche, was sie zu diesem Abenteuer getrieben hatte. »Könntest du den beiden bitte Bescheid geben?«

»Sie sind schon auf ihren Zimmern, weil ihr Schiff bereits um acht Uhr früh ablegen wird. Theodore hat die Nummer elf, und

Jack wohnt daneben. Möchtet ihr, dass ich anklopfe, oder wollt ihr das lieber selbst übernehmen?« Angelina zwinkerte.

Suzus Augen leuchteten wie eben die der Katze.

Angelina schob ihr Tablett auf einen freien Fleck zwischen all die Servierplatten. »Beeilt euch, damit euch keiner sieht. Länger als ein paar Minuten kann ich niemanden aufhalten, der nach oben will.«

Blanche küsste Angelina auf die Wange. »Danke.«

Dann huschte sie hinter Suzu die Treppe hinauf, den schmalen Flur entlang. Zimmer 11 war das letzte auf der linken Seite. Das davor mit der Nummer 10 musste Jacks sein.

Sie sah Suzu mahnend an. »Zehn Minuten.«

Dann klopften beide gleichzeitig an.

4

Giverny, September 1890

Die vergangenen Jahre hatten vieles verändert. Ihr Haus trug nun vom Dach bis zum Keller Monets Handschrift. Für die ursprünglich ockerfarbene Fassade wählte er ein dunkles Rosa und ließ rundum einen Balkon errichten, der, samt der Fensterläden, einen Anstrich in Veroneser Grün erhielt.

Der Maler aus dem Dorf, den Monet mit den Innenarbeiten beauftragte, traute anfangs seinen Ohren nicht. Monets außergewöhnliche Farbwünsche trieben ihn zunächst an den Rand der Verzweiflung, weil er Monets Farbkonzept nicht verstand. Dieser hatte aber alle Räume aufeinander abgestimmt.

Das Esszimmer erstrahlte in Chromgelb, wobei die Wände einen Ton heller gestrichen wurden als das Mobiliar. Blau überwog in Mamans Salon, wohingegen Monet für die Waschkabinette und das Bad Rot und Blau wählte, das von etwas Weiß gebrochen wurde.

Ihre Köchin Marguerite liebte ihr Refugium. Die Kupfertöpfe, Pfannen und Kasserollen harmonierten hervorragend mit den blau-weißen Kacheln aus Rouen sowie den hellblau lackierten Wänden und glänzten gleich doppelt.

Kunsthändler Georges Petit hatte Monet dazu angeregt, seine

Gemälde gemeinsam mit den Werken Rodins auszustellen. Der Zeitpunkt sorgte jedoch für Trubel, denn parallel dazu fand erneut von Anfang Mai bis Ende Oktober die Weltausstellung auf dem Champ de Mars und im alten Palais du Trocadéro statt. Mehr als zweiunddreißig Millionen Menschen strömten von allen Kontinenten nach Paris, um das Ereignis zu bestaunen. Sämtliche Zeitungen berichteten über die sechzigtausend Aussteller aus vierundfünfzig Ländern, die daran teilnahmen und ihre Kunst sowie industriellen Fortschritte präsentierten. Blanche hätte gerne das Palais des Beaux-Arts et des Arts libéraux, die Paläste der Schönen und Freien Künste gesehen, das der Architekt Jean Camille Formigé entworfen hatte. Ebenso wie den Industriepalast mit seiner riesigen gläsernen Kuppel, der sogar durch elektrisches Licht erstrahlte.

Die Hauptattraktion war aber sicher der dreihundertzwölf Meter hohe Eiffelturm. Allerdings funktionierten die bestellten Aufzüge nicht, sodass manche Besucher bei der Eröffnungsfeier und in den ersten Tagen danach an den eintausendsiebenhundert Treppenstufen scheiterten, um einen Blick vom höchsten Bauwerk der Welt zu werfen.

Gewiss würde sich bei der nächsten Reise in die Hauptstadt die Gelegenheit ergeben, das Palais zu besuchen und Paris von oben zu besichtigen. Am meisten aber faszinierte Blanche der sogenannte Phonograph, von dem sie gelesen hatte, denn der Amerikaner Thomas Alva Edison hatte ein Gerät erfunden, mit dem man Töne aufzeichnen und über Hörtrichter abspielen konnte. Mr Edison schien ebenso wagemutig zu sein wie Monet, der das Licht malte.

Monet plante seine Ausstellung mit Rodin daher als eine Art Gegenveranstaltung, was ihn dementsprechend herausforderte, die passenden Gemälde zusammenzustellen. Hiernach erschienen

Zeitungsartikel von Octave Mirbeau im *Le Figaro*, der Monet und seine Malerei in höchsten Tönen lobte. Auch Hugues Le Roux verfasste Artikel für den *Gil Blas*. Blanche hatte irgendwann aufgehört zu zählen, wie viele Tageblätter und Zeitschriften Berichte über Monet herausbrachten. Obwohl anfangs nichts darauf hingedeutet hatte, stellte sich sein Erfolg ein. Die Nachfrage stieg ebenso wie der Wert seiner Gemälde.

Unterdessen wuchs Giverny zu einer wahren Pilgerstätte heran, sodass Angelina ihr *Hotel Baudy* erweiterte und sogar zwei neue Ateliers baute. Ihr Geschäftssinn und Gespür für die Bedürfnisse ihrer Gäste schlug sich ebenso auf das Sortiment ihrer Waren nieder. Während sie früher hauptsächlich Lebensmittel und Erfrischungen anbot, reichte die Auswahl nun von Toilettenartikeln, Malerutensilien, Pinseln und Farben, die sie bei Lefebvre-Foinet in Montparnasse bezog, bis hin zu Tinte, Papier und Federn. Sie schenkte sogar Whiskey und Bier aus.

Vor vier Jahren hatte Mr Metcalf nur zufällig davon erfahren, dass Monet in Giverny lebte. Nun sprach es sich aber an der Académie Julian herum. Oft war es schwierig für Monet, in der Umgebung zu malen, da er nirgends mehr vor den Besuchern sicher war, weshalb er die frühen Morgenstunden bevorzugte. Wenn der Trubel Monet zu viel wurde, zog er sich in sein Reich zurück. Vielleicht widmete er sich deshalb vermehrt dem Ausbau seines Gartens. Mit Hingabe plante er die Anordnung der Blumenbeete, wählte Farben und Pflanzen aus, brachte von überall Samen, Stecklinge und Zwiebeln mit und wälzte Gartenbaukataloge.

Neuerdings dachten sogar einige Amerikaner darüber nach, sich dauerhaft in Giverny niederzulassen, so wie Lilla Cabot Perry, die zeitweise im Hameau neben ihnen wohnte.

Monet lud nur wenige von ihnen zu sich ein. Gern gesehene Gäste waren die Maler der ersten Stunde wie Mr Metcalf, Robinson, Sargent und natürlich Jack und Theodore, aber auch Madame Perry.

Heute hatten sie sich zusammen mit Suzu an der Île aux Orties verabredet, wo Blanche Jack zum ersten Mal begegnet war. Monet hatte in letzter Sekunde abgesagt, um ihren Vermieter aufzusuchen, denn Monsieur Singeot beabsichtigte, ihr Haus zu verkaufen.

Monet wollte und musste das Pressoir erwerben, denn ein neuer Besitzer konnte sie womöglich aus ihrem lieb gewonnenen Heim vertreiben.

Jack saß neben Blanche auf ihrer Picknickdecke und sah besorgt aus. »Meinst du, Monet kann Singeot dazu überreden, ihm das Haus zu verkaufen?«

»Ich weiß es nicht, aber Maman möchte unbedingt hierbleiben, daher wird Monet sein Bestes geben. Alle möchten das.«

»Du auch?«

»Mein Zuhause ist da, wo du bist.«

Er nahm ihre Hand und lächelte. »Würdest du wirklich mit mir nach Amerika gehen? Ich weiß, wie nah du deiner Familie stehst. Besonders Monet.«

Das bedeutete wahrhaftig eine immense Herausforderung. Sie alle würden ihr unendlich fehlen. Aber es wäre schwerer, Jack ziehen zu lassen.

Blanche zwinkerte. »Ich würde dich gewiss dazu bewegen können, mit mir regelmäßig nach Giverny zu reisen.«

Nachdem Jack damals wegen des überraschenden Todes seiner Großmutter von heute auf morgen nach Amerika abgereist war, pendelte er nun in regelmäßigen Abständen zwischen Amerika und Giverny.

»Vielleicht könnten wir uns hier ein Häuschen zulegen?«, überlegte sie.

»Du meinst, wir sollten uns zwei Wohnsitze gönnen?«

»Warum nicht?«

Jack sah nachdenklich aus.

»Gefällt dir der Gedanke nicht?«

»Doch, sicher! Ich überlege nur gerade, wo du dein Bild aufhängen wirst. Hier oder in Amerika?«

Ihr Bild. Das Porträt, das er damals unbemerkt von ihr gemalt hatte, während Suzu mit Theodore hinter dem Getreideschober turtelte.

Er hatte es ihr in der Nacht geschenkt, als sie heimlich mit Suzu ins Hotel geschlichen war. Seitdem verwahrte Angelina es in ihrem Salon, da sich jeder gewundert hätte, wieso Jack Blanche porträtiert hatte und woher das Bild plötzlich kam.

»Ich könnte es einfach bei Angelina lassen.«

»Untersteh dich! Ich habe Blut und Wasser geschwitzt, weil ich es in der Eile austauschen musste. Stell dir vor, Monet hätte mich damals gebeten, ihm alle Gemälde aus der Kiste zu zeigen.«

»Bevor wir unsere Häuser einrichten, sollten wir vielleicht zuerst heiraten.«

Jack lächelte. »Das liegt nicht an mir.«

Blanche liebte es, Zukunftspläne mit ihm zu schmieden. Alles war eingetreten, wie sie vorausgesehen hatte. Monet schätzte Jacks und Theodores Malerei sowie deren Bemühungen, den Impressionismus in Amerika voranzutreiben. Niemand ahnte etwas von ihren Heiratsplänen. Auch wenn sie Jack ihr Jawort gegeben hatte und ihn vom Fleck weg heiraten würde, wünschte sie sich den Segen von Maman und Monet. Und natürlich von Papa. Um sein Einverständnis sorgte sie sich nicht. Allein wegen Monet ließen sie sich Zeit.

Der Brief, den sie im Beet verloren hatte, war nie wieder aufgetaucht. Es hatte einige Wochen gedauert, ehe Blanche die Suche schließlich aufgab. Er blieb ebenso spurlos verschwunden wie Suzus Fingerhut. Mittlerweile sorgte sie sich nicht mehr darum.

»Wann darf ich bei Monet um deine Hand anhalten? Du kennst ihn wie kein Zweiter.«

»Lass uns abwarten, wie das Gespräch mit Monsieur Singeot verläuft. Wenn Monet das Pressoir erwerben kann, wird er voller Euphorie sein.«

Eigentlich wollte Jack ihn bereits im letzten Sommer darum bitten, aber die Ausstellung mit Rodin war dazwischengekommen, und Monet war wochenlang unleidlich und deprimiert, weil Rodin sich nicht um das Gelingen der Ausstellung scherte, und rutschte von einer Krise aus Selbstzweifeln und Zorn in die nächste. Man musste den richtigen Moment abpassen, aber Blanche war überzeugt, Monet würde ihre Heirat befürworten, wenn sie ihn auf dem richtigen Fuß erwischten.

• • •

Im Schein der weißen Porzellanlampe über dem Esstisch trug Marguerite zum Diner eine Terrine mit Bouillon Gras auf. Es duftete köstlich, doch alle lauerten darauf, was Monet bei Monsieur Singeot erwirken konnte. So entspannt wie Monet wirkte, gab es sicher gute Nachrichten, dachte Blanche, was ihre Heirat mit Jack in greifbare Nähe rückte.

Monet schöpfte Fleischbrühe auf seinen Suppenteller und begann, als Einziger zu löffeln.

»Spannen Sie uns nicht länger auf die Folter«, sprach Maman ihn an. »Wie hat Monsieur Singeot sich geäußert?«

»Nun, ich denke, wir werden unsere Koffer vorerst schonen.«

»Was bedeutet das?«, hakte sie nach. »Hat Singeot einen angemessenen Preis genannt?«

»Ob er angemessen ist, steht auf einem anderen Blatt.«

»Wie viel verlangt er?«

Monet hörte auf zu essen und atmete tief ein. »Zweiundzwanzigtausend Francs.«

Jean und Jacques, die Blanche gegenübersaßen, stießen sich mit den Ellbogen an und schüttelten resigniert die Köpfe.

»*Mon Dieu!*«, entfuhr es Maman. »Dies ist doch nicht das Schloss Versailles!«

Der Preis war immens. Blanche schien es unvorstellbar, wie Monet diese Summe aufbringen wollte, auch wenn seine Gemälde endlich gutes Geld einbrachten. Wenn sie erneut umziehen mussten, wäre seine gute Laune dahin. Dann bräuchte Jack gar nicht erst um ihre Hand anzuhalten. Sie tauschte einen alarmierten Blick mit Suzu, da diese wohl dasselbe dachte.

Auch sie hoffte auf eine baldige Hochzeit mit Theodore.

»Ich werde nirgendwo eine so wunderschöne Landschaft finden wie hier, dessen bin ich sicher«, wandte er ein.

Was bedeutete, er dachte darüber nach, das Geld aufzutreiben.

»Für Singeot wäre eine Zahlung in vier Raten denkbar.«

»Aber es bleiben zweiundzwanzigtausend Francs!«, bemerkte Maman schnippisch.

Monet schmunzelte. »Ich konnte Singeot erweichen, die Ratenzahlung auf vier Jahre jeweils zum ersten November zu verteilen.«

Giverny, Oktober 1890

Alle waren überglücklich, als sie wenig später erfuhren, dass Monsieur Durand-Ruel Monet das Geld für den Hauskauf vorstreckte. Da es nun endlich sein eigenes Haus und Grundstück war, fiel Monet immer Neues ein, das er zu ändern gedachte. Zuerst stockte er das Personal auf, weil er den Gemüsegarten verlegen wollte. Eigens hierfür kaufte er das Maison Bleue mit einem weiteren Grundstück an der Rue du Chêne. Ein wenig von ihrem Anwesen entfernt, sollte ihr Gärtner Florimond sich dort nur noch um den Anbau von Obst, Gemüse und Kräutern für die Küche kümmern. Was ihm nur recht war, wie er Blanche anvertraut hatte. Er war froh, dass er mit Félix Breuil einen versierten Kollegen an seiner Seite hatte, der auf Empfehlung von Octave Mirbeaus Vater bei ihnen arbeitete. Zusammen mit zwei Helfern sollte Félix sich ausschließlich um den Garten um das Haus herum kümmern, nachdem der Küchengarten ausgelagert wurde. Monet wollte die Anordnung der Blumenbeete sowie die Pflanzen aufeinander abstimmen. Ebenso wie er ein Konzept für die Innenräume entwickelt hatte, entwarf er nun ein Farbenparadies für den Garten. Es war ein recht eigenwilliges Unterfangen, aber Blanche wusste, es würde großartig werden, wie alles, was Monet plante.

Hinter dem ohnehin sechsundneunzig Ar umfassenden Pressoir stand ein Grundstück zum Verkauf, das nur die kleine Eisenbahnstrecke von dem ihren trennte.

Unweit dessen verlief ein Seitenarm der Epte. Monet hatte es sich in den Kopf gesetzt, den Bachlauf zu verlegen, um damit einen Teich zu speisen, und stellte einen Bauantrag, der ihm einige Diskussionen mit den Verantwortlichen einbrachte, doch letztlich genehmigte man sein Vorhaben.

Der Teich sollte schon im kommenden Winter ausgegraben werden, damit bereits im nächsten Frühjahr mit den Anpflanzungen begonnen werden konnte.

Monet war in bester Gemütsverfassung, was sich wohl auch auf seine künstlerischen Ideen auswirkte.

»Blanche, ich benötige heute sämtliche Staffeleien«, eröffnete er ihr beim Frühstück.

Hatte sie ihn richtig verstanden? Ehe sie etwas erwidern konnte, schlurfte Marthe in die Küche, setzte sich nach dem Morgengruß zu ihnen und schenkte sich Kaffee ein, was zu dieser Uhrzeit ungewöhnlich war. Immerhin war es erst sechs Uhr und noch dunkel. Es kam selten vor, dass einer aus der Familie gemeinsam mit Monet und Blanche frühstückte.

»Auch die Atelierstaffelei?«, versicherte sie sich, da diese massiv und zu unhandlich war, um sie auf dem Getreidefeld aufzustellen.

»Alle.«

Sie wusste nicht, wie sie sämtliche Gestelle auf dem Bollerwagen verstauen sollte, doch um sie aufzuladen, benötigte sie Unterstützung.

»Marthe, würdest du mir bei der Atelierstaffelei helfen?«

Da Monets Wünsche niemals Aufschub duldeten, erhob Marthe sich.

»Setz dich wieder«, sagte Monet. »Blanche wird Jean aus den Federn schmeißen. Damit er sich an das frühe Aufstehen gewöhnt, um keine seiner Vorlesungen zu verpassen.«

Jean würde im Frühjahr ein Chemiestudium in der Schweiz aufnehmen, um danach in der Chemiefabrik von Monets Bruder Léon anzufangen.

• • •

Jean war erschrocken aus dem Bett gesprungen, nachdem Blanche ihn weckte, freute sich aber, ihr behilflich sein zu können. Bei Sonnenaufgang hatte Monet sich mit Jack an der Île aux Orties verabredet, wohin Blanche ihn nun begleitete. Jack stand bereits auf dem Feld und malte.

Heute wäre ein guter Zeitpunkt, Monet um sein Einverständnis zu bitten. Sie hoffte, dass sie seine Stimmung richtig einschätzte.

Jack half ihr, die Staffeleien aufzustellen. Zur Atelierstaffelei kamen die vier leichteren Modelle hinzu, auf denen Monet Leinwände platzierte.

»Nun, Mr Breck, Ihrem Gesicht entnehme ich, dass Sie sich fragen, warum ich heute an fünf Gemälden arbeiten möchte.«

Jack lächelte zurückhaltend und nickte.

»Ich habe die Idee einer Serie. Sehen Sie?« Monet deutete zum Himmel. »Es ist bewölkt, aber dort hinten reißt die Wolkendecke auf. Wenn die Sonne hindurchscheint, verändern sich schlagartig alle Farben. Man kann nicht an einem Gemälde arbeiten, wenn sich Sonne und Wolken in rasender Geschwindigkeit abwechseln.«

Seit Tagen malten sie gemeinsam Getreideschober. Jack hatte bereits fünfzehn Ansichten fertig. Monets Idee leuchtete ein, doch Jacks Gemälde waren ebenso gelungen wie die Monets, auch wenn er bei wechselndem Licht nur an einer Staffelei arbeitete.

»Sie haben recht«, stimmte Jack ihm zu. »Niemandem außer Ihnen wäre wohl dieser Gedanke gekommen. Aber ich traue auch niemandem außer Ihnen das Geschick zu, eine derart schwierige Aufgabe zu bewältigen.«

Jack bemühte sich, die Einzigartigkeit hervorzuheben, denn auch er wusste, dass es Monet schmeichelte, wenn man ihn bewunderte. Vielleicht lag es an den Entbehrungen und Widerständen, mit denen er jahrelang zu kämpfen hatte, ehe man seine Genialität anerkannte.

Sie warf Jack einen zustimmenden Blick zu, nahm ihre Staffelei und entfernte sich ein gutes Stück von ihnen, um ihm ein Gespräch von Mann zu Mann zu ermöglichen.

Ihr Herz schlug bis zum Hals. Was, wenn Monet sich gegen

die Heirat sträubte? Wenn sie seine Stimmung falsch eingeschätzt hatte?

»Blanche!«

Sie drehte sich um.

Jean? Was trieb ihn hierher? Warum musste er gerade jetzt dazwischenfunken? Was trug er in der Hand und wedelte damit? Ein Blatt Papier? Als er näher kam, erkannte sie, womit er winkte. Mit einem Brief!

•••

War das etwa Jacks Brief? Hatte Jean ihn all die Zeit bei sich behalten? Und falls sie richtiglag, musste er ausgerechnet jetzt damit um die Ecke kommen?

Sie sah Hilfe suchend zu Jack, doch er unterhielt sich angeregt mit Monet. Sie eilte Jean entgegen, um ihn aufzuhalten, ehe er die beiden erreichte.

Jean versteckte den Brief hinter seinem Rücken.

»Was machst du hier?«

»Ich habe etwas, das dich sicherlich interessieren dürfte.« Jean lugte an ihr vorbei zu Monet und Jack und deutete mit dem Kinn in ihre Richtung. »Wichtige Gespräche?«

Ahnte er womöglich, was Jack mit seinem Vater besprechen wollte? Wenn Jean den Brief damals gefunden hatte, lag es nahe. Blanche gab sich gleichgültig, obwohl sich in ihrem Bauch ein Karussell drehte. Sie musste ihn wenigstens so lange hinhalten, bis Jack und Monet ihre Unterhaltung beendeten.

»Fachgespräche. Was hältst du hinter deinem Rücken?«

»Rate!«

Er liebte solche kindischen Spielchen, aber heute war ihr nicht danach zumute.

»Was für ein Brief ist das? Gib ihn mir, wenn er für mich ist!«

Jean schaute verärgert drein. »So aufgeregt?«

»Weshalb sollte ich aufgeregt sein?«

»Soll ich ihn dir vorlesen?«

»Müsstest du dich nicht auf dein Studium vorbereiten und deine Sachen packen?«

Seine Miene wurde ernst. »Du freust dich wohl, mich loszuwerden.«

In diesem Moment gewiss! Wenn sie nur endlich wüsste, warum er ihr bis hierher gefolgt war.

»Wenn du mich ärgerst, darfst du dich nicht darüber wundern.«

»Wenn du mir versprichst, mir regelmäßig zu schreiben, solange ich in der Schweiz bin …«

»Ich verspreche es! Und nun gib schon.«

»Wollte Papa nicht malen? Die unterhalten sich immer noch.« Irritiert sah er zu Jack und Monet hinüber.

»Jean!«

»Ist ja schon gut. Hier hast du ihn.«

Er nahm seine Hand hinter dem Rücken hervor und gab ihr den Brief.

Ein Felsbrocken fiel ihr vom Herzen, als sie den Absender las: Ernest Hoschedé. Sie hatte ihrem Vater kürzlich geschrieben, da Maman erzählt hatte, er sei gesundheitlich angeschlagen. Zugleich hatte Blanche ihm von den amerikanischen Künstlern in Giverny berichtet, um seine Stimmung abzuklopfen. Wenn Monet sein Einverständnis gab, wollte sie Papa nicht mit einer Heirat überrumpeln.

»Ich werde mal schauen, was die beiden da Wichtiges zu besprechen haben.«

Blanche packte ihn am Ärmel. »Lass sie gewähren! Du weißt,

dein Vater mag es nicht, wenn man ihn stört. Wärst du mir behilflich, meine Sachen nach Hause zu tragen?«

»Und dieser Yankee stört nicht?«

»Benimm dich nicht wie ein Kleinkind. Dein Vater ist und bleibt dein Vater, auch wenn er viel Zeit mit anderen verbringt. Hilfst du mir jetzt, oder nicht? Ich würde meinem Papa gerne umgehend antworten.«

Jean runzelte die Stirn.

»Außerdem fehlt mir heute die Lust zu malen. Seit Maman berichtete, Papa leide an Gicht, muss ich ständig an ihn denken. Du ahnst nicht, wie sehr es mich freut, dass du mir den Brief gleich gebracht hast.«

Auch bei ihm konnte man immer mit einem Lob punkten. Diesen Charakterzug hatte Jean zweifellos von Monet geerbt.

Mit stolz geschwellter Brust sagte er: »Du siehst, wie gut ich dich kenne.«

• • •

Jean unterließ es zwar, Jack und Monet zu stören, und trat mit ihr den Heimweg an, aber bis zum Mittag vergingen unendliche Stunden. Ab halb elf lief Blanche am Gartentor auf und ab und wartete auf Monet.

Endlich sah sie ihn die Straße heraufkommen und lief ihm entgegen.

»Warum bist du so plötzlich aufgebrochen?«, grummelte er und überließ ihr das Wägelchen.

»Jean brachte einen Brief von Papa.«

»Wie geht es ihm?«

»Soweit ich es herauslesen konnte, ist er wohlauf.«

Ob Jack überhaupt dazu gekommen war, ihn zu fragen?

Bis zum Haus verlor Monet kein weiteres Wort. Noch vor dem Essen zogen er und Maman sich ins Atelier zurück. Diese Ungewissheit schnürte Blanche die Kehle zu.

Suzu war ebenso beunruhigt wie sie. »Wenn du nicht heiraten darfst, braucht Theodore gar nicht erst um meine Hand zu bitten.«

Es tat ihr leid, dass Suzu offenbar dachte, Monet bevorzuge Blanche, aber sie rief sich Camilles Worte von damals ins Gedächtnis. *Nun weiß ich, warum Claude dich am meisten liebt.*

»Das ist doch Unfug. Monet mag uns alle. Er hat noch nie unterschieden, nicht mal zwischen seinen Kindern und uns.«

Alle saßen bereits zu Tisch, als Monet und Maman sich zu ihnen gesellten und Marguerite die Vorspeise servierte. Während des Essens sprachen sie über Jeans bevorstehende Abreise in die Schweiz, Michel und Jean-Pierres letzten Schulaufsatz und Monets Pläne für den Teich.

Es war zum Verzweifeln! Blanche brachte kaum einen Bissen herunter. Wie es Jack wohl gerade erging?

Endlich stand Monet auf. »Blanche«, sagte er und winkte, ihm zu folgen.

Schlagartig raste ihr Puls, als hätte sie die eintausendsiebenhundert Stufen des Eiffelturms erklommen.

Im Atelier setzte er sich an seinen Schreibtisch und bot ihr den Korbstuhl daneben an.

»Nun, wie mir zu Ohren kam, beabsichtigt Mr Breck dich zu ehelichen?«

Jack hatte mit Monet gesprochen! Was sollte sie jetzt darauf sagen? Dass sie davon wusste und sich bereits seit zwei Jahren mit ihm traf? Oder sollte sie sich überrascht geben? Am besten hielt sie sich zurück und ließ ihn reden.

»Eine Ehe will wohlüberlegt sein.«

Darüber hatte sie nie nachdenken müssen. Es war wie ein Erkennen, ohne Jack jemals zuvor begegnet zu sein. Ohne ihn fühlte sie sich nur wie ein halber Mensch. Blanche hatte es von der ersten Sekunde an gespürt. Angelinas Worte hallten nach. Was meinte Monet? Ob Jack eine gute Partie und in der Lage wäre, sie zu versorgen?

»Mr Breck stammt aus wohlhabenden Verhältnissen.«

In Wahrheit hatten sie nie über seinen monetären Rückhalt gesprochen, aber die Schiffsreisen bezahlten sich nicht von allein.

Monet steckte sich eine Zigarette in den Mundwinkel und riss das Zündholz an. »Selbstverständlich«, begann er und paffte eine Rauchwolke aus, »werde ich in diese Ehe nicht einwilligen.«

Hatte sie richtig gehört? Sie weigerte sich, es zu begreifen. Selbstverständlich *nicht*? Blanche rang um Fassung und knetete ihre Hände. Hatte er sich vorhin auf dem Feld mit Jack gestritten? Was bewog ihn, so selbstverständlich abzulehnen? Oder war Maman dagegen und hatte ihn vorhin beeinflusst? Vermutlich hatten sie sich deshalb vor dem Essen zurückgezogen, um sich zu beraten.

»Wie steht Maman dazu?«, fragte sie beinahe trotzig, obwohl das bei Monet grundsätzlich auf Gegenwehr stieß.

Sie musste sich besser beherrschen, denn einen Streit mit Monet würde sie niemals gewinnen.

»Noch bin ich derjenige, der die Familie ernährt«, grollte er.

Als wäre das ein Argument!

»Aber warum nicht? Er ist Maler. Mr Breck ist der Mann, den ich mir von Herzen wünsche!«

»Wo wären wir, wenn wir all unseren Wünschen nachgingen?« Monets Ton klang kühl und bestimmt.

»Ich habe nur diesen einen Wunsch! Er ist ein außergewöhnlicher Künstler. Er stammt aus gutem Hause. Und wir lieben uns.«

Ihre Gedanken überschlugen sich. Was, wenn sie ihn nicht

umstimmen konnte? Eine Ehe, deren Segen Monet ihr verweigerte, stand unter keinem guten Stern. Sie würde mit ihm brechen müssen, wenn sie Jack trotzdem heiraten wollte. Sich von ihrer Familie verabschieden. Sie würde Giverny für immer verlassen müssen! Ihr Zuhause. Ihre Geschwister, Angelina. Ihr Kinn bebte. Tränen stiegen in ihr auf. Ob Monet sich Jack gegenüber ebenso unerbittlich gegeben hatte? Welche Gründe hatte er ihm genannt? Oder ließ Monet ihn auf die Antwort warten?

»Nun, aus welchem Hause er kommt, wissen wir nicht.«

»Aber das ließe sich gewiss durch Mr Robinson herausfinden.«

»Ich will es gar nicht erst herausfinden!« Monet sprang erbost von seinem Stuhl auf. »Dein außergewöhnlicher Künstler …« Aufgebracht lief er im Atelier hin und her. »Er kopiert mich!«

Jack – ein Nachahmer? Das war eine haltlose Unterstellung! Er malte bereits vor zwei Jahren seinen ersten Getreideschober!

»Fünfzehn! Fünfzehn Ansichten hat er angefertigt!«

»Was ist mit meinen Getreideschobern? Sind das ebenfalls Kopien?«, entgegnete sie schnippisch.

Seine Augen funkelten zornig.

»Du wirst dich nicht an diesen dahergelaufenen Yankee verschwenden, der dich gegen deine Familie aufhetzt!«

»Aber …«

»Das ist mein letztes Wort!«, tobte er.

• • •

Weinend stürzte Blanche durch den Hoteleingang. Ein paar Gäste starrten ihr entgeistert nach, als sie an der Rezeption vorbeistolperte und die Küchentür aufstieß.

Angelinas Küchenmädchen spülte das Mittagsgeschirr und

trocknete sich die Hände an ihrer Schürze ab. »Mademoiselle Blanche!«

»Haben Sie Mr Breck gesehen? Wo ist Madame Baudy?«

»Ich …, ich glaube, Mr Breck wollte sich nach dem Essen ausruhen, und Madame Baudy …«

Den Rest hört Blanche nicht mehr, da sie sich umdrehte, die Treppe hinaufrannte und an Jacks Zimmertür klopfte. »Jack?«

Sie horchte. Erneut hämmerte sie gegen die Eichentür. Stumm öffnete er, nahm ihre Hand und zog sie ins Zimmer.

Dann schloss er sie in seine Arme. »Was hat Monet gesagt?«

»Er brachte nur fadenscheinige Ausreden.« In Jacks Nähe entspannte sie sich. »Gab er dir bereits eine Antwort?«

Jack hielt sie an den Schultern von sich und trat einen Schritt zurück. »Er nahm es zur Kenntnis, da er sich zuerst mit deiner Mutter beraten wollte, aber er machte mir wenig Hoffnung. Deinem Gesicht entnehme ich das Ergebnis dieser *Beratung.*« Jack stieß verächtlich Luft aus. »Womit hat er es begründet?«

Zwei schier endlose Jahre musste Jack sich mit Rücksicht auf Monet gedulden. Er hatte sich bemüht, Vertrauen aufzubauen, damit Monet wusste, wem er Blanche anvertraute. Monet erweckte sogar den Eindruck, dass er Jacks Malerei beinahe ebenso schätzte wie die seiner Freunde Pissarro oder Sisley, und dann dieser Schlag ins Gesicht, indem er ihn für einen Nachahmer hielt. Blanche brachte es nicht über sich, Monets Worte wiederzugeben.

»Ich kann es nicht im Einzelnen wiederholen, aber ich habe bisher weder mit Maman noch mit meinem Vater gesprochen. Ich werde gleich morgen nach Paris zu meinem Vater fahren.«

»Und du glaubst, er wird einwilligen und auf Monet einwirken? Wie du sagtest, trägt er nichts zu eurem Unterhalt bei.«

»Das mag sein, doch *er* ist mein Vater und nicht Monet. Papa und ich hatten immer ein besonderes Verhältnis zueinander. Vor dem Bankrott war *er* es, der Monet unterstützte. Wenn man es genau nimmt, hat auch diese Großzügigkeit gegenüber Monet dazu beigetragen, dass Papa alles verlor. Er ist ein guter Mensch. Er verlor Maman an Monet. Wie oft hat er sie gebeten und sie angefleht, zu ihm zurückzukehren. Wenn es einen Menschen gibt, der mich verstehen wird, dann er.«

Sie erinnerte sich an den Tag in seinem Büro, als sie ihm ihre Karikaturen anbot, um zu helfen. *Dein Herz ist so groß wie der Ozean, und dafür liebe ich dich.*

»Er wird alles daransetzen, Monet und Maman umzustimmen.«

5

Paris, Oktober 1890

Unter dem Vorwand, Angelina zu Farbenhändler Lefebvre-Foinet begleiten und sie beraten zu müssen, um günstigere Konditionen auszuhandeln, hatte Maman Blanche gestattet, mit ihrer Freundin nach Paris zu reisen. Diese zögerte nicht lange und legte ihr sogar das Geld für die Eisenbahnfahrt aus, die sie heute Morgen zusammen angetreten hatten. Der Bedarf an Malutensilien im Hotel überstieg Angelinas Erwartungen tatsächlich, aber sie würde ohne Blanche zurechtkommen.

Am Bahnhof Saint-Lazare in Paris, den Monet einst gemalt hatte, stiegen sie in die Droschke um, die sie zur Rue Lafitte 45 unweit der Kirche Notre-Dame-de-Lorette brachte. Anders als in Giverny bedrückte sie die Atmosphäre. Häuserblocks mit grauen Fassaden beherrschten die Straßen, durch die sich Fuhrwerke und Menschenmassen drängten. Die Enge war beklemmend, und der Lärm dröhnte in ihren Ohren. Vor dem Eingang des Hauses gab ein Mann in Arbeitshose einem Burschen eine schallende Ohrfeige.

»Um ein Uhr erwarte ich dich hier zurück, damit wir unseren Zug nicht verpassen.« Angelina gab ihr einen Kuss. »Kopf hoch! Dein Vater wird dir helfen.«

Die Haustür war nur angelehnt. Im Treppenhaus roch es nach Staub, Schimmel und Unrat, und die Stufen hatten vermutlich noch nie einen Eimer Wasser gesehen. In den Ecken verteilte sich Sand und Schmutz. Blanche unterließ es, sich am hölzernen Geländer festzuhalten, da der Handlauf unangenehm klebte.

Hier sollte Papa wohnen? Es wirkte wie eine der schäbigen Unterkünfte, in denen, Monets Schilderungen nach, brotlose Künstler hausten, und hatte nichts von dem vornehmen Charme ihrer einstigen Pariser Wohnung am Boulevard Haussmann.

Zaghaft klopfte sie an die Tür der Mansarde, die ihr Vater bewohnte.

»Wer ist da?«, hörte sie seine vertraute Stimme von innen fragen.

»Ich bin es! Blanche.«

Augenblicklich riss er die Tür auf. Sie erschrak, denn sein Zustand ähnelte dem des Treppenhauses. Er war unrasiert, ungekämmt und dem Geruch nach, der ihr entgegenströmte, auch ungewaschen.

Er schien ebenfalls erschrocken. Eilig glättete er sein Haar, stopfte sich das schmuddelige Hemd in den Hosenbund und legte die karierte Decke ab, in die er sich eingewickelt hatte. Das hochrote Gesicht war ebenso aufgedunsen wie sein Bauch.

»Möchtest du mich nicht hereinbitten?«

»Es ist gerade etwas unordentlich«, entschuldigte er sich und ließ sie eintreten.

Papa hauste in einer billigen Absteige! Es war nicht mehr als ein dunkler Verschlag, in dem sich überall Papier, Zeitschriften, schmutzige Teller und Gläser türmten. Benutzte Wäsche hing über den beiden Stühlen und den Bettpfosten, und es stank nach Alkohol und Urin. Blanche hielt sich die Nase zu und öffnete die Dachluke, die sie an ihre erste Kammer in Vétheuil erinnerte, in der Marthe den Nachttopf umgestoßen hatte.

Ihr Vater hinkte auf den Tisch zu, räumte hastig eine Ecke frei und sammelte rundherum Kleidungsstücke ein, die er auf sein Bett schmiss.

»Ich freue mich, dich zu sehen, aber was führt dich her?«, murmelte er.

»Warum humpelst du? Was ist mit deinem Bein? Du schriebst, es ginge dir gut.«

»Niemand weiß, was es ist. Doktor Gachet vermutet Gicht. Nur bringt seine Medizin lediglich kurzweilige Linderung, aber darüber wollen wir nicht sprechen. Komm, setz dich und erzähle, was mir diese Freude beschert.«

Blanche legte ihren Umhang ab und gesellte sich zu ihm.

Er nahm ihre Hände und streichelte sie. »Bist du allein hergekommen?«

Da Frauen selten allein reisten, berichtete sie ihm von Angelinas Hotel, ihrem Geschäftssinn und dem Treiben in Giverny. Zuletzt sprach sie den eigentlichen Beweggrund ihres Besuchs an. Andächtig folgte Papa ihren Ausführungen, und es erleichterte sie, sich ihm anvertrauen zu können.

»Deine Mutter und Monet wissen nicht, dass du bei mir bist?«

Blanche schüttelte den Kopf. »Sie hätten es vermutlich verhindert. Du kennst sie doch.«

Papa hob skeptisch die Brauen. »Das ist wohl wahr. Dennoch war es ein waghalsiges Unterfangen. Was hättest du gemacht, wenn ich im Verlag gewesen wäre?«

»Mama sagte, dass du die Artikel von zu Hause schreibst. Papa, Jack ist die Liebe meines Lebens. Er ist so warmherzig und rücksichtsvoll. Du würdest ihn ebenso lieben wie ich. Du bist der Einzige, der mir noch helfen kann.«

»Du überschätzt meinen Einfluss, Kind.«

»Aber du bist mein *Vater*! Monet ist …« Blanche wagte nicht, es auszusprechen, um ihn nicht zu verletzen, denn schlussendlich war Monet nichts weiter als Mamans Liebhaber.

»Ein sturer Hund!«, vollendete er ihren Satz.

»Deshalb musst du mir helfen.«

»Wie steht deine Mutter zu dieser Ehe?«

»Sie weigerte sich, mit mir darüber zu sprechen, und beugt sich Monets Meinung.«

»Wenn Monet den Ton angibt, habe auch ich als dein Vater keine Macht, dieses zu ändern.«

»Aber er hat kein Recht dazu!«

»Er ist euer Ernährer. Allein das gibt ihm die Handhabe, dir die Ehe zu verbieten.«

»Jack wird für mich sorgen! Du würdest seine Kunst lieben. Er ist genauso talentiert wie Monet.«

»Und wer ernährt deine Mutter und Geschwister, wenn Monet sie aus Wut über deinen Ungehorsam vor die Tür setzt? Schau dich doch um. Sollen sie hier leben? Seit Alice ihm verfallen ist, behandelt sie mich wie einen Aussätzigen und nicht wie ihren Ehegatten, den sie achten sollte.«

Es stimmte. Maman verlor kaum ein Wort über ihn, bestenfalls erwähnte sie, wenn ein Brief von ihm kam. Sämtliche Entscheidungen traf sie zusammen mit Monet. Das begann bei der täglichen Essensplanung und endete mit der Schulausbildung aller Kinder.

»So gerne ich dir auch helfen würde, ich kann es nicht.«

»Bitte, Papa! Lass mich nicht im Stich! Du könntest es versuchen.«

»Du weißt, wie die letzten Auseinandersetzungen mit Monet ausgingen.«

Sie hatten sich angeherrscht, dass die Wände erzitterten. Anschließend hatte Papa sich mit Monets Weinvorrat vergnügt und danach keinen Fuß mehr nach Vétheuil gesetzt. Auch sein letzter Besuch in Pourville endete darin, sich zu betrinken.

»Wie lange hast du Monet unterstützt, als es Rottembourg noch gab? Du hast ihm Geld für seine Gemälde vorgestreckt!«

Sekundenlang starrte er betreten auf die Tischplatte. Dann räusperte er sich. »Es waren die besten Jahre meines Lebens. *Ihr* wart mein Leben! Ich selbst habe ihm Tür und Tor geöffnet und euch alle an ihn verloren.«

Es schmerzte, ihren Vater so verzweifelt zu erleben. Er hatte Maman aufgegeben, und wenn sie sich umsah, hatte er auch sich selbst aufgegeben und verloren.

»Aber warum hast du uns so oft allein gelassen und nicht mehr um uns gekämpft?«

Papa wischte sich mit dem Handrücken über die Augen und flüsterte: »Weil ich mich vor euch geschämt habe, dass es so weit gekommen ist. Bitte verzeih mir.«

Blanche rückte ihren Stuhl näher an ihn heran und drückte Papa an sich. Ihr starker Vater war ein gebrochener Mann. Sie selbst begann zu weinen, weil sie nichts tun konnte, außer ihn zu halten.

»Ich war dir niemals böse. Ich liebe dich, und es gibt nichts, das ich dir verzeihen könnte.«

Giverny, Oktober 1890

Am Abend nach ihrer Rückkehr schwiegen Blanche und Monet sich betreten an. Er erkundigte sich nicht einmal nach ihrem Besuch bei Farbenhändler Lefebvre-Foinet, was auch besser war, denn sonst hätte sie lügen müssen. Ahnte er, dass sie ihn getäuscht und Papa besucht hatte?

Suzu, die ihr nach dem Essen sofort hoch ins Zimmer folgte, erschauderte, als sie ihr die Details von Papas Bleibe erzählte.

»Du musst mit Maman sprechen!«, drängte sie, während sie auf Blanches Bett saß und ihr beim Bürsten ihres Haars zusah.

»Über Papa darf ich nichts verlauten lassen, obgleich ich mich um ihn sorge. Aber ich könnte sie fragen, was Papa wohl über eine Ehe mit Jack denken würde.«

»Wenn du Jack nicht heiraten darfst, gilt das Gleiche für mich und Theodore. Dann brenne ich mit ihm nach Amerika durch!«

Das war Suzu zuzutrauen. Aber was sollte Blanche tun, wenn es am Ende darauf hinauslaufen würde? Ein Leben ohne Jack entzog sich ihrer Vorstellung.

• • •

Obwohl Maman sich Blanche gegenüber ebenso kühl und unnahbar verhielt wie Monet, musste sie es versuchen. Daran führte kein Weg vorbei.

Wenig später stand Blanche im Nachthemd in Mamans Zimmer, die sie nur widerwillig hereingebeten hatte.

»Warum ist Monet gegen eine Heirat mit Jack? Du könntest ihn umstimmen.«

Maman hatte wieder diesen ihr eigenen Gesichtsausdruck, wenn ihr etwas missfiel, aber Blanche zwang sich, diesem standzuhalten.

»Ich vertraue Monets Einschätzung, die mit meiner übereinstimmt. Dieser Amerikaner ist ein Nachahmer und versteht es, einem Honig um den Mund zu schmieren. Männer wie er taugen nicht für eine Ehe, in der sie Verantwortung übernehmen müssen.

Außerdem wissen wir nichts über ihn. Vielleicht lebt er in Amerika von der Hand in den Mund.«

»Er ist ein außergewöhnlicher Künstler, der es sich sogar leisten kann, mehrmals im Jahr zwischen Frankreich und Amerika zu pendeln.«

Maman stieß verächtlich Luft aus. »Wer weiß, bei wem er sich das Geld für diese Reisen lieh. Vermutlich stehen seine Gläubiger Schlange.«

»Warum sollte er mich täuschen?«

»Mein liebes Kind, wenn wir alle Frauen zusammenriefen, die von ihren Männern getäuscht wurden, gäbe es einen Auflauf wie bei der Weltausstellung!«

»Aber ich liebe ihn!«

Beinahe hätte Blanche trotzig mit dem Fuß aufgestampft. Sie musste sich mäßigen, denn ähnlich wie bei Monet, fiel derlei Benehmen bei Maman auf fruchtlosen Boden.

»Liebe ist nur ein großes Wort.« Maman seufzte und zog ihren Nachtmantel über.

Wollte oder konnte sie nicht verstehen? Gerade Maman, die Monet aus Liebe gefolgt war. Einen anderen Grund konnte es kaum geben. Dafür hatte sie ihren Ehemann verlassen, der heute dringend ihre Hilfe benötigte. Was war mit ihrem unumstößlichen Gottesglauben? Was sagten Gottes Gesetze zu dieser unzüchtigen Liaison? Ihre Gefühle für Monet mussten ebenso stark sein wie die ihren für Jack. Maman musste den gleichen Zwang verspüren, ohne Monet nicht leben zu können.

»Du weißt, dass das nicht stimmt! Und du kennst Jack seit nun zwei Jahren.«

Maman rollte mit den Augen. »Oh, deinen Vater kannte ich sehr viel länger, und dennoch entpuppte er sich als die bitterste

Enttäuschung. Dieser Amerikaner hat dir den Kopf verdreht, und du überblickst die Konsequenzen nicht.«

Erinnerte Jack sie an Papa, und schloss sie sich deshalb Monets Meinung an? Die beiden ähnelten sich wahrhaftig in ihrem sanften Charakter, Humor und der lebensfrohen Art.

»Bist du deshalb dagegen? Weil er dich an Papa erinnert?«

Maman schwieg.

»Ich bin erwachsen! Und ich weiß, dass es schwierig wäre, ohne euch in Amerika zu leben.«

»Und genau deshalb wirst du dich von ihm verabschieden!«

»Das kannst du nicht von mir verlangen!«

»Täusche dich nicht! Ich bin deine Mutter, und du wirst diesen Amerikaner ziehen lassen und dich fügen.«

»Was würde Papa dazu sagen? Immerhin ist *er* mein Vater, und nicht Monet!«

Blanche biss sich auf die Zunge, aber der letzte Satz war ihr herausgerutscht. Maman reagierte äußerst empfindlich darauf, wenn jemand wagte, sich gegen Monet zu äußern.

»Diese Unterredung ist beendet. Unsere Entscheidung steht fest. Du wirst diesen Amerikaner aufgeben! Gleich morgen früh teilst du ihm mit, dass er ab sofort in unserem Hause nicht mehr willkommen ist! Und nun geh in dein Zimmer.«

• • •

Die Nacht über hatte Blanche weinend bei Suzu verbracht. Sie sahen keinen anderen Ausweg mehr, als gegen den Willen von Monet und Maman mit Jack und Theodore nach Amerika durchzubrennen.

Blanche konnte ihre Schwester jedoch davon überzeugen, dass

Theodore wenigstens zuerst den Versuch wagen sollte, um ihre Hand anzuhalten, bevor sie Hals über Kopf ihre Familie aufgaben.

Am nächsten Morgen, nachdem sie die Kleinen am Schultor abgeliefert hatte, traf Blanche sich mit Jack in Angelinas Garten, dort, wo sie sich zum ersten Mal geküsst hatten.

Jack erwartete sie bereits und eilte ihr entgegen.

»Blanche.« Erleichtert umarmte er sie. Dann führte er sie zu ihrem Mäuerchen. »Wird dein Vater uns helfen? Ich habe bis heute Morgen im Atelier gemalt, weil es mich umgetrieben hat.«

Sie wusste nicht, womit sie beginnen sollte. Dennoch fing sie mit Papa an.

Jack schüttelte den Kopf, als sie auserzählt hatte. »Das Leben kann grausam sein. Und deine Mutter? Siehst du einen Weg, dass sie Monet umstimmen könnte?«

Sie musste Jack die Wahrheit sagen, auch wenn sich alles in ihr dagegen wehrte.

Nachdem sie ihm auch Mamans Sicht geschildert hatte, legte sie ihre Hand auf seinen Oberschenkel, um ihn zu trösten. Es war ihm anzusehen, wie sehr es ihn erschütterte, weil Maman so harsch reagiert hatte.

»Uns bleibt nur eine Lösung. Suzu steht vor demselben Problem, aber wir sind uns einig.«

Er runzelte die Stirn. »Inwiefern?«

»Wenn Monet und Maman auch Theodores Antrag ablehnen, bleibt uns nur, mit euch nach Amerika zu gehen.«

Jack sah sie fassungslos an. »Du willst dich gegen deine Familie stellen?«

»Welche Wahl habe ich? Ich kann nicht ohne dich leben.«

»Du würdest niemals glücklich!«

Hatte er sie missverstanden?

»Ich *bin* glücklich. Mit dir!«

»Das bin ich auch! Ich bin es wirklich! Aber irgendwann ... irgendwann würdest du es bereuen.«

Welch wirren Unfug redete er da?

»Bereuen? Ich würde es niemals bereuen, mein Leben mit dir zu verbringen!«

Jack stand auf und ging ein paar Schritte. Dann kniete er sich vor sie in den Kies und hielt ihre Hände. »Blanche, ich liebe dich. Aus tiefstem Herzen. Mehr als mein Leben! Und ich ließe mich auf der Stelle töten, wenn ich dich damit retten könnte.«

Sie lächelte. »Dann gefällt dir unser Plan?«

»Denk über die Konsequenzen nach.«

»Warum denkt jeder, mir wären die Konsequenzen nicht bewusst? Du hörst dich an wie meine Mutter.«

»Und in gewisser Weise teile ich ihre Bedenken.«

War es der mangelnde Schlaf, der sein Denken beeinträchtigte? »Du bist übernächtigt.«

»Blanche ... jetzt im Moment fühlt es sich richtig an, mit mir nach Amerika zu gehen.«

»Was ist falsch daran?«

»Bedenke, wie es sich nach drei, fünf oder zehn Jahren anfühlen könnte!«

»Meine Liebe wäre größer als heute, weil ich dich mit jedem Tag mehr liebe.«

Jack schüttelte den Kopf. »Du würdest für immer und ewig mit deiner Familie brechen!«

»Ja, und ich habe es mir reiflich überlegt. Eigentlich denke ich seit zwei Jahren an nichts anderes!«

Er biss sich auf die Lippe und blickte zu Boden. »Ich ... *kann* es nicht«, flüsterte er. Nachdem er diesen Satz ausgesprochen hatte, schien er in sich zusammenzubrechen.

Hieß es vielleicht, dass sie auf ihre finanziellen Mittel angewiesen wären? Denn Maman und Monet würden ihr keine Mitgift zugestehen, wenn sie sich ihrem Willen widersetzte.

»Ist es, weil ich kein Geld in die Ehe einbringen werde?«

»Selbst wenn ich die Malerei dafür aufgeben müsste, um mit dir leben zu können, ich würde es heute tun! Ich würde Tag und Nacht in einem schmutzigen Bergwerk schuften, um uns über Wasser zu halten!«

»Aber was ist es dann?«

»Ich kann es nicht verantworten, dass du wegen mir mit deiner Familie brichst.«

Abrupt ließ Blanche ihn los. Hatte Maman etwa recht und er war einer dieser Männer, die keine Verantwortung übernahmen? Und dieses Gespräch nur ein Vorwand, um sich in letzter Sekunde herauszuwinden?

»Blanche, ich weiß, wie wichtig dir Monet ist. Deine Familie und dein Zuhause. Es würde dich zerreißen! Und das kann und werde ich dir nicht antun.«

Seine Worte fühlten sich an wie eine schallende Ohrfeige. Sie musste sich beherrschen, damit sie nicht laut aufschrie. »Du liebst mich nicht genug. Ist es das?«

Jack fasste sie an den Schultern. »Mehr als ich dich liebe, kann man keinen Menschen lieben. So begreif doch.«

Behutsam legte er seine Hände an ihre Wangen. »Gerade *weil* ich dich liebe.«

Seine Stimme jagte ihr einen Schauer über. Er beabsichtigte nicht, um sie zu kämpfen. Er versuchte, es ihr auszureden! In ihrem Kopf drehte sich alles. Sie dachte an Papa. Auch er hatte aufgehört zu kämpfen, und gab sich Monet geschlagen, weil er Maman, Blanche und ihre Geschwister davor bewahren wollte, ein ärmliches Dasein zu fristen. Er hatte sich zurückgezogen, da er sich einbildete, ohne ihn ginge es seiner Familie besser.

»Du hast Angst.«

Er streichelte ihre Wange mit seinem Daumen und nickte. »Ich habe Angst vor den Konsequenzen, die ich dir allein damit aufbürden würde. Ich könnte nichts tun, um dir diesen Kummer abzunehmen.«

Allmählich begriff sie, was er meinte. Erst gestern hatte sie ihre eigene Hilflosigkeit gespürt. Es war unerträglich, nichts für ihren geliebten Papa tun zu können, als ihn zu halten.

»Im Moment bist du zu Recht wütend auf Monet und deine Mutter. Weil alles so einfach wäre, wenn sie uns ihren Segen gäben. Aber irgendwann, wenn du nicht mehr auf sie wütend bist, würden sie dir fehlen.«

• • •

Marthe stand wie zur Salzsäule erstarrt im Flur, als Blanche wenig später an ihr vorbei die Treppe zu ihrem Zimmer hinaufstürzte. Oben angekommen, schlug sie die Tür hinter sich zu, warf sich aufs Bett und weinte.

Die ganze Welt schien sich gegen sie verschworen zu haben.

Suzu eilte herein. »Was ist geschehen? Marthe sagte, du seist völlig aufgelöst an ihr vorbeigerannt.«

Blanche richtete sich auf und putzte sich die Nase. »Jack wird mich nicht heiraten.« Ihre eigenen Worte klangen wie ein Todesurteil.

So gut es ging, schilderte sie Jacks Sichtweise.

Suzu schlug fassungslos die Hand vor den Mund. »Jack will es nicht?«

Blanche stand auf und schaute in den Garten. Die Rosen vor ihrem Fenster waren braun und verblüht wie ihre Hoffnung auf ein Leben mit Jack.

An der hinteren Mauer des Anwesens vor dem Tor wanderte Monet zwischen den Beeten. Ihr Gärtner Félix und seine Helfer folgten ihm. Wie es aussah, besprachen sie wohl eine erneute Umgestaltung. Ob Monet bewusst war, was er ihr antat? Dass er über ihr Glück bestimmte? Und es gnadenlos zerstörte?

»Hasst Monet mich? Vielleicht hasst er uns alle und sieht uns nur als notwendiges Übel, weil er Maman liebt.«

»Es scheint beinahe so.« Suzu seufzte.

»Monet! Alles dreht sich nur um Monet! Ich habe in Vétheuil gehört, wie Papa dasselbe zu Maman sagte. Damals verstand ich es nicht. Heute weiß ich, was er meinte. Monet hat alles und jeden im Griff. Sogar unsere Eltern. Gerade sie müssten auf meiner Seite stehen.«

»Was willst du jetzt tun?«

Blanche zuckte ratlos mit den Schultern. »Jack wird mich nicht heiraten, wenn Monet dagegen ist. Und Maman und Papa beugen sich seinem Willen.«

»Willst du versuchen, Monet zu überreden? Vielleicht schaffst du es.«

Es war Suzu anzumerken, dass sie selbst nicht daran glaubte.

»Jack wird abreisen.« Blanche trat vom Fenster zurück und stützte sich auf ihren Sekretär.

Suzu wirkte beunruhigt. »Theodore hat nicht erwähnt, dass ihr Abreisedatum bereits feststeht.«

Ihre Schwester vermutete wohl, dass die beiden wie in jedem Jahr die Wintermonate in ihrer Heimat verbringen würden und im Frühjahr zurückkämen.

»Jack hat sich eben erst dazu entschlossen. Übermorgen geht ein Schiff.«

»Aber dann hast du noch Zeit! Im schlimmsten Fall musst du

bis zum Frühjahr warten, wenn du es schaffst, Monet zu überreden.«

Blanche schluckte schwer und schüttelte den Kopf. Sie brachte den Satz kaum heraus. »Er wird nie mehr wiederkommen.«

• • •

Obwohl Suzu Blanche Mut zugesprochen hatte, Monet zur Umkehr zu bewegen – Blanche wusste und fühlte, sie hatte verloren. Monet würde ihr nicht zuhören, selbst wenn sie ihn auf Knien anbettelte, und Maman hielt sich raus und zeigte ihr die kalte Schulter.

Es war düster und regnete ununterbrochen. Die Tropfen prasselten gegen die Fensterscheibe ihres Zimmers und perlten wie Tränen daran herunter.

»Weil ich es nicht ertragen kann, dich so nah zu wissen, und trotzdem bist du unerreichbar«, hallte Jacks Satz zum millionsten Mal in ihren Ohren. Auch ihr Bitten und Flehen hatten nicht geholfen, ihn umzustimmen. Er beharrte darauf, dass es das Beste für sie beide wäre, wenn sie sich nie wiedersehen würden, und beabsichtigte, jeglichen Kontakt zu ihr abzubrechen.

Am meisten schmerzte ihre Ohnmacht, und sie sah keinen Weg, sich daraus zu befreien. Sie wäre Jack bis ans Ende der Welt gefolgt, aber er war fest entschlossen, Frankreich ohne sie zu verlassen.

Warum glaubte jeder, zu wissen, was das Beste für sie wäre? Ihre Wünsche und Gefühle wurden einfach missachtet und es wurde über sie hinweg entschieden!

Es klopfte. Blanche stand aus ihrem Sessel auf, legte ihr Buch auf den Kaminsims und öffnete.

»Jean?«

Er grinste schräg und trug ein geschnürtes Paket in ihr Zimmer. Es sah aus wie ein Bild.

»Das hat gerade ein Botenjunge für dich abgegeben.«

Jean lehnte es an ihren Sekretär, wühlte in seiner Hosentasche und übergab ihr ein in Seidenpapier geschlagenes Päckchen, das so groß war wie seine Faust.

»Hat der Junge etwas gesagt?«

Jean ließ sich wie selbstverständlich in ihren Sessel vor dem Kamin fallen. »Nur mit den besten Grüßen von Madame Baudy an Mademoiselle Blanche. Vermutlich hat sie sich um vier Wochen verrechnet, und das sind deine Geburtstagsgeschenke.«

Er lauerte darauf, dass sie sofort nachsah, was sich in ihnen befand. Aber Angelina würde sich niemals mit ihrem Geburtstag vertun.

»Würdest du mich bitte allein lassen?«

»Hast du immer noch schlechte Laune, weil du diesen Yankee nicht heiraten darfst?«

»*Dein Vater* hat es mir verboten!«

»Und *deine* Mutter.«

»Die nach der Pfeife *deines* Vaters tanzt.«

Betreten blickte Jean auf seine Hände und rieb sich die Finger. »Mir wäre es auch lieber, wenn *meine* Mutter nach der Pfeife meines Vaters tanzen würde.«

»Es tut mir leid, Jean.«

»Ist schon gut.«

Blanche hockte sich vor ihn. »Ich vermisse sie genauso wie du.«

Camille wäre die Einzige gewesen, auf die Monet vielleicht gehört hätte. Denn auch seine Familie hatte Camille abgelehnt, selbst als Jean bereits geboren war. Er hatte sich dem Willen seiner Familie widersetzt und Camille geheiratet. Gewiss hätte sie Monet daran erinnert, wie schwer sie und ihre Liebe es anfangs hatten.

Blanches Situation war ähnlich, aber nicht ganz vergleichbar – Jack wollte nicht um sie kämpfen und sie aus Liebe davor bewahren, diesen Weg zu gehen.

Jean sah sie schweigend an. Er hatte Camilles braune Augen. Dann stand er auf und schritt auf das Päckchen zu. »Das ist dein Bild. Ich vermute, das von deinem Yankee.«

Wie kam er darauf?

»Es hing in Angelinas Salon«, fuhr er fort. »Ich habe es einmal zufällig gesehen und dich sofort darauf erkannt.«

Sie starrte ihn mit offenem Mund an.

»Dein roter Hut und die blaue Jacke. Dein Amerikaner malt ausgezeichnet.«

»Wann hast du …?«

»Vor zwei Jahren, als Angelina ihren Handwerker bat, es aufzuhängen. Ich war gerade im Geschäft, um Limonade zu holen.«

»Hast du jemandem davon erzählt?«

Er schüttelte den Kopf. »Was ist in dem kleinen Päckchen?«

Sie war zu verdattert und dankbar zugleich, weil Jean sie nicht verraten hatte, sodass sie es in seinem Beisein auswickelte.

Es war Jacks Rosenquarz!

Skeptisch zog Jean seine Augenbrauen hoch. »Er schenkt dir zum Abschied einen rosafarbenen *Stein*?«

»Woher weißt du, dass er abreist?«

»Er hat sich eben von mir verabschiedet.«

Was redete Jean für einen Unsinn?

»Wo hast du Jack getroffen?«

»Ich habe mir bei Angelina Federn und Tinte besorgt, damit ich dir schreiben kann, wenn ich morgen in die Schweiz fahre. Jack stieg gerade in die Kutsche ein, als ich am Laden war.«

»Aber er wollte erst übermorgen nach Le Havre!«

»Er hat es sich anders überlegt und bat mich, dir die Päckchen mitzubringen. Angelina wollte gerade ihren Botenjungen damit losschicken.«

»Aber du sagtest, es sei hier abgegeben worden.«

Verlegen verzog er den Mund. »Ich wollte dich etwas aufmuntern.«

Jack war gegangen. Ohne ein Wort.

»Ich lasse dich jetzt allein, damit du seinen Brief lesen kannst. Er ist in dem anderen Paket.«

Dann zog Jean die Tür hinter sich zu.

Eilig riss sie das Papier auf und suchte den Umschlag. Mit ihm ließ sie sich an ihrem Sekretär nieder und betrachtete Jacks geschwungene Handschrift, strich mit den Fingerspitzen darüber und zog das Papier heraus.

Mein Herz,
bitte verzeih mir. Ich kann mich nicht von Dir verabschieden. Es reißt mir die Seele heraus. Wir beide wissen, dass dieser der einzige Weg ist.
Ich liebe Dich mehr als mein Leben und werde immer bei Dir sein. Ich möchte, dass Dein Bild bei Dir ist. Es ist das Schönste und Reinste, das ich jemals gemalt habe. Bitte hänge es dort auf, wo Du Dich zu Hause fühlst!
In ewiger Liebe
Jack

Blanche ballte ihre Hand so fest um den kleinen Rosenquarz, dass ihre Fingerknöchel weiß hervortraten. Dann öffnete sie ihre Faust. Das war alles, was ihr von Jack blieb. Er war gegangen. Für immer. Aber sie würde den Stein ihr Leben lang bei sich tragen.

6

Giverny, März 1891

Die Monate nach Jacks Abreise vergingen wie in einem dunklen Nebel. Blanches engste Vertraute Suzu und Angelina bemühten sich, ihr über den schweren Verlust hinwegzuhelfen, aber es nützte nichts. Seit Monaten hatte sie keinen Pinsel mehr angerührt, da ihr kein Bild gelingen wollte. Es schien, dass sämtliche Farben mit Jack aus ihrem Leben verschwunden waren.

Jean berichtete beinahe täglich aus der Schweiz und von seinem Chemiestudium. Wie gerne hätte sie stattdessen Briefe von Jack aus Amerika gelesen. Zweimal hatte er Theodore geschrieben, sich jedoch nicht einmal nach ihr erkundigt. Als wollte er jegliche Erinnerung an sie auslöschen. Zuletzt hatte sie Theodore um Jacks Adresse gebeten und ihm geschrieben. Doch ihr Brief blieb unbeantwortet.

Suzu hatte mehr Grund zur Freude, denn Theodore hatte sich entschlossen, die Wintermonate in Giverny zu verbringen. Dennoch wollte er Monet erst im Frühjahr um ihre Hand bitten. Blanche wusste, dass Suzu nur aus Taktgefühl wartete, wofür sie sie umso mehr liebte.

Seit Monet ihr die Heirat verboten hatte, war das Verhältnis zu ihm kühl und distanziert. Von früh bis spät überwachte er die Ausgrabungen des Teichs, sodass sie sich häufig nur zu den Mahlzeiten sahen. Er beachtete sie kaum und unternahm keinen Versuch, sie zum Malen zu ermuntern.

Gelegentlich skizzierte sie Stillleben in ihrem Zimmer, aber auch diese misslangen, sodass sie meistens an Handarbeiten stickte.

Maman verhielt sich ebenso reserviert wie Monet, und ihre Gespräche beschränkten sich auf Blanches tägliche Pflichten.

Das letzte Weihnachtsfest und Neujahr waren am schlimmsten. Ununterbrochen dachte sie an Jack. Für den kleinen Rosenquarz hatte sie sich ein Samtbeutelchen genäht und es mit einem J bestickt, das sie in ihrer Rocktasche bei sich trug.

»Marthe, Blanche, Suzanne! Ich habe etwas mit euch zu besprechen.« Es war kurz nach Mittag, als Maman sie in ihren Salon rief.

Tiefe Sorgenfalten durchfurchten ihr Gesicht. Einen Zettel in der Hand haltend, nahm sie auf ihrem Sofa Platz und räusperte sich. »Ihr werdet einige Tage lang den Haushalt bewirtschaften. Hier habe ich alle zu erledigenden Aufgaben unter euch aufgeteilt.«

Marthe setzte sich zu ihr. »Verreist du?«

»Ich fahre einige Tage nach Paris und werde mich um euren Vater kümmern.«

»Ist er ernstlich krank?«, fragte Suzu.

Blanche schauderte davor, wenn Maman zum ersten Mal das Haus in der Rue Lafitte betreten würde, denn der Gestank war kaum zu ertragen gewesen. Hoffentlich hatte ihr Vater wenigstens seine dunkle Kammer aufgeräumt, wenn sie eintraf.

»Eurem Vater geht es nicht gut, und Doktor Gachet ist mit seinem Latein am Ende.«

Wie sie selbst an den leeren Flaschen mit Picot Bitter gesehen hatte, betäubte er sich und seine Schmerzen mit Alkohol. Vielleicht wäre es besser, wenn er nicht allein auf Maman traf.

»Ich könnte dich begleiten«, schlug Blanche vor.

»Du kümmerst dich um Monet.«

Nein!

»Sorge dafür, dass es ihm an nichts fehlt! Achte auf seine Kleidung. Er muss jeden Tag eine trockene Jacke anziehen. Ich möchte nicht, dass er sich bei der Nässe draußen eine Lungenentzündung holt. Und seine Schuhe müssen am Kamin trocknen.«

Ob sie sich dermaßen um Papa kümmern würde, der in seiner zugigen und eiskalten Dachkammer zwischen schmutzigen Wäschebergen mit seiner Krankheit vegetierte? Und sie verhätschelte Monet, damit er keine nassen Füße bekam?

»Wirst du bei Papa wohnen?«, fragte Marthe. Ein flüchtiger Glanz huschte über ihr Gesicht. Hoffte sie immer noch darauf, dass ihre Eltern wieder zueinanderfanden?

»Das werde ich vor Ort entscheiden.«

Blanche konnte sich eine spitze Bemerkung nicht verkneifen. »Ist Monet damit einverstanden?«

Suzu hielt neben ihr die Luft an.

Maman stand auf und drückte Blanche die Liste in die Hand. »Ich erwarte von euch, dass ihr euren Aufgaben gewissenhaft nachkommt.«

•••

Sechs Tage nachdem Maman nach Paris abgereist war, hatten sie ein Telegramm erhalten. Papa war am 19. März eine Viertelstunde nach Mitternacht verstorben. Wie damals bei Camille, war sie auch ihm nicht von der Seite gewichen und hatte für seine Letzte Ölung gesorgt.

Vermutlich war es ihr Gottesglaube, der sie dazu angetrieben hatte, und ihre Form der Abbitte, weil sie ihn für Monet verlassen hatte.

Tante Amélie und Onkel Georges aus Biarritz, die sich zur selben Zeit in Paris aufhielten, standen ihr bei. Onkel Georges übernahm es auch, Papas Tod auf dem Standesamt zu melden.

Zuletzt organisierte Maman die Trauerfeier in der Kirche Notre-Dame-de-Lorette in Paris. Blanche empfand es beinahe als Hohn, weil Monet dort fünfzig Jahre zuvor getauft worden war. Es tröstete sie, dass die Kirche nur unweit von Papas letzter Adresse lag und es sich um einen Zufall handeln musste.

Alle Beileidsbekundungen der Familie Raingo, die in den vergangenen Tagen in Giverny eingetroffen waren, richteten sich ausschließlich an Maman und ihre Kinder und schlossen Monet aus. Blanche folgerte daraus, dass sich niemand von Mamans Verwandten mit Monet an ihrer Seite einverstanden zeigte. Er hingegen hatte auf eine verstörende Weise erleichtert gewirkt.

»Ich bitte inständig darum, Papa hier in Giverny zu beerdigen«, hatte Marthe ihn angefleht.

»Er fehlt uns seit Jahren!«, hatte Blanche Marthe unterstützt.

Der vorwurfsvolle Unterton, der in ihrer Stimme mitschwang, war beabsichtigt. Monet durfte ruhig verstehen, dass sie seinetwegen unter der Trennung von Papa gelitten hatten.

Sogar ihr älterer Bruder Jacques und Suzu bettelten ihn an. Letztlich ließ Monet sich erweichen und übernahm die Kosten der Überführung und Trauerfeierlichkeiten.

Seitdem taumelte Blanche zwischen Trauer, Leid und Verlust, die nie zu enden schienen. Erst Camille, dann Geneviève, Jack und nun auch noch Papa. Jeder von ihnen hatte ihre Seele berührt und war ihr genommen worden. Aber Papas sterbliche Überreste nach

Giverny zu holen, linderte ihren Schmerz, da sie nun wenigstens sein Grab besuchen konnte.

Die Grabrede, die der Priester unter dem strahlenden Himmel hielt, würdigte Papa und seinen Charakter. Blanche und Suzu stützten sich gegenseitig. Obendrein klammerte Blanche sich an ihr Samtbeutelchen mit Jacks Rosenquarz in ihrer Rocktasche. Die Totengräber hoben die Seile vom Erdboden auf. Stück für Stück gaben sie nach, um den Sarg in das dunkle Loch hinter der Église Sainte-Radegonde hinabzulassen.

Während Marthe sich auch nach der Beerdigung noch immer nicht beruhigen konnte und weinte, zog Monet seine Holzschuhe an und ging hinaus in den Garten, um bei den Teicharbeiten zuzuschauen, da der Wasserzulauf geöffnet werden sollte.

War er gefühlstot? Hatte das Leben ihn so hart werden lassen? War es am Ende ein Schutz seiner selbst?

Auch wenn sich Blanche nicht erschloss, warum so grausame Dinge geschahen, eines wusste sie sicher – hätte Monet ihr die Heirat mit Jack nicht verboten, wäre sie niemals zu Papa nach Paris gereist. Zwar waren ihm die Hände gebunden, aber immerhin hatte sie ihren Vater dort zum letzten Mal lebendig gesehen und ihren Frieden mit ihm gefunden.

Aber würde sie jemals wieder Frieden mit Monet schließen?

Giverny, Mai 1892

In den letzten anderthalb Jahren besuchte Blanche ihren Vater täglich auf dem kleinen Friedhof hinter der Kirche und hielt in Gedanken Zwiesprache mit ihm. Papa hatte ihr damals in der zugigen Pariser Dachkammer gestanden, dass er sich zurückgezogen und nicht länger um seine Familie gekämpft hatte, um ihnen durch Monet ein angenehmeres Leben zu ermöglichen. Und er hatte recht behalten. Mittlerweile war Monet zu Wohlstand gelangt. Die Serie der Getreideschober, wie auch die der Pappeln von Limetz, fanden ihre Bewunderer und brachten seine Kritiker allmählich zum Schweigen. Während Monet früher seine Freunde ständig um Geld anbetteln musste, war er nun seinerseits in der Lage, seinem Freund Pissarro Geld zu leihen.

Blanche lächelte in Gedanken an die Pappeln, denn die Fertigstellung der Serie wäre um ein Haar gescheitert. Ehe Monet sie beenden konnte, sollten die Pappeln gefällt werden. Er war außer sich und fuhr zum Bürgermeister nach Limetz, um ihn davon abzuhalten, die Pappeln zu versteigern. Doch der Bürgermeister sah darin keinen Nutzen für die Stadt, sodass Monet sich an einen Holzhändler wandte, der die Pappeln für ihn ersteigern sollte. Sie vereinbarten, dass Monet alles über den Preis hinaus bezahlte, den der Händler sich als Limit gesetzt hatte. Im Gegenzug ließ der Holzhändler die Bäume so lange stehen, bis Monet mit seiner Serie zufrieden war.

Der gegenwärtige Wohlstand ermöglichte ihnen, ein sorgloses Leben zu führen, in dem alles seinen Platz und seine Ordnung hatte. Obendrein schuf er für sie ein Heim, das er ständig perfektionierte. Seien es Innenausbauten oder die Gärten, alles befand sich in einem stetigen Wandel vergleichbar mit dem der Natur.

An Papas Grab konnte Blanche sich alles von der Seele reden. In diesen Tagen waren es erneut Suzus Heiratspläne, die sie beschäftigten. Sie und Theodore wollten nicht länger warten. Aus Rücksicht auf Blanche und Papas Tod hatten sie sich bisher zurückgehalten. Doch wie es aussah, lehnte Monet auch diese Heirat ab.

Bevor Blanche vorhin hierher zum Friedhof aufgebrochen war, hatte Suzu ihr zugeflüstert: »Erinnerst du dich? Wir wollten damals mit Jack und Theodore durchbrennen. Aber Theodore ist anders als Jack. Er wird nicht großmütig auf mich verzichten. Wir sind fest entschlossen. Und wenn Monet sich weiterhin querstellt, bin ich eines schönen Tages weg, ehe Monet aus den Federn kriecht.«

Blanche tastete nach Jacks Rosenquarz in ihrer Rocktasche und blickte auf Papas Grabstein nieder. Suzu war weitaus waghalsiger als Blanche und würde ihre Ankündigung wahr machen, wenn Monet nicht einlenkte.

Seit er gegen Ende April aus Rouen zurückgekehrt war, wo er bis zur völligen Erschöpfung an einer Serie der Kathedrale gearbeitet hatte, brachten Suzus Heiratspläne Unruhe in das Familienleben. Alle litten unter Monets schlechter Laune, der sogar damit drohte, alles aufzugeben, wenn Maman zu Suzu halten würde. Vermutlich war dies aus verletzter Eitelkeit geschehen, weil er sein schönstes Modell keinem Amerikaner überlassen wollte.

»Was würdest du Suzu raten, Papa?« Blanche hockte sich vor die schmale Marmorplatte, auf der in goldenen Buchstaben seine Daten eingraviert waren, und strich mit den Fingerspitzen darüber. Gewiss würde er ihr finanzielle Sicherheit empfehlen, doch diese wäre durch Theodores Herkunft gewährleistet. Aber wie könnte man Monets Widerstand überwinden?

Vor einigen Wochen hatte er Maman sogar aus Rouen geschrieben, dass es ihre Pflicht sei, diese Heirat zu verhindern. *Sollte es keine unüberwindbare Leidenschaft sein, so zerschlagen Sie ihr jede Hoffnung.*

Maman hielt sich mit einer endgültigen Antwort zurück, da Monet ihr erneut vorgeworfen hatte, ihre Töchter nicht ausreichend zu beaufsichtigen. Würde sie sich auch diesmal seiner Meinung beugen?

Außerdem war ihr Trauerjahr um. Marthe rechnete täglich damit, dass Maman und Monet selbst bald heiraten würden, um ihr Zusammenleben endlich vor den Leuten zu legitimieren.

Eines war jedoch gewiss, wenn Monet nicht bald in Suzus Heirat einwilligte, würde sie Giverny bei Nacht und Nebel verlassen und nicht einmal Blanche einweihen, damit sie sie nicht in letzter Sekunde davon abhalten könnte.

Eine Kohlmeise landete tschilpend auf dem Sandsteinkreuz, das über Papas Grab wachte, und sah sie neugierig an.

»Bonjour, ma petite.« Blanche griff in ihre andere Rocktasche und streute ein paar Brotkrumen auf den Weg. Wann immer sie das Grab besuchte, dauerte es nicht lange, bis die kleine Meise sich zu ihr gesellte. Anfangs hielt Blanche es hier unter den Bäumen für einen Zufall, doch dann fiel ihr ein, was Geneviève damals über die Seelen der Toten gesagt hatte. Wer auch immer in diesem Vögelchen fortlebte, berührte Blanche und gab ihr Kraft.

Die gleiche Kraft, mit der das Schnäbelchen der Meise in die Brotkrume pickte. Sie gab nicht auf, bis sich in der Mitte ein kleines Loch bildete, obwohl das Stückchen Brot größer war als das Vögelchen selbst.

Langsam erhob Blanche sich, um es nicht zu erschrecken. Wenn dieser winzige Vogel es schaffte, mit einem übermächtigen Stück Brot fertigzuwerden, würde auch sie es schaffen, Monet umzustimmen. Auch wenn Blanche ihr Glück versagt geblieben ist, so sollte wenigstens Suzu ihre Liebe leben dürfen.

• • •

Auf dem Rückweg lief Suzu ihr am Gartentor entgegen. Sie weinte.

Blanche schloss sie in ihre Arme. »Was ist passiert?«

Suzu wischte sich mit dem Handrücken Tränen von der Wange. »Monet und Maman wollen heiraten! Und was aus meiner

Heirat wird, liegt auf der Hand! Sie fügt sich seinem Willen! Jetzt schon!«

»Woher weißt du das?«

»Ich habe Maman gefragt, wie sie sich in Bezug auf Theodore entschieden hat. Diese Ungewissheit ist unerträglich.«

Was Blanche nur allzu gut nachempfinden konnte, aber wenn man Maman bedrängte, biss man sich an ihr die Zähne aus.

»Was hat sie geantwortet?«

»Dass Givernys Hochzeitsglocken läuten werden, jedoch nicht für mich.« Suzu schluchzte.

»Willst du zu Theodore?«

Suzu nickte. »Hier halte ich es nicht länger aus!«

Vielleicht war es besser, wenn Suzu erst einmal zu Theodore ging, der nach wie vor im *Hotel Baudy* wohnte und lediglich kurz zu Weihnachten und Ostern nach Amerika gereist war. Auch Angelina wäre dort und würde Suzu den Rücken stärken. Man konnte von Suzu nicht erwarten, dass sie beim Diner mit Maman und Monet an einem Tisch saß und so tat, als sei nichts geschehen.

»Geh zum Hotel. Ich spreche mit Maman und Monet. Nach dem Abendessen hole ich dich ab – wenn du mir versprichst, dass du nichts Unüberlegtes tun wirst.«

Blanche sah Suzu an, dass sie gedanklich bereits auf dem Schiff war, das sie mit Theodore nach Amerika bringen würde.

Nachdem Jack damals abgereist war, hatten weder Blanche noch Monet je wieder ein Wort über ihn verloren. Aber heute ging es nicht um sie. Es ging um das Glück ihrer Schwester. Sie musste Monet umstimmen, was immer es sie kosten würde.

• • •

Maman saß im blauen Salon und änderte gerade den Speiseplan, denn Florimond hatte eben das Haus verlassen, als Blanche eintraf. Vermutlich hatte er Maman benachrichtigt, dass irgendein Obst oder Gemüse reifte, damit sie dieses in den Menüplan aufnahm.

Üblicherweise wurde der Speiseplan eine Woche im Voraus erstellt. Am Vorabend bestellte Maman bei ihm das Gemüse für den nächsten Tag, das er dann am Morgen frisch erntete. Monet legte gesteigerten Wert darauf, die Lebensmittel jung zu verzehren, wenn der Geschmack am intensivsten war. Verpasste man diesen Moment, konnte er fürchterlich zornig werden, weshalb sich häufig kurzfristige Änderungen bei den Gerichten ergaben. Derzeit fieberte er der ersten Ernte seiner Zuckererbsen aus Annonay entgegen. Da Monet befürchtete, dass die süßen Schoten ihren Geschmack verlieren würden, wenn man sie über weite Strecken transportierte, hatte Maman bisher auf dieses Gemüse in ihren Planungen verzichtet. Seit Neuestem wurden daher auch Zuckererbsen im Gemüsegarten angepflanzt.

»Darf ich dich kurz stören?«, fragte Blanche.

Maman nickte geistesabwesend und blickte nicht gleich zu ihr auf, sondern schrieb zu Ende. »Endlich kann ich Monet seine Zuckererbsen servieren.«

Blanche erwiderte ihr Lächeln und setzte sich zu ihr. »Er wird begeistert sein. Und Florimond ist gewiss erleichtert, dass er sie endlich ernten darf. Monet hat sich jeden Abend nach dem Reifegrad seiner Erbsen erkundigt.«

Maman schmunzelte. »Nicht auszudenken, wenn Florimond die Zuckererbsenernte versäumt hätte.«

Ihre Mutter wirkte für ihre Verhältnisse geradezu ausgelassen. Ob es an den Zuckererbsen oder an ihrer geplanten Heirat lag? Ob außer Suzu überhaupt schon jemand davon wusste?

»Du wolltest mich sprechen?«, fragte Maman und lehnte sich abwartend zurück.

»Wäre es angebracht, dir zur bevorstehenden Hochzeit mit Monet zu gratulieren?«

»Wir wollten es euch erst beim Diner erzählen, aber nun weißt du es bereits.«

»Oh, Maman, das ist wunderbar! Ich freue mich für euch. Wann ist es endlich so weit?«

»Voraussichtlich im Juli. Eine Hochzeit will gut vorbereitet sein.«

»Du kannst dich auf uns verlassen. Wir werden alle dazu beitragen, dass es ein ganz besonderer Tag für euch wird. Auch Suzanne freut sich für euch. Aber sie ist völlig aufgelöst wegen Theodore.«

Maman runzelte die Stirn. »Ich war in meinem Leben des Öfteren aufgelöst. Sie wird sich wieder beruhigen.«

Irgendwo musste auch in ihrem Inneren ein Herz für das Wohl ihrer Kinder schlagen. Monet war Mamans Glück, aber warum verweigerte sie es ihrem eigenen Fleisch und Blut? Gerade jetzt, da ihre eigene Ehe zum Greifen nah war.

»Wäre es nicht schön, wenn im Juli gleich zwei Hochzeiten gefeiert würden?«

Maman legte ihre Feder nieder und sah sie gemessen an. »Monet befürwortet es nicht, dass Suzanne den Amerikaner heiratet.«

Das beantwortete jedoch nicht ihre Frage.

»Ich weiß, dass du nur unser Bestes willst. Auch Papa wollte nur das Beste für uns alle.«

Maman rang nach Luft. »Gott hab ihn selig. Lass deinen Vater in Frieden ruhen.«

»Das kann ich nicht – denn ich muss dir etwas beichten. Ich habe dich belogen, weil ich so verzweifelt war. Ich bin nie mit Angelina bei Lefebvre-Foinet in Paris gewesen, sondern bei Papa. Um seine Unterstützung für meine Ehe mit Jack zu erbitten. An diesem Nachmittag gestand er mir, weshalb er sich so selten um uns gekümmert hat. Er hielt sich zurück, weil er sich um unser Wohl sorgte und glaubte, Monet könnte uns all das bieten, wozu er nach dem Bankrott nicht mehr imstande war. Papa hat dich gehen lassen, damit du und wir ein glückliches Leben führen können.«

Maman blähte ihre Nasenflügel auf. »Ich habe ihn in seinen letzten Stunden begleitet!«

Blanche vermutete, dass Maman vornehmlich allein zu ihm geeilt war, um Unausgesprochenes zu klären und ihren Frieden mit ihm zu schließen. Sie mussten sich auch über ihre Kinder unterhalten haben. Blanche war sich sicher, dass Papa sie auch auf Jack angesprochen hatte.

»Ernest hat mir kurz vor seinem Tod erzählt, dass du bei ihm in Paris warst.«

»Du wusstest es? Aber warum hast du nichts gesagt?«

»Was hätte es geändert?«

Als Maman davon erfahren hatte, war Jack längst zurück in seiner Heimat. Selbst wenn Papa sie umgestimmt hätte, hätte kein Weg an Monet vorbeigeführt. Er hatte Jack des Plagiats bezichtigt. Ganz offensichtlich war dies ein Vorwand, doch Monet wäre nie mehr davon abgerückt, weil er sein Gesicht verloren hätte.

»Du hast recht. Ihr hattet eure Gründe und wolltet gewiss nur mein Bestes. Aber Suzannes Situation ist anders. Sie liebt Theodore und ist am Boden zerstört. Meinst du, Papa hätte sich für seine Töchter gewünscht, dass sie unglücklich sind, weil Monet ihnen ihre große Liebe verweigert?«

Das Blut rauschte in ihren Ohren. Sie hatte sich weit vorgewagt. Maman starrte vor sich ins Leere, aber sie schien wenigstens nachdenklich.

»Papa hat auf dich verzichtet, damit du glücklich bist. So wie

Jack am Ende auf mich verzichtet hat, weil er nicht wollte, dass ich ohne euch leben muss.«

Maman sah sie aus glasigen Augen an und schien nach Worten zu ringen. In all den Jahren hatte sie ihre Mutter noch nie derart verhalten erlebt. Aber vielleicht erkannte sie in diesem Moment die Parallelen zwischen sich und ihren Töchtern.

»Monet wird dieser Ehe nicht zustimmen.«

»Aber du könntest es. Und er würde niemals gegen deinen Willen entscheiden.«

Maman schüttelte kummervoll den Kopf.

»Suzu ist anders als ich. Du wirst sie verlieren, wenn du dich gegen sie stellst. Denn das tust du, indem du Monet über ihr Glück entscheiden lässt.«

Von einem auf den anderen Moment ergriff Maman ihre Feder und holte tief Luft. »Ich muss mich jetzt um den Speiseplan kümmern.«

• • •

Maman hatte das Gespräch zwar abrupt beendet, aber es genügte hoffentlich, um Zweifel zu säen. Die Aussicht, Suzu zu verlieren, während sie einer glücklichen Zukunft mit Monet entgegensah, musste Maman einfach dazu bewegen, ihre Entscheidung zu überdenken. Schwieriger würde es sein, auf Monet einzuwirken.

Sie sammelte ihre Gedanken und ging hinaus. Monet stand am Geflügelgehege und begutachtete die schwarzen Truthähne, die gurrend im Sand scharrten.

»Ich denke, wir sollten sie schlachten oder verkaufen und uns stattdessen auf die Zucht der schwarzen Bresse-Hühner konzentrieren. Ihr Fleisch ist viel saftiger«, sagte Monet, als er sie bemerkte.

»Zu einem Bresse-Hühnchen schmecken gewiss auch Zuckererbsen ausgezeichnet.«

Monet zwinkerte. »Dann ist es beschlossen. Ich lasse mir doch von einem trockenen Truthahn nicht meine delikaten Erbsen verderben.«

Ebenso wie Maman schien auch Monet bester Laune. Wobei Blanche sich auch bei ihm nicht sicher war, ob es an der bevorstehenden Heirat oder den reifen Zuckererbsen lag. Da Monet viel Zeit mit dem Zukauf von Geflügelarten wie den eierlegenden Houdans verbrachte, geriet er schnell in einen Monolog über seinen Geflügelhof. Sie musste das Thema zügig auf die Heirat lenken, ehe er ausholte.

»Vielleicht wären Bresse-Hühnchen sogar ein geeignetes Hochzeitsmenü.«

Einen Moment lang sah er sie verwundert an.

Da es ihm schmeichelte, wenn man sich über etwas freute, das er veranlasst hatte, legte sie ein wenig nach. »Maman hat mir von eurer Hochzeit im Juli berichtet. Endlich kommt zusammen, was seit Langem zusammengehört.«

»Es erfreut mich, dass du das so siehst.«

»Seit wir hier leben, blüht Maman auf. Ich habe sie seit Rottembourg nicht mehr derart glücklich gesehen.«

Leicht verlegen rückte er seinen Strohhut zurecht und lächelte.

Es schmerzte, die folgenden Sätze auszusprechen, doch es war unvermeidbar.

»Papa Monet?« Sie zögerte.

»Hast du etwas auf dem Herzen?«

»Wir … haben seit damals nie wieder darüber gesprochen.«

»Was meinst du?«

»Jack.«

Leicht erbost verdrehte er die Augen. »Ich will nie wieder über ihn sprechen!«

»Bitte. Erlaube mir, trotzdem etwas zu sagen, denn angesichts eurer Heirat ist mir etwas bewusst geworden.« In ihrer Rocktasche umklammerte sie Jacks Rosenquarz so fest, dass ihre Fingerspitzen schmerzten. Es fühlte sich an, als müsste sie Jack an seinen ärgsten Feind verraten. »Es ist gut, so wie es ist.«

Monet wirkte erstaunt über ihre Worte, trat näher und legte seinen Arm um ihre Schulter.

»Dennoch habe ich eine Bitte. Maman würde dir bis ans Ende der Welt folgen. Sie würde über glühende Lava laufen, um bei dir zu sein.«

Er grinste spitzbübisch. »Nun, dann hoffen wir, dass sie schnell genug ist und sich nicht die Füße verbrennt. Aber das war keine Bitte, sondern deine Feststellung.«

»Maman konnte nie anders, als dir zu folgen.«

»Und darüber bin ich sehr froh. Aber du redest um den heißen Brei herum.«

»Vielleicht ist jetzt nicht der passende Moment, aber Suzanne ist untröstlich, dass sie Theodore nicht heiraten darf. Gerade jetzt, da du Maman ehelichen möchtest.«

Monet nahm die Hand von ihrer Schulter, steckte sie in seine Westentasche und ging ein paar Schritte vor dem Gehege auf und ab. Dann trat er mit dem Holzschuh gegen das Gatter, woraufhin die Truthähne kreischend flüchteten. »Diese vermaledeiten Yankees!«

Obwohl er schimpfte, erkannte sie keinen Zorn in seiner Miene.

»Bitte, denk noch einmal darüber nach. Suzu liebt Theodore so sehr wie Maman dich.«

»Deine Mutter hätte diese Liebelei unterbinden müssen!«

»Aber wie hätte sie verhindern können, dass Suzanne sich in Theodore verliebt?«

»Es gibt immer Mittel und Wege.«

»Bitte verzeih mir, wenn ich vorlaut klinge.« Hoffentlich erinnerte er sich an seine eigenen Worte. »Nicht einmal Mamans Glaube hielt sie davon ab, mit dir in Sünde zu leben. Es ist eine *unüberwindbare Leidenschaft*. Wenn Gott es nicht geschafft hat, Maman von dir abzuhalten, wie sollte sie Suzanne von Theodore abbringen?«

Seine Augen blitzten, doch er verschränkte die Hände hinter dem Rücken. »Ob Gott oder Amerikaner – die Truthähne werden geschlachtet.«

Dann drehte er sich um und ließ sie stehen.

7

Giverny, Juli 1892

Onkel Léon, Monets Bruder, sowie Onkel Georges und Tante Amélie aus Biarritz waren schon vor fünf Tagen eingetroffen und übernachteten bei Angelina. Kurz nach ihnen reiste Jean aus der Schweiz an. Wann immer sich ihm die Möglichkeit bot, fachsimpelte er seitdem mit Onkel Léon über chemische Produkte und seine zukünftige Anstellung in Léons Unternehmen in Rouen.

Im Gegensatz zu Jean, der vor guter Laune überschäumte, zogen Marthe und Suzu Gesichter wie vor einer Beerdigung. Zum Glück weinte Suzu seit gestern nicht mehr, weil sie in den letzten Tagen ständig an Papa denken musste, sodass ihre Augen sich allmählich erholten.

Maman erwies sich als tadellose Gastgeberin. Damit bei der Hochzeit und dem anschließenden Festmahl nichts schiefgehen konnte, plante sie seit Wochen. Da das Speisezimmer nicht genügend Platz für alle Gäste bot, verlegte sie die Festtafel kurzerhand in Monets Atelier.

Zwischen frisch arrangierten Rosen-Bouquets und gesteckten Ranken aus Lorbeerblättern und Rosenblüten glänzten Tafelsilber, festliche Leuchter und das weißgelbe Feiertagsgeschirr aus Limoges mit blauem Rand. Neben den Gedecken würden Menükarten mit heutigem Datum, dem 20. Juli, durch das reichhaltige Hochzeitsmahl führen.

Marguerite, der Maman zwei zusätzliche Küchenmädchen aus dem Dorf zur Seite gestellt hatte, wirbelte durch die Küche, denn die Köstlichkeiten wie Gänseleberpastete, Venezianischer Salat, Eis und Pralinés forderten sogar sie heraus. Tatsächlich hatte Monet aus diesem Anlass die Truthähne geopfert, die nun in Marguerites Brätern schmorten, und deren Duft das ganze Haus erfüllte.

Maman strahlte aus jedem Knopfloch ihrer Spitzenbluse, und auch Monet wirkte beschwingter denn je, als sich die Familie langsam vor dem Haus sammelte, um zur Trauung aufzubrechen. Von der Église Sainte-Radegonde schallten bereits die Hochzeitglocken zu ihnen herüber.

»Wir sollten uns beeilen«, sagte Monet zu Blanche. »Geh und hol deine Schwestern. Mr Robinson erwartet uns.«

Mr Robinson bewunderte Monet seit Jahren und berichtete ihm regelmäßig vom wachsenden Interesse der Amerikaner am Impressionismus. Er war ein lieb gewonnener Freund und Gast für Monet. Wie er Blanche anvertraut hatte, wartete Robinson mit seiner Staffelei vor der Kirche, um den Hochzeitszug zu malen. Dies war Monets große Überraschung für die Braut.

Wenig später saß Blanche neben Jean in der ersten Reihe und fieberte dem prunkvollen Einzug der Braut entgegen.

Andächtig schaute sie auf den Kalksteinboden, den hier und da schwarzer Feuerstein durchzog. Als das Harmonium erklang und die Braut ankündigte, tastete Blanche in ihrer Rocktasche nach Jacks Rosenquarz. Nur für diesen feierlichen Augenblick hatte der Bräutigam das kostbare Instrument von den Orgelbauern Dumond und Lelièvre in Les Andelys hierher transportieren lassen und es Abbé Toussaint für seine Église geschenkt.

Tränen verschleierten Blanches Sicht, und sie zog ihr Spitzentaschentuch hervor. Wo Jack sich wohl gerade aufhielt? Ob er sich manchmal an ihre gemeinsame Zeit erinnerte? Wäre er nur bei ihr, um ihre Hand zu halten und diesen Tag gemeinsam zu erleben, zu feiern und zu tanzen. Verwirrt von ihren Gefühlen, die sie immer noch für ihn empfand, ergriff sie Jeans Hand, als Monet mit Suzu am Arm die Église betrat und auf den Altar zuschritt.

Jean sah sie überrascht an. Im nächsten Moment lächelte er und streichelte ihr Handgelenk. Es tröstete sie über ihren aufkeimenden Kummer hinweg, weil Jack nicht bei ihr war. Würde sie ihn in ihrem Leben noch einmal wiedersehen?

Wenn er nun ebenso trauerte und sie vermisste. Vielleicht würde es ihn doch eines unverhofften Tages zu ihr zurückbringen. Unter dem Vorwand, ihre Tränen vom Lidrand zu tupfen, entzog sie sich Jean.

Suzanne glich mit ihrem Brautkleid und dem Schleier, der sie verhüllte, einem Engel. Obgleich sie gestern noch geweint hatte, weil Papa sie nicht zum Altar führen würde – jetzt, da sie an Monets Arm auf Theodore zuging, strahlte sie vor Glück. Als sie an der ersten Reihe vorbeischwebte, lächelte sie Blanche dankbar zu.

Theodore schien ebenso gerührt und fasziniert von seiner Braut, obschon seine durchdachte und nüchterne Art eher Marthes Charakter entsprach. Aber vielleicht waren Suzu und er gerade deshalb füreinander geschaffen, weil sich ihre Temperamente ergänzten.

Feierlich übergab Monet Suzu ihrem Bräutigam und setzte sich mit stolzgeschwellter Brust neben seine Ehefrau in die erste Reihe. Maman und er waren vier Tage zuvor in einer stillen Zeremonie getraut worden. Nur unter den Augen ihrer Trauzeugen Octave Mirbeau, Paul Durand-Ruel, Paul Helleu und der Familie schlossen sie endlich den Bund der Ehe.

Monet benahm sich, als wäre die Ehe der beiden seine Idee gewesen. Nachdem auch Maman zu Suzus Gunsten auf ihn eingewirkt und er sich damit angefreundet hatte, war es wie bei allem, was ihm durch den Kopf schwirrte – er setzte Himmel und Hölle in Bewegung. In diesem Fall Mr Robinson, der seine amerikanischen Kontakte nutzte, um alles über die Vergangenheit von Suzus Liebstem herauszubekommen. Zufrieden mit Theodores Herkunft als Spross einer Bankiersfamilie und seinem dementsprechenden Vermögen, stimmte Monet der Heirat zu. Dennoch wurde der Termin einige Male verschoben. Selbst nachdem bereits Courtland, Theodores Bruder, nach Giverny angereist war, um die Familie Butler zu repräsentieren und der Trauung beizuwohnen, wurde sie erneut vertagt. Suzu war am Boden zerstört, weil sie wieder und wieder nach hinten rückte, aber hierfür gab es einen simplen Grund – Monet wollte zuerst Maman heiraten, damit er Suzu als rechtmäßiger Brautvater standesgemäß vor den Altar führen konnte.

Blanche bemerkte, dass Jean sie während der Trauung beobachtete. Nachdem der Segen über das Paar gesprochen war und sie die Kirche verließen, reichte Jean ihr seinen Arm zum Geleit, doch irgendetwas in seinem Blick hatte sich verändert.

Vor der Kirche postierten Jäger und feuerten Salven aus ihren Jagdgewehren in den blauen Himmel über Giverny. Gäste und Schaulustige umringten das Paar. Sie applaudierten und bestürmten die Frischvermählten, um zu gratulieren.

Jean beugte sich zu ihr hinüber und flüsterte: »Das möchte ich auch einmal erleben. Am allerliebsten mit dir.«

TEIL III:
Freiheit

1897 – 1927

I

Giverny, Mai 1897

Bepackt mit ihren Malutensilien, überquerte Blanche am Nachmittag die schmale grüne Brücke über dem Wasserzulauf, der den Teich speiste. Nachdem dieser fertiggestellt war, hatte es nicht lange gedauert, bis Monet den Ausbau des Gewässers anstrebte. Zehn Männer hoben einen weiteren Winter lang eine riesige Grube aus, die schließlich im April mit dem ersten Teich verbunden und mit Wasser gefüllt werden konnte.

Seit seiner Jugend bewunderte Monet die japanische Kunst sowie die Kultur und sammelte seit Jahrzehnten leidenschaftlich Farbholzschnitte, die die Wände ihres Hauses zierten. Doch als Monsieur Durand-Ruel eine Ausstellung mit japanischen Holzschnitten der Künstler Utamaro und Hiroshigé in seinen Pariser Räumen organisierte, die Monet besuchte, war es ganz um ihn geschehen. Als Folge dessen brachte er nun auch die japanische Kultur in Form von Pflanzen nach Giverny, wie etwa das acht Meter hohe Bambuswäldchen, das jetzt auf einer kleinen Insel nahe dem Teich wuchs.

Die Frühjahrssonne blinzelte durch das Blattwerk der Rotbuche, deren Blätter von unten betrachtet saftig grün leuchteten. Ein Buchfink mit einem Schnäbelchen voll Nistmaterial flog über sie hinweg und landete im Geäst des Baums. Bald würde es überall piepsen und rascheln, denn die Brutzeit stand bevor und würde die Natur mit neuem Leben erfüllen.

Ähnlich wie Suzus Kinder Jimmy und Lily, die den Haushalt durcheinanderwirbelten, denn mit nun drei und vier Jahren liefen sie überall umher und erkundeten die Welt. Sehr zur Freude von Maman und Monet. Obwohl dieser durch die quirligen Kleinen manchmal kaum zum Malen kam, liebte er den Nachwuchs. Zwar wohnten sie nicht im Pressoir, sondern in einem eigenen Heim in der Rue du Colombier, aber bei schönem Wetter wie heute kam Suzu mit ihnen regelmäßig zu Besuch. Seit Lilys Geburt kämpfte sie zeitweise mit Lähmungserscheinungen in den Armen und Beinen, sodass Marthe und Blanche sie entlasteten und die Kinder beaufsichtigten, wenn Suzu sich schwach fühlte.

Blanche liebte die beiden, als wären sie ihre eigenen Kinder. Obendrein waren sie Suzu wie aus dem Gesicht geschnitten. Auch das lebhafte Temperament hatten sie von ihrer Mutter geerbt, was sich mit zunehmendem Alter ausprägte.

Um ihnen eine Freude zu bereiten, hatte Grand-père Monet ihnen gestern ein Möwenpärchen mitgebracht, das nun bei den Enten im Geflügelhof wohnte. Die anfängliche Begeisterung war aber rasch verflogen, weil Jimmy und Lily sich nicht über die Namen der Tiere einig wurden. Seit dem Déjeuner zankten sie sich. Lily beharrte mit ihren drei Jahren darauf, beide Vögel Lily zu nennen, weil sie gleich aussahen.

»Man kann Jungen keine Mädchennamen geben!«, hatte Jimmy gemault und sie an den Haaren gezogen. Da Marthe unverzüglich eingesprungen war, um Suzu zu unterstützen und Lily zu beruhigen, hatte Blanche sich davongestohlen, um sich eine Atempause zu gönnen.

Der Teich und der Clos Normand, wie Félix den Garten am

Haus getauft hatte, zog nicht nur Monet und sie an. Sein alter Freund Georges Clemenceau, den er aus seiner Pariser Zeit kannte, lange bevor dieser in die Politik ging, besuchte sie seit dem Skandal um den jüdischen Hauptmann regelmäßig.

»Alfred Dreyfus' Verurteilung vor dem Kriegsgericht wegen angeblichen Landesverrats ist eine Schande!«, hatte Monet beim letzten Besuch Clemenceaus gewettert. »Sie spaltet die Politik und die französische Gesellschaft.«

Clemenceau hatte ihm beigepflichtet. »Auch ich bin von der Unschuld des Mannes überzeugt, mein lieber Freund. Sie basierte auf rechtswidrigen Beweisen. Ich werde meine Möglichkeiten als Herausgeber der *L'Aurore* ausschöpfen, um für Dreyfus' Rehabilitierung zu sorgen. Unser Freund Zola wird einen Artikel verfassen.«

»Sie tun gut daran, den empörenden Methoden der Zeitungen die Stirn zu bieten. Mit ihrer antisemitischen Hetze wiegeln sie die ganze Bevölkerung gegen diesen armen Kerl auf. Es kann nicht angehen, dass seine Unterstützer bedroht werden.«

Blanche teilte ihre Meinung, sich gegen diese Ungerechtigkeit aufzulehnen. Monets Freund Pissarro hatte es sogar dazu bewogen, das Land zu verlassen, nur weil er Jude war. Nachdem Zolas Artikel veröffentlicht wurde, in dem er den Hauptmann verteidigte und eine Wiederaufnahme des Verfahrens forderte, geriet auch er in Schwierigkeiten. Blanche hatte befürchtet, dass man auch Monet anprangern könnte, weil er sich für Zola einsetzte, den man ebenfalls vor Gericht zerrte. Aber diesmal kam Monets Wankelmut gelegen, da er von seinem anfänglichen Engagement Abstand nahm und in Giverny blieb, anstatt Zolas Prozess beizuwohnen.

Monet und Clemenceau einte nicht nur ihre politische und antiklerikale Einstellung, sondern auch ihre Begeisterung für den Japonismus und Gärten. Nach Clemenceaus erster Besichtigung des Teichs, brachte er Monet beim nächsten Mal Fotografien von den Wassergärten in Java mit. Hierauf waren wunderschöne Teiche mit blühenden Seerosen zu sehen, so weit das Auge reichte. Blanche hatte gleich geahnt, dass sie Monet inspirieren würden.

Seitdem wälzte Monet Gartenbaukataloge, da er sich in den Kopf gesetzt hatte, Seerosen in den Teich zu pflanzen. Wie er erst kürzlich herausfand, gab es im mehr als siebenhundert Kilometer entfernten Département Lot die Baumschule Latour-Marliac, die sich auf Seerosen und Lotus spezialisiert hatte. Eigentlich hatte Monet beabsichtigt, sich heute wieder seiner Serie der Morgendämmerungen an der Seine zu widmen, doch die Seerosen ließen ihn nicht ruhen. Hinzu kam der Trubel um die Bauarbeiten am zweiten Atelier, was genügte, dass er sich am Morgen kurzfristig dazu entschied, eine Reise nach Südfrankreich anzutreten, um die Baumschule aufzusuchen.

Blanche ließ die Rotbuche hinter sich und ging über die Japanische Brücke, die über die engste Stelle des Teichs führte. Überall strebte Monet einen stillen Einklang des Hauses mit dem Garten an – ein harmonisches Leben und Atmen mit der Natur. Ähnlich wie das Gelb ihres Speisezimmers, dessen Türen und Fenster in den Sommermonaten weit geöffnet wurden und mit dem sonnendurchfluteten Clos Normand harmonierte, spiegelte sich auch hier am Teich eine Einheit wider. Monet liebte das Veroneser Grün der Fensterläden sowie der Veranda, weshalb die Japanische Brücke in diesem Farbton erstrahlte und sich wie das Grün des Regenbogens über die Uferböschungen wölbte. Eine hervorragende Farbwahl, die Blanche immer wieder aufs Neue bewunderte.

Am anderen Ufer angelangt, schlenderte sie noch ein Stück des Sandwegs entlang, der den Teich umgab. Dann hielt sie an. Ihr Blick fiel zurück auf eine Esche. Wie damals in Rottembourg, als Monet die Birken am Teich gemalt hatte, warf auch die Esche ihr Abbild auf die glatte Fläche des Wassers. Die Sonnenstrahlen spielten mit dem Blattgrün und verliehen ihm einen gelblichen Schleier. Die Irisstaude daneben wirkte von hier aus wie ein dichter Busch, dem sich die Brücke anschloss.

Blanche baute die Staffelei nahe dem Ufer auf und sog den Duft der Frühlingsfrische ein. Wasserläufer tanzten inmitten von hauchzarten Kreisen vor ihr über die Oberfläche. Neben ihr summten Bienen auf die Blüten der Schwertlilien zu, und von weiter entfernt hörte sie das schnatternde Gequake der Frösche, wohl auf der Suche nach einer Geliebten, denn es war Paarungszeit.

Neues Leben entstand und strebte der Sonne und dem Licht entgegen. Auch wenn Monets extravagante Ideen manchmal einige Vorstellungskraft erforderten, wie die, diesen Teich anzulegen – er hatte eine lebendige Idylle geschaffen, in der man eins war mit der Natur.

Nachdem sie die Ölfarben auf ihre Palette gegeben hatte, grundierte sie mit flinken Pinselschwüngen in der Mitte der Leinwand die schwarzgrünen Schatten der Esche. Die der Birken, Weiden und Sträucher im Hintergrund endeten wie ein Hufeisen vor ihr am unteren Bildrand und würden später das Spiegelbild der Esche hervorheben.

Es war eine Weile vergangen, bis sie schließlich das Veroneser Grün der Brücke mischte, die mit ihrem Abbild auf dem Wasser darunter wie eine Ellipse aussah. Ihr Blick flog zwischen der Brücke und ihrer Palette hin und her, um den genauen Farbton zu erfassen, da regte sich etwas hinter der Irisstaude.

»Blanche!«, hörte sie eine vertraute Stimme rufen.

Jean? Aber sie hatten ihn erst in der nächsten Woche aus der Schweiz zurückerwartet.

Er lief über die Brücke und winkte ihr mit seinem Hut zu. Sobald er sie erreicht hatte, legte er ihn auf der ebenfalls Veroneser grünen Gartenbank hinter ihr ab.

Blanche sah ihn verdattert an.

»Meine Prüfungen wurden eine Woche vorgezogen.« Seine Miene trübte sich, und sie befürchtete das Schlimmste.

»Und?«

»Ich habe … *bestanden*!«

»Das ist ja wundervoll! Ich gratuliere dir von Herzen. Leider ist dein Vater nicht da, damit du es ihm erzählen kannst.«

»Oh, er weiß es längst.«

»Woher?«

»Ich habe ihm vorgestern telegrafiert. Gleich nachdem die Ergebnisse bekannt gegeben wurden.« Jean grinste.

Monet und Maman wussten es bereits? Warum hatten sie es für sich behalten? Sie wussten alle, dass Jeans Schwächen bei allgemeiner Physik und Mathematik lagen. Daher hatten sie ihm die Daumen gedrückt und gespannt seine Ergebnisse erwartet.

»Hast du deine überraschende Ankunft angekündigt?«

»Ja – weil es eine Überraschung für *dich* werden sollte.« Seine Augen leuchteten.

»Für mich? Ich verstehe nicht.«

»Ich kann sofort in Onkel Léons Firma in Rouen anfangen. Er hat mir in Aussicht gestellt, die Dependance zunächst unter seiner Anleitung zu führen und sie dann zu übernehmen, weil er sich langsam aus dem Geschäft zurückziehen möchte.«

Onkel Léon war vier Jahre älter als Monet und nun bereits einundsechzig. Da er sich in absehbarer Zeit zur Ruhe setzen wollte, sah er in Jean einen geeigneten Nachfolger für seine Position.

»Das ist großartig, Jean! Ich freue mich sehr für dich.«

»Es sollte dich auch für dich selbst freuen.«

Für sie selbst? Sie freute sich für und mit ihm über diese wunderbaren Neuigkeiten, denn all die Nachhilfestunden bei Monsieur Cellier, in denen Jean mehr als alle anderen für die Schule büffeln musste, hatten sich offenbar ausgezahlt.

»Wie meinst du das?«

»Lass es mich anders ausdrücken. Meine Anstellung in Rouen war mein großes Ziel. Sie garantiert mir einen sicheren Lebensunterhalt.« Er senkte seinen Blick auf ihre Hände und nahm ihre Rechte. »Suzanne ist verheiratet und führt dank Theodore ein sorgenfreies Leben. Jacques hat Inga und lebt mit ihr glücklich in Norwegen.«

Da alle in der Familie sich für Boote begeisterten, wollte Jacques Schiffsbau studieren und reiste dafür nach Norwegen, wo er sich im letzten Jahr Hals über Kopf in die Witwe Inga Jorgensoen verliebt hatte. Sie war bereits Mutter der kleinen Anna, was Jacques jedoch nicht hinderte, Inga vom Fleck weg zu heiraten. Es blieb gerade so viel Zeit, dass Monet nach Kristiania reisen konnte und nach der Hochzeit noch verweilte, um die Häuser bei Sandviken und Bjørnegård im Schnee zu malen. Im Gegensatz zu Jean, der Jacques am meisten vermisste und aus Trotz, weil er seinen Freund verloren glaubte, keine Glückwünsche schickte, verstand Blanche sein Handeln nur allzu gut.

Sie erschrak, als Jean plötzlich vor ihr auf dem Sandweg kniete und mit angespannter Miene zu ihr aufschaute.

»Erinnerst du dich noch daran, was ich nach Suzannes Hochzeit zu dir sagte?«

Es erwischte sie eiskalt. »Bitte, steh auf.«

»Nein – lass mich aussprechen, was ich dir schon längst hätte sagen müssen.«

Aus heiterem Himmel sah sie Jack vor sich, wie er damals zur Sonne hinaufgeblinzelt hatte.

»Jean. Bitte!«

Hatten Monet und Maman deshalb nichts verraten, weil sie bereits wussten, was Jean plante? Ihr wurde schwindelig.

»Ich liebe dich, Blanche. Seit dem Moment, in dem du damals in Vétheuil von Vater Papavoines Kutsche gestiegen bist. Und ich bin sicher, du hast es immer gespürt.«

Was sollte sie darauf erwidern? Jetzt, da er es aussprach, wurde es ihr klar. Jean hatte versucht, ihr die Amerikaner auszureden. Er hatte ihr Hunderte von Briefen aus der Schweiz geschickt. Er hatte ihr mit seiner aufmunternden Art über den Verlust von Jack hinweggeholfen. War es am Ende seine Nähe, wenn auch nur in Briefen, die ihre Trauer um Jack gemildert hatte?

»Weißt du noch, als wir beide nach Suzannes Hochzeit die Kirche verließen? Ich hätte dich am liebsten auf der Stelle geheiratet, nur um dich ebenso glücklich zu sehen wie sie. All die Jahre habe ich für diesen Augenblick gelebt. Aber heute, heute kann ich dir endlich auch eine sichere Zukunft bieten.«

Ihre Knie wurden weich.

»Bitte, Blanche, werde meine Frau.«

• • •

Blanche empfand es als glückliche Fügung, dass sie kurz darauf von Marthe und Lily unterbrochen wurden, da Marthe sie mit den Fröschen am Teich von den Möwen abzulenken versuchte. Sehr zum Bedauern von Jean hatte sie ihn mit ihrer Antwort auf später vertröstet.

Denn bevor sie eine Entscheidung traf, brauchte sie Rat. Unter dem Vorwand, sich bei Angelina grüne Ölfarbe besorgen zu müssen, hastete sie durch den Hoteleingang und fand ihre Freundin am Empfang.

Sie schaute verdutzt von ihrem Reservierungsbuch auf. »Du siehst aus, als sei dir der Leibhaftige erschienen.«

»Der in diesem Fall Jean heißt. Ich muss dich sprechen. Dringend!«

Angelina schloss ihr Buch und eilte ihr voraus in die Küche. Seit sie das Hotel betrieb, fanden alle wichtigen Gespräche ausschließlich hier statt, weil sie nebenher die nächste Mahlzeit vorbereiten konnte. Anfangs hatte sie es mit einer Köchin versucht. Da diese sich jedoch als unzuverlässig erwiesen hatte und Angelina ihren Gästen nur das Beste servieren wollte, kochte sie selbst.

»Was hat er verbrochen?«, fragte Angelina, sobald sie außer Hörweite der Gäste waren.

»Er hat um meine Hand angehalten!«

Angelina runzelte die Stirn. »In einem Brief?«

Knapp berichtete Blanche ihr, wie es dazu gekommen war.

»Wirst du seinen Antrag annehmen? Immerhin bist du bereits zweiunddreißig.«

»Marthe ist noch älter.«

»Du bist aber nicht deine Schwester. Sie hat einen anderen Charakter als du.«

Was stimmte, denn Marthe wurde Maman von Tag zu Tag ähnlicher. Wenn Monet und Maman sich auf Reisen begaben oder sich bei Theater-, Opern-, und Ballettaufführungen oder Ausstellungen in Paris amüsierten, schlüpfte sie zu Hause in Mamans Rolle als perfekte Hausherrin. Während Blanche lieber mit nach Paris gefahren wäre, schien Marthe in ihrer Position aufzublühen.

»Oh, Angelina, was soll ich nur tun?«

»Liebst du ihn?«

»Ich weiß es nicht. Jack habe ich geliebt. Für Jean empfinde ich anders.«

Mitfühlend streichelte Angelina ihre Schulter. »Du musst auch an deine Zukunft denken. Wenn Jean die Dependance und die Position seines Onkels übernimmt, bist du in einer begünstigten Situation. Wenn Jack dich ebenso geliebt hätte wie du ihn, wäre er zu dir zurückgekommen. Lucien …« Angelina stockte und schluckte.

Lucien war im letzten Jahr mit nur sechsundvierzig Jahren während einer Dienstreise überraschend an einem Herzanfall gestorben. Blanche hatte nach Kräften versucht, ihr beizustehen und sie zu unterstützen, da sein plötzlicher Tod ihr sehr zusetzte. Vor den Gästen mimte sie die gut gelaunte Gastgeberin, doch hinter der Fassade hatte sie sich kaum von diesem Verlust erholt.

»Lucien hätte niemals auf mich verzichtet und noch dazu behauptet, mich zu lieben. Er hätte es niemals ertragen, nicht bei mir sein zu können. Und ich hätte mich umgekehrt ebenso verhalten.«

Ihr schwirrte der Kopf. »Meinst du, Jack hat seinen Verzicht auf mich nur vorgeschoben, weil er nicht genügend Schneid besaß?«

Achselzuckend wandte Angelina sich ab und putzte sich die Nase. »Ich halte es nicht für ausgeschlossen, aber diese Frage kannst du nur für dich selbst beantworten. Dennoch musst du an deine Zukunft denken. Und in der gibt es keinen Jack. Wie immer du es auch auslegen magst.«

»Papa hat Maman auch aus Liebe gehen lassen.«

»Vielleicht besaß dein Vater nach seinem Bankrott nicht mehr die Kraft, um euch zu kämpfen, und war froh, dass Monet sich eurer annahm. Auch wenn er es nie zugab.«

Angelinas Worte brachen wie eine Lawine über sie herein. Tosend. Donnernd. Und vernichtend. Sie wehrte sich dagegen, zu glauben, dass Jack ihr etwas vorgemacht haben könnte, um sich am Ende in ein gutes Licht zu rücken.

Angelina räusperte sich. »Du musst nach vorne schauen. Auch wenn sich unsere Erinnerungen manchmal schöner anfühlen als das Hier und Jetzt. Wir können die Vergangenheit nicht ändern, deshalb müssen wir sie ruhen lassen. Aber wir bestimmen unsere Zukunft.«

• • •

Als Blanche wieder zu Hause eintraf, saß Suzu allein auf der Veranda, trank einen Kaffee und beaufsichtigte Jimmy, der mit seinem Tretroller vor dem Haus auf und ab fuhr. Theodore und ihre Mutterrolle schienen ihr gutzutun, denn sie wirkte trotz ihrer Beschwerden wie das blühende Leben. Suzu legte ein besticktes Lesezeichen in ihr Buch und rückte ihr aufmunternd einen Stuhl zurecht.

Blanche sah sich um. »Wo sind Jean und Maman?«

»Sie hat sich in ihrem Zimmer hingelegt, da sie über Kopfweh klagte. Jean ist im zweiten Atelier und schaut den Handwerkern auf die Finger, weil sie eine Glasscheibe zerbrochen haben. Warum fragst du?«

Anscheinend hatte er noch nichts verlauten lassen, denn Suzu hätte sie gewiss sofort mit Fragen überhäuft. Blanche setzte sich zu ihr. Da die Fenster der Küche weit offen standen und sie vermeiden wollte, dass das Personal etwas aufschnappte, was am Teich geschehen war.

»Du hast Bedenken«, stellte Suzu unumwunden fest, die spürte, dass etwas nicht stimmte.

»Es fühlt sich seltsam an.«

»Du denkst immer noch an Jack?«

Blanche biss sich auf die Unterlippe.

Suzu beugte sich zu ihr vor und legte ihre Hand auf Blanches Knie. »Er wird nicht zurückkehren. Das hätte er längst tun können.«

»Hat Theodore etwas von ihm gehört?«

»Du weißt, die beiden haben seit damals keinen Kontakt mehr.«

Theodore war ihm einige Zeit später zwar noch bei einer Ausstellung der Impressionisten in Amerika begegnet, aber Jack war ihm aus dem Weg gegangen.

»Auch Theodore hat nie begriffen, was damals in Jack gefahren ist, als er dich verlassen hat. Und noch viel weniger, warum er nach zwei, drei Briefen auch den Kontakt zu ihm abbrach. Weißt du noch, als wir damals mitten in der Nacht durchs Küchenfenster gestiegen sind, um uns zu verabschieden?«

»Hauptsächlich erinnere ich mich daran, dass du wegen der Katze ins Gebüsch gesprungen bist und ich eine halbe Stunde in Angelinas Küche auf dich gewartet habe, weil du dich nicht von Theodore trennen konntest.«

Suzu kicherte. Dann trübte sich ihre Miene, und sie nahm Blanches Hände in ihre. »Hättest du Monet und Maman nicht ins Gewissen geredet, würde ich heute in Amerika leben.«

Jimmy schoss mit seinem Tretroller haarscharf am Geranienbeet vor der Veranda entlang und riss beinahe ein paar Blütenköpfe ab. Monet wäre einem Herzanfall erlegen, wenn er das gesehen hätte.

»Jimmy!«, ermahnte Suzu ihn. Dann wandte sie sich wieder Blanche zu. »Und ihr hättet die Kinder wohl niemals zu Gesicht bekommen.«

Ein unvorstellbarer Gedanke! Selbst wenn James und Lily manchmal zankten, bereicherten sie ihrer aller Leben. Wenn Monet aufgrund eines misslungenen Gemäldes unausstehlich war, sobald Lily auf seinen Schoß krabbelte, verflog seine schlechte Stimmung.

»Du meinst, ich soll Jean heiraten?«

»Worauf willst du warten? Dass dir vielleicht ein Besserer über den Weg läuft? Er wird ein wunderbarer Ehemann für dich sein. Seine Anstellung bei Onkel Léon sichert euer Einkommen, und du kannst malen, so viel du möchtest.« Suzu lächelte. »Manch anderer Ehemann würde seine Frau gewiss für verrückt erklären lassen, wenn sie von morgens bis abends nur die Malerei im Kopf hätte.«

Hinsichtlich ihrer Malerei zweifelte sie nicht an Jeans Verständnis für ihre Bedürfnisse.

»Du kennst Jean und seine kleinen Eigenheiten. Ihr mögt euch und habt euch von Anfang an verstanden. Was hindert dich? Und wenn du noch Kinder möchtest, zögere nicht mehr allzu lange.«

Suzu traf einen wunden Punkt, wie ihr in diesem Moment schmerzlich bewusst wurde, denn bisher nahmen Jimmy und Lily diesen Platz ein und erfüllten sie. Doch Jean und sie würden nach Rouen ziehen müssen, wo sie die beiden Kleinen nicht mehr ständig um sich hätte.

»Du weißt, worauf du dich einlassen würdest. Das ist ein Vorteil, den ich nie hatte. Auch Theodore hat Marotten, an die ich mich erst gewöhnen musste.«

Zweifellos spielte sie damit unter anderem auf seine Essgewohnheiten an, die Monet zur Weißglut trieben. Da ihr Schwager es liebte, ausgiebig zu schlemmen, und kein Ende fand, wenn ihm ein Gericht besonders gut schmeckte, brachte er Monets Zeitplan durcheinander. Letztendlich wies Monet das Personal an, niemals nachzulegen, wenn Theodore mit ihnen aß. Da sie alle sich über die Jahre Monets Tagesablauf angewöhnt hatten, bereitete es Suzu Schwierigkeiten, sich Theodores ausgiebigen Mahlzeiten anzupassen. Nebenbei missfiel ihr sein Wohlstandsbauch, den er mittlerweile vor sich hertrug.

Hätte sie auch an Jack ähnliche Gewohnheiten entdeckt? Bei Jean konnte sie sicher sein, dass seine Allüren sie nicht an den Rand der Verzweiflung trieben.

»Gewiss hast du recht«, pflichtete Blanche ihr bei. »Ich kenne Jean.«

2

Rouen, Juni 1897

Es dämmerte bereits, als der Kutscher die Pferde vor der schlichten Fassade eines Gebäudes an der 239 Rue du Renard anhielt. Im Vergleich zu Monets Haus und Garten in Giverny enttäuschte es, doch für Jean und sie schien es ausreichend. Sobald Blanche den Haushalt organisiert hätte, würde sie hier, unweit der Seine und der Église Saint-François-de-Sales, nach Herzenslust malen, während er für Onkel Léon arbeitete.

Jean sprang aus der Droschke und reichte ihr seine Hand.

»Darf ich bitten, Madame Monet. Ich hoffe, es wird dir gefallen.«

»Davon bin ich überzeugt«, erwiderte sie und strich ihren Rock glatt.

Kurz darauf öffnete sich die Haustür, und ein Dienstmädchen mit weißem Spitzenhäubchen empfing sie. »Willkommen, Madame Monet. Mein Name ist Delphine.«

Mit ihren blonden Locken und dem schüchternen Lächeln ähnelte sie ihrem früheren Kindermädchen Ninette.

»Ich war so frei, bereits eine Köchin und ein Dienstmädchen einzustellen, damit du deine Kleider nicht allein auspacken musst und dich von der Aufregung der letzten Tage erholen kannst«, erklärte Jean.

Blanche lächelte dankbar, denn nach den Hochzeitsvorbereitungen, der gestrigen Trauung mit anschließender Feier und der Reise nach Rouen sehnte sie sich nach Ruhe. Obgleich Jean nicht viel von Monets Charakter geerbt hatte, behandelte er sie ebenso zuvorkommend wie sein Vater Maman.

Delphine begann, Gepäckstücke ins Haus zu tragen, die der Kutscher ablud.

Nachdem Jean ihr auch die Köchin Rita vorgestellt hatte, eilte diese zurück in ihre Küche, um das Abendessen zu bereiten, während Blanche mit Jean ihr neues Heim besichtigte.

Obwohl viel kleiner als das Pressoir in Giverny, grenzte auch hier die Küche an das Esszimmer, von dem man in einen Salon gelangte. Von dort führte eine Tür in den Garten hinaus und eine weitere zu Jeans Arbeitszimmer.

»Suzu hat mir zwei Wochen lang geholfen, es einzurichten. Sie kennt deinen Geschmack am besten.« Jean grinste.

»War sie etwa gar nicht mit Theodore in Paris, sondern mit dir hier?«

Kurz vor der Hochzeit hatte ihre Schwester James und Lily bei ihnen untergebracht, weil sie Theodore nach Paris begleiten wollte, um sich dort mit jemandem von der Akademie Julian zu treffen.

»Suzanne war bei mir. Und Onkel Léon ist wohlauf, wie du gestern gesehen hast. Auch er war eingeweiht.« Er freute sich sichtlich, sie erfolgreich angeflunkert und damit überrascht zu haben. Jean hatte vorgegeben, für Onkel Léon einspringen zu müssen, da er erkrankt sei.

»Dann ist die Hauseinrichtung Suzus geheimes Hochzeitsgeschenk?«

»Wenn du die Möbel meinst, die haben wir gemeinsam ausgesucht. Suzus Überraschung ist oben. Komm, ich zeige sie dir.«

Jean ging ihr voraus die Treppe hinauf in die erste Etage. Weißer Damast bespannte die Wände des schmalen Gangs, von dem nur wenige Räume abzweigten. Hinter der ersten Tür verbarg sich das Waschkabinett, das sie sich als Ehepaar teilen würden.

»Das ist Suzus Überraschung?«

Er schüttelte den Kopf und errötete, dann legte er seine Hand auf die Messingklinke der benachbarten Tür und öffnete sie. Mitten im Raum, den geblümte Papiertapeten schmückten, stand ein Doppelbett aus Mahagoni, auf dem vier Paradekissen mit Spitzenbordüren einluden.

»Ein Doppelbett?«

Bisher hatte sie keinen Gedanken daran verschwendet, ob sie ebenso wie Maman und Monet getrennt oder in einem Raum schlafen würden. Aber diese Idee stammte zweifelsfrei von Suzu, die gleich nach ihrer Hochzeitsnacht vom gemeinsamen Schlafzimmer mit Theodore geschwärmt hatte.

»Wenn es dir nicht gefällt ... die anderen Räume stehen leer«, beeilte Jean sich zu sagen, da er wohl spürte, dass sie nicht damit gerechnet hatte.

»Oh, das ist es nicht. Es ist nur alles neu für mich. Du kennst es ja bereits.«

Ihre Hand glitt über das Fußende des Betts, als sie daran vorbeiging, um aus dem Fenster in den Garten zu schauen. Bis auf den Magnolienbaum wirkte er karg, aber sie würde ihn mit ein paar Blumenbeeten aufhübschen. Dann zog sie die schweren Vorhänge zu und drehte sich zu ihm herum. »Es ist gemütlich. Wir werden gewiss zurechtkommen.«

Die letzte Nacht, ihre eigentliche Hochzeitsnacht, hatten sie getrennt verbracht. Zwar hatte sie damit gerechnet, dass Jean zu ihr kommen würde, doch unter einem Dach mit Monet und Maman hatte er vermutlich davon abgesehen. Auch ihr wäre es unangenehm gewesen.

Den Blick aufs Bett gerichtet, murmelte er: »Es war Suzannes Idee. Delphine wird deine Sachen ausräumen, während wir essen. Ich muss dir aber zuvor noch etwas zeigen. Im Dachgeschoss wartet ein besonderes Hochzeitsgeschenk auf dich.«

Diesmal ließ er sie vorausgehen, zumal es unter der Dachschräge nur diese eine Tür gab. Was sich dahinter befand, raubte ihr den Atem.

»Jean! Das ist ja ein vollständig eingerichtetes Atelier!«

Sie beeilte sich, Licht zu machen, um alles zu betrachten. Vermutlich hatte Monet ihn beraten, aber auch Jean wusste, was dort hineingehörte. Eine Wand belegten frische Leinwände. Der Tisch an der gegenüberliegenden Seite bot genügend Platz für Pinsel, Farbtuben und Lappen. Mitten im Raum stand eine massive Staffelei. »Es ist wunderschön! Ich danke dir!«

Aus purer Freude umarmte sie ihn und küsste seine Wange.

• • •

Ihre Köchin Rita hinterließ mit ihrem Begrüßungsmenü einen bleibenden Eindruck bei Blanche. Es bestand aus einer Bouillon, Entenpastete im Teigmantel und Schokoladencreme – ihren Leibgerichten.

Blanche lehnte sich auf ihrem Stuhl zurück und prostete Jean zu. »Du hast mit Rita eine hervorragende Wahl getroffen. Sie ist ebenso talentiert wie Marguerite. Es wird mir leichtfallen, mich an ihre Kochkünste zu gewöhnen.«

Jeans Augen leuchteten. »Das freut mich sehr. Dennoch solltest du mit ihr besprechen, wann du zu frühstücken gedenkst, da sie nicht bei uns wohnen wird. Das Gleiche gilt für Delphine.«

Da das Haus zu klein war und es keine Dachkammer für das Personal gab, lag es auf der Hand. Blanche sah zur Uhr. »Es ist bereits elf? Dann sollten wir sie nach Hause schicken und zu Bett gehen, damit du an deinem ersten Arbeitstag nicht verschläfst.«

Nachdem sie Rita und Delphine verabschiedet hatten, gingen sie ins Schlafzimmer hinauf. Die Petroleumleuchten auf den Nachtschränkchen verbreiteten ein heimeliges Licht. Blanche öffnete ihren Kleiderschrank, um sich etwas zum Umkleiden herauszunehmen. Suzu hatte Jean mehr als gründlich unterstützt und sogar eine ihrer Angewohnheiten verraten. Sie wandte sich zu Jean um, der sein Jackett über einen stummen Diener vor seinem Kleiderschrank hängte.

»Hat Suzu dir erzählt, dass ich meine Kleider farblich sortiere?«

»Sie hat mir eine Liste mit deinen Vorlieben erstellt, damit ich veranlassen konnte, dass es dir an nichts mangelt.«

»Gab es deshalb auch dieses köstliche Menü?«

»Ich möchte, dass du dich rundum wohlfühlst.«

Es bereitete ihr ein wenig Unbehagen, dass Jean tatsächlich alles bedacht hatte. Ganz im Gegensatz zu ihr! Sie hatte sich nicht einmal halb so viele Gedanken um ihn gemacht. Vor lauter Trubel um die Hochzeit hatte sie sogar vergessen, sich bei ihrer Schwester nach der angemessenen Kleidung für die Hochzeitsnacht zu erkundigen.

Der Holzboden knarrte unter Jeans Füßen, als er auf sie zukam. Zögernd legte er seine Hände an ihre Wangen. »Meinst du, du wirst es mit mir aushalten?«

Ihr Puls beschleunigte sich. »Ich kenne dich seit beinahe zwanzig Jahren. Wie hätte ich dich heiraten können, wenn ich nicht fest daran glauben würde?«

• • •

Im Halbdunkel blinzelte Blanche neben sich zur leeren Betthälfte. Eilig setzte sie sich auf. Wie spät war es? Durch den Spalt der Vorhänge schien die Sonne herein, und draußen zwitscherten die Vögel. Was sollten die Dienstboten von ihr denken, wenn sie bis zum Mittag schlief? Sie schlüpfte aus dem Bett in ihren Morgenrock und schob die Stores beiseite.

Jean musste längst aufgebrochen sein. Warum hatte er sie schlafen lassen und sich – gerade nach der letzten Nacht – nicht von ihr verabschiedet? Außerdem hatte sie es nicht versäumen wollen, ihm Glück für seinen ersten Tag bei Onkel Léon zu wünschen.

Ihre Röcke lagen fein säuberlich gefaltet über der Lehne des Stuhls an ihrem Frisiertisch. Ob Delphine bereits im Zimmer gewesen war? Unaufgefordert? Dann hätte Blanche womöglich ihrerseits einen bleibenden Eindruck beim Personal hinterlassen, da ihre Kleidung gestern Abend überall verstreut am Boden lag.

Nachdem sie sich gewaschen und angezogen hatte, hörte sie unten in der Küche die Töpfe klappern. Die Standuhr im Flur zeigte bereits halb elf an, als Delphine ihr unten entgegenkam und knickste. »Bonjour, Madame. Ich hoffe, Sie hatten eine angenehme Nachtruhe. Darf ich Ihnen das Frühstück servieren?«

Gewiss hatte Jean auch die aus Giverny vertrauten Essenszeiten übernommen.

»Merci, aber dem herrlichen Duft nach zu urteilen, gedulde ich mich bis zum Déjeuner. Ein Kaffee wäre wunderbar.«

»Sofort, Madame«, erwiderte sie mit einem weiteren Knicks und wandte sich zum Gehen.

»Ach, Delphine?«

Aufmerksam blickte diese ihr entgegen. »Bin ich zu laut gewesen? Monsieur Monet bat mich, Sie ausschlafen zu lassen und nicht durchs Haus zu poltern.«

»Warst du bereits in meinem Schlafzimmer?«

Delphine wirkte eingeschüchtert. »Noch nicht, aber ich werde Ihr Bett unverzüglich aufschütteln, Madame.«

Dann musste Jean auf Zehenspitzen durchs Zimmer geschlichen sein, um das Chaos der letzten Nacht zu beseitigen und die verstreuten Kleidungsstücke aufzusammeln, damit sie nicht in einem Durcheinander erwachte.

»Du hast nichts falsch gemacht. Das kann warten. Bitte, bring mir zuerst einen Kaffee in den Garten.«

• • •

Blanche wusste die Zeit zu nutzen, bis Jean von der Arbeit heimkehrte. Sie erstellte mit Rita einen Menüplan für die Woche, wie sie es von Maman gelernt hatte, richtete sich im Atelier ein und ging mit Delphine zur Gärtnerei, um Pflanzen zu kaufen. Daneben überlegte sie, womit sie Jean erfreuen könnte. Ebenso wie er sich um sie bemühte, wollte auch sie ihm etwas geben. Gewiss würde es ihm gefallen, wenn sie den Garten herrichtete, damit er sich dort nach der Arbeit erholen könnte. Monet hatte ständig unliebsame Aufgaben wie das Bewässern der Beete verteilt, um die auch Jean sich nie gerissen hatte. Aber er liebte die Natur und hielt sich, so oft es ging, draußen auf.

Sie hatte gedacht, ihn zu kennen. Doch seit er ihr den Antrag gemacht hatte, lernte sie unerwartete Seiten an ihm kennen, die sie angenehm überraschten. Sein früher manchmal ungestümes und impulsives Wesen war dem Charme eines überlegt handelnden Mannes gewichen. Wenn man die letzte Nacht nicht dazuzählte – denn in dieser hatte das Impulsive und Ungestüme in ihm gesiegt.

Entgegen ihren vagen Befürchtungen, in ihm nur einen Stiefbruder sehen zu können, den sie geheiratet hatte, keimte seit gestern Nacht ein anderes, unbekanntes Gefühl in ihr auf, das sie beflügelte.

»Liebe muss wachsen«, hatte Maman nach der Trauung zu ihr gesagt.

Vielleicht meinte sie dieses Gefühl der Zusammengehörigkeit. Es fühlte sich anders an als das, was sie für Jack empfand. Anders, aber hoffnungsvoll.

Im Garten schob sie die Ärmel ihrer Bluse bis zur Armbeuge hinauf und hockte sich vor das leere Beet neben der Terrassentür, um ein paar Geranien zu pflanzen, da hörte sie Jeans Stimme im Haus. Hastig stellte sie die Pflanze zurück zu den anderen in ihrem Weidenkorb und eilte zu ihm in den Salon. Er hatte seine Aktentasche abgestellt und lockerte gerade sein Halstuch.

Blanche wehte auf ihn zu und umarmte ihn. »Jean! Wie schön, dass du zu Hause bist. Wie war dein Tag? Warum hast du mich nicht geweckt? Ich wollte dir Glück wünschen.«

Er wich ihrem Begrüßungskuss aus und hauchte ihr nur einen flüchtigen Kuss auf die Wange. Dann lächelte er verkniffen und schob sie sachte von sich, um seine Anzugjacke abzulegen.

»War dein erster Tag sehr anstrengend?«

»Onkel Léon ließ mich von einem Angestellten herumführen, der mir die Abteilungen und Produkte vorstellte.« Seine Stimme klang verärgert.

»Das ist doch wunderbar, oder nicht?«

»Wunderbar? Ab morgen werde ich als Laborant arbeiten!«

Das entsprach, wie Blanche wusste, nicht der Position, über die Léon und Jean am Tag ihrer Hochzeit gesprochen hatten.

»Aber wenn du die Dependance später übernimmst …«

»Ja, dann sollte ich keine Reagenzgläser putzen, sondern Onkel Léons Tätigkeiten kennenlernen!«

Erbost warf er sein Jackett auf einen Sessel, nahm seine Aktentasche und stapfte auf sein Arbeitszimmer zu.

Blanche hielt ihn am Arm zurück. »Möchtest du gar nicht wissen, wie mein Tag war?«

Er quälte ein Lächeln hervor. »Es interessiert mich sehr, aber bitte sei mir nicht böse, wenn wir das auf später verschieben.« Dann verschwand er in seinem Zimmer. Sie hörte, wie er den Schlüssel im Schloss herumdrehte.

• • •

Nach dem Diner klopfte Blanche an Jeans Arbeitszimmer. Wenn er sich über etwas aufregte, half es, ihn gewähren zu lassen, bis sein Ärger verflog. Für gewöhnlich beruhigte er sich, sobald es Essen gab. Aber heute konnte nicht einmal das Diner ihn herauslocken.

»Jean? Bitte komm heraus. Ich verstehe, dass du dich über Onkel Léon ärgerst, aber vielleicht kannst du ihm deine Sorgen verständlich machen. Außerdem musst du etwas essen. Rita hat sich so viel Mühe gegeben. Das Essen ist längst kalt, aber das Estragon-Hähnchen war köstlich. Sie hat dir trotzdem eine Portion angerichtet.«

Blanche drückte ihr Ohr an die Tür und lauschte, ob sich drinnen etwas regte. Dann hörte sie Holz klappern, so als ob er mit den Schubladen seines Sekretärs hantierte.

»Ich habe keinen Appetit!«

Setzte allein die Enttäuschung über seine vorläufige Laborarbeit ihm derart zu, dass er sogar sein Leibgericht ausschlug? Oder gab es im Zusammenhang mit Léon etwas, das er ihr verheimlichte? Wenn er nur herauskommen würde. Von Angesicht zu Angesicht käme sie gewiss dahinter.

»Dennoch würde ich es vorziehen, meinen Ehemann zu sehen und ein wenig mit ihm zu plaudern.«

»Ich muss mich vorbereiten und ein paar komplizierte chemische Reaktionen analysieren, damit uns die neue Versuchsreihe nicht durch meine Unaufmerksamkeit im Labor explodiert.«

Erneut rumpelte er wohl mit den Schubladen.

»Was machst du dort drinnen?«

»Blanche, bitte! Wenn du nicht bereits morgen Witwe sein möchtest, dann lass mich jetzt arbeiten!«

Giverny, August 1898

Blanche sah aus dem Fenster des Zugs, der bereits die Geschwindigkeit drosselte. Sie genoss die gelegentlichen Ausflüge nach Giverny, auch wenn sie heute ohne Jean reiste. Er musste arbeiten, aber Suzu hatte ihr geschrieben, dass die Lähmungserscheinungen nach Lilys Geburt sie zunehmend beeinträchtigten. Obgleich sie ihre Beschwerden herunterspielte, sorgte Blanche sich um sie. Außerdem benötigte Monet dringend die Kressesamen, die er aus den Jardins des Plantes in Rouen bezog und die sie ihm mitbringen sollte. Damals, als er dort die Kathedrale malte, hatte er sich mit dem Leiter der Jardins angefreundet, bei dem er seitdem Pflanzen aller Art orderte.

Am Bahnhof angelangt, holte sie tief Luft, als sie wieder festen Boden unter den Füßen hatte. Giverny roch anders als Rouen. Obwohl ihr Haus in einem Vorort lag, wehte der Wind den Rauch aus den Schornsteinen der Fabriken herüber. Die aufblühende Industrie in der Hauptstadt hatte ihre Schattenseiten, da der Hafen in Rouen zu einem der wichtigsten Handelsplätze zählte, den Geschäftsleute überliefen.

Im Gegensatz zu Rouen wimmelte es in Giverny von Künstlern, die die pure Natur genossen. Und sobald die Droschke Blanche an der Gartenmauer vor ihrem alten Zuhause absetzte, tauchte auch sie in eine andere Welt ein. Eine, in der ihr Herz erblühte wie die Jungpflanzen in Monets Gewächshaus. Sie schmunzelte, denn Suzus Jungpflanzen namens Jimmy und Lily spielten nahe der Küche mit ihrem Ball, als sie eintraf.

Lily stürmte auf sie zu und umarmte Blanches Hüfte. »Tante Blanche!«

Auch Jimmy rannte ihr entgegen und drängelte seine Schwester zur Seite.

Blanche ging in die Hocke, um die beiden zu betrachten. »Wie groß ihr geworden seid. Wo ist Grand-père Monet?«

»Er ist im Atelier mit einem Herrn aus Paris, der ein Bild kaufen möchte«, antwortete Jimmy.

»Oh, ist es Monsieur Durand-Ruel?«

Lily schüttelte den Kopf. »Grand-mère hat gesagt, dass er in der Oper singt.«

»Dann störe ich die beiden lieber nicht und begrüße zuerst eure Maman. Kommt ihr mit mir?«

Jimmy schüttelte den Kopf und grinste. »Wir warten auf Onkel Michel, weil wir mit ihm angeln gehen. Jimmy und Lily haben Hunger.«

Sie stutzte. »Wenn ihr hungrig seid, wird Marguerite euch gewiss etwas zu essen geben.«

Jimmy kringelte sich vor Lachen. »*Wir* haben doch gar keinen Hunger!«

Auch Lily kugelte sich. »Unsere Möwen!«

Blanche hatte das Möwenpärchen vergessen, das noch immer

im Hühnerhof lebte. Nach den anfänglichen Zankereien hatten die Kleinen sich schließlich geeinigt, das weibliche Tier Lily und das männliche Jimmy zu nennen.

Schon kam Michel mit drei Angelruten aus dem Schuppen neben der Küche und lachte. »Möchtest du uns begleiten?«

Lily hüpfte auf der Stelle und klatschte in die Hände. Sie wurde Suzu zusehends ähnlicher. Suzu hatte ihr nicht nur das braune Haar und ihre Augen vererbt, sondern auch ihr ungezügeltes Temperament. Von Jimmy unterstützt, bettelte Lily: »Oh bitte, Tante Blanche! Bitte, geh mit uns angeln.«

Zu ihrem Glück eilte Michel ihr zu Hilfe. »Ich glaube, wir lassen eure Tante besser hier. Sie kann nicht mit einer Angel umgehen. Sie ist geschickter mit dem Pinsel. Vielleicht malt sie euch in der Zwischenzeit ein Bild von den Möwen.«

Belustigt zog Blanche die Nase kraus. »Es ist besser, wenn ich male und du angelst als umgekehrt, weil deine Möwen anschließend Wollhühnern ähneln.«

Lily runzelte die Stirn und sah Michel an. »Was sind Wollhühner?«

Blanche kam seiner Antwort zuvor. »Die gibt es nicht. Wenn euer Onkel malt, erfindet er ständig neue Tiere, weil niemand erkennt, was er da aufs Papier gezaubert hat.«

Lilys Augen leuchteten. »Ich kann Geschichten erfinden!«

Auch ihre Begabung hatte Suzanne an die Kleine weitergegeben, die es liebte, wenn man ihr vorlas und sie ihrer Fantasie freien Lauf lassen konnte wie früher Suzu mit ihren Gespenstergeschichten. Blanche streichelte ihr übers Haar. Dann schaute sie Michel an und deutete zum Haus. »Wer ist denn bei deinem Vater?«

»Monsieur Faure. Der Bariton der Pariser Oper ist zum Déjeuner angereist. Er interessiert sich für ein paar Gemälde.«

Jimmy zog an Michels Jackenzipfel und trat ungeduldig auf der Stelle.

Michel räusperte sich. »Wir sollten aufbrechen.«

Blanche sah ihm an, dass er sich vor den Kindern zusammenriss. »Wenn du Suzanne begrüßen möchtest, sie ist auf der Terrasse.« Dann wandte er sich den Kleinen zu. »Und wir gehen jetzt, sonst verhungern die Möwen tatsächlich.«

Als Blanche die Veranda betrat, saß Suzu zurückgelehnt in einem Korbstuhl und schlummerte. Ein geöffnetes Buch lag zwischen ihren Händen auf ihrem Schoß.

Michel hatte besorgt ausgesehen. Zu Recht, wie sie nun feststellte. Suzus Blässe jagte ihr Angst ein. Unerwartet schlug diese die Augen auf und begann zu husten.

»Blanche!« Sie legte ihr Buch auf den Tisch und streckte beide Arme nach ihr aus. »Es ist so schön, dich zu sehen. Komm, setz dich.«

Früher wäre sie ihr entgegengerannt wie Jimmy und Lily, doch nun wirkte sie spröde wie ein vertrocknetes Blatt. Dabei waren erst zwei Monate seit ihrem letzten Besuch in Giverny vergangen. War sie ernstlich krank? Blanche stellte ihre Reisetasche ab und umarmte sie.

»Mein rechtes Bein will mir nicht mehr gehorchen«, gestand Suzu.

Wohl durch das Husten aufgeschreckt, kam Maman aus dem Haus geeilt. »Geht es wieder? Sie reichte Suzu ein Glas Wasser und schaute Blanche an. »Wir haben dich erst zum Diner erwartet.«

»Jean schlug vor, den Frühzug zu nehmen.« Sie küsste Mamans Wangen.

»Wie geht es ihm?«

»Er schlägt sich leidlich durch. Es missfällt ihm, dass Onkel

Léon ihn weiterhin im Labor beschäftigt, anstatt ihn als seinen Nachfolger zu etablieren.«

»Seitdem Léon Witwer ist und ihm diese Dreiunddreißigjährige den Kopf verdreht, konzentriert er sich nicht mehr auf die Dependance.« Sie wirkte fahrig und drapierte Suzannes Kissen im Rücken. »Wie lange wirst du bleiben? Kommt Jean am Wochenende nach?«

»So lange, wie ihr mich hierbehalten möchtet.«

Suzanne lächelte. »Wenn du das als Maßstab nimmst, kann Jean am Wochenende deinen Kleiderschrank mitbringen.«

Maman warf Blanche einen angespannten Blick zu. »Bleib du bei Suzanne und ruh dich von der Reise aus. Marthe müsste auch gleich aus dem Dorf zurückkommen. Ich muss mich um die Herren im Atelier kümmern.«

Blanche legte ihr Cape über ihre Stuhllehne und setzte sich zu ihr.

Suzu sah Maman nach, die im Haus verschwand. »Sag, wie geht es dir mit Jean wirklich?«

»Zuerst möchte ich wissen, wie es dir geht. Dein Husten hört sich schlimm an.«

»Er kommt und geht, aber das ist unwichtig. Maman macht aus einer Mücke einen Elefanten. Erzähl mir von dir. Das bringt mich auf andere Gedanken. Ist Jean immer noch zurückhaltend?«

Ihre Schwester spielte ihre Erkrankung herunter, denn Mamans Briefen und ihrer sorgenvollen Miene nach, übertrieb diese gewiss nicht.

»Suzanne …«

»Ich möchte nicht, dass mich jeder bedauert. Wie du siehst, bin ich quicklebendig. Was ist mit Jean?«

Suzu hatte Mamans Dickkopf geerbt. Wenn ihr ein Thema

nicht gefiel, blockte sie es ab. Dann konnte man auch gleich mit der Rotbuche reden.

»Also?«, blieb Suzu hartnäckig.

Obgleich sie sich regelmäßig schrieben, besprachen sie kompromittierende Themen nur persönlich.

»Er lässt mich nicht in seine Nähe. Ich weiß nicht, woran es liegt.«

»Schläft er weiterhin in seinem Schlafzimmer?«

Seit ihrer Hochzeitsnacht verbrachte Blanche ihre Nächte allein im Ehebett. Nachdem Jean bereits in der zweiten Nacht auf der Chaiselongue in seinem Arbeitszimmer übernachtet hatte, richtete er sich wenige Tage später einen der ungenutzten Räume ein.

»Ihr seid seit über einem Jahr verheiratet. Wenn er nicht zu dir kommt, könntest du zu ihm gehen.« Sie lächelte spitzbübisch.

»Er schließt seine Tür ab.«

Suzu schlug ungläubig die Hand vor den Mund. »Aber will er denn keine Kinder?«

»Anscheinend nicht.«

»Rede mit ihm!«

»Ich habe es mehrmals versucht, aber sobald ich das Gespräch darauf lenke, vertröstet er mich oder weicht mir aus.«

»Soll Theodore mit ihm sprechen, wenn Jean am Wochenende herkommt?«

»Untersteh dich. Gerade ihn möchte ich damit nicht behelligen.«

Suzu kicherte. »Theodore ist Amerikaner.« Dann stockte sie. »Du denkst doch nicht immer noch an Jack?«

Blanche legte den Zeigefinger an ihre Lippen, weil Monet und Monsieur Faure aus dem Atelier auf die Veranda zuschlenderten. Sie erhob sich und ging ihnen entgegen, um die beiden zu begrüßen.

Unbemerkt von Monsieur Faure zwinkerte Monet ihr zu. »Es ist bedauerlich, Blanche, aber Monsieur Faure hat nicht das passende Sujet gefunden.«

Wenn dieser amüsierte Unterton in seiner Stimme lag, führte er etwas im Schilde.

Faure kräuselte die Stirn. »Oh, Sie tun mir Unrecht, Monsieur Monet. Das entspricht nicht den Tatsachen. *Vétheuil im Nebel* ist ein Meisterwerk. Lassen Sie mich Ihnen ein letztes Angebot unterbreiten. Sechshundert Francs!« Dann wippte er auf den Füßen und lächelte siegesgewiss, überzeugt, dass Monet das nicht ausschlagen würde.

Monet schmunzelte und zündete sich gemächlich eine Zigarette an. Es war Faure anzusehen, wie er auf Antwort lauerte und Monets Zögern ihn verunsicherte. Blanche sah zwischen den beiden hin und her. Was hatte Monet vor? Warum lächelte er vergnügt, obwohl Faures Angebot einer Beleidigung gleichkam? Immerhin waren seine Bilder mittlerweile das Zehnfache wert.

»Nun, Monsieur Faure, es ehrt mich, dass Sie es als Meisterwerk bezeichnen, denn Sie sind ein wahrer Kunstkenner!«

Faure nickte dankend, aber ihm war der spotttriefende Unterton entgangen. »Dann sind wir uns einig?«

»Selbstverständlich nicht! Ich käme mir vor wie ein Betrüger, wenn ich Ihnen diese völlig übertriebene Summe aus der Tasche ziehen würde!«

Blanche war überzeugt, sich verhört zu haben, denn ein anderes Gemälde aus Vétheuil hatte für zwölftausend Francs den Besitzer gewechselt. Monet aber schien die Situation auszukosten und legte Faure freundschaftlich die Hand auf die Schulter. »Erinnern Sie sich nicht mehr?«

Dieser schüttelte irritiert den Kopf. Monet trat vertraulich noch einen Schritt näher an ihn heran.

»Ich habe Ihnen das *Vétheuil im Nebel* bereits achtzehnneunundsiebzig angeboten. Und Sie, mein lieber Faure, Sie haben mich ausgelacht und wollten mir nicht einmal *fünfzig* Francs für dieses Bild geben!«

Faures Augen weiteten sich, und seine Ohren liefen an wie die roten Hautlappen der toten Puter. Blanche konnte sich ein Grinsen nicht verkneifen.

»Nun, Monsieur Faure, Sie können nicht von mir verlangen, heute sechshundert Francs von Ihnen anzunehmen! Daher habe ich beschlossen, das Bild zu behalten.«

In diesem Moment gesellte Maman sich zu ihnen, und Faure nutzte die Gelegenheit, um der peinlichen Situation zu entfliehen.

»Madame Monet, ich stehe in Ihrer Schuld für das delikate Déjeuner. Lassen Sie mich wissen, wann Sie uns wieder in Paris beehren, damit ich mich mit einem Logenplatz revanchieren darf.«

Für Maman als Gastgeberin gab es kein größeres Lob. Sie fühlte sich sichtlich geschmeichelt.

»Ich danke Ihnen. Darauf werde ich sehr gerne zurückkommen.«

Nachdem Faure sich in der Runde und auch von Suzanne verabschiedet hatte, begleitete Maman ihn zur Vorderseite des Hauses.

Als die beiden außer Hörweite waren, schmunzelte Monet und sagte: »Er ist ein Narr. Ich hoffe, er erstickt an seinem damaligen Hohn. Und nun widmen wir uns den wichtigen Dingen des Lebens.« Er lächelte und legte Blanche den Arm um die Schulter. »Wie viel Kressesamen hast du mir mitgebracht?«

3

Giverny, Februar 1899

Seit September pendelte Blanche in regelmäßigen Abständen zwischen Rouen und Giverny, weil sich Suzus Gesundheitszustand verschlechterte. Bis auf Weihnachten, das Blanche gemeinsam mit Jean bei ihrer Familie verbracht hatte, begleitete er sie selten. Zwar gab er vor, sein Beruf würde ihn vereinnahmen, aber sie spürte, dass er sich weiter von ihr entfernte. Es kümmerte ihn nicht, wenn sie vier Wochen am Stück in Giverny blieb, um Maman und Marthe bei der Beaufsichtigung von Jimmy und Lily zu helfen, da Suzu dazu kaum noch in der Lage war.

Das neue Jahr hatte für Blanche und ihre Familie mit Kummer und Sorgen um Suzu begonnen, doch Monet traf es gleich doppelt schlimm. Vor wenigen Tagen erst hatte Alfred Sisley, sein Jugendfreund, ihn zu sich nach Moret gebeten. Er litt an einem Raucherabszess und fürchtete, bald daran zu sterben. Sisley sorgte sich um die Ausbildung und finanzielle Zukunft seiner Kinder und bat Monet, ihnen beizustehen und ein Auge auf sie zu werfen. Wie damals bei Édouard Manet, Berthe Morisot und Gustave Caillebotte ging es Monet sehr nahe, wenn er einen engen Vertrauten verlor.

Gerade als Monet aus Moret nach Giverny zurückgekehrt war, erhielt er die Nachricht vom Tod seines Freundes, sodass er erneut nach Moret aufbrach, diesmal zu Sisleys Beerdigung und in Begleitung Mamans. Ihr hatte die Reise zugesetzt, denn seither litt sie an einer schweren Bronchitis, die sie sich in Moret zugezogen hatte, und hütete das Bett.

Am späten Vormittag saß Blanche auf Suzus Bettkante und versuchte, ihr Tee einzuflößen. Ihre Erkältung wurde schlimmer, und der Husten schwächte sie zusehends. Es zerriss Blanche das Herz, wie angestrengt Suzu um Luft rang. Der Doktor hatte erst am Morgen bei seiner Patientin nach dem Rechten geschaut, doch als sie nun Suzus Stirn befühlte, glühte sie vor Fieber.

»Du musst trinken!«

Suzus Gesicht wirkte, als würde es nur aus riesigen, grauschwarzen Augenhöhlen bestehen. Es erinnerte sie an Camille in ihren letzten Stunden. Wie viele Gebete hatte Blanche an Gott gerichtet? Aber sie blieben unerhört.

Nachdem ein erneuter Hustenanfall Suzu überkommen hatte, sah sie Blanche an.

»Blan-Blan? Hast du schon einmal darüber nachgedacht, wie sich der Tod anfühlt?« Ihre Stimme krächzte, denn durch das ständige Husten schmerzte ihr der Hals.

»Was redest du für einen Unfug? Schone deine Kräfte und trinke etwas, damit du gesund wirst. Jimmy und Lily vermissen es, mit dir im Garten zu spielen.«

Suzu berührte sie mit ihrer zerbrechlichen Hand. »Wenn du bei ihnen bist, ist es, als würde ich mich selbst um sie kümmern.«

»Niemand kann dich ersetzen! Marthe und ich bemühen uns, solange du dich auskurierst. Aber du bist ihre Mutter, ihr Universum, und alles was die Kleinen brauchen.«

»Marthe …« Suzu klang nachdenklich.

»Was ist mit ihr?«

»Ich möchte ihr danken …, weil sie sich ebenso liebevoll um Jimmy und Lily kümmert wie du.«

Blanche streichelte ihre Wange. »Das tust du, sobald es dir besser geht.«

Doch Suzu schüttelte den Kopf. »Ich will es jetzt tun. Wenn ich nicht wieder gesund werde …«

»So darfst du nicht reden!«

Sie tastete nach Blanches Händen. »Vielleicht hätte Papa jeden von uns vor seinem Tod gern ein letztes Mal gesehen.«

»Wenn er damit gerechnet hätte, zu sterben – gewiss.«

»Siehst du? Deshalb möchte ich Marthe sehen. Jetzt.«

»Suzanne! Du wirst nicht …« Sie brachte das Wort nicht über die Lippen.

Suzu zwang sich zu einem Lächeln. Ihre Lider flackerten, und sie hauchte: »Ich habe nicht gesagt, dass ich sterben werde. Aber wenn es so kommt – ich möchte nicht umhergeistern und um Vergebung suchen müssen wie der Kutscher mit dem Pferdefuß.«

Sprach sie im Fieberwahn? Blanche wurde angst und bange. Außer dem Dienstmädchen und der Köchin war niemand hier, den sie um Rat bitten konnte. Theodore unternahm einen Ausflug mit den Kleinen, um sie abzulenken, und würde erst am Abend zurückkommen. Monet steckte mitten in den Arbeiten für die geplante Gruppenausstellung, und Maman war selbst erkrankt.

»Ich schicke sofort jemanden los, um Marthe zu holen. Bis sie kommt, ruh dich aus!«

•••

Blanche stand gebeugt vor Theodores Schreibtisch im Arbeitszimmer und schrieb eine Nachricht für Marthe, während sie mit dem

Dienstmädchen sprach. »Zoé, du wirst die Nachricht niemand anderem überlassen! Hörst du?«

»Sehr wohl, Madame.«

Blanche faltete das Papier und gab es ihr. »Lauf und trödle nicht!«

Dann eilte Blanche wieder zu Suzu hinauf und setzte sich zu ihr aufs Bett. Hoffentlich traf Marthe bald ein. Es waren nicht der Husten und das Fieber, die Blanche erschreckten, sondern Suzus Überlegung, sich nicht mehr bei Marthe bedanken zu können.

Wenig später hörte Blanche Schritte auf der Treppe. Marthe? Blanche huschte in den Flur, um sie abzufangen.

Marthe keuchte. »Was ist mit ihr?«

»Sie glüht vor Fieber und redet vom Sterben.«

Marthe ging schnurstracks an Blanche vorbei ins Zimmer. Suzu schlug die Augen auf und lächelte.

Marthe warf Blanche einen beunruhigten Blick zu, rückte einen Schemel nah an das Bett und setzte sich.

Dann klopfte Suzu auf ihre Bettkante. »Blanche? Komm hierher.«

Suzu lächelte glückselig, als sie sowohl Blanches wie auch Marthes Hand ergriff und drückte. »Marthe, ich habe es dir nie gesagt. Aber ich möchte dir danken. Für all das, was du in den letzten Monaten für Jimmy und Lily getan hast. Du hast Theodore unterstützt – und mich.«

Sie sprach nur stockend, denn das Atmen strengte sie hörbar an.

Ein beklemmendes Gefühl schnürte Blanche die Kehle zu, denn so nah und vertraut waren sie drei in all den Jahren niemals beisammengesessen.

»Meine großen Schwestern … ich liebe euch … beide. Verzeihst du mir und Blanche, dass wir dich ausgeschlossen haben?«

Es ängstigte Blanche, dass Suzu dieses Thema gerade jetzt anschnitt. Als versuchte sie, mit sich ins Reine zu kommen, um gehen zu können.

Marthe blinzelte eine Träne fort. Sie führte Suzus Hand an ihre Lippen und küsste sie. »Ihr seid meine kleinen Schwestern. Es gibt nichts zu verzeihen. Lass uns ein anderes Mal darüber sprechen. Werde bloß wieder gesund. Lily und Jimmy brauchen dich.«

Suzu atmete unregelmäßig. »Jeder braucht jemanden. Aber wen hast du?«

Diese Frage betrübte Blanche, denn Marthe hatte keine so innige Vertraute wie sie mit Suzu und Angelina.

»Ich war eifersüchtig auf euch beide, weil ihr euch hattet. Ich habe mich einsam gefühlt und dachte, ihr würdet mich hassen«, gestand Marthe kleinmütig ein.

Blanche schüttelte den Kopf. »Aber du bist unsere Schwester!«

Marthe griff in ihre Rocktasche, zog ein Taschentuch hervor und schnäuzte sich.

»Wir waren eifersüchtig auf dich«, flüsterte Suzu. »Du bist in allem so viel besser, als wir es jemals sein könnten.«

»Neben dir haben Suzu und ich uns klein gefühlt. Vielleicht lag es an Maman. Sie hat dich gelobt, wo sie nur konnte. Bei allem, was wir taten, sollten wir uns ein Beispiel an dir nehmen. Deine Handarbeiten waren makellos.«

Gedankenverloren starrte Marthe vor sich auf den Boden und räusperte sich. »Ich habe ihn.«

Blanche runzelte die Stirn. »Was meinst du?«

»Verzeih mir, Suzu, aber ich habe deinen Fingerhut verschwinden lassen.« Dann griff Marthe erneut in ihre Rocktasche und zog das kleine Silberhütchen hervor. Es glänzte wie am allerersten Tag, als Suzu es damals in Rottembourg geschenkt bekam. »Ich trage ihn seit Tagen bei mir, weil ich ihn dir zurückgeben wollte. Es hat sich bisher nicht der passende Moment ergeben. Lily hat bald Geburtstag. Sie würde sich darüber freuen.«

Lily begeisterte sich ebenso für Stickereien wie Marthe und hatte darauf gebrannt, dass ihre begabte Tante ihr das Sticken beibrachte. Vor zwei Wochen hatte Marthe ihrem Drängen schließlich nachgegeben. Blanche bewunderte sie für ihre Geduld, denn für Lily mit ihren fünf Jahren war es doch noch sehr früh, um Loch- oder Buntstickerei zu erlernen.

»Sie pikst sich ständig, weil sie mit ihren zarten Fingerchen noch nicht die Kraft hat, die Nadel durch die dicht gewebten Stoffe zu schieben.« Marthe gluckste. »Aber im Gegensatz zu ihrer Mutter und ihrer Tante Blanche kann sie still sitzen.«

Blanche grinste. »Hoffentlich tritt sie nicht ihren vollen Nachttopf um wie ihre Tante Marthe.«

Suzu kiekste. »Ich möchte, dass du ihr den Fingerhut schenkst. Sie schwärmt jedes Mal von dir, wenn du ihr wieder einen neuen Stich beigebracht hast. Sie liebt dich.«

Marthe lächelte verhalten, aber es war ihr anzusehen, wie begierig sie Suzus Worte in sich aufsog.

Warum hatten sie sich nicht längst ausgesprochen? Warum hatte Suzu erst so krank werden müssen, damit sie sich mit Marthe versöhnten? All die Jahre, in denen sie zwar miteinander gelebt hatten, aber eine ständige Distanz zwischen ihnen schwebte. Dabei hatten sie so viel gemeinsam. Auch sie hatte sich unsterblich in einen Amerikaner verliebt, der jedoch, im Gegensatz zu Theodore, keine ernsten Absichten gehegt hatte. Marthes Schwarm war eines Tages plötzlich abgereist, ohne sie mit einem Wort zu warnen. Gewiss hätte ihr schwesterlicher Beistand Marthe gutgetan und über ihren Kummer hinweggeholfen.

»Ich habe deinen Stickrahmen damals unter deinem Bett versteckt«, gestand Blanche.

»Denkst du, das weiß ich nicht? Dafür habe ich mich in Biarritz bei dir revanchiert. Erinnerst du dich? Du hattest vergessen, euer Zimmerfenster zu schließen, bevor ihr zum Strand gegangen seid. Als du zurückkamst, lag deine teure Zeichenkreide überall im Garten verstreut.«

»Du musstest wegen deiner Magenverstimmung im Bett bleiben. Das warst du?«

»Hast du tatsächlich geglaubt, die Möwen hätten sie aus dem Fenster getragen?« Marthe lachte übermütig.

»Du hast später so farbenfroh geschildert, wie die Möwe mit der grünen Kreide im Schnabel an deinem Fenster vorbeigesegelt ist, dass Maman keine Sekunde daran zweifelte. Sie hätte mir beinahe eine Woche Stubenarrest erteilt, wenn Tante Amélie nicht eingeschritten wäre und ihr erklärt hätte, dass die Möwen alles stibitzen, was nicht niet- und nagelfest ist.«

»Wenn Maman herausgefunden hätte, dass ich sie angeflunkert habe …« Marthe presste die Hand vor den Mund.

Blanche zwinkerte. »Oder wenn sie herausgefunden hätte, wer dir die halb verwesten Sardellen in den Kleiderschrank geschmuggelt hat.«

»Das war gar nicht Jacques, sondern du?«

Plötzlich röchelte Suzu. Was war mit ihr? Intuitiv fasste Blanche sie an den Schultern und hievte sie aus den Kissen. Ihr Körper fühlte sich kochend heiß an.

»Marthe! Hol den Doktor!«

Blanche bekam kaum mit, wie der Schemel über den Boden schrammte und Marthe losrannte.

»Suzu! Hörst du mich?«

Ihr Kopf hing benommen zur Seite. Hatte sie sich an ihrem Schleim verschluckt? Blanche stützte sie und klopfte ihr auf den

Rücken. Suzu riss erschrocken die Augen auf, hustete und schnappte nach Luft.

»Ruhig atmen! So ist's gut.«

Suzu krallte ihre Finger in Blanches Arm. Obgleich sie weiter hustete, schien der Anfall abzuklingen.

»Der Doktor ist gleich da.«

Allmählich entspannte Suzu sich. Vorsichtig half Blanche ihr dabei, sich zurück in ihre Kissen zu legen. »Möchtest du etwas trinken?«

Doch Suzu wehrte ab, hielt sich an Blanche fest und wisperte: »Mach dir keine Sorgen um mich.«

»Ich habe mich mein ganzes Leben um dich gesorgt und werde jetzt nicht damit aufhören.«

Wenn nur das Fieber sinken würde. Suzus Brustkorb hob und senkte sich. Gewiss half es, wenn sie schlief und ihr Körper etwas zur Ruhe kam. Sie wirkte so zerbrechlich und zart wie die Flügel einer Libelle.

»Ich möchte nicht, dass du traurig bist«, murmelte Suzu unvermittelt.

»Schlaf schön, meine kleine Suzu. Wenn der Doktor da war, wird es dir wieder besser gehen.« Blanche gab ihr einen Kuss auf die Stirn. »Ich verspreche dir, nicht traurig zu sein.«

• • •

Blanche taumelte aus Suzus Schlafzimmer. Der Boden schwankte. Alles um sie herum drehte sich. Mit beiden Händen klammerte sie sich an den Türrahmen, als Marthe Doktor Bernard die Treppe herauffolgte.

»Komme ich zu spät?«

Blanche antworte ihm nicht, lehnte sich mit dem Rücken gegen die Wand und sank daran hinunter.

Von fern hörte sie Marthe schreien. Der Arzt redete auf sie ein. Doch die Stimmen und Geräusche um Blanche herum drangen nur dumpf zu ihr durch. Es fühlte sich an, als würde sie in einem tiefen schwarzen See ertrinken.

Suzu hatte im Schlaf aufgehört zu atmen.

Lautlos. Still. Und heimlich.

Wie damals, als hätte sie sich durch das Fenster davongeschlichen. Sie hatte nicht einmal mehr gehustet. Blanche hatte nur ein paar Sekunden nicht hingesehen.

Zoé kam heraufgerannt, beugte sich zu Blanche hinunter und berührte sachte ihren Arm. »Madame Monet? Monsieur Butler ist gerade mit der Droschke vorgefahren.«

Theodore? Die Kinder!

Marthe wehklagte in einem fort. Ihr Geschrei würde Jimmy und Lily furchtbare Angst einjagen. Eilig wischte Blanche sich über die Augen und ließ sich von Zoé aufhelfen. Was sollte sie zuerst tun? Marthe beruhigen? Theodore abfangen, damit er die Kleinen nicht zu sehr erschreckte, wenn er von Suzus Tod erfuhr?

»Versuch, sie unten aufzuhalten«, wies Blanche Zoé an und eilte ins Schlafzimmer, wo Marthe vor dem Bett auf den Knien lag und Suzus Hand umklammerte. Doktor Bernard stand daneben, trug sein Stethoskop um den Hals und hantierte an seinem Arztkoffer auf dem Nachtschränkchen.

Blanche schüttelte Marthe. »Hör auf zu schreien! Lily und Jimmy sind unten. Suzu hätte nicht gewollt, dass sie das miterleben müssen.«

»Sie ist tot«, wimmerte Marthe tränenüberströmt. »Wir haben uns doch gerade erst gefunden. Warum tut Gott uns das an? Er hat sie uns genommen. Für immer.«

Blanches Gedanken überschlugen sich, aber es blieb keine Zeit, sich jetzt damit zu befassen. Sie mussten Jimmy und Lily von hier fortbringen, um ihnen später behutsam zu erklären, dass ihre Maman im Himmel wohnte. Auch Maman und Monet mussten benachrichtigt werden.

Wie sollten sie nur Maman beibringen, dass ihre Tochter gestorben war?

»Reiß dich zusammen.« Blanche zog Marthe hoch.

In diesem Moment stürzte Theodore ins Zimmer und drängte Marthe und Blanche beiseite.

»Sukey! Verlass mich nicht«, rief er verzweifelt. Er streichelte ihr über den Kopf und vergrub sein Gesicht an Suzus Hals.

Doktor Bernard trat hinter ihn und fasste Theodore an der Schulter. »Sie müssen stark sein, Mr Butler. Für Ihre Kinder.«

Theodore fuhr herum und starrte ihn wutentbrannt an. »Warum haben Sie ihr nicht geholfen?«

Der Arzt nahm unbeeindruckt sein Stethoskop ab und verstaute es in seinem Arztkoffer. »Weil nichts und niemand Ihrer Frau hätte helfen können. Gegen Schwindsucht bin ich machtlos.«

Hatte Doktor Bernard Suzus Tod bereits am Morgen kommen sehen? Blanche warf Marthe einen mahnenden Blick zu und deutete an, dass sie bei den Männern bleiben sollte. Dann wandte sie sich zum Gehen, um nach Jimmy und Lily zu schauen.

»Sie sind ein Provinz-Quacksalber, Monsieur Bernard! Unsere amerikanischen Ärzte bilden sich ständig fort. *Sie* hätten meine Frau *nicht* sterben lassen!«, donnerte Theodore.

Sein Wutausbruch erinnerte Blanche an jenen Monets, als Camille gestorben war. In seiner Trauer richtete sich sein Zorn über den Tod seiner geliebten Sukey auf den Doktor.

Ohne sich abzusprechen, traten Marthe und sie zwischen die

Männer, damit Theodore, der den Arzt um zwei Köpfe überragte, ihm nicht an die Gurgel ging.

Marthe stand vor Theodore und blieb mit ihm zurück, während Blanche Doktor Bernard eilig nach unten geleitete.

Jimmy und Lily standen zitternd am Fuß der Treppe. Zoé hielt schützend ihre Arme um die Kleinen, die sich an sie drückten.

Nachdem Blanche Doktor Bernard verabschiedet hatte, übernahm sie die beiden. »Ihr müsst keine Angst haben. Alles ist gut. Wir gehen jetzt zu Grand-mère und Grand-père Monet, dort könnt ihr Zoé eure Möwen zeigen.«

Blanche hörte sich die Sätze aussprechen, aber sie fühlte sich wie eine Betrügerin. Nichts war gut! Für die beiden Kleinen war mit dem Tod ihrer Mutter die Welt zerbrochen. Und nicht nur für sie, sondern auch für Blanche selbst und den Rest der Familie. Niemand hatte damit gerechnet, dass sie sterben könnte. Außer Suzu selbst. Sie musste es gespürt haben.

»Warum dürfen wir nicht zu Maman?«, fragte Lily zögerlich.

Wie brachte man ihnen bei, dass sie ihre Maman niemals wiedersehen würden?

»Sie schläft. Euer Papa und Tante Marthe kümmern sich um sie.«

Blanche fühlte sich wie ein Feigling, weil sie die Kleinen im Ungewissen ließ.

• • •

Monet arbeitete im zweiten Atelier an den Vorbereitungen für die Ausstellung bei Georges Petit. Er würde es nicht schätzen, gestört zu werden, aber um Maman diese Nachricht zu überbringen, benötigte sie seine Unterstützung.

Monet stand vor seiner Staffelei und schüttelte ungehalten den Kopf.

»Papa Monet?«

Erschrocken drehte er sich um, zog die Brauen zusammen und wandte sich wieder dem Gemälde zu. »Störe mich nicht! Ich muss mich um die Datierungen kümmern, damit die Bilder chronologisch gehängt werden können.«

»Ich fürchte, die Ausstellung muss warten.«

»Was redest du da?« Erbost legte er seinen Pinsel ab.

Sie ging auf ihn zu.

»Du weinst? Was ist geschehen?«

Die Worte, die sie sich zurechtgelegt hatte, drohten sie zu ersticken. »Sukey«, stammelte sie und fiel ihm in die Arme.

»Ist sie …?«

Blanche nickte an seiner Schulter. Auch für ihn war es ein herber Schlag, Suzanne zu verlieren. Wie sehr hatte er sich gefreut, als er erfuhr, dass Suki im Japanischen so viel bedeutet wie *die Heißgeliebte*. Sogleich war er wie Theodore dazu übergegangen, sie Sukey zu rufen. Es schien Blanche absurd, dass sie in diesem Augenblick daran denken musste.

»Weiß Alice es bereits?«

Blanche löste sich aus seiner Umarmung. »Ich wollte es zuerst dir erzählen. Maman wird daran zerbrechen. Sie hat sich gestern Abend von ihr verabschiedet und gesagt, Suzanne sollte sich ausschlafen und ihr Bescheid geben, sobald sie aufwacht.«

»Wo sind die Kinder?«

»Zoé ist mit ihnen bei den Möwen, und Marthe ist bei Theodore geblieben.«

Entgegen ihren Befürchtungen, Monet würde ebenso wüten wie Theodore, seufzte er.

»Nur Ängste und Kummer, Schlag auf Schlag, dennoch muss ich da sein, um die Meinen zu trösten.«

• • •

Die Tage bis zu Suzus Beisetzung waren für Blanche ohne jegliches Zeitgefühl verronnen. Ähnlich wie die gelbgrauen Nebelschwaden der Themse, die die Fischerboote verschluckten, fühlte Blanche sich gefangen in einem undurchdringlichen Grau aus Trauer und Leid. Allein ihr Pflichtgefühl und die Sorgen um Jimmy, Lily und Maman ließen sie all die bitteren Dinge verrichten, die getan werden mussten.

Am Abend nach der Beerdigung und dem Diner zog Blanche sich auf ihr Zimmer zurück. Jean, der erst am Morgen aus Rouen angereist war, saß mit Michel und Jean-Pierre am Esstisch beisammen und sprach über Automobile. Vielleicht war es ihre männliche Art, sich abzulenken, doch Blanche ertrug es nicht, ihnen dabei zuzuhören. Vermutlich würde Jean sich den ganzen Abend über an den Sancerre halten, den er bereits beim Diner trank.

Auch Maman und Monet hatten sich unmittelbar nach dem Essen nach oben begeben. Er hatte sich rührend um Maman gekümmert und sie bei Sukeys letztem Gang gestützt, aber auch er schien hilflos gegen ihre tiefe Trauer. Maman verzieh sich nicht, dass sie in den letzten Stunden nicht bei ihrer Tochter gewesen war.

Blanche nahm die gerahmte Fotografie ihrer Schwester vom Sekretär, stellte sie auf ihr Nachtschränkchen und legte sich seitlich ins Bett, um sie betrachten zu können. Wie oft war Suzu nachts unter ihre Decke gekrabbelt? Wie oft hatten sie in diesem Bett geflüstert, gelacht oder gelitten und sich ihre Geheimnisse anvertraut? Nun lag sie neben Papa hinter der Kirche. Tränen rannen über Blanches Nase und tropften auf das Kopfkissen. Eine Welle endloser Leere riss sie mit sich fort.

• • •

Es musste nach zehn sein, als Blanche das verhaltene Klopfen an ihrer Tür wahrnahm. Sollte Jean sich womöglich Sancerre-beflügelt zu ihr wagen?

Ehe Blanche sich aus dem Bett raffen konnte, öffnete sich die Tür, und Marthe lugte herein.

»Darf ich zu dir kommen?«, flüsterte sie, wohl um Maman nicht aufzuwecken, die hoffentlich von Doktor Bertrands Beruhigungsmittel eingeschlafen war.

Blanche setzte sich auf. »Wie geht es den Kleinen?«

Marthe nahm auf ihrer Bettkante Platz und schlug ein Bein über. »Lily hat sich in Theodores Armen in den Schlaf geweint, und Jimmy hat den ganzen Tag keinen Laut von sich gegeben.«

»Und Theodore?«

Marthe schüttelte resigniert den Kopf. »Ich dachte, er würde ihren Tod ähnlich gefasst wie Monet den von Camille aufnehmen, doch auch er ist kaum imstande, zu sprechen.«

»Damit scheinen unsere Brüder hingegen keine Schwierigkeiten zu haben. Unterhielten sie sich noch über diese Daimler-Motoren, als du heimkamst?«

»Hast du dich mit Jean gestritten?«

Spürte sie, dass etwas zwischen Blanche und ihm nicht stimmte?

»Wie kommst du darauf?«

Marthe fröstelte und rieb sich die Schultern. »Ihr habt euch den ganzen Tag kaum angeschaut oder ein Wort miteinander gewechselt.«

Es überraschte Blanche, dass es Marthe trotz der Aufregung des Tages nicht entgangen war. Sie fühlte sich von Jean alleingelassen. Obwohl er wusste, wie nahe Suzu und sie sich standen, und er wissen musste, was Blanche durchlitt, kam er erst im letzten Moment nach Giverny, um die Beerdigung nicht zu verpassen. Dabei hätte sie ihn gebraucht. Nötiger denn je.

»Du musst nicht antworten, wenn du nicht möchtest, aber ich sehe es dir an.«

Blanche zog die Beine an, umschlang ihre Knie und stützte ihren Kopf darauf.

»Wie geht es dir?«, fragte Blanche, um der Antwort auszuweichen.

»Sie fehlt mir. Unendlich. Wenn ich in Lilys Augen schaue, sehe ich *sie*.« Marthe verbarg ihr Gesicht hinter den Händen. »Es ist, als würde sie in den Kindern weiterleben. Am liebsten wäre ich Tag und Nacht bei ihnen.«

Hatte Suzu ihren Tod vorausgeahnt? Hatte sie gewusst, dass ihre Schwestern einander brauchen würden?

Marthe schluchzte.

Blanche berührte Marthes Handgelenk. »Du bist eiskalt.« Dann hob sie ihre Bettdecke an. »Komm, du solltest jetzt nicht allein sein.«

4

Giverny, Juni 1899

Monate waren nach Suzus Tod vergangen, die Blanche häufig in Giverny verbracht hatte, um Maman beizustehen und sie im Haushalt zu entlasten. Über Nacht war ihr Haar weiß geworden. Täglich schrieb sie die Gedanken an ihre tote Tochter nieder, aber ihr Schmerz schien grenzenlos. Monet bemühte sich, sie aufzumuntern, aber sie war wie gefangen in ihrem Kummer.

Marthe ging nun ebenso täglich nach dem Frühstück in die Rue du Colombier hinüber, um Jimmy und Lily zu umsorgen. Theodore bemühte sich, stark zu sein, aber Blanche wusste, dass Marthe auch ihn stützte.

Suzus Tod hatte bei allen eine Lücke hinterlassen. Im Gegensatz zum Rest ihrer Familie, hatte Blanche ihrer Schwester jedoch etwas auf dem Sterbebett versprochen. *Ich verspreche dir, nicht traurig zu sein.* Auch wenn Blanche sich der Tragweite nicht bewusst gewesen war, es fühlte sich an, als hätte man ihr einen Teil ihrer Seele herausgerissen.

Das Leben in Giverny hatte seinen gewohnten Lauf aufgenommen und dazu beigetragen, die schlimmen ersten Wochen zu überbrücken. Monet empfing Journalisten, Künstler und Gäste wie Clemenceau, Renoir, Mirbeau, Cézanne, Rodin, Geffroy oder

Monsieur Durand-Ruel, die auch ihn von seinem Verlust ablenkten.

Da sie an diesem Nachmittag keinen Besuch erwarteten, vertrieb sich Monet seine Zeit am Teich. Beim Déjeuner wirkte er in sich gekehrt, weshalb Blanche die Japanische Brücke überquerte, um ihm Gesellschaft zu leisten.

Unweit der Brücke stand er am Ufer und blickte versonnen auf die Seerosenteppiche. Als er sie bemerkte, zündete er sich eine Zigarette an.

»Wie geht es dir?«, fragte Blanche. »Du warst beim Essen ungewöhnlich still.«

Er lächelte und legte seine Hand auf ihre Schulter. »Entgeht dir jemals etwas? Wann wirst du abreisen?«

Am liebsten würde sie in Giverny bleiben, aber Jean hatte sich in seinem letzten Brief beschwert. »Morgen früh.«

»Léon hat mir geschrieben. Er meint, Jean lege sich nicht genügend ins Zeug.« Mürrisch runzelte er die Stirn.

»Er ist enttäuscht, weil Léon ihn noch immer im Labor beschäftigt.«

»Dann muss er sich durchbeißen. Ich habe jahrelang für meinen Erfolg kämpfen müssen.«

Darin unterschieden sich Monet und Jean voneinander. Während Monet nach Niederlagen aufstand und unbeirrt sein Ziel verfolgte, steckte Jean den Kopf in den Sand und bemitleidete sich. Hätte Monet nach den ersten Rückschlägen und Beschimpfungen aufgegeben, wo wären sie heute? Heute äußerten sich die Menschen ähnlich wie Octave Mirbeau über ihn, der bei der letzten Ausstellung unumwunden festgestellt hatte, dass Monet mit seinem Genie alle anderen Aussteller erdrücke.

»Dein Erfolg ist unbestreitbar.«

»Dennoch habe ich keine Zeit, mich auszuruhen. Ich muss dafür sorgen, dass es so bleibt.«

»Was hast du vor?«

Monet wandte sich zur Japanischen Brücke um. »Ich denke über weitere Serien nach. Bisher habe ich die Spiegelungen des Wassers gemalt, ohne die Nymphäen zu beachten. Sind sie nicht eine Pracht?«

Sie beherrschten das Gesamtbild. Aus den Pflanzen, die er damals bei Latour-Marliac aus Südfrankreich bestellt hatte, wuchsen unter der beständigen Pflege ihrer Gärtner Seerosenteppiche heran, die der Wasseroberfläche nun wie runde Seidentücher schmeichelten.

»Du meinst eine Serie mit den Seerosen vor der Brücke?«

»Nun, es wäre einen Versuch wert, solange das Wetter mitspielt, da ich im Herbst nach London reisen möchte. Die Nebel der Themse verdienen es, dass ich mich ihnen erneut zuwende. Obendrein wird es eine Abwechslung für Alice sein, Michel zu besuchen.«

Dieser hatte ebenso wie Jean nichts vom Ehrgeiz seines Vaters geerbt. Zwar studierte er in London Englisch, doch Monet zweifelte am Eifer seines Jüngsten. Vermutlich sah er in einer Reise dorthin zudem die Gelegenheit, sich einen Eindruck von Michels Lebensführung zu verschaffen.

Entgegen Monets hohen Ansprüchen an sich selbst, begegnete er Jean und Michels mangelndem Arbeitseifer geradezu gelassen. Vielleicht verhielt er sich ihnen gegenüber auch großmütiger, da sie ohne Camille aufwachsen mussten. Aber sein Herz für Schwächere und Benachteiligte beschränkte sich nicht nur auf seine Familie. Er unterstützte sogar den weniger erfolgreichen Paul Cézanne, dessen Kunst er bewunderte. Gewiss ging er deshalb nachsichtiger mit seinen Söhnen um.

»Nun, wir sollten zum Haus gehen. Alice wird ihren Mittagsschlaf beendet und Marguerite den Tee vorbereitet haben.«

Am Haus kam Marthe ihnen mit Jimmy und Lily entgegen. Nach einer kurzen Begrüßung rannten die beiden Kleinen zu ihren Möwen. Blanche und Marthe folgten Monet hinein.

Marthe hielt sie sanft am Arm zurück. »Ich muss dich allein sprechen. Theodore hat eine Nachricht aus Amerika erhalten.«

Es durchzuckte Blanche wie ein Blitzschlag. Meinte sie eine Nachricht von Jack? Gerade als sie nachfragen wollte, hetzte Maman ihnen völlig außer sich im Flur entgegen.

»Marguerite will uns verlassen! Sie wird heiraten und zu ihrem Mann Paul ziehen.«

Das kam einer Katastrophe gleich. Wie lange hatten ihre Köchinnen gewechselt, bis sie Marguerite fanden, die es verstand, sämtliche Rezepte zu kochen, die Monet von überall her mitbrachte und sammelte. Es würde ihn aus seinen Gewohnheiten reißen, was sich wiederum nachteilig auf sein Schaffen und seine Laune auswirkte. Marguerite zauberte Pfifferlinge *Mallarmé*, Bouillabaisse *Cézanne* aus Stockfisch oder Steinpilze *Durand-Ruel* nach den Rezepten von Monets Freunden und Bekannten. Er liebte es, wenn er diese mit Gerichten in Giverny verwöhnen konnte, die von ihnen stammten.

»Weiß Monet es schon?«, fragte Blanche.

»Wir müssen es ihm schonend beibringen.« Maman fasste sich fahrig an ihren Nackenknoten, wandte sich um und eilte ihnen voraus auf die Veranda, wo Marguerite Tee und Scones aufgetischt hatte.

Monet nahm ein Stück Gebäck und biss genüsslich hinein. »Ich beabsichtige, im Herbst nach England zu reisen. Dort werden wir die Gelegenheit nutzen, ein paar weitere Rezepte für Marguerite zu entdecken.«

Maman warf Blanche und Marthe einen nervösen Blick zu. Blanche war sich unsicher, ob dieser von der unerwarteten Reise oder der Anspielung auf ihre Köchin herrührte.

»Da du es gerade ansprichst, es gäbe da etwas, das wir besprechen müssten«, begann Maman mit gedämpfter Stimme.

Monet hielt inne. »Freut es dich nicht, dass du mich nach England begleiten kannst? Wir werden Michel besuchen.«

»Gewiss freue ich mich, doch ich habe eine Neuigkeit, die dir missfallen wird.«

»Ist etwas geschehen?«

Maman zögerte. »Marguerite möchte uns verlassen.«

Monet sog scharf Luft ein. Blanche erwartete einen Tobsuchtsanfall.

»Ausgeschlossen!« Im nächsten Moment stand er auf.

Maman hielt ihn beschwichtigend an der Hand, damit er nicht in die Küche stürmte. »Sie wird heiraten.«

»Sie wird bleiben! Das steht außer Frage!«

Wollte Monet nun etwa auch Marguerite die Ehe verbieten?

»Wir können sie nicht zwingen, wenn sie zu ihrem Mann nach Berry ziehen möchte«, gab Maman zu bedenken.

Monet kniff die Brauen zusammen. »Du solltest mich besser kennen!«

Blanche sprang Maman bei. »Ihre Ehe würde leiden, wenn sie nicht zusammenleben könnten.«

»In erster Linie würde mein Magen und der unserer Gäste darunter leiden. Was für einen Filou hat sie sich ausgesucht, der sich erdreistet, uns um unsere Köchin zu bringen?«

»Setz dich doch bitte«, forderte Maman ihn auf, »dann werde ich es dir erzählen.«

Widerwillig nahm er Platz und nippte an seinem Tee.

»Paul stammt von einem Bauernhof. Sie kennt ihn seit ihrer Jugend. Er ist ein bodenständiger Mann.«

»Ein Bauer?«

Vermutlich folgte nun das nächste Donnerwetter über den Tölpel, den Marguerite sich als Ehemann ausersehen hatte.

Maman nickte und schien ebenso irritiert wie Blanche.

Dann räusperte er sich. »Ein Mann aus der Landwirtschaft – wir könnten unser Personal aufstocken.«

»Du meinst, ehe Marguerite uns verlässt, willst du ihren Zukünftigen bei uns beschäftigen? Wir haben bereits Sylvain, der uns bei den täglichen Erledigungen hilft.«

Sylvain kümmerte sich um das Atelier und den Keller, wo er den Wein auf Flaschen zog, er fuhr sie für ihre Wochenendeinkäufe mit der Kutsche nach Vernon und übernahm kleinere Aufgaben wie die morgendlichen Besorgungen von Brot und Zeitungen.

»Wir haben niemanden, der sich mit Geflügel auskennt. Außerdem benötigen wir einen Diener bei Tisch, wie es in vornehmen Häusern üblich ist.«

Damit traf er bei ihr einen sensiblen Nerv. Zwar lebten sie auf dem Land im Einklang mit der Natur und abgeschottet vom Dorf, doch als Frau von Welt führte Maman das Pressoir wie damals Rottembourg mit all den Annehmlichkeiten eines mondänen Hauses, in dem sie als Gastgeberin strahlte. Ein Diener in Livrée kam ihr nur recht.

»Ich denke kaum, dass ihm die Aufgaben eines Dieners vertraut sind«, wandte Maman skeptisch ein.

Monet legte seine Hand auf ihre. »Meine liebe Alice, wenn er durch deine Schule gegangen ist, wird man uns in ganz Frankreich um unseren Diener beneiden.«

Maman errötete, und ihre Augen glänzten. »Das ist eine ausgezeichnete Idee. Unsere Gäste werden es zu schätzen wissen.«

»Nun, dann ist es beschlossen. Die Khaki-Campbell-Enten müssen aussortiert werden, und ich habe keine Zeit, mich darum zu kümmern.«

Kaum hatte Monet ausgesprochen, stürzte Jimmy die Stufen hinauf. »Marthe, Marthe! Lily hat das Gatter aufgelassen. Die Enten sind weggelaufen.«

Er konnte nur das Törchen neben dem Möwengehege meinen, hinter dem vier Entenpärchen wohnten, die Clemenceau Monet geschenkt hatte. Das schillernde Gefieder der Mandarinenten-Männchen mit ihren orangefarbenen Flügelfedern und dem kastanienbraunen Backenbart hatten es Lily angetan.

Mit einem Satz fuhr Maman aus ihrem Stuhl auf. »Die kleinen Japaner sind weg!«

Hinter Jimmy stolperte eine weinende Lily auf sie zu und jammerte. »Es tut mir leid, Grand-père.«

Monet streichelte ihr über den Kopf. Dann nahm er einen Scone und drückte ihn Lily in die Hand. »Wir gehen auf Entenjagd, du musst dich stärken. Und nachdem wir sie gefunden haben, wird Sylvain Nanny Goat vor deine Kutsche spannen und dich um den Teich fahren.«

Für Kutschfahrten mit ihrer weißen Ziege ließ sich Lily jederzeit begeistern, und es lenkte sie ab.

Kurz darauf schwärmte ein ganzer Suchtrupp in jeden Winkel des Gartens aus. Auf dem riesigen, dicht bewachsenen Areal glich das der Suche nach der Stecknadel im Heuhaufen, da es unzählige Möglichkeiten für die kleinen Tiere gab, sich zu verstecken. Während die Gärtner die Außenmauern abschritten, durchkämmte Blanche zusammen mit Marthe und den Kleinen die mit Phlox, Lavendel und Bartnelken bewachsenen Beete. Zum Glück hatte Lily aufgehört zu weinen und war nun mit Jimmy dabei, die buschigen Blätter des Agapanthus beiseitezuschieben.

Blanche kicherte. »Marthe, zieh nicht so ein griesgrämiges Gesicht. Du hast schon in Rottembourg beim Versteckspiel am liebsten gesucht. Wir werden sie finden.« Da Marthe nur verkniffen lächelte, trat Blanche einen Schritt näher an sie heran. »Oder hat es mit Theodores Nachricht aus Amerika zu tun? Weißt du etwas über Jack?«

Gerade als Marthe ansetzte, um zu antworten, kreischte Lily auf. »Da sind sie!« Im selben Moment huschten die Mandarinenten aus ihrem Versteck und flogen schnatternd zum Westgarten hinüber. Durch Lilys Geschrei in Alarm versetzt, hetzten aus allen Ecken sechs Gärtner herbei, um die Enten im Obstgarten zu umzingeln und sie unter Monets wachsamen Augen einzufangen.

»Dem Himmel sei Dank!«, hörten sie Maman von der Hauptallee rufen, die die Suche von dort aus verfolgt hatte.

Blanche strich sich eine Haarsträhne aus dem Gesicht und klopfte ihren Rock ab, an dem Blütenstaub von den Schmucklilien haftete. Obgleich Marguerite und die Enten alle in Aufruhr versetzt hatten, genoss Blanche den Alltag im Pressoir, der im Gegensatz zu Rouen viel mehr Schwung und Abwechslung bot. Dennoch war es an der Zeit, dass Marthe mit der Sprache herausrückte. Blanche bedeutete ihr, zu warten. »Hat Theodore etwas von Jack gehört?«

Marthe presste die Lippen aufeinander und nickte.

Noch heute ließ er Blanches Herz höherschlagen, auch wenn er sie vermutlich längst vergessen hatte und verheiratet war.

»Spann mich nicht auf die Folter«, trieb sie Marthe lächelnd an, weil diese noch immer nicht antwortete, sondern wortlos ihre Hände nahm.

»Ich weiß nicht, wie ich es dir sagen soll.« Ihre Stimme vibrierte.

»Was ist denn mit ihm?«

»Im März gab es in Boston einen Gasunfall.«

»Marthe! Geht es Jack gut?«

Aber sie schüttelte den Kopf. »Jack – er – hat es nicht überlebt.«

5

Rouen, März 1908

Am späten Nachmittag ordnete Blanche in ihrem Atelier Gemälde vor der freien Wand an, die sie für die Ausstellung im Salon de la Société des Artistes Rouennais in Erwägung zog. Seit die Maler Marcel Delaunay und Paul Mascart eine Assoziation für die Künstler in Rouen gegründet hatten, gab es ähnlich dem Pariser Salon auch hier eine Möglichkeit, auszustellen, jedoch ohne die Hürde einer Jury.

Sie schwankte zwischen den Ansichten der Seine bei Croisset, direkt vor Flauberts Haus, der Küste bei Canteleu und den Werken ihres Gartens mit Blumen oder schneebedeckt. Sie würde Jean bitten, ihr bei der Auswahl zu helfen.

Blanche ging hinunter ins Erdgeschoss, da sie ihn jeden Augenblick zurückerwartete. Auf der Treppe hörte sie ihn im Esszimmer rumoren.

»Jean, wie schön, dass du zurück bist. Ich benötige deinen Rat, denn ich kann mich nicht entscheiden, welche Gemälde ich präsentieren soll.«

Sie wollte ihn mit einem Kuss begrüßen, aber er wehrte sie ab und drehte seinen Kopf weg. »Denkst du einmal an etwas anderes als deine Malerei?«, entgegnete er schnippisch und ließ sich in den Sessel am Fenster fallen.

Vermutlich war er wieder mit Onkel Léon aneinandergeraten, denn seit einigen Wochen häuften sich ihre Differenzen. »Gab es wieder Ärger?«

»Oh, ich hätte nicht damit gerechnet, dass du überhaupt etwas bemerkst, das nicht mit Pinsel und Farben zu tun hat.«

»Ich kann verstehen, wenn du wegen ihm gereizt bist, aber bitte lass deinen Ärger nicht an mir aus.«

»Selbstverständlich werde ich meine Frau nicht mit meinen Problemen behelligen!«

»Ich habe immer ein offenes Ohr für dich, und das weißt du!«

»Ach, und was nützt es mir?« Jean sprang aus seinem Sessel auf, steckte seine Hände ich die Hosentaschen und lief aufgebracht vor ihr hin und her.

»Meinst du nicht, du nimmst die Sache zu persönlich?«, fragte Blanche.

»Wie sollte ich es sonst auffassen? Ich fühle mich wie sein billiger Handlanger! Er hat mich von Anfang an getäuscht!«

»Ich denke, du übertreibst ein wenig. Du hast eine sichere Anstellung, auch wenn es nicht die ist, die Onkel Léon dir versprach.«

Jeans Augen funkelten. »Niemand versteht, was ich durchmache!«

Was er *durchmachte*? Offenbar hatte er sich in seine Enttäuschung hineingesteigert, und nun fehlte ihm der Bezug zur Realität. Ihnen ging es hervorragend, er wurde angemessen entlohnt, sie lebten sorgenfrei, und doch zerfloss er in Selbstmitleid? Außerdem hatte Onkel Léon wiederholt zu Monet gesagt, Jeans Arbeitseifer ließe zu wünschen übrig.

»Entschuldige bitte, aber ich hatte am letzten Wochenende

nicht den Eindruck, dass du etwas Schwerwiegendes durchmachst.«

»Pah«, stieß er verächtlich aus. »Bloß weil mich die Ausfahrt mit dem Automobil von meinen Sorgen abgelenkt hat?«

Seit Monet vor einigen Jahren die Panhard & Levassor angeschafft hatte, waren die Wochenenden für Ausflüge mit dem Automobil reserviert. Blanche erinnerte sich ganz genau, wie freudestrahlend Jean den Wagen gelenkt und übermütig gehupt hatte, als sie am Sonntag zurückgekehrt waren.

»Dann diente der Ruderwettkampf, den du dir mit Jean-Pierre und Albert nach dem Picknick geliefert hast, vermutlich ebenso dazu, dich abzulenken?«

Albert Salerou war seit einigen Jahren mit Germaine verheiratet und Blanches Schwager. Ebenso wie Jean-Pierre mit seiner Ehefrau verbrachten sie die Wochenenden häufig gemeinsam in Giverny. Alle genossen das Beisammensein. Es wurde gelacht, gespeist, und während die Frauen sich über Mode, Theaterbesuche oder den Klatsch aus Paris austauschten, fachsimpelten die Männer über Automobile und Ralleys oder organisierten Jagden und Bootsausflüge, bei denen sie sich bestens amüsierten.

Jean sah sie böse an. »Was erwartest du von mir? Dass ich jedem auf die Nase binde, wie schlecht ich es bei Onkel Léon getroffen habe?«

»Ich erwarte zumindest, dass du dir Mühe gibst, deine Situation zu ändern, wenn sie dich unglücklich macht. Sieh dir Theodore an. Er wäre beinahe an Suzus Tod zerbrochen. Aber er hat sich aufgerafft und führt nun ein geordnetes Leben mit Marthe.«

»Ach! Du wirfst mir also vor, ich würde mich nicht genügend anstrengen?« Wütend riss er ein Kissen aus dem Sessel und warf es haarscharf am Servierwagen vorbei.

»Ich möchte nur, dass du dein Leben vor dem Hintergrund der Nöte anderer betrachtest.«

»Welche *anderen* meinst du? Dich? Deine einzige Not ist, welche gottverdammten Bilder du in diese lächerliche Ausstellung bringst! Oder sprichst du von meinem Vater, der über seine Malerei irgendwann den Verstand verlieren wird? Obwohl man bereits in Berlin, Brüssel, Prag, Edinburgh, Karlsruhe und bis nach Amerika über ihn spricht, gibt er sich niemals mit sich zufrieden. Meinst du *diese* Nöte?«

Es traf sie, dass Jean derart über sie und Monet urteilte und sie beide für oberflächlich hielt. Aber weit tiefer verletzte es sie, dass er sich nicht für sie als Ehefrau interessierte.

Blanche holte tief Luft. »Hast du mich jemals gefragt, ob *ich* glücklich bin? Hast du mich jemals gefragt, wie es mir gefällt, dass wir keine Kinder haben? Sogar Germaine ist bereits Mutter. Denkst du, mir genügt meine Malerei?«

Nun war es raus! Im Gegensatz zu ihm, der sich an den Wochenenden bei ihrer Familie vergnügte, als könnte ihn kein Wässerchen trüben, ließ sie sich seit Jahren Ausreden für Maman einfallen, die sich regelmäßig nach Enkelkindern erkundigte. Die Einzigen, die die wahren Gründe dafür kannten, waren Marthe und Angelina, deren Ratschläge allesamt nicht gefruchtet hatten. Seit ihrer Hochzeitsnacht hatte sie mit Jean nicht mehr im gleichen Bett geschlafen.

Es klopfte zaghaft an der Esszimmertür. Jean bückte sich und hob das Kissen auf.

Delphine kam herein und knickste. »Madame Monet, darf ich auftragen?«

Blanche sah zur Uhr. Es war bereits sechs. »Gedulde dich bitte noch eine Viertelstunde.«

Als Delphine den Raum wieder verlassen hatte, nahm Jean seine Anzugjacke vom Stuhl. »Ich esse außer Haus.«

»Wo willst du hin?«

»Dorthin, wo man mich versteht! Vielleicht wärst du mit diesem Yankee besser bedient gewesen!« Dann ließ er sie stehen und knallte die Haustür hinter sich zu.

Rouen, Mai 1908

Als Blanche am Morgen des letzten Ausstellungstags den Salon betrat, wimmelte es von Besuchern und Kunstbegeisterten, die durch die Räume wandelten. Am Eingang zur Halle stellte sie sich auf die Zehenspitzen und spähte durch die Menschenmenge zu ihren Gemälden hinüber. Sie hoffte, Jean zu entdecken, der in den vergangenen vier Wochen keinen Fuß hierher bewegt hatte.

Ihn traf sie nicht an, aber vor einem ihrer Gemälde stand ein Herr etwa in Monets Alter und stützte sich auf einen Gehstock. Blanche hatte die Pappeln, die er betrachtete, bereits vor Jahren in Giverny gemalt, doch sie gefielen ihr besser als die Gartenansichten aus Rouen. Außerdem verfolgte sie einen Plan mit den ausgewählten Gemälden.

Der Besucher wiegte seinen Kopf hin und her. Zuerst trat er einen Schritt zurück. Dann näherte er sich wieder, sodass seine Nasenspitze beinahe das Bild berührte.

»Bonjour, Monsieur«, grüßte Blanche und stellte sich neben ihn.

Sie hatte sich in den vergangenen Wochen einen Spaß daraus gemacht, sich nicht gleich als die Künstlerin der Gemälde zu erkennen zu geben, sondern zuerst die Reaktionen der Besucher abzuwarten.

Er erwiderte ihren Gruß und griff in seine Westentasche, um eine Brille hervorzuziehen. Erneut rückte er dicht an das Bild heran. »Außerordentlich. Wirklich außergewöhnlich«, murmelte er.

Es verging eine Weile, ehe er seine Brille abnahm und bemerkte, dass sie noch immer neben ihm stand. »Verzeihen Sie, Madame, mein Name ist Alfred Glatigny. Offenbar interessieren wir uns beide für dieses prächtige Sujet? Es ist von erstaunlicher Eleganz.«

»Oh, ich möchte mich nicht vordrängen, schließlich waren Sie zuerst hier.«

»Sind Sie Kunstkennerin, Madame?«

»Als Kennerin würde ich mich nicht bezeichnen, doch ich verstehe ein wenig davon.«

Monsieur Glatigny griff sich nachdenklich ans Kinn. »Dann sagen Sie mir bitte, an welchen Künstler Sie dieser Pinselduktus erinnert.«

Um ihn nicht bösartig aufs Glatteis zu führen, hielt sie sich zurück und lächelte. »Sie haben gewiss ein geschulteres Auge als ich.«

»Die Pinselführung ist weich und grazil.« Mit der Rechten führte er einen weiblich anmutenden Schwung aus dem Handgelenk aus.

»Es stammt von einer Künstlerin.«

»Das ist es, was mich verwundert! Wäre die Signatur nicht die einer gewissen Blanche Hoschedé, könnte man das Gemälde für einen echten Monet halten.«

Es war an der Zeit, ihre Identität zu enthüllen, ehe sie ihn verärgerte, wenn sie ihn weiter im Ungewissen ließ.

»Verzeihen Sie, Monsieur Glatigny. Ich danke Ihnen für dieses außergewöhnliche Kompliment. Aber erlauben Sie mir, mich Ihnen vorzustellen. Ich hoffe, Sie werden es mir nicht übel nehmen. Mein Name ist Blanche Monet.« Sie deutete auf den rechten Bildrand. »Vor meiner Heirat Blanche Hoschedé.«

Monsieur Glatigny entglitt beinahe seine Brille. Doch dann lachte er schallend. »Madame Monet, es ist Ihnen gelungen, mich in die Irre zu führen. Das können nur die wenigsten von sich behaupten!«

»Entschuldigen Sie, dass ich mich nicht gleich zu erkennen gab. Es geschah, um mich vor eher unflätigen Bemerkungen zu schützen, denn nicht jeder Besucher versteht so viel von Kunst wie Sie.«

Glatigny nahm ihr Lob mit einem gefälligen Nicken an. »Wer könnte es wagen, Sie zu beleidigen? Ihre Kunst ähnelt der Ihres Schwiegervaters zum Verwechseln. Ich halte ihn für einen Virtuosen an der Staffelei. Er ist ein Genie! Ein Paganini des Regenbogens.«

Blanche spürte, wie sie errötete, denn Glatigny konnte nicht ahnen, dass sie ausschließlich Werke mit ihrem Mädchennamen ausgewählt hatte, um herauszufinden, wie die Besucher reagieren würden, wenn sie auf den Namen Monet verzichtete. Lieber nahm sie schlechte Kritiken in Kauf, anstatt sich auf der Berühmtheit Monets auszuruhen.

Glatigny schmunzelte und deutete auf die Pappeln. »Dennoch haben Sie mich nicht gänzlich täuschen können.«

»Sie meinen?«

»Nun, es *ist* ein *echter* Monet.«

»Sie schmeicheln mir, Monsieur Glatigny.«

Seine Augen leuchteten verschmitzt. »Das liegt vielleicht daran, dass ich hoffe, dadurch den Preis ein wenig zu drücken.«

»Ich bin überzeugt, wir werden uns über eine Summe einigen.«

Glatigny zog aus seiner Brusttasche eine Visitenkarte hervor und beugte sich vertraulich zu ihr. »Ich muss zuerst meine Ehefrau davon überzeugen, aber verraten Sie es niemandem«, flüsterte er.

Blanche verkniff sich ein Grinsen. Vermutlich würde sie nie wieder von ihm hören, wenn seine Frau sich gegen seine Investition aussprach. Erst recht nicht, wenn ihr Charakter dem von Maman glich.

»Sollte es bis dahin weitere Interessenten für das Bild geben«, fuhr er fort, »benachrichtigen Sie mich bitte unverzüglich. Wo kann ich Sie erreichen, Madame Monet?«

Sie warf einen Blick auf seine Adresse. Wie sie der Karte entnahm, war er Mediziner und wohnte keine fünfzehn Minuten Fußmarsch von ihr entfernt. »In der 239 Rue du Renard. Eilen Sie sich nicht. Ich werde das Gemälde so lange behalten, bis ich von Ihnen höre.«

Monsieur Glatigny lupfte seinen Zylinder und verbeugte sich. »Es war mir eine Ehre, eine so bewundernswerte Künstlerin kennenzulernen, die Monet in nichts nachsteht.«

Auch wenn seine Gemahlin sich gegen die Pappeln aussprechen sollte, dieses Gemälde würde nie einen anderen Besitzer als Glatigny haben.

• • •

Erschöpft ließ Blanche sich auf die Chaiselongue im Esszimmer nieder und legte ihre Beine hoch. Sie rieb sich die Knöchel, die durch das lange Stehen im Salon angeschwollen waren. Hoffentlich würde Monsieur Glatigny bald von sich hören lassen. Aber so erfolgreich und erfreulich der Tag auch gewesen war – es blieb ein übler Beigeschmack. Jean war nicht einmal am heutigen letzten Ausstellungstag gekommen, obwohl er es ihr am Morgen versprochen hatte.

Seit ihrem Streit vor vier Wochen entfernte er sich immer weiter von ihr. Wie sollten sie den Rest ihres Lebens miteinander verbringen, wenn Jean ihr bereits nach zehn Ehejahren aus dem Weg ging? Außerdem fiel es ihr an jedem Wochenende, das sie bei ihrer

Familie in Giverny verbrachten, schwerer, den Schein zu wahren. Dabei hatte ihr gemeinsames Leben hoffnungsvoll begonnen.

Blanche hörte Geräusche an der Haustür. Jean musste zurück sein. Welche Ausrede ließ er sich heute einfallen, weshalb er es nicht in den Salon geschafft hatte?

Kurz darauf kam er ins Esszimmer und stutzte, als er sie auf der Chaiselongue antraf. »Ah, die Künstlerin ruht sich aus.«

Sein schneidender Unterton war unüberhörbar. Blanche setzte sich auf, um ihm keine weitere Angriffsfläche zu bieten. »*Bonsoir.* Ich habe dich heute in der Ausstellung erwartet. Du hast es mir beim *petit déjeuner* versprochen. Ich habe dich vermisst.«

Missgestimmt hob er die Brauen. »Und ich habe erwartet, dass meine Frau mich nicht mit ihren eigenen Problemchen empfängt, sondern sich zuerst nach meinem Tag erkundigt.«

Wenn sie nur wüsste, was ihn derart gegen sie aufbrachte. »Jean, bitte«, entgegnete sie mit gedämpfter Stimme, »meinst du nicht, wir sollten unsere Differenzen beilegen?«

»Sprich nicht mit mir, als sei ich ein Kleinkind! So kannst du mit Simone reden, wenn sie sich das Knie aufgeschlagen hat, aber nicht mit deinem Ehemann!«

Ihre Nichte war am letzten Wochenende in Giverny tatsächlich ausgerutscht und hingefallen, sodass ihr Bein blutete und Blanche sie getröstet hatte.

Er verschränkte die Arme vor der Brust und blickte auf sie herab. Es wirkte wie die Herausforderung zu einem seiner Ruderwettkämpfe.

Blanche erhob sich, um ihm auf Augenhöhe zu begegnen, obgleich sie nicht verstand, worum es ihm ging. »Wie war dein Tag?«

Er grinste belustigt. »Willst du mir weismachen, dass es dich ernsthaft interessiert?«

Wie sie es auch versuchte, er wand sich wie ein frisch gefangener Aal und drehte ihr das Wort im Mund herum.

»Solltest du mich missverstanden haben, wiederhole ich es gern – ich sagte, ich habe dich *vermisst*.«

Ungläubig schüttelte er den Kopf und winkte ab. »Weswegen solltest du gerade mich vermissen?«

»Weil du mein Ehemann bist. Auch wenn ich mich derzeit frage, ob du dir dessen bewusst bist.«

Außer zu den Mahlzeiten sahen sie einander kaum noch. Entweder waren Delphine oder Rita anwesend, und wenn sich die Möglichkeit bot, ohne Zuhörer miteinander zu reden, schloss er sich für gewöhnlich im Arbeitszimmer ein.

»Du glaubst gar nicht, wie viele Dinge mir bewusst sind!«

Wohin war seine zuvorkommende und charmante Art verflogen? Hatte sie ihn mit irgendetwas verletzt, ohne es zu ahnen?

»Dann *sage* mir, was dich bedrückt. Wie kann ich dir helfen, wenn ich die Wahrheit nicht kenne?«

»Ich bin ein erwachsener Mann und kann mir selbst helfen!«

Blanche trat einen Schritt näher an ihn heran. »Merkst du, dass du mir keine Gelegenheit einräumst, mit dir auf einen Nenner zu kommen?«

»Was bezeichnest du als gemeinsamen Nenner? Dass du von morgens bis abends malen kannst und ich dich nicht mit weltlichen Dingen belästige?«

»Es verletzt mich, dass du so über mich denkst. Glaubst du, meine Malerei ist mir wichtiger als du?«

Jean ging zum Servierwagen, schenkte sich einen Cognac ein und kippte ihn in einem Zug hinunter. »Ich habe *dich* verletzt?« Er lächelte süffisant und goss sich nach.

In diesem Moment schoss ihr Papa in den Sinn, wie er damals in Vétheuil zum Alkohol gegriffen hatte. Wohin dies führte, hatte sie in seiner Pariser Dachkammer an den leeren Flaschen Picot Bitter gesehen.

»Jean, bitte hör auf zu trinken.«

Er lächelte amüsiert. »Aufhören? Ich habe noch gar nicht damit angefangen!« Dann stürzte er den Zweiten hinunter, stellte sein Glas ab und ging zur Tür. »Warte heute Nacht nicht auf mich.«

6

Rouen, Juni 1908

Delphine trug den Kaffee herein und legte Blanche einen Brief von Maman zusammen mit dem *Le petit journal* auf den Frühstückstisch. Sie griff zuerst zum Brief, denn Maman sorgte sich um Monet. Durand-Ruel hatte eine Ausstellung mit Monets Seerosen-Gemälden geplant, aber Monet hatte kurzfristig abgesagt und viele Bilder zerstört. Maman fand keine Erklärung dafür, doch sie vermutete, dass auch der Ärger um Jacques dazu beigetragen hatte. Sein Lebensstil bereitete ihnen Kopfzerbrechen. Er war in die seltsame Geschichte einer Geheimakte verwickelt, in deren Zusammenhang Monet sich mehrfach an Georges Clemenceau gewandt hatte. Wenn dieser als Premierminister es nicht schaffte, Jacques aus seiner Misere zu befreien, dann niemand. Maman trauerte nach wie vor um Suzu und konnte keine unnötigen Belastungen verkraften.

Hoffentlich gab es wenigstens aus Giverny gute Neuigkeiten, denn mit ihren eigenen Problemen war Blanche ausgelastet. Erneut war Jean über Nacht fortgeblieben.

Glücklicherweise schrieb Maman, dass Monet sich wieder gefangen hatte. Jacques war dank Clemenceau einer Strafe entgangen, und sie klang optimistisch, denn Monet und sie hatten eine

Einladung nach Venedig erhalten, die sie im Herbst anzutreten gedachten.

Blanche schob den Brief zurück in den Umschlag und griff zur Zeitung. Im nächsten Moment lief es ihr eiskalt den Rücken herunter, als sie das Titelblatt des *Le petit journals* vor sich hielt.

Monsieur Remy, Exbörsenmakler, ERMORDET in seinem Hotel, 25 rue de la Pépinière.

Eilig überflog sie den vierspaltigen Artikel, der ein Foto des Hoteleingangs in Paris sowie eine Abbildung des zuständigen Prozessrichters Monsieur Albanel beinhaltete.

Onkel Auguste Remy, der Mann von Tante Cécile, tot! Eiskalt im Schlaf erstochen! Sein Kammerdiener und ein weiterer Angestellter wurden verdächtigt, die Tat begangen zu haben. Die arme Maman. Sie mochte ihren lebensfrohen Schwager sehr. Sein Tod würde vermutlich auch die Trauer um Suzu aufflammen lassen. Es blieb nur zu hoffen, dass Maman nicht ebenso unbedarft über den Artikel gestolpert war wie sie selbst. Es war zum Verzweifeln. Sie würde ein Telegramm an Marthe aufgeben, um sich nach Maman zu erkundigen.

Sie legte die Zeitung beiseite und trank einen Schluck Kaffee, als sie Jean im Flur hörte, der nach oben ging. Mit einem Satz hastete sie ihm nach. Er hielt es nicht mal für nötig, sie zu begrüßen.

Sie stieß seine Schlafzimmertür auf. Jean warf gerade seine Anzugjacke aufs Bett.

»Bin ich dir keinen Morgengruß mehr wert?«

Seine Kleidung roch nach kaltem Rauch.

»Wo bist du gewesen? Ich habe die halbe Nacht kein Auge zugetan.«

»Mach dich nicht lächerlich«, entgegnete er, als würde sie sich nur einbilden, dass er über Nacht nicht nach Hause gekommen war.

»*Ich* mache mich lächerlich? Ich erkenne dich nicht wieder! Du sprichst kaum noch mit mir. Du treibst dich nächtelang herum, und ich sterbe vor Sorge um dich!«

Jean legte seine Manschettenknöpfe auf den Nachttisch und begann, sein Hemd aufzuknöpfen. »Ich bin dir keine Rechenschaft schuldig.«

»Das habe ich auch nicht behauptet, aber so kann es mit uns nicht weitergehen.«

»Ach, und das entscheidest *du*?«

»Ich hoffe darauf, dass du es ebenso siehst.«

Diese Kaltschnäuzigkeit, mit der er ihr gegenübertrat und sie auf Distanz hielt, zeugte davon, dass er sich verletzt fühlte. Es schien, als hätte er Angst davor, sie an sich heranzulassen, aber warum?

Sie ging auf ihn zu. »Wenn ich dich unwissentlich gekränkt habe, tut es mir leid. Aber dann verrate mir bitte, was ich getan habe? Warum bist du so abweisend?«

»Diese Frage kommt ein wenig zu spät.«

»Wie meinst du das?«

Er zog ein frisches Hemd an und schnappte seine Anzugjacke. »Lass es gut sein. Du wirst es nie verstehen.«

Seine gleichgültige Haltung fühlte sich schlimmer an als jeder lautstarke Disput.

»Ist es, weil ich unterschätzt habe, wie sehr dich der Ärger mit Onkel Léon belastet?«

»Ich sagte, du wirst es nie verstehen. Und nun entschuldige mich, ich muss zur Arbeit.« Dann rauschte er an ihr vorbei zur Tür.

»Vielleicht interessiert es dich, dass Onkel Remy ermordet wurde!«

Jean stoppte und schwieg einen Augenblick, ohne sich nach ihr umzudrehen. »Der Glückliche hat es hinter sich«, murmelte er und ging.

Giverny, August 1910

Blanche spazierte am Vormittag die schmale Dorfstraße entlang, um Angelina zu besuchen. Von der einstigen ländlichen Idylle in Giverny war nichts mehr zu spüren. Die Betriebsamkeit des Dorfs glich dem des Handelshafens in Rouen. Überall knatterten und hupten Automobile. Aufgrund des Lärms, den die Fahrzeuge verbreiteten, hatte die Gemeindeverwaltung sogar vor Kurzem ein gemäßigtes Tempo angeordnet. Am Hotel angelangt, ging Blanche zum Hintereingang. Vor der Tür saßen Gäste an einer Gartentafel und genossen die Sommerfrische bei kühlen Getränken.

Angelina stand mit dem Rücken zu ihr am Küchentisch und halbierte Zitronen, um Limonade anzusetzen.

»Wirst du dir jemals eine Köchin leisten?«, fragte Blanche und lachte.

Angelina fuhr herum. »Blanche!« Sie legte das Messer ab und fiel ihr um den Hals. »Wann bist du angereist?«

»Gestern Abend.«

»Komm, setz dich.« Eilig schob sie ihre Utensilien auf dem Küchentisch beiseite und rückte ihr einen Stuhl hin. »Ist Jean auch hier?«

»Er ist für einige Wochen in die Schweiz gereist, um sich fortzubilden. Onkel Léon hat ihn dazu genötigt.«

Er strengte sich nicht genügend an. Das bemängelte Onkel Léon nun seit Jahren, aber Jean war zu stur, es einzusehen.

»Wirst du so lange bleiben, bis er zurückkommt?«

»Vermutlich. Maman schlägt sich tapfer, aber der Haushalt übersteigt langsam ihre Kräfte. Wer sollte ihnen sonst helfen? Für Germaine ist die Anreise aus Cagnes-sur-Mer zu weit, Michel erholt sich von seinem Autounfall und wird wohl ein verkürztes Bein zurückbehalten, und mit Jacques ist nicht zu rechnen. Marthe und Theodore sind zwar hier, haben aber ihren eigenen Haushalt und die Kinder. Und bei Jean-Pierre ist es ähnlich.«

»Was sagt denn der Arzt?«

»Es ist nur noch eine Frage der Zeit. Die Leukämie hat sie fest im Griff. Sie hat oft nicht mehr die Kraft, das Bett zu verlassen, und die Strahlentherapie bringt nur kurzweilige Besserung.«

Tröstend streichelte Angelina ihren Unterarm.

»Monet ist kaum in der Lage, zu arbeiten. Dabei müsste er dringend die Venedig-Bilder fertigstellen, weil sie bereits per Vorvertrag an die Brüder Bernheim verkauft sind. Es würde Maman gewiss aufheitern.«

Sie schwärmte noch immer von den Monaten, die sie mit Monet im Palazzo Barbaro und anschließend im *Grandhotel Britannia* verlebt hatte. Der Markusplatz, die Rialto-Brücke und die Gondelfahrten hatten sie nachhaltig beeindruckt.

Angelina wirkte besorgt. »Denkst du auch an dich selbst?«

»Die Abwechslung wird mir guttun. Seit Onkel Augustes Ermordung sind Jean und ich uns fremder denn je, wie du weißt. Ich verstehe ihn einfach nicht.«

»Wie meinst du das?«

»Sein unverhältnismäßiges Denken. Es fuchst mich, weil Jean sein Leben nicht in Relation zu anderen sehen kann. Nimm nur Onkel Auguste Remy als Beispiel. Ihm wurde seine Herzensgüte zum Verhängnis, weil er meinen verwaisten Cousin bei sich aufnahm.«

Angelina beugte sich vor. »Hatte er tatsächlich eine Liaison mit dem Maître d'hôtel deines Onkels?«

»Soweit wir wissen, ja. Onkel Auguste muss von der Affäre gewusst haben, denn er wollte ihn hinauswerfen. Kurz bevor es dazu kam, hat der Maître d'hôtel davon erfahren und meinen Onkel unter Beihilfe des Kammerdieners erstochen. Tante Cécile wird sich von diesem Schock ihr Leben lang nie mehr erholen. Und alles, was Jean dazu zu sagen hatte, war, *der Glückliche hat es hinter sich.*«

»Das ist befremdlich.«

»Mehr als das. Jean ist so undankbar für das, was er hat, und wie gefühlstot. Er sieht nicht, wie schnell es zu Ende gehen kann.«

Angelina ließ den Kopf hängen. »Wem sagst du das? Bevor Lucien sich an jenem Morgen von mir verabschiedete, hat auch er nicht mit seinem Tod gerechnet. Er freute sich darauf, am Abend mit mir anzustoßen, wenn das Geschäft mit der Näherei in Vernon besiegelt wäre.« Sie blinzelte eine Träne weg.

Luciens Tod berührte Angelina nach wie vor. Wie gerne würde sie wohl Probleme in Kauf nehmen, wenn er nur bei ihr wäre.

»Genau das meine ich. Dagegen sind Jeans Differenzen mit Onkel Léon nichtig, an denen er selbst seinen Anteil trägt! Und warum lässt er es an mir aus? Wir besprechen nur noch das Nötigste miteinander, anstatt gemeinsam eine Lösung zu suchen. Es fühlt sich an, als hätte Jean eine unüberwindbare Mauer zwischen uns gezogen.«

»Du hast dein Bestes gegeben, damit ihr eine gute Zukunft habt. Nun ist es an Jean, euer Ruder herumzureißen.«

»Dennoch beschleicht mich das Gefühl, die Anstellung in Léons Chemiefabrik ist nur die halbe Wahrheit.«

Rouen, November 1910

Jean saß Blanche am Esszimmertisch gegenüber und stocherte gedankenverloren in seiner Geflügelpastete. Seit er am Vortag aus der Schweiz zurückgekommen war, hüllte er sich in Schweigen.

»Beschäftigt dich etwas?«, fragte Blanche. »Du hast noch gar nicht berichtet, wie es dir in Zürich gefallen hat.«

Er sah kurz zu ihr auf. »Da gibt es nicht viel zu erzählen.«

»Ein wenig wäre völlig ausreichend.«

»Wie geht es deiner Mutter?«, wich er ihr aus.

»In den warmen Augustwochen blühte sie auf, aber ich habe dir ja über Jacques' vehemente Geldforderungen an sie geschrieben. Dein Vater hätte ihn am liebsten in der Luft zerrissen, weil er merkte, wie sehr Jacques Maman bedrängte und es ihrer Gesundheit schadete.«

Jean stützte das Kinn auf. »Jacques hat sein Amt als Schiffsmakler in Saint-Servan also tatsächlich hingeworfen?«

Sie nickte. »Monet war außer sich, als er davon erfuhr. Es wäre schlauer gewesen, sich zuerst nach einer anderen Arbeit umzuschauen.«

Er rieb sich bedächtig die Unterlippe, an der sich eine gerötete Stelle hervortat.

»Hast du dich beim Rasieren geschnitten?«

»Es ist nur ein Mückenstich.« Er stand auf und legte seine Serviette auf den Tisch. »Ich werde morgen früh nach Beaumont-le-Roger fahren und dort übernachten.«

Bis Beaumont waren es sechzig Kilometer. Kaum war er zurück, brach er erneut auf? »Was gibt es in Beaumont, das nicht warten kann? Musst du nicht in die Fabrik?«

»Es geht um etwas Geschäftliches. Onkel Léon erwartet mich erst am Montag zurück, und du wirst ohne mich auskommen.«

Die Wochen in Giverny ohne ihn waren verflogen. Allein in ihrem Haus in Rouen fehlte ihr das trubelige Leben. Die Einsamkeit nahm überhand, da auch Delphine und Rita am Abend das Haus verließen und man keinen Mucks außer dem Knistern des Feuers oder dem Knacken des Gebälks hörte. Hätte sie nur Kinder, die das Haus mit Lachen erfüllten.

7

Rouen, Januar 1911

Blanche stellte Jean, der mit Fieber im Bett lag, eine Tasse Weidenrindentee auf das Nachtschränkchen neben das unangetastete Frühstückstablett. Er klagte über Kopf- und Gliederschmerzen, aber sträubte sich dagegen, einen Arzt kommen zu lassen.

»Du musst etwas zu dir nehmen«, sagte Blanche und streckte ihren Arm nach ihm aus, um seine Temperatur zu fühlen.

Vielleicht hatte er sich erkältet, denn er war vor wenigen Tagen völlig durchnässt nach Hause gekommen, bevor er sich tags darauf unwohl fühlte. Es regnete ohne Unterbrechung, sodass die Seine schon an einigen Stellen über die Ufer getreten war.

Erbost wehrte er sie ab. »Es ist nichts! Ich fühle mich besser und werde heute Nachmittag aufstehen. Dieses nasskalte Wetter hat mich erwischt.« Hastig zog er die Bettdecke bis zur Nasenspitze herauf.

Was war das? Für den Bruchteil einer Sekunde hatte sie etwas an seinen Handflächen wahrgenommen. Es sah aus, als wären sie mit roten Pusteln übersät.

»Was ist mit deinen Händen passiert?«

»Was soll damit sein?«, blaffte er.

Blanche langte unter die Decke, um sie hervorzuziehen, doch Jean drehte sich von ihr weg.

»Zeig sie mir bitte!«

»Es ist eine Hautirritation, weil ich mit Chromoxidpulver experimentiert habe.«

»Du solltest einen Arzt konsultieren. Das ist kein harmloser Ausschlag.« Hinzu kamen sein Fieber und die Gelenkschmerzen.

»Seit wann kann eine Malerin Diagnosen stellen? Ich bin Chemiker, falls du es vergessen hast. Ich weiß, was ich angefasst habe, und ich sage dir, es geht vorbei. Schreibe mir nicht vor, was ich zu tun oder zu lassen habe.«

»Jean, ich meine es nur gut mit dir.«

»Wenn dem so ist, dann lass mich allein.«

• • •

An der Rue Claude Groulard nahe der Église Saint-Gervais, stieg Blanche aus der Droschke. Eilig bezahlte sie den Kutscher, lief durch den Regen zur anderen Straßenseite und schlug den Messingtürklopfer des großbürgerlichen Hauses, dessen Eingangstür ein Äskulapstab zierte.

Eine hagere Dame um die sechzig öffnete ihr und bat sie herein. Ihre Fältchen um den Mund herum erinnerten Blanche an Maman, wenn ihr etwas missfiel.

»Mein Ehemann erwartet Sie bereits.«

Das also war die gefürchtete Madame Glatigny.

»Bitte folgen Sie mir«, sagte sie unterkühlt und eilte Blanche voraus.

Hinter Bergen von Fachzeitschriften und Büchern, die sich an der Außenkante des Schreibtischs stapelten, saß der Mediziner und sprang auf, als sie eintrat.

»Madame Monet! Ich bin hocherfreut, Sie zu sehen. Bitte, nehmen Sie Platz. Was verschafft mir die Ehre Ihres Besuchs?« Er warf seiner Ehefrau einen scheuen Blick zu, so als würde er im nächsten Moment ein Donnerwetter erwarten.

»Vielen Dank, dass Sie mich so rasch empfangen.« Blanche setzte sich ihm gegenüber.

Als seine Ehefrau die Tür geschlossen hatte, flüsterte er: »Haben Sie mein Gemälde mit den wunderschönen Pappeln noch, oder gedenken Sie, es zu veräußern und räumen mir die letzte Gelegenheit ein, es zu erwerben?« Er lächelte.

Leider hatte seine Frau sich nach der Ausstellung gegen den Erwerb des Gemäldes ausgesprochen, und er hatte es zutiefst bedauert, Blanche einen Korb geben zu müssen.

»Oh, dieses Gemälde wird nie einen anderen Besitzer haben als Sie, Monsieur Glatigny.«

»Sie schmeicheln mir, Madame Monet.«

»Vielleicht liegt es daran, dass ich Ihre Hilfe benötige und hoffe, Sie werden mich unterstützen.«

»Wenn es in meiner Macht steht, ist es mir eine Freude.«

Was würde er über sie denken, wenn sie ihm den Grund ihres Besuchs nannte?

»Ich darf auf Ihre Verschwiegenheit vertrauen?«

»Zum einen gebietet es mein Berufsstand, aber auch Sie gingen diskret damit um, dass meine Frau sich gegen das Gemälde entschied. Fühlen Sie sich frei.«

»Nun, es ist eine delikate Angelegenheit.«

•••

Den bemerkenswerten Fähigkeiten ihrer Köchin Rita hatte Blanche es zu verdanken, dass diese aus dem Nichts ein Menü zauberte, das es ihr erlaubte, spontan jemanden einzuladen. Im ganzen Haus duftete es nach Stockfisch-Bouillabaisse, als sie sich zum Diner umzog.

»Madame Monet? Ihr Besuch ist gerade angekommen«, hörte sie Delphine rufen.

»Bitte biete ihm etwas zu trinken an. Ich bin in einer Minute unten.«

Blanche strich über ihr Haar und sandte ein Stoßgebet zum Himmel. Hoffentlich ging ihr Plan auf!

Im Esszimmer stand ihr Gast am Kamin und wärmte sich. Blanche räusperte sich, um ihn nicht zu erschrecken.

Er drehte sich zu ihr um. »Madame Monet! Gestatten Sie mir ein Kompliment. Sie sehen umwerfend aus. Ich bin gespannt, wer der Glückliche ist, der sich Ihr Ehemann nennen darf.«

»Ich danke Ihnen von Herzen, Monsieur Glatigny. Sie ahnen nicht, aus welcher Bredouille Sie mir helfen.«

»Ich bin ein alter Mann, doch wenn ich jünger wäre …« Er zwinkerte und brach seinen Satz ab, da Jean plötzlich im Türrahmen auftauchte.

Er war viel zu früh dran!

Jean stutzte, als er den Arzt erblickte.

»Jean! Darf ich dir Monsieur Glatigny vorstellen? Wir haben uns bei der Ausstellung im Salon kenngelernt. Du konntest sie ja aufgrund deiner Geschäfte leider nicht besuchen.« Sie wandte sich Glatigny zu. »Mein Ehemann ist ein geschätzter Chemiker und arbeitet in Maromme. Zuletzt verbrachte er einige Wochen in Zürich, um sich weiterzubilden.«

Bei Jean half es immer, wenn man ihn mit Lob umgarnte.

Skeptisch begrüßte er ihren Gast.

»Monsieur Glatigny interessiert sich für das Gemälde mit den Pappeln und bat darum, es noch einmal sehen zu dürfen. Ich war so frei und habe ihn eingeladen, uns beim Essen Gesellschaft zu leisten.«

Jean wirkte fahrig, strich sich mit der behandschuhten Hand über den Bart und lächelte unsicher.

Glatigny nickte anerkennend. »Sie müssen mir unbedingt von Ihrer Laborarbeit berichten, Monsieur Monet. Schließlich sind Sie es, der den Fortschritt vorantreibt. Die fundamentalen Entdeckungen sind es, die unsere Nation vor der Welt glänzen lassen.«

»Wir sollten uns setzen«, schlug Blanche vor.

Jean stockte und sah zwischen ihr und dem unerwarteten Besucher hin und her. »Das ist sehr freundlich von Ihnen. Ich würde es jedoch begrüßen, mich zu entschuldigen.«

»Das ist sehr schade, denn Ihre Gattin hat Sie und Ihre Arbeit in den höchsten Tönen gelobt.«

Es war Jean anzusehen, dass ihm die Situation unpassend kam, aber eine bessere Gelegenheit würde sich nie mehr bieten.

»Fehlt Ihnen etwas?«, fragte der Mediziner freiheraus und brachte Jean damit aus dem Gleichgewicht. »Derzeit grassiert eine Grippe, die man nicht unterschätzen darf.«

»Es sind nur Kopf- und Gliederschmerzen«, tat Jean seine Beschwerden ab, die ihn tagelang ans Bett gefesselt hatten. »Das liegt an diesem scheußlichen Wetter.«

Glatigny hob beunruhigt die Brauen. »Das habe ich in den vergangenen Wochen mehrfach in meiner Praxis erlebt. Über die Hälfte meiner Patienten mit diesen Symptomen ist daran gestorben!«

Blanche merkte Jean an, dass er sich in die Enge gedrängt fühlte. Glatigny glänzte in seiner Rolle.

»Nun, Monsieur Monet, Sie werden verstehen, dass ich das als Mediziner, noch dazu, da Ihre Frau so freundlich war, mich zum Essen einzuladen, nicht auf sich beruhen lassen kann. Ich bestehe darauf, Sie wenigstens abhören zu dürfen. Mein Berufsethos zwingt mich dazu, meinen Arztkoffer immer bei mir zu tragen.«

Blanches Puls raste. Alles hing nun an Jeans Reaktion, denn sie hatte sich am Morgen zu Tode erschrocken. Vermutlich hatte er sich aus reiner Dickköpfigkeit aus dem Bett gequält, um arbeiten zu gehen, weil sie nicht lockergelassen hatte, einen Arzt zurate zu ziehen. Sie sorgte sich um ihn, aber er verhielt sich ebenso störrisch wie ein Maulesel oder Monet, wenn er etwas nicht wollte.

Heute früh war sie absichtlich ins Waschkabinett geplatzt, als Jean sich gerade rasierte. Er hatte vergessen abzuschließen. Der Anblick seines über und über von ledrigen Quaddeln bedeckten Rückens hatte sie erschaudern lassen. Seine Gliederschmerzen, das Fieber und die Hautirritationen seiner Handflächen hatte er herunterspielen können, aber sein Rücken hatte ihr einen Schock eingejagt. In ihrer Not war ihr nur Monsieur Glatigny eingefallen.

Jean starrte den Arzt an.

»Man würde mir meine Approbation entziehen, wenn Ihnen etwas zustoßen würde«, legte Glatigny nach.

»Vielleicht solltest du das Angebot annehmen«, unterstützte Blanche ihn. Jeans Nasenflügel bebten.

»Denken Sie an Ihre Frau, Monsieur Monet. Sie ist zu jung, um Witwe zu werden.«

Entgegen ihren schlimmsten Befürchtungen schien Jeans Widerstand, ärztlichen Rat einzuholen, von ihm abzufallen.

Er schaute Glatigny mitten ins Gesicht. »Untersuchen Sie mich. Ich habe nichts mehr zu verlieren.«

• • •

Blanche lief beunruhigt vor dem Kamin auf und ab, während sich die beiden Männer nach oben zurückzogen. Wusste Jean bereits mehr über seinen Zustand, als sie ahnte?

Kurz darauf kehrte Glatigny ohne ihn ins Esszimmer zurück. Seine Miene sprach Bände. Er stellte seinen Arztkoffer neben dem Tisch ab und ließ sich auf einen Stuhl fallen. Dann schüttelte er resigniert den Kopf.

»Was ist mit meinem Mann?« Blanche setzte sich zu ihm.

»Ich befürchte, Amors vergifteter Pfeil hat ihn getroffen.«

»Sie meinen …«

»Die Franzosenkrankheit hat ihn befallen.«

Die berüchtigte Geschlechtskrankheit war in aller Munde, da sie die Betroffenen früher oder später auf grausame Weise tötete.

»Aber Sie können doch gewiss etwas für ihn tun?«

»Wir werden versuchen, seine Beschwerden mit Quecksilbereinreibungen zu lindern.«

»Was bedeutet das?«

»Es wurde bisher kein Heilmittel gefunden.«

Die Worte des Mediziners dröhnten in ihren Ohren. Jean würde sterben?

»Die Krankheit ist hochansteckend. Grämen Sie sich nicht, dass Sie …«

Seit Jahren getrennt schlafen, was ein Liebesleben ausschloss, deutete er wohl an. Es hatte sich am Morgen durch Glatignys Fragestellung zu Jeans Ausschlag von selbst ergeben, ihm reinen Wein einzuschenken.

»Wie viel Zeit wird ihm bleiben?«

»Nun, das ist schwer zu sagen. Ihr Mann muss schon früher Anzeichen an sich entdeckt haben. In dieser ausgeprägten Form dürfte er sich bereits in einem fortgeschrittenen Stadium befinden. Es beginnt häufig an den Genitalien. Bei manchen fängt es aber auch im Gesicht an.«

Jean hatte sich einen Bart wachsen lassen. Der Mückenstich im November, den sie nach seiner Rückkehr aus der Schweiz bemerkt hatte! War diese gerötete Pustel am Ende der Beginn seiner Krankheit? Hätte sie es früher bemerken oder hellhöriger sein müssen?

»Die ersten Symptome klingen von allein ab«, fuhr er fort, »doch nach wenigen Wochen sieht es dann aus wie bei Ihrem Mann.«

Ihr schwirrte der Kopf. Mamans Leukämie und nun auch noch Jean, der dem Tod geweiht war.

Glatigny kniff nachdenklich die Brauen zusammen. »Vielleicht ist es aber auch das Endstadium. Beten wir, dass sich die Symptome zurückbilden.«

»Wäre das nicht ein gutes Zeichen?«

»Vorübergehend. Bis das letzte Stadium eintritt, kann eine Weile vergehen. Ich weiß, Sie möchten mit Ihrem Mann noch viele Jahre glücklich sein«, sagte er mit gedämpfter Stimme, »aber die Syphilis wird ihn sich holen. Ich bedaure, Ihnen Ihre Hoffnungen zu rauben, aber ich verspreche, alles mir Mögliche für ihn zu tun.«

Delphine streckte den Kopf durch einen Türspalt. »Verzeihen Sie die Störung, Madame Monet. Wann darf ich das Essen auftragen?«

Glatigny erhob sich. »Bitte kümmern Sie sich zuerst um Ihren Mann. Sie werden jetzt andere Sorgen haben, als mit einem alten Mann wie mir beim Diner über Kunst zu plaudern.«

Auch wenn sie sich den Abend anders vorgestellt hatte, bewunderte sie seine einfühlsame Art und stand auf.

»Ich danke Ihnen von Herzen für Ihre bereitwillige Unterstützung. Ohne Ihre Hilfe hätte er sich niemals untersuchen lassen.«

Er schmunzelte. »Gegen die Raffinesse einer Frau sind wir Männer machtlos. Obwohl wir Meister darin sind, uns vor der

Konsultation eines Arztes zu drücken. Dem konnte ich Sie unmöglich allein aussetzen.«

»Bevor Sie mich verlassen, geben Sie mir bitte noch eine Minute.«

Während Glatigny sich im Flur Hut und Mantel anzog, lief Blanche die Stufen hinauf, um in Windeseile zurückzukommen.

Er riss die Augen auf. »Madame Monet, Sie bringen mich in Verlegenheit.«

Sie überreichte ihm das in Papier eingeschlagene Bild.

»Darin befindet sich doch nicht etwa …?«

»Die Pappeln«, beendete sie seinen Satz. »Sie gehören Ihnen.«

Ihm schienen die Worte zu fehlen. Er wirkte sichtlich gerührt.

Sie lächelte. »Und wir Frauen sind Meisterinnen darin, angemessene Geschenke auszuwählen.«

• • •

Blanche trug einen Teller Stockfisch-Bouillabaisse hinauf in Jeans Schlafzimmer.

Er hockte auf der Bettkante und starrte vor sich auf den Boden.

»Wie fühlst du dich?«, flüsterte sie und stellte das Tablett neben ihn.

Verärgert sah er zu ihr auf. »Vermutlich wie meine Mutter kurz vor ihrem Tod!«, knurrte er.

»Vielleicht helfen dir Doktor Glatignys Einreibungen.«

»Wofür sollen die gut sein? Um mein sicheres Sterben zu verlängern?«

Sie kniete sich vor ihn. »Die Medizin entwickelt sich ständig weiter.«

»Was soll das bedeuten? Wenn ich Glück habe, findet jemand

kurz vor meinem Tod ein Medikament, aber für mich kommt es leider zu spät?«

Sie legte ihm ihre Hand aufs Bein. »Erinnerst du dich an das Poesiealbum, das deine Mutter mir zu meinem dreizehnten Geburtstag schenkte?«

Mit einem Satz sprang er auf. »Meinst du, mir steht jetzt der Sinn danach, mich an irgendwelche Sprüche zu klammern?«

»Deine Mutter war eine gütige und weise Frau. Du solltest ihren Rat nicht mit Füßen treten.«

»Trotzdem wird es mich nicht davor schützen, elendig zu verrecken.«

»Du darfst die Hoffnung nicht aufgeben! Ich werde nicht zusehen, wie mein Mann sich aufgibt, bevor er verloren hat. Hörst du!«

»Dein *Mann*?« Er lachte hysterisch. »Was bin ich für ein Ehemann, der nicht in der Lage ist, seine Frau zu ernähren?«

Blanche zog sich am Bettpfosten hoch. »Du übertreibst.«

Er rannte wie ein gefangenes Tier im Käfig hin und her und schlug mit der Faust gegen die Wand. »Ich übertreibe? Pah! Onkel Léon hat mich hinausgeworfen!«

Deshalb war er früher als erwartet heimgekommen?

»Er hat dir die Stellung gekündigt?«

»Ohne mit der Wimper zu zucken!«

Das erschwerte ihre Situation. Wie sollte es weitergehen?

»Wir müssen Monet einweihen.«

»Damit er mit mir ebenso bricht wie mit Jacques? Ausgeschlossen!«

»Mein Bruder hat Maman mit Geldforderungen bedrängt, weil er ein verschwenderisches Leben führt. Du bist in einer anderen Situation. Monet wird es von Léon erfahren und dich ohnehin fragen, wovon du künftig leben wirst.«

Jean stützte sich auf der Fensterbank auf und lehnte seine Stirn gegen die Scheibe. Obgleich sie sich in den letzten Jahren fremd geworden waren, warum traf es ausgerechnet ihn? Unweigerlich sah sie ihn vor sich, wie er damals nach Camilles Tod gelitten hatte. Warum musste er ähnliche Qualen nun womöglich selbst ertragen? Dem grausamen Tod würde ein qualvolles Siechtum vorausgehen. Die Syphilis befiel den Körper, die Organe und das Nervensystem. Sie konnte zu Taub- oder Blindheit, aber auch zu Lähmungserscheinungen am ganzen Körper führen.

»Wenn mein Vater von meiner Krankheit erfährt, wird er mich aus dem Haus jagen.«

Es war deutlich, worauf er anspielte, denn Jean hatte sich gewiss in einem jener Freudenhäuser infiziert. Ob es in der Schweiz geschehen war oder früher bei seinen nächtlichen Eskapaden, was änderte es an der jetzigen Situation?

Irgendwann hatte sich Blanche mit ihrem Bruder-Schwester-Verhältnis abgefunden. Liebe ließ sich nicht erzwingen. Wie töricht wäre sie gewesen, sich einzureden, Jean würde leben wie ein Mönch im Zölibat.

Monet diese Umstände zu unterbreiten, erforderte dennoch Fingerspitzengefühl. Man durfte ihn weder überrumpeln, noch war es klug, ihn zu hintergehen. An seinen Nerven zerrte bereits Mamans Leukämie. Es würde ihm eher den Boden unter den Füßen wegreißen, wenn nun Jeans Krankheit hinzukäme.

»Du unterschätzt ihn! Er war und ist für uns alle da, wenn wir ihn brauchen.«

»Vielleicht sollte ich mich in die Seine stürzen und mich von ihr mitreißen lassen.«

Auch wenn Monet nicht viel von Gläubigkeit hielt und Blanche selbst an Gottes Gnade zweifelte – laut Auffassung der Kirche kamen Selbstmörder in die Hölle. Ihnen verwehrte man ein ehrenhaftes Begräbnis in geweihter Erde. Dabei verdiente jeder Mensch ein würdiges Begräbnis, egal, was er im Leben auch angestellt hatte!

»Jean Monet! Wage nicht, mir oder deinem Vater das anzutun! Du wirst dich jetzt zusammenreißen, und wir werden es gemeinsam durchstehen!«

Nie zuvor hatte sie ihre Stimme gegen ihn erhoben, aber in diesem Moment war es aus ihr herausgeplatzt und befreite sie von der Last, die die Krankheit ihnen aufbürdete.

Jean drehte sich um und starrte sie an, als hätte er einen Geist gesehen. Er weinte. Wie damals. Es brach ihr das Herz, Tränen aus seinen braunen Augen fließen zu sehen, die denen von Camille so ähnlich waren.

»Was soll ich nur tun?«, schluchzte er und nahm sie in den Arm.

Beinahe wäre sie zurückgezuckt. Sie fürchtete sich nicht vor einer Ansteckung. Vielmehr war es Jeans plötzliche Nähe, die sie überraschte. Es fühlte sich an wie mit Marthe, kurz bevor Suzu starb. Ihr Tod hatte Blanche und Marthe versöhnt. Würde Jeans Krankheit am Ende sie und ihn einander näherbringen?

»Wir werden es Monet sagen, wenn es an der Zeit ist.«

»Ich kann es nicht«, wimmerte er.

»Dann werde ich für dich sprechen, aber zuerst setzen wir Monet davon in Kenntnis, dass Léon dich hinausgeworfen hat, bevor er uns zuvorkommt.«

»Mein Vater wird toben wie ein Wahnsinniger!«

»Monet wird nichts tun, was Mamans Gesundheit gefährden könnte. Er wird sich zusammenreißen, um sie nicht zu beunruhigen.«

»Aber wovon sollen wir leben?«

»Ich könnte ein paar Gemälde verkaufen, aber das Geld wird nicht ausreichen.«

Sie holte tief Luft. Ähnlich musste sich Monet damals gefühlt haben, als er allein zehn Personen ernähren musste und nur wenige an seine Kunst glaubten.

»Monet würde uns unterstützen, wenn er sähe, dass du dich um eine neue Anstellung bemühst. Er weiß ohnehin von euren ständigen Differenzen.«

»Aber nicht von dieser gottverdammten Krankheit!« Jean löste sich von ihr.

»Doktor Glatigny hielt es für möglich, dass die Symptome vorübergehend verschwinden, was uns vorerst mehr Zeit einräumt.«

Die Wahrscheinlichkeit war gering, schenkte ihnen aber einen Funken Hoffnung.

»Das bedeutet, wir müssen es ihm nicht sofort beibringen.«

»Aber irgendwann …«, wandte er ein.

»Irgendwann ist nicht heute! Warten wir ab, wie die Krankheit verläuft. Doktor Glatigny wird sein Bestes geben. Und damit seine Bemühungen nicht ins Leere laufen, solltest du deine Genesung fördern, indem du etwas isst.«

Die Furcht vor seinem Vater schien übermächtig. Wohl erleichtert darüber, es Monet mit ihrem Einverständnis noch vorenthalten zu dürfen, atmete Jean tief aus.

»Die Stockfisch-Bouillabaisse ist beinahe kalt. Rita hat sich die größte Mühe gegeben. Du solltest sie nicht vor den Kopf stoßen, indem du den Fisch ausschlägst.«

Jean sah regungslos zum Teller. »Fisch.«

»Stockfisch, um es genau zu nehmen.«

»Nein, nein. Ich meine, Fisch!«

Sie runzelte die Stirn.

Ein leises Lächeln huschte über sein Gesicht. »Du sagtest, Papa würde uns helfen, wenn er sähe, dass ich mich um eine neue Anstellung bemühe.«

»Gewiss würde er das, ja.«

»Als ich in Beaumont-le-Roger war, hörte ich, dass dort eine Forellenzucht veräußert werden soll.«

»Du meinst, du möchtest in die Fischzucht einsteigen?«

Er begeisterte sich seit seiner Kindheit für die Natur, aber ob er etwas von Fischen verstand?

»Warum nicht? Die Umgebung dort ist beinahe wie Giverny. Blanche, es würde dir gefallen.«

Angesichts seiner hoffnungsschimmernden Augen brachte sie es nicht über sich, sein Vorhaben anzuzweifeln.

»Wenn du denkst, es ist das Richtige für dich, sprich mit deinem Vater. Ich werde dir beistehen, so gut ich kann.«

8

Giverny, Mai 1911

Auf Monets Telegramm hin, in dem er Blanche schrieb, es ginge mit Maman zu Ende, war sie am Morgen aus Beaumont-le-Roger nach Giverny gereist. Leider ohne Jean, denn er kämpfte gegen Algen im Forellenteich, die die Nachzucht zu vernichten drohten.

Ebenso hätte ihr Angestellter die Pflege des Gewässers übernehmen und Jean sie auf diesem schweren Weg begleiten können. Angesichts seiner eigenen Krankheit, von der niemand ahnte, wollte sie ihn nicht bedrängen, Mamans letzte Tage mitzuerleben. Er hatte gerade durch die Forellenzucht neuen Lebensmut geschöpft!

Als Blanche im Pressoir eintraf, war es totenstill. Die Gärtner schauten zu ihr auf, nickten stumm zur Begrüßung und wandten sich wieder den Beeten zu. Auch aus der Küche hörte man nicht das gewohnte Topfgeklapper von Marguerite, die um diese Uhrzeit längst mit dem Déjeuner beschäftigt sein musste.

Blanche hängte ihr Halstuch an die Garderobe im Flur, ließ ihr Gepäck stehen und eilte die Treppe zu Mamans Schlafzimmer hoch, auf der Monet ihr entgegenkam. Übermüdet rieb er sich die Augen. Immerhin war er über siebzig, und die letzten Wochen hatten ihm übel zugesetzt.

»Blanche, meine Liebe, gut, dass du hier bist. Sie fragt in einem fort nach dir.«

»Ruh dich aus. Ich kümmere mich um sie und schicke jemanden, Marthe zu holen, damit wir uns abwechseln können. Jean wird so bald wie möglich nachkommen.«

Während Monet nach unten ging, öffnete Blanche Mamans Schlafzimmertür und schlich zu ihr hinein. Sie lag mit geschlossenen Lidern auf dem Rücken und hatte ihre Hände zum Gebet gefaltet.

Bei ihrem Anblick verstand Blanche, was Monet gemeint hatte. Mamans Zustand glich dem Camilles. Die Leukämie hatte ihren Körper ausgemergelt, und ihre einst rosige Haut schimmerte wächsern und gelb. Leise setzte Blanche sich auf den Stuhl neben ihrem Bett.

Was würden sie ohne Maman nur tun? Was würde Monet ohne sie anfangen? Er wäre haltlos ohne Maman. Sie hatte ihn beinahe fünfundvierzig Jahre seines Lebens gekannt, ihn bei jedem Schritt auf seinem steinigen Weg begleitet, mit ihm Erfolge gefeiert und Niederlagen durchgestanden. Sie hatte die Familie zusammengehalten, Freunde, Gäste und Galeristen empfangen, Monet unterstützt und alles von ihm ferngehalten, damit er sich seiner Kunst widmen konnte. So, wie er sich seiner Malerei verschrieben hatte, hatte sie ihm ihre Liebe und ihr Leben gewidmet.

Maman schlug die Augen auf und sah sie unvermittelt an. »Blanche, mein liebes Kind. Ich habe auf dich gewartet.«

Blanche rückte näher heran, denn das Sprechen strengte die Sterbende sichtlich an.

Maman tastete nach Blanches Hand. »Du musst mir etwas versprechen«, flüsterte sie. »Monet …, er wird schwerlich allein zurechtkommen.«

»Wir werden ihn nicht im Stich lassen und uns um ihn kümmern.«

»Du bist die Einzige, die nachempfinden kann, was seine Kunst ihm abverlangt. Welche Qualen er durchleidet, welche Selbstzweifel ihn peinigen und zur völligen Selbstaufgabe zwingen.«

Blanche wusste, wie es sich anfühlte, wenn das wechselhafte Wetter die Effekte des Wassers, der Blätter und Blüten von einer auf die nächste Sekunde veränderte. Es ruinierte die gesamte Farbpalette, und man musste von vorn beginnen. Das Licht und der Wind konnten Monet an den Rand des Wahnsinns treiben.

»Monet ist sehr stolz auf dich. Du bist die Einzige, deren Rat er annehmen würde.«

Mamans Worte verschlugen ihr die Sprache. Monet war stolz auf sie?

»Woher weißt du das?«

»Ich kenne ihn.«

Lob verteilte Monet sparsam, aber sie vertraute Mamans Gefühlen für ihn. Niemand kannte ihn besser als sie.

»Ich verspreche dir, du kannst dich auf mich verlassen. Aber ebenso auf alle anderen. Marthe ist ganz in der Nähe und wird auf ihn achten, wenn ich nicht da bin.«

»Marthe, sie … hat es nie verwunden, dass Monet an die Stelle eures Vaters trat.«

Blanche runzelte die Stirn. Obgleich sie und Marthe sich näherstanden denn je, darüber jedoch hatten sie nie gesprochen. Worauf wollte Maman hinaus? Zweifelte sie an Marthes Fürsorge für Monet, wenn er Witwer wäre?

»Hat Marthe das gesagt?«

Sie lächelte geschwächt. »Ich bin ihre Mutter. Ich habe es gefühlt.«

Blanche strich über ihre Wange. »Schone deine Kräfte, Maman. Es wird alles gut.«

»Wie ist es um dich und Jean bestellt?«

»Er bangt um seine Jungforellen, aber er hofft, dass er Monet das Geld für das Anwesen bald zurückzahlen kann.«

»Das meine ich nicht. Dein Herz schlug immer für diesen Amerikaner.«

Hatte sie sich verhört?

»Er war mein Jugendschwarm, aber das ist lange her. Hätte ich ihn damals geheiratet, wäre ich heute Witwe.«

Maman seufzte. »Die erste Liebe vergisst man nie.«

Sie sprach offen über Liebe? Wie oft hatte sie Maman als kühl und unnahbar empfunden.

»Maman, Jean und ich kennen uns beinahe so lange wie du Monet«, wich sie aus.

»Aber ihr seid kinderlos.«

Was sollte sie darauf erwidern, ohne sie aufzuregen? Jahrelang hatte Maman sich nach Enkelkindern erkundigt und irgendwann damit aufgehört. Sosehr es Blanche auch schmerzte, ohne Kinder leben zu müssen, in Anbetracht von Jeans Krankheit war es ein Segen. Sie hatte sich damit abgefunden, niemals Mutter zu sein.

»Auch Marthe hat keine leiblichen Kinder. Es ist gut so, wie es ist. Versuch etwas zu schlafen.«

»Ich hätte dir beistehen müssen«, wisperte Maman und drehte den Kopf zum Fenster.

• • •

Nachdem Maman eingeschlafen war, stahl Blanche sich aus dem Zimmer, um unten etwas zu essen. Auf halber Treppe hörte sie

Monet und Marthe im Atelier reden. Sie war bereits da? Eilig lief Blanche zu ihnen hinein.

Die beiden hielten inne, als sie Blanche bemerkten, und Marthe kam auf sie, um sie zu umarmen.

»Du kommst genau zur rechten Zeit«, sagte Marthe aufgebracht. »Erklär du es ihm. Monet will nicht auf mich hören, weil er verbohrt ist.«

In was war Blanche hineingeraten?

Monet erhob die Faust und trat Marthe entgegen. »Wage es nicht, so mit mir zu reden!«

Ohne zu wissen, worüber die beiden stritten, stellte Blanche sich zwischen sie.

Monet glühte vor Zorn. »Niemand schreibt mir vor, was ich zu tun habe!«

»Marthe wollte dir gewiss keine Vorschriften machen.«

Was hatte die beiden nur gegeneinander aufgebracht?

»In diesem Fall steht es mir zu!«, keifte Marthe über Blanche hinweg. »Sie ist *meine Mutter*!«

»Und meine Frau! Du verlässt jetzt das Haus, bevor ich mich vergesse.«

Er warf Marthe hinaus?

»Bitte. Sie ist gerade eingeschlafen. Seid leise. Maman würde nicht wollen, dass ihr euch um sie streitet«, versuchte Blanche zu vermitteln.

Monet steckte die Hände in die Hosentaschen und sah desinteressiert aus dem Fenster, was Marthe weiter anstachelte. Blanche kannte sie gut genug, um zu wissen, wie sehr sie es hasste, wenn man sie ignorierte.

»Vor allem hätte Maman nicht gewollt, dass Monet Abbé Toussaint vor die Tür setzt!«, schimpfte Marthe.

Monet sollte was getan haben? Eigentlich schätzte er den Priester, denn er war leidenschaftlicher Botaniker, mit dem er stundenlang über einheimische Gewächse philosophierte. Hatte Maman den Abbé zu sich gebeten?

»Dieses ist *mein* Haus, und *ich* entscheide, wen ich hineinlasse.«

»Maman ist gläubig. Du bist sogar jetzt im Angesicht ihres Todes zu starrsinnig, ihr priesterlichen Beistand zu gewähren.«

Blanche fasste Marthe an den Schultern. »Bitte, mäßige dich. Das führt doch zu nichts.«

»Du weißt ja nicht einmal, worum es geht. Du sitzt in deinem Beaumont-le-Roger und malst den lieben langen Tag Blumen«, fauchte sie zurück.

Sie erkannte ihre Schwester kaum wieder. Es traf sie, dass Marthe so über sie dachte. Aber sie konnte sich nicht rechtfertigen, da sie sie noch nicht in Jeans Krankheit einweihen wollte.

»Dann sage mir, wie ich helfen kann.«

Marthe schossen Tränen in die Augen. Wütend schaute sie zu Monet, der ungerührt aus dem Fenster starrte und rauchte. »Wie du mitbekommen hast, hat er mich soeben des Hauses verwiesen.«

Wenn Marthe das Haus verlassen müsste, würde es ihr jede Möglichkeit rauben, sich von Maman zu verabschieden.

»Bitte warte draußen auf mich. Ich muss dich sprechen.«

Marthe wandte sich zum Gehen um und verließ wutschnaubend das Atelier.

In Monets trübem Blick zeichnete sich Schwermut ab.

Blanche trat auf ihn zu. »Papa Monet? Ich verstehe, was du durchleidest. Worüber habt ihr gestritten?«

»Marthe hat Abbé Toussaint eigenmächtig zu Alice gerufen.«

»Du wusstest nichts davon?«

Er schwieg und verkniff den Mund.

»Wollte Marthe, dass Maman die Letzte Ölung erhält?«

»Es wird keine Letzte Ölung geben!«, antwortete er bissig.

Das erklärte, weswegen Marthe ihre Contenance verloren hatte. Schließlich war es Maman, die damals dafür gesorgt hatte, dass Monet Camilles Letzter Ölung zustimmte. Und gerade ihr wollte er dieses verweigern? Auch wenn er nicht an Gott glaubte, er wusste doch, welche Rolle ihr Glaube in ihrem Leben spielte. Dennoch half es nicht, ihm das vorzuwerfen.

»Aber warum hast du so entschieden?«

Seine Miene wirkte eisern. »Weil ich sie nicht durch eine Letzte Ölung beunruhigen will! Sie wird sich ängstigen, wenn der Abbé zu ihr kommt.«

»Du weißt, Maman legt Wert auf die heiligen Sakramente«, gab sie zu bedenken.

»Und ich lege Wert darauf, dass sie ohne Angst einschlafen kann, wenn ihre Zeit gekommen ist. Sie soll friedlich sterben dürfen.«

Es ging Monet nicht darum, Maman die Salbung aus eigenem Unglauben zu verweigern. Er liebte sie. Er wollte sie beschützen.

»Ich werde es Marthe erklären. Bitte lass uns Maman gemeinsam in ihren letzten Stunden begleiten. Es würde sie ebenso verletzen, wenn sie spüren würde, dass du mit Marthe gebrochen hast.«

Stumm drückte Monet ihre Hand. »Wir werden alles abwenden, was sie daran hindert, ihrem Schöpfer in Frieden gegenüberzutreten.«

• • •

Marthe lehnte an einer der Eiben und weinte in ihr Taschentuch, als Blanche sie fand. Blanche schaute zu Mamans Schlafzimmerfenster hinauf. »Lass uns eine Runde um den Teich laufen, damit sie uns nicht hört, falls sie aufwacht.«

Marthe schnäuzte sich. »Monet begreift nicht, was er Maman

damit zumutet. Er ist ein selbstgerechter, sturköpfiger alter Mann, der jeden unterdrückt, dessen Meinung er nicht teilt.«

»Aber er hat auch andere Seiten.«

»Warum nimmst du ihn ständig in Schutz? Gerade du! Hast du nicht genug gelitten? Er hat dir die Ehe mit Jack verboten. Findest du es nicht seltsam, dass du ausgerechnet mit Jean verheiratet bist? Monet hat Papa vertrieben, weil er Maman für sich wollte. Wir alle mussten darunter leiden. Und jetzt verbietet er Mamans Letzte Ölung und wirft mich aus dem Haus. Was ist mit Jacques? Auch mit ihm hat er gebrochen. Wen knöpft er sich als Nächsten vor?«

Marthes alte Wunden rissen auf und würden wohl nie gänzlich heilen. Vielleicht lag es daran, dass die Malerei Blanche von Anbeginn mit Monet verbunden hatte und sie ihn nie als Bedrohung empfand. Für Marthe hingegen, die nichts mit ihm teilte, fühlte es sich vermutlich anders an. Sie war die Einzige, die ihn nie Papa Monet genannt hatte.

Sie brauchte eine Minute, um ihre Gedanken zu ordnen, da Marthe alles auf einmal losgeworden war. »Monet wollte dich gewiss nicht absichtlich verletzen.«

Marthe schüttelte ungläubig den Kopf.

»Unser aller Nerven sind zum Zerreißen gespannt. Es wird nur schlimmer, wenn wir uns gegenseitig zerfleischen. Du weißt, Monet liebt Maman und will ihr mit der Letzten Ölung keine Angst einjagen. Das ist der Grund.«

Am Teich angelangt, ließ Marthe sich auf die Gartenbank fallen und knetete ihr Taschentuch.

Blanche setzte sich neben sie, schloss die Augen und atmete durch. Das Wasser plätscherte, die Vögel zwitscherten, und die Sonne wärmte sie. Es vertrieb einen Moment lang den Schrecken dessen, was ihnen allen bevorstand.

Dann sah sie Marthe an. »Auch Suzu durfte sterben, ohne sich fürchten zu müssen.«

»Sie war nicht halb so gläubig wie Maman, und Theodore hätte ihr niemals die Letzte Ölung verweigert. Du stellst dich also auf Monets Seite?« Marthe sprang auf. »Ich kann nicht glauben, dass du dich ihm derart unterwirfst!«

»Es mag so wirken, aber ich verstehe ihn.«

»Das kannst du nicht ernst meinen!«, rief Marthe aus, als wäre Blanche von Sinnen. »Was habe ich mir nur eingebildet? Dass gerade *du* mich unterstützen würdest? Du redest ihm nach dem Mund. Du malst wie er. Du liebst sogar diesen grauenvollen Salat mit Pfeffer, den er nur für euch beide in einer separaten Schüssel anrichtet, weil der so scharf ist, dass er jedem anderen den Gaumen verätzt. Und du bist mit seinem Sohn verheiratet.«

Wie sollte Marthe begreifen, warum Blanche die Entscheidung Monets guthieß, wenn sie die wahren Gründe nicht kannte?

»Wenn du erfährst, was ich vor Monet verheimliche, wirst du anders denken.«

Es erleichterte Blanche, ungehemmt über Jeans Krankheit sprechen zu können. Diese Last, all die Sorgen, die sie sich um Jean und ihre Zukunft machte, endlich mit jemandem zu teilen, befreite.

Marthe schlug beide Hände vor den Mund. »Jean wird sterben? Und Monet weiß nichts davon?«

»Bisher nicht. Momentan ist Jean beschwerdefrei, aber Doktor Glatigny sagt, das Schlimmste steht ihm noch bevor. Ich wünschte, ich könnte den lieben langen Tag unbeschwert Blumen malen, anstatt über Jeans nahenden Tod nachzudenken. Die Gedanken an eine Letzte Ölung sind mir gegenwärtiger, als mir recht ist.«

»Oh, Blanche, bitte verzeih mir. Ich habe nicht geahnt, was du mit dir herumträgst.« Marthe drückte sie.

»Er fürchtet sich vor Monets Reaktion, wenn er davon erfährt. Deshalb zögern wir es hinaus, solange es die Krankheit erlaubt.«

»Ich bin froh, nicht in deiner Haut zu stecken.«

»Bitte, Marthe, spring mir zuliebe über deinen Schatten. Ich brauche deinen Beistand.«

9

Beaumont-le-Roger, Oktober 1911

Blanche stellte ihre Staffelei am anderen Ufer des Teichs auf, in dem Jean mit einem Kescher Jungforellen von der Wasseroberfläche fischte. Die Algen hatten seine Nachzucht getötet. Sie brauchte Abstand, denn es fühlte sich an, als wäre der Tod überall. Maman war am 19. Mai ihrer Leukämie erlegen. Und Jeans Syphilis war erneut ausgebrochen.

Seine Lymphknoten waren angeschwollen, und er klagte abwechselnd über Taubheiten oder stechende Schmerzen an den Extremitäten. Sein Zustand verschlechterte sich stetig. Er biss die Zähne zusammen, aber sie sah ihm an, wie er sich bei der Arbeit quälte.

Jean warf den Kescher ins Gras an der Uferböschung und wankte auf sie zu. Er konnte kaum geradeaus laufen! Blanche ließ ihre Palette fallen, raffte ihren Rock und rannte ihm entgegen.

»Nicht eine einzige Forelle hat überlebt!«, rief er ihr zu und sackte zusammen.

Als sie ihn erreichte, griff sie ihm unter die Arme, um ihm aufzuhelfen.

»Lass mich allein aufstehen! Es ist nichts!«

»Du mutest dir zu viel zu. Sieh es ein, Jean. Wir müssen mit

Monet sprechen. Du quälst dich für nichts und wieder nichts. Alle Fische sind tot. Wie willst du in deinem Zustand von Neuem mit der Anzucht beginnen?«

»Mir wird schon etwas einfallen.« Er rappelte sich auf.

Wie Blanche vor ihrem Umzug hierher vermutet hatte, war er die Forellenzucht zu optimistisch angegangen. Die Pflege der Teiche erforderte mehr körperlichen Einsatz von ihm, als er bedacht hatte und imstande war, zu leisten.

»Wie lange wirst du dich überhaupt noch bewegen können? Du hast gehört, was Doktor Glatigny über den Verlauf sagte. Die Krankheit befällt auch das Gehirn und die Nerven. Gewiss ist das der Grund, weshalb du hingefallen bist.«

»Du solltest den Teich malen und nicht den Teufel an die Wand! Es liegt nur an den Unebenheiten der Wiese. Es geht gleich wieder.«

Er klopfte sich die Hosenbeine ab. Im nächsten Moment schrie er auf und fiel hin.

»Jean!« Blanche kniete sich neben ihn.

Seine Miene war schmerzverzerrt. Er stöhnte und presste seine Hand an den Oberschenkel.

»Komm, wir gehen zum Haus, damit du dich hinlegen kannst. Und dann werde ich Monet schreiben.«

»Untersteh dich!«

»Und wenn ich es doch tue?«

Plötzlich füllten sich seine Augen mit Tränen wie an jenem Tag, an dem Blanche von seiner Syphilis erfahren hatte. Sein ganzes Leben verbrachte er im Schatten seines berühmten Vaters. Auch wenn dieser ihn das nie hatte spüren lassen, für Jean fühlte es sich gewiss so an. Erneut würde er vor Monets Übergröße zu Kreuze kriechen müssen.

»Dieser Moment stand uns immer bevor. Selbst wenn du es

weiter hinauszögern willst, ich gehe jeden Weg, und sei er noch so steinig, damit du dich nicht mehr quälen musst und wir Unterstützung haben.«

…

Nachdem sie Jean geholfen hatte, sich seiner Arbeitshosen zu entledigen, und er sich oben ausruhte, begab sie sich an den Esstisch, um Monet zu schreiben.

Ihm Jeans Krankheit beizubringen, bereitete auch ihr Unbehagen, aber welche Wahl blieb ihnen? Zu warten, bis Jean unfähig wäre, zu reisen? Was, wenn es mit ihm rapide bergab ging? Es war nicht vorhersehbar, wie lange es bis zum Tod dauerte.

An der Blumenvase lehnte ein Brief von Monet, der angekommen sein musste, während sie am Teich waren. Es blieb nur, zu wünschen, dass er sich von seiner Depression, an der er seit Mamans Tod litt, allmählich erholte. Allerdings sah es nicht danach aus, wie sie von Marthe wusste. Sie kümmerte sich nur Blanche zuliebe und aus Rücksicht auf Jeans Krankheit um Monet. Mit den Wochen nach Mamans Beerdigung hatte es sich zwar gebessert, aber sie würde ihm wohl niemals verzeihen, dass er an Papas Stelle gerückt war, obwohl auch Maman dazu beigetragen hatte.

Georges Clemenceau pflegte regelmäßig Kontakt zu ihm. Hoffentlich hatten seine aufmunternden Worte und Ratschläge Monet dazu angetrieben, sich wieder seinen Gemälden zuzuwenden. Vielleicht vermochte seine Kunst, ihm über seinen Schmerz hinwegzuhelfen.

Mit zittrigen Händen faltete sie das Papier auseinander und las.

Meine liebe Blanche,
mich ekelt die Malerei vollkommen an, und ich werde für immer Pinsel und Farben aus der Hand legen. Alles, was ich in der letzten Zeit habe machen können, war, einige Bilder von Venedig völlig zu verderben, die ich zerstören muss; ein trauriges Erlebnis. Ich hätte sie besser so lassen sollen, in Erinnerung an die glücklichen Tage, die ich mit meiner Alice verlebt habe. Ich leide so, und ich weiß gut, was für eine furchtbare Albernheit meine Malerei ist. Ich kann nicht sagen, dass davon abgesehen alles gut ist, denn nichts ist gut, da ich nicht mehr schlafe und die Tage genauso lang sind wie die Abende und Nächte.

Ich hoffe, Ihr seid wohlauf und Jean kommt mit der Forellenzucht voran. Grüß ihn von mir.

Ich küsse und umarme Dich, wie ich Dich liebe,

Dein alter Vater Claude Monet

10

Giverny, August 1913

»Er ist wegen dir so guter Dinge«, sinnierte Jean, der auf der Gartenbank hinter Blanche saß und seinen Vater auf der Japanischen Brücke beobachtete.

Monet stand mit seinem Panamahut neben Monsieur Truffaut, dem namhaftesten Gartenbauspezialisten neben Vilmorin, bei denen er abwechselnd seine Samen, Blumenzwiebeln und Sträucher orderte, und deutete über den Teich.

Blanche ließ von ihrem Gemälde ab, drehte sich zu Jean um und lächelte. »Du übertreibst.«

»Drei Jahre lang hat er keinen Pinsel angerührt. Kaum sind wir nach Giverny umgezogen und er sieht dich wieder täglich, blüht er auf.«

»Er ist froh, uns um sich zu haben. Du bist sein Sohn! Ich habe dir gesagt, er wird deine Krankheit gefasst aufnehmen. Hättest du dich nach seinem niederschmetternden Brief nicht mit Händen und Füßen gewehrt, es ihm zu sagen, hätte er das Les Pinsons vermutlich schon viel früher erworben, um dich in seiner Nähe zu wissen und uns zu unterstützen.«

»Ich habe eine kluge Frau geheiratet.«

»Und ich einen Ehemann, der leider mit dem Kopf durch die Wand musste, bis es nicht mehr ging.« Sie lächelte.

Jean zwinkerte amüsiert. »Er muss ein ziemlicher Dummkopf sein.«

»Oh, das ist er gewiss nicht! Ich denke, er hat nur den Sturschädel seines Vaters geerbt. Aber meine Mutter brachte mir bei, Dickköpfe zu nehmen.«

Blanche legte ihre Palette ab und setzte sich neben ihn.

»Bedauerlicherweise musst du es gleich mit zwei dieser Art aufnehmen. Denkst du, er wird sich operieren lassen?«, fragte er und sah zu Monet. Der unterhielt sich angeregt mit Truffaut und lehnte mit den Ellbogen auf dem Brückengeländer.

»Momentan schränkt ihn der graue Star noch nicht sehr ein, doch irgendwann wird er es vermutlich nicht vermeiden können. Er spricht immer öfter von den großen Wanddekorationen, die ihm vorschweben, und erwähnte sogar, eigens hierfür ein Atelier bauen zu lassen. Clemenceau redet ihm gut zu.«

Jean schüttelte belustigt den Kopf. »Die Idee ist genauso verrückt wie die, diesen Teich damals anzulegen.«

»Aber du siehst, wie viele Bewunderer sich darum reißen, seinen Wassergarten sehen zu dürfen.«

»Dabei kennt niemand seine wahre Bedeutung. Hier habe ich dir den Heiratsantrag gemacht.« Jean starrte plötzlich ins Leere vor sich.

»Geht es dir nicht gut?«

»Meine Krankheit ist nicht so schlimm wie das, was ich dir zugemutet habe.«

Die vergangenen Jahre waren schwierig, aber seit ihrer Zeit zu zweit in Beaumont-le-Roger fühlte sie sich ihm näher denn je. Sicher, er war stur und dickköpfig, aber er hatte sich verändert. Sie redeten wieder, lachten miteinander und meisterten den Alltag, der von seiner Krankheit geprägt war.

»Lassen wir die alten Geschichten ruhen. Wichtig ist nur, was vor uns liegt, und das, was wir daraus machen.«

»Aber es gibt etwas, das ich dir sagen muss.« Jean stockte, denn Monet und Truffaut schlenderten auf sie zu.

Etwas schien Jean zu bedrücken, doch gerade jetzt beanspruchten Monet und sein Gast ihre Aufmerksamkeit. Sie ging ihnen entgegen.

Monet lächelte schelmisch. »Monsieur Truffauts Beratung war wie immer überragend. Wir werden über der Brücke ein Eisengitter mit Glyzinien errichten.«

»Ihr Schwiegervater verriet mir Ihre Lieblingsfarbe, Madame Monet. Daher gedenken wir, malvenfarbige Glyzinien einzusetzen.«

Darum also hatte er dem Besuch des Gartenbauers entgegengefiebert. Wenn Monet plante, begann er allmählich, sich von seiner Depression und Trauer zu erholen. Ein sehr gutes Zeichen. Dass er sie mit den malvenfarbigen Glyzinien überraschte, erfreute sie umso mehr.

Blanche sah ihn an. »Sie werden wunderbar mit dem Grün der Brücke harmonieren.«

»Ebenso wie meine Schwiegertochter und mein Sohn.« Er zwinkerte. »Ich werde Monsieur Truffaut zum Ausgang geleiten.«

Nachdem dieser sich aus der Ferne winkend auch von Jean verabschiedet hatte, setzte Blanche sich wieder zu ihm auf die Gartenbank.

»Mein Vater ist wie ausgewechselt.«

»Er hat neuen Lebensmut geschöpft. Unter anderem dadurch, weil er sieht, dass wir beide uns zusammengerauft haben.«

»Leider viel zu spät.« Jean kaute auf seiner Unterlippe. »Es war mein Fehler.«

Blanche legte ihre Hand auf sein Bein. »Wir sollten unsere Zeit nicht damit vergeuden, zu ergründen, wer welche Fehler begangen hat. Aber du wolltest mir etwas sagen.«

»Dazu muss ich die alten Geschichten aufwärmen.«

»Welche meinst du?«

»Die um deinen Amerikaner. John Leslie Breck.«

Blanche verschlug es kurz die Sprache. »Er ist nicht *mein* Amerikaner. Außerdem liegt das dreiundzwanzig Jahre zurück und hat nicht das Mindeste mit unserer Ehe zu tun.«

Jean malte mit seinem Fuß Kreise in den Sand. »Das ist nicht ganz richtig.«

Wie kam er gerade jetzt darauf?

»Ich weiß, du trägst seinen Stein bei dir«, druckste er.

Hatte Jean es all die Jahre gewusst? Ein beklemmendes Gefühl schnürte ihre Brust zu.

Er sah sie durchdringend, aber liebevoll an. »Er ist immer in deiner Rocktasche.«

Es lohnte nicht, es abzustreiten.

»Du meinst, meinen Talisman?« Blanche zog das Samtbeutelchen mit Jacks Rosenquarz heraus.

Er lächelte gequält. »Du nennst es Talisman? Für mich war dieser Jack mein Konkurrent um das Herz der Frau, die ich seit fünfunddreißig Jahren liebe.«

»Seit wann weißt du davon?«

»Ich habe ihn am Morgen nach unserer Hochzeitsnacht gefunden. Das Beutelchen schaute heraus, als ich deine Kleider über den Stuhl gehängt habe, damit Delphine nichts Anrüchiges über ihre neuen Herrschaften denkt.«

Sie schluckte schwer. Wie musste er sich in diesem Moment

gefühlt haben? Es erklärte, warum er sich am nächsten Tag abweisend verhalten hatte.

Blanche legte das Beutelchen neben sich und nahm seine Hand. »Aber warum hast du mich nicht danach gefragt?«

»Was hättest du mir geantwortet?«

»Die Wahrheit.«

Jean rieb nachdenklich sein Kinn, als grüble er, ob er diese tatsächlich hören wollte.

»Du könntest sie mir heute sagen.«

»Ich muss gestehen, es hat lange gedauert, darüber hinwegzukommen. Aber ich habe *dich* geheiratet.«

»Weil du ihn nicht heiraten durftest«, ergänzte er betrübt.

Er sah sich als Notnagel. Nachdem er von dem Rosenquarz wusste, musste er sich erst recht darin bestätigt gefühlt haben.

»Hast du geglaubt, das sei der einzige Grund gewesen, die Ehe mit dir einzugehen?«

Er presste kurz die Lippen aufeinander. »Wie hätte ich anderes denken können?«

»Jean, du warst derjenige, der mich mit Hunderten von Briefen aufgeheitert hat, als es mir schlecht ging. Du hast mich zum Lachen gebracht. Wir sind zusammen aufgewachsen. All die Dinge, die wir gemeinsam durchlebt haben, haben mich mit dir verbunden. Ich wusste, auf wen und worauf ich mich einlasse. Du hast Suzu gebeten, dir bei der Einrichtung des Hauses zu helfen. Sogar meine Kleider waren farblich sortiert, damit ich mich vom ersten Tag an wohlfühle. Du warst rücksichtsvoll und charmant. Ich habe dir vertraut. Was hätte ich mir Besseres wünschen können?«

»Bist du sicher? Ich habe bei Onkel Léon niemals die zugesagte Position erreicht. Die Fischzucht war ein Reinfall. Du hingegen hast erfolgreich ausgestellt. Und dann habe ich mir diese verflixte

Krankheit …« Er wischte sich über die Augen. »Ich habe dein Vertrauen missbraucht.«

Über Blanche brachen die Jahre herein, in denen sie es versäumt hatten, offen miteinander zu reden.

»Ich bin mir sicher! Hättest du mir nur gesagt, dass du von dem Stein wusstest.«

»Kannst du dir vorstellen, wie schlecht ich mich als dein Ehemann gefühlt habe, der dir die Sterne vom Himmel holen wollte?«

Sie nickte stumm und umarmte ihn. Plötzlich schien jegliche Last von ihm abzufallen, und auch ihr Herz fühlte sich leichter an.

»Es gibt noch etwas, das ich dir verschwiegen habe«, flüsterte er.

Blanche sah ihn entgeistert an. »Was meinst du?«

»Ich habe seinen Brief im Blumenbeet gefunden.«

Jacks Heiratsantrag!

»Du?«

»Es tut mir leid. Zuerst dachte ich daran, ihn dir zurückzugeben, aber ich konnte es nicht.«

»Hast du ihn gelesen?«

Jean nickte. »Ich habe ihn für dich aufbewahrt.«

»Soll das heißen, du hast ihn noch? Warum hast du ihn nicht weggeworfen?«

»Weil er an dich adressiert ist.« Er blinzelte eine Träne fort. »Erinnerst du dich an Vétheuil? Als Alice meinem Vater befahl, die Briefe meiner Mutter zu verbrennen? Etwas derart Grausames wollte ich dir ersparen. Deshalb habe ich dich nie auf deinen Stein angesprochen.«

Es war ihm nie um sich selbst gegangen. Er liebte sie. Mehr als ihr je bewusst gewesen war.

Blanche stand auf, öffnete das Samtbeutelchen mit dem gestickten J und nahm den Stein heraus. Sie hielt ihn gegen die

Sonne. Er funkelte wie damals, als Jack ihn ihr auf dem Feld zum ersten Mal gezeigt hatte.

Jean schaute sie aus seinen braunen Augen an. Dann holte sie aus und warf den Rosenquarz in den Seerosenteich. Mit einem leisen Plopp und kaum merklichen Kreisen versank er in der Tiefe des Wassers.

Giverny, Juli 1916

»Noch eine Runde«, sagte Monet. Er setzte den ersten seiner fünfzehn Backgammon-Spielsteine erneut auf das Brett, das am runden Tisch im ersten Atelier zwischen ihnen lag.

»Ich führe mit neun zu acht Spielen.« Blanche lachte.

Er war ein schlechter Verlierer. Da sie etwa gleichstark spielten, zogen sich ihre Backgammon-Schlachten oft bis spät in die Nacht hinein. Dabei stand er früh um vier auf und malte den ganzen Tag nichts anderes als die Nymphäen, bis sie schließlich am Abend ihre Blüten schlossen.

Er zwinkerte. »Gewähre einem alten Mann eine Revanche. Es könnte meine letzte sein.«

»Damit spaßt man nicht.«

»Ängstige dich nicht. Solange die Wanddekorationen mit den Nymphäen nicht vollendet sind, bleibe ich dir erhalten.«

Hoffentlich würde das noch viele Jahre andauern. Seit sie verwitwet war, lebte sie mit Monet allein im Pressoir. Und in welchen Zeiten! Wer hätte ahnen können, dass das Attentat in Sarajewo solche Folgen haben würde? Seit beinahe zwei Jahren wütete der Krieg. Marthe, Theodore, Lily und Jimmy waren früh genug nach Amerika gegangen. Jean-Pierre wurde gleich zu Beginn des Krieges zum Transportdienst eingezogen, Michel aufgrund seines verkürzten Beins zunächst ausgemustert. Er meldete sich jedoch freiwillig, da er sich mit Fahrzeugen auskannte, und kämpfte nun vor Verdun. Obwohl durch den Krieg auch die Ressourcen verknappten und Monet beinahe die Farben ausgegangen wären, verschanzte er sich hinter seiner Staffelei und konzentrierte sich auf die Seerosen.

»Sie werden überwältigend.«

»Vielleicht verdanke ich es den Blumen, dass ich Maler geworden bin. Zum Glück habe ich die Arbeit. Sie ist das beste Mittel, um ein wenig zu vergessen.«

Blanche empfand ebenso. Wenn sie Monet Farben anreichte, Leinwände austauschte oder ihm beim Malen zusah, fühlte es sich an wie in ihrer Kindheit. Nur dass die Leinwände von einst heute zwischen zwei Meter in der Höhe und bis zu fünf Metern in der Breite maßen. Angesichts seines Alters von bald sechsundsiebzig Jahren und seines grauen Stars ein gewagtes Vorhaben. Doch seine Beschwerden hatten ihn nicht gehindert, im letzten Jahr das dritte Atelier erbauen zu lassen. Eigens für die Nymphäen. Mitten im Krieg. Monet plante, ein Universum zu erschaffen. Einen Ort, an dem man eins war mit der Natur und ihrer Schönheit. Er wollte jeden Betrachter in seine Welt entführen. Durch die gigantischen Wandtafeln sollte man in die Anmut der Natur, die der Farben und der Schönheit eintauchen und versinken. Ihm schwebte vor, sie in einem runden Raum zu hängen, um Unendlichkeit zu schaffen.

Es machte ihr nichts aus, dass sie selbst nicht mehr zum Malen kam. Monet zuzusehen, bedeutete Heimat. Und egal, wie hochtrabend seine Vorhaben auch schienen – er hatte einen Garten der Farben und Lebendigkeit erschaffen –, er würde auch dieses bewältigen, und wenn es das Letzte wäre, das er vollbrachte.

»Wie ich hörte, stellt Mr MacMonnies sein Haus als Lazarett mit vierzehn Betten zur Verfügung«, sagte Blanche und stellte ihre Spielsteine auf. Suzus einstiger Schwarm hatte vor vielen Jahren eine stattliche Villa im Ort erworben. »Seine Frau versorgt die Verwundeten.«

Monet runzelte die Stirn. »Nun, wir sollten das nötige Gemüse beisteuern, um zu ihrer Genesung beizutragen. Es ist zu schade, um es verderben zu lassen.«

Obwohl sie sich bemühte, die Lebensmittel vom Maison bleue zu verwerten wie Maman seinerzeit, war es dennoch zu viel für sie allein. Durch den Krieg hatte sich auch die Zahl ihrer Besucher verringert. Die Reporter waren vorrangig damit beschäftigt, über die Ausmaße des Krieges zu berichten. Einzig der Filmemacher und Regisseur Sacha Guitry hatte sie im letzten Jahr besucht und eine Dokumentation über Monet gedreht, die sogar im Varieté vorgeführt wurde. Nur Clemenceaus Besuche, bei denen er die Fortschritte der Seerosen begutachtete, trieben Monet immer wieder an, an seinem Vorhaben festzuhalten. Denn eine Sache würde sich bei Monet niemals ändern – seine Selbstzweifel.

»Dann werde ich Lady MacMonnies davon unterrichten und Florimond bitten, sie jeden Morgen zu beliefern.«

Monet setzte den letzten Spielstein in Startposition. »Ich wüsste nicht, wo ich ohne dich wäre, wenn du damals diesen Amerikaner geheiratet hättest.«

II

Giverny, November 1919

»Ich nehme an, mein alter Freund malt unermüdlich an den Wanddekorationen?«, fragte Georges Clemenceau Blanche, als er kurz vor dem Déjeuner im Pressoir eintraf.

Er als Kriegsminister hatte es geschafft, Reparationszahlungen Deutschlands an Frankreich zu erwirken, was ihm den Beinamen *Le dompteur* eingebracht hatte. Daher war er vermutlich auch der Einzige, der Monet bändigen und zu einer Augenoperation überreden konnte.

»Er ist im dritten Atelier und arbeitet ununterbrochen. Ich sorge mich um ihn. Sie kennen ihn, wenn er sich etwas in den Kopf gesetzt hat. Aber derart verbissen habe ich ihn nie erlebt. Er überschreitet seine Grenzen.«

Bereits im Sommer hatte Blanche bemerkt, dass er sich bei grellem Sonnenlicht in sein Atelier zurückzog, wo die glitzernde Wasseroberfläche des Seerosenteichs ihn nicht blendete. Auch wenn er es niemals zugab, sein grauer Star beeinträchtigte ihn zunehmend. Monet hörte auf nichts und niemanden, aber vielleicht auf seinen alten Freund, denn dieser war nicht nur Politiker, sondern auch Arzt.

Clemenceau lächelte und legte beruhigend seine Hand auf ihre Schulter. »Ohne seinen Blauen Engel wäre er verloren.«

Blanche errötete, denn Clemenceau wurde nicht müde, sie so zu nennen, auch wenn sie nichts weiter tat, als Monet zur Hand zu gehen, das Pressoir zu bewirtschaften und für ihn da zu sein.

»Gehen wir zu ihm und raten ihm, sich endlich dieser Operation zu unterziehen, damit er die Seerosen-Dekorationen vollenden und sie Frankreich als Siegesgeschenk übereignen kann.«

Giverny, Dezember 1926

Weißlicher Nebel schwebte am Morgen des 8. Dezember über Giverny. Es schien, als verschluckten sie die Farben der Blumen, Bäume und Hügel, die Monets Leben waren. Die Natur trauerte um den Menschen, der sein Leben lang unerschöpflich danach gestrebt hatte, sie einzufangen.

Blanche klammerte sich an das Veroneser grüne Geländer der Eingangstreppe und stieg die Stufen zur Hauptallee hinab. Alles andere um sie herum war schwarz. Die Kleidung der Trauernden, die sich um den schwarzen, zweirädrigen Holzwagen versammelt hatten, auf dem Monets Sarg stand. Ein schwarzes Tuch bedeckte ihn. Für einen Augenblick glaubte sie, das Schwarz sogar riechen zu können. Ein Kloß steckte in ihrem Hals, und die Leere, die sie fühlte, seit Monet sie verlassen hatte, war schwarz. Der Mann, dessen Nähe sie erfüllt hatte, ließ sie in unendlicher Schwärze allein zurück.

Zusammen mit Michel und Jean-Pierre hatte sie das Begräbnis ganz nach Monets Wünschen ausgerichtet. Kein kirchliches Begräbnis. Keine Freunde. Nur seine Verwandten sollten ihn begleiten.

»Insbesondere erinnert euch daran, dass ich weder Blumen

noch Kränze möchte. Es sind vergebliche Ehrungen. Meinen Garten all seiner Blumen zu berauben, wäre eine Entweihung«, hörte sie ihn sagen.

Was sollte sie nur ohne ihn tun? Er hatte ihrem Leben einen Sinn, eine Richtung und Halt gegeben. Zwölf Jahre, die sie mit ihm allein im Pressoir gelebt hatte, schienen wie vom Wind davongeweht. Alles, was blieb, war diese Leere.

Von irgendwo hörte sie eine Autotür zuschlagen. Kurz darauf bahnte sich jemand seinen Weg durch die wenigen Trauergäste. Die Schneise hinter Georges Clemenceau schloss sich. Auf seinen Gehstock gestützt, verharrte er kurz vor dem schwarzen Gefährt, das seinen treuen Freund und Wegbegleiter zum Friedhof bringen würde. Er war der Einzige, den Monet bei seiner Beerdigung geduldet hätte.

Plötzlich richtete Clemenceau sich auf. Mit einem Schritt trat er an den Wagen heran. Er packte das schwarze Trauertuch an einer Ecke. »Nein! Für Monet kein Schwarz«, rief er erbost, riss es mit einem Ruck herunter und ließ es in den Sand fallen.

Ein schockiertes Raunen ging durch die Menge, doch Blanche fühlte, wie eine schwarze Last von ihrem Herzen wich. Sie eilte zu ihm und schob das Tuch mit dem Fuß beiseite, damit er nicht stolperte.

»Monet liebte Farben! Besorgen Sie etwas, das meinem Freund gefallen hätte.«

Als sie sich zum Gehen wandte, um etwas Farbiges zu holen, eilte ihr bereits die treue Marguerite mit einem Bündel aus ihrer Küche entgegen und reichte es Blanche. Dann breitete sie das geblümte Tuch auseinander und warf es über Monets Sarg. Clemenceau nickte wohlwollend.

Blanche lächelte. Es war ein altes Baumwolltuch vom Blau des

Vergissmeinnichts und der Hortensie, die weichen Farben seiner bewölkten Himmel, die er so liebte.

Giverny, Mai 1927

Mehr als zwölf Jahre waren vergangen, seit Blanche zum letzten Mal am Seerosenteich an ihrer Staffelei gestanden hatte. Sie sog den Geruch des Paradieses ein, das Monet hinterlassen hatte. Es roch süßlich nach Pfingstrosen, Iris, Flieder, Rosen und Maiglöckchen. Es duftete nach all den Farben, die die Natur schuf. Die Vögel zwitscherten und piepsten in den Eschen und Trauerweiden um sie herum. Die Sonne spiegelte sich im Wasser, sodass es aussah, als würden die Teller der Seerosen in einem funkelnden Meer aus Diamanten schwimmen.

Endlich blühten auch die malvenfarbigen Glyzinien, die sich in Bögen über die Japanische Brücke spannten und sie wie eine königliche Krone erscheinen ließ. Grüntöne beherrschten das Bild, doch die Blütentrauben stachen hervor und harmonierten mit den lilablauen Lilien, die das Ufer säumten.

Sie war ebenso aufgeregt wie an jenem Tag damals in Rottembourg, als Monet ihre Hand geführt hatte und sie mit seiner Hilfe den allerersten Pinselstrich ausführte. Heute musste sie ohne ihn auskommen. Aber sie spürte, was er ihr allein vermacht hatte.

Sie würde mit den dunklen Schattierungen im Hintergrund beginnen, um sie nach und nach mit den Farben der Brücke und der Glyzinientrauben zu überlagern. Als sie den Pinsel ansetzte, fröstelte sie. Das, was sie vor sich sah, ähnelte ihrem Leben.

Nach all den Verlusten und der Trauer, die sich um ihre Seele gelegt hatten, brachen sich nun die Farben Bahn. Das Veroneser Grün, malvenfarbige Blüten, Blau- und Lilatöne. Die Seerosen vor der Brücke leuchteten in ihrer ganzen Pracht und überdeckten das

Düstere und die Finsternis in ihrem Herzen. Monet hatte ihr etwas vermacht, das ihr niemand je würde nehmen können. Etwas, das ihr Halt gab und sie mit Glück erfüllte. Die Malerei.

EPILOG

Juli 1946

»Das meinst du nicht ernst«, sagte Blanche amüsiert.

Jean-Pierre lehnte sich ebenso lächelnd in seinem Stuhl zurück und blickte von der Terrasse aus zur Hauptallee. »Ich war noch nie so entschlossen.« Er nippte an seinem Tee. »Wo wäre Monets Kunst, sein Anwesen, sein geliebter Seerosenteich und all das hier ohne dich? Michel hat dich hier wohnen lassen, weil er es vorzieht, durch die Welt zu reisen. Du erhältst alles und bewirtschaftest das Pressoir.«

Es stimmte. Nach Monets Tod hatte sie zusammen mit Michel eine Weile hier gelebt. Sein Vater hatte kein Testament verfasst, weswegen Monets gesamter Besitz an ihn übergegangen war.

»*Du* hast ihn zwölf Jahre gepflegt!«

»Es hat mich niemand dazu gezwungen«, gab sie zu bedenken.

»Was spielt es für eine Rolle? Du hast dich aufopfernd um ihn gekümmert. Meinst du, ich wüsste nicht, wie schwer es manchmal für dich gewesen ist? Wenn er seine Launen bekam, seine Bilder zerstörte, seine Augenoperationen verschob, weil er fürchtete, zu erblinden. Du hast es mit stoischer Geduld ertragen. Was denkst du, wieso Clemenceau dich den Blauen Engel nannte? Ich will es dir sagen! Weil du vierundzwanzig Stunden am Tag für ihn gesorgt hast. Ehe Monet spürte, dass er durstig war, hast du ihm ein Glas Wasser gereicht.«

Jean-Pierres Gesichtsausdruck verriet ihr, wie unbeirrbar er sein Ziel verfolgte. »Es rührt mich, dass du so über mich denkst, aber das würde ein ziemlich dünnes Buch werden. Die Geschichte wäre in fünf Minuten auserzählt.«

»Das sehe ich anders. *Du* hast dafür gesorgt und dich eingesetzt, damit seine Kunst nach seinem Tod den Stellenwert behielt, den Monet zu Lebzeiten anstrebte. Denk nur an die Seerosen. Er konnte sich bis zum letzten Tag nicht von ihnen trennen. Wie wären sie ohne dich in die Orangerie gekommen? Erinnerst du dich an die holländische Ausstellung? Du hast wie eine Löwin darum gekämpft, dass Monets Bilder nicht mit schwarzen Tüchern verhüllt werden, um andere darüber zu hängen, nur weil er vorher bis ins kleine Detail bestimmt hatte, was mit seinen Bildern geschehen darf und was nicht.«

»Aber Jean-Pierre, niemand möchte so etwas lesen. Es sind doch nur die normalen Dinge des Lebens, die jedem Menschen widerfahren und jeden treffen können.«

Jean-Pierre legte seine Hand auf ihre. »Niemand außer dir wäre imstande gewesen, die Nazis von Monets Grund und Boden abzuhalten. Sie durften das Pressoir nicht einmal betreten.«

Monets Gemälde wären vermutlich als Raubkunst verschachert worden, wenn Germaines Ehemann, der gewachsene Kontakte zu Deutschen pflegte, sie nicht unterstützt hätte.

»Du weißt, Alberts Kontakte trugen entscheidend hierzu bei.«

Jean-Pierre schenkte sich Tee nach. »Du hast dein Licht schon immer unter den Scheffel gestellt. Sieh dir deine Gemälde an. Sie stehen Monets in nichts nach.«

Blanche schüttelte den Kopf. »Es wäre anmaßend, meine Malerei mit seiner zu vergleichen.«

Dann lachte er schallend los.

»Warum lachst du?«

»Weil Michel mir etwas anderes verraten hat.« Seine Augen leuchteten verschmitzt. »Du, meine liebe Schwester, hast dein eigenes Gemälde nicht von dem Monets unterscheiden können. Erinnerst du dich an den Sammler, der dich um Rat bat, weil Monet vergessen hatte, ein Gemälde zu signieren? Du hast dir das Bild angeschaut und Michel gebeten, es mit dem Atelierstempel zu versehen. Als das Gemälde gestempelt war, fiel dir ein, dass das Motiv von dir stammte, und Michel musste den Stempel wieder entfernen.«

Das war ihr tatsächlich entfallen.

»Womit bewiesen wäre«, fuhr er fort, »meine große Schwester malt genauso außergewöhnlich und überragend wie Monet.«

Sie winkte ab. »Bei der Vielzahl an Sujets kann es passieren, dass man sich nicht an jedes Einzelne erinnert.«

»Das mag sein, doch du kennst Monets Pinselduktus wie kein Zweiter. Ich *werde* dieses Buch schreiben.«

»Und ich sage dir noch einmal, es wird niemanden interessieren.«

»Aber mich, mich interessiert es, und diese Ehre gebührt dir. Ich habe bereits einen Titel. *Nicht im Schatten, sondern im Licht von Claude Monet.*«

Ihr Mund wurde trocken. Wie konnte sie ihm dieses Vorhaben nur ausreden?

Jean-Pierre beugte sich vor. »Ich möchte dir etwas zurückgeben.«

»Ich verstehe nicht. Wofür?«

»Vielleicht war ich damals noch klein, aber ich habe gespürt, dass man mein Aussehen mit Monet in Verbindung brachte. Aber du – du hast immer zu mir gestanden als meine große Schwester, die ich mein Leben lang für ihre Stärke bewundert habe.«

Personen

Blanche Hoschedé, 1865–1947
Alice Hoschedé, geb. Raingo, Monets 2. Ehefrau, 1844–1911
Ernest Hoschedé, Kunstmäzen, 1838–1891
Marthe Hoschedé, 1864–1925
Suzanne Hoschedé, 1868–1899
Jacques Hoschedé, 1869–1941
Germaine Hoschedé, 1873–1968
Jean-Pierre Hoschedé, 1877–1961

Claude Monet, 1840–1926
Camille Monet, geb. Doncieux, Monets 1. Ehefrau, 1847–1879
Jean Monet, 1867–1914
Michel Monet, 1878–1966

Kinder von Suzanne und Theodore Butler:
Jimmy Butler, 1893–1976
Lily Butler, 1894–1949

Amélie Pagny, geb. Raingo, Schwester von Alice Hoschedé
Georges Pagny, Schwager von Alice Hoschedé
Léon Monet, Bruder Monets
Georges Clemenceau, Monets Freund, Vertrauter und Politiker

Impressionisten der ersten Stunde: Eugène Boudin, Auguste Renoir, Camille Pissarro, Alfred Sisley, Paul Cézanne, Berthe Morisot, Pierre Auguste Renoir, Gustave Caillebotte, Frédéric Bazille

Geneviève Peltier, Blanches Freundin in Vétheuil*
Angelina Baudy, geb. Ledoyen, Inhaberin des *Hotel Baudy*, Blanches Freundin in Giverny
Lucien Baudy, Angelinas Ehemann

Amerikanische Impressionisten:
John Leslie Breck, 1860–1899
Theodore Butler, 1861–1936
John Singer Sargent, Theodore Robinson, Frederick MacMonnies, Lilla Cabot Perry

Paul Durand-Ruel, Monets 1. Kunsthändler
Georges Petit, Kunsthändler
Gebrüder Bernheim, Kunsthändler

Kunstsammler und/oder Kritiker:
Georges de Bellio, Jean-Baptiste Faure, Émile Zola, Stéphane Mallarmé, Gustave Mirbeau

Bis auf wenige Ausnahmen sind die Namen des Personals, der Waschfrauen, Gemüsehändler, Vermieter, Köchinnen, Priester, Ärzte, Lehrer, Gärtner, Schneiderinnen und Zeugen weitgehend überliefert und real.

Aufgrund der Vielzahl der Angestellten wurden die Namen zur entsprechenden Zeit auf die bekanntesten vereinfacht.

Marguerite – Monets Köchin

Sylvain – Monets Chauffeur und rechte Hand
Félix Breuil – Gärtner
Florimond – Gärtner

*Geneviève Peltier ist frei erfunden.

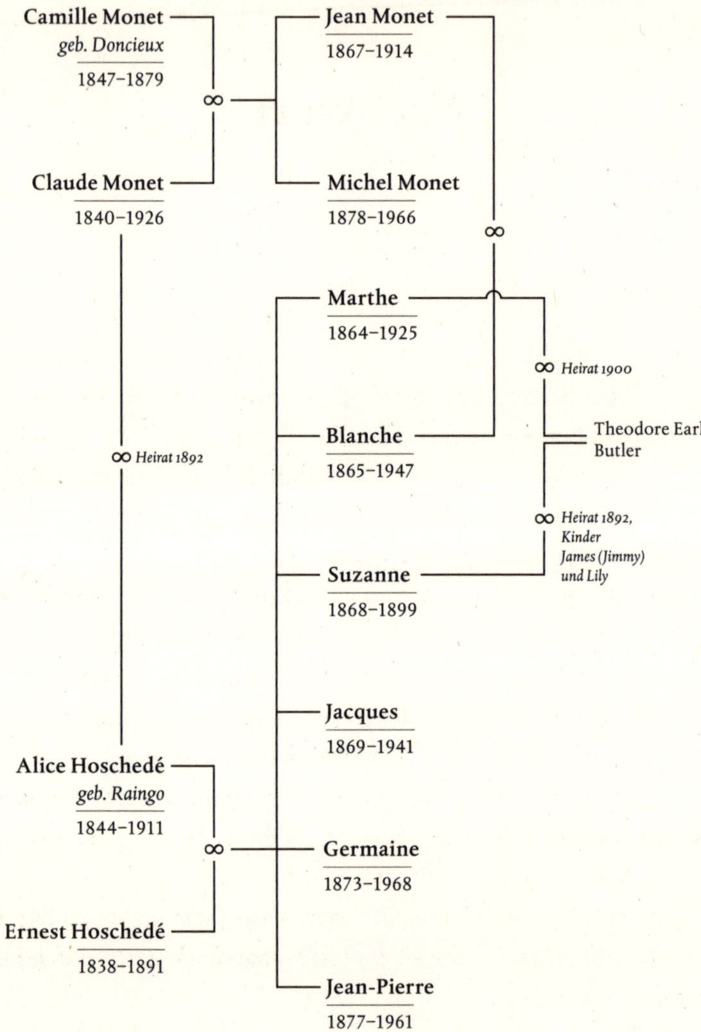
Camille Monet
geb. Doncieux
1847–1879
Claude Monet
1840–1926
Heirat 1892
Alice Hoschedé
geb. Raingo
1844–1911
Ernest Hoschedé
1838–1891
Jean Monet
1867–1914
Michel Monet
1878–1966
Marthe
1864–1925
Blanche
1865–1947
Suzanne
1868–1899
Jacques
1869–1941
Germaine
1873–1968
Jean-Pierre
1877–1961
Heirat 1900
Theodore Earl
Butler
Heirat 1892,
Kinder
James (Jimmy)
und Lily

Nachwort

»Es schien, als wäre sie von einem Zauberstab berührt worden.« Dieses Zitat stammt von Blanches jüngstem Bruder Jean-Pierre Hoschedé. Sein Buch über Blanche ist eine Hommage an ihre großartige Malerei, ihr sanftes Wesen und ihr ereignisreiches Leben, dem ich mich mit diesem Roman nur in allergrößter Bescheidenheit anschließen möchte.

Blanche Monet war eine begnadete Künstlerin, die niemals von Monet unterrichtet wurde und nur durch Beobachtung lernte.

Sie musste mehr Schicksalsschläge ertragen, als für ein einziges Leben gut ist. Wie stark sie gewesen sein muss, kann man nur erahnen und vermutlich nicht mit Worten beschreiben.

Sie bekam Monets Launen häufiger zu spüren als jeder andere, aber sie war auch die Einzige, deren Nähe er beim Malen ertrug und duldete.

Oft sah er in ihren Gemälden nur, was in seinen Augen falsch war, ohne zu erklären, wie sie es besser machen könnte. Auch bei ihr sparte er mit Lob.

Da Monets Leben und Schaffen in unzähligen Quellen hervorragend dokumentiert ist, Blanches hingegen nur sehr spärlich, habe ich die wichtigsten Stationen und Begebenheiten aufgegriffen, die historisch belegt sind und sie meiner Meinung nach geprägt haben müssen.

Es war ein berührendes Erlebnis, an Blanches Grab zu stehen und die Kirche in Giverny zu betreten.

Während des Schreibens habe ich mich oft gefragt: Was würde Blanche dazu sagen? Leider fand ich keine Antwort darauf, aber ich habe sie mir stets lächelnd vorgestellt.

Bei jedem Schritt in Giverny, Vétheuil, Vernon, Pourville, Varengeville und Rouen dachte ich: Ob Blanche vielleicht genau an dieser Stelle stand? Vielleicht hat sie genau von hier aus auf die Seine, das Meer, die Klippen, den Seerosenteich oder morgens aus dem Fenster geschaut.

Es war mir eine große Ehre und Freude über diese starke, einzigartige, liebenswerte und sanfte Persönlichkeit zu schreiben. *L'ange bleue!* Georges Clemenceau hätte es nicht besser beschreiben können.

Aus dramaturgischen Gründen habe ich kleinere Veränderungen vorgenommen, was mitunter auch den nicht eindeutigen oder unterschiedlichen Quellenangaben geschuldet ist. Um Monets Charakter zu beschreiben, enthält der Roman Zitate sowie einen seiner Briefe, dem ich am Ende etwas hinzugefügt habe.

Das Wetter am Tag einiger Ereignisse war oft genauer dokumentiert als der Entstehungszeitraum einzelner Gemälde, was verdeutlicht, wie wetterabhängig Monets Malerei war. Bezüglich des Schaffenszeitraums seiner Werke arbeitete er an manchen Bildern über Monate oder Jahre. Das Paradebeispiel sind die berühmten *Nymphéa* (Seerosen). Andere Werke entstanden innerhalb eines Tages.

Was für mich unumstößlich ist – Monet hätte niemals zugelassen, dass Blanche Hand an seine Gemälde legt. Ebenso wenig hätte Blanche es jemals getan.

Dennoch stritten Kunstkenner darüber, und man vermutete, Blanche habe Monet möglicherweise geholfen, als sein Augenlicht nachließ. Auch diese Spekulationen beweisen und betonen nur ihre außergewöhnliche Malerei, Begabung und ihr Können.

Das Bild von *Camille im grünen Kleid* befand sich nie im Besitz der Familie Hoschedé, wohl aber Monets berühmtestes Gemälde *Impression, Soleil levant* sowie ein weiteres von Camille. Im Pariser Salon hing Camilles Gemälde damals gut sichtbar. Die Hängung nach ganz oben diente mir lediglich zur Erläuterung, dass es für die Künstler allein mit der Zulassung zum Salon noch nicht ausgestanden war.

Wahr ist ebenso, dass man Ernests Vaterschaft zu Jean-Pierre anzweifelte und die Gerüchteküchen in Vétheuil und Giverny brodelten. Quellen besagen, dass Madame Hoschedé allein mit ihren Kindern nach Biarritz reiste, da Ernest vor seinen Gläubigern nach Belgien flüchtete. Jean-Pierres Geburtsurkunde beweist aber, Ernest muss sich zumindest kurzzeitig dort aufgehalten haben. Ob er im Zug bei der Geburt anwesend war, ist fraglich. Des Weiteren fand ich keine Hinweise darauf, welche der Schwestern Raingo in Biarritz lebte und ob Ernest seine Haftstrafe tatsächlich verbüßen musste.

Der Maler Peltier lebte zur gleichen Zeit in Vétheuil wie die Monets und Hoschedés. Leider fand ich keine Angaben dazu, ob Monsieur Peltier tatsächlich eine Tochter hatte, daher ist Geneviève frei erfunden. Belegt ist aber, dass er der Familie mit Brennholz über den

Winter half und Monet Monsieur Peltier wohl für ein Paar Stiefel porträtierte.

Ich wünschte, es hätte ein Poesiealbum von Blanche gegeben.

Bis heute ist ungeklärt, ob der Postbote Camilles Amulett rechtzeitig vor der Beerdigung brachte, damit Monet es ihr mit ins Grab geben konnte. Tatsache ist, dass Monet Doktor de Bellio bat, das Amulett aus dem Pfandhaus auszulösen und Monet nie wieder an ihr Grab zurückkehrte.

Quellen nach befahl Alice Monet aus Eifersucht, Camilles Briefe zu verbrennen, weshalb es keinen erhaltenen Briefwechsel der beiden gibt. Ich vermute, die Verfasser waren keine Augenzeugen.

Man weiß aber aus Briefen zwischen Monet und Alice, dass sie eifersüchtig war. Angeblich sah Marthe später nach Alices Tod, dass Monet Briefe ihrer Mutter verbrannte. Ich nehme an, diese Briefe waren sehr liebevoll und er wollte verhindern, dass jemand anders sie las. Vielleicht war das Verbrennen der Briefe aber auch seine Weise, Abschied zu nehmen von den Frauen, die er liebte.

Warum Camilles Briefe verbrannt wurden – ob auf Verlangen aus Eifersucht oder freiwillig –, bleibt für mich unklar.

Belegt ist, dass ein gewisser Théodore nach Vétheuil kam, um Geld von Hoschedé einzutreiben und er das Wasser aus der blauen Blumenvase ins Klavier schüttete. Damit steht er stellvertretend für unzählige Gläubiger, die nach Hoschedés Bankrott noch versuchten, ihr Geld einzutreiben.

Dass Monsieur Hoschedé sein Geld für Bordellbesuche ausgab, entstammt der blühenden Fantasie der Autorin! Ich bin mir jedoch sicher, dass er ein wunderbarer Vater für Blanche und ihre Geschwister war. Das Leben schlägt manchmal Richtungen ein, an denen man zerbrechen kann.

Mademoiselle Portet vom Postamt in Vétheuil lieh ihm hingegen die fünfzig Francs, da er sich mit ihr angefreundet hatte.

Die Ausgaben und Lebenshaltungskosten der Hoschedés und Monets sowie die Gemäldepreise sind, unter anderem durch Rechnungsbücher dokumentiert, real und wurden manchmal gerundet.

Die enge Freundschaft zwischen Blanche und Angelina hat sich die Autorin ebenfalls ausgedacht, aber es könnte möglich gewesen sein. Madame Baudy soll Mister Metcalf tatsächlich beim ersten Besuch vor die Tür gesetzt haben, da er ihr unheimlich war und sich in einem unverständlichen Kauderwelsch ausdrückte.

Welche Amerikaner Monet zuerst zu sich einlud, ebenso wie das korrekte Jahr, war nicht klar nachvollziehbar. Die genannten Herren waren dennoch Impressionisten und Mr MacMonnies hatte sicherlich hervorragende Tischmanieren, wenn er Monet denn jemals besuchte.

Wann Blanche John Leslie Breck zum ersten Mal begegnete sowie die näheren Umstände ihres Kennenlernens und ihrer Liebe blieben mir leider verborgen. Sein Brief und seine Abschiedsgeschenke sind daher frei erfunden. Das beschriebene Gemälde von Blanche existiert.

Belegt ist auch, dass Monet Blanche verbot, John Leslie zu heiraten, obwohl auch ihr leiblicher Vater Ernest Hoschedé noch lebte.

Ob Blanche und Suzanne tatsächlich so wagemutig waren, sich nachts aus dem Haus zu schleichen, um sich von Jack und

Theodore zu verabschieden, sei dahingestellt. Aber Liebe ist stärker als jede Anstandsregel.

Es entspricht ebenfalls der Wahrheit, dass Blanche nie von dem berühmten Namen Monet profitieren wollte und sie ihre Gemälde deshalb mit Hoschedé-Monet signierte. Sie stellte unter anderem in Rouen aus und wäre dem netten Doktor Glatigny gewiss gerne begegnet.

Soweit überliefert ist, malte sie zum ersten Mal in Pourville im Garten der *Villa Juliette* mit Ölfarben. Anfänglich signierte sie ihre Gemälde mit Blanche 1, Blanche 2 usw. Einer Anekdote nach soll der Maler Jacques-Émile Blanche, der ebenfalls in Monets Kreisen verkehrte, darüber verärgert gewesen sein. Er befürchtete wohl, man könnte die noch ungeübten Malereien von Blanche mit seinen Werken verwechseln und ihn für einen Stümper halten.

Zu Blanches Ehe mit Jean Monet:

Die Familie lebte sehr zurückgezogen, aber in großer Harmonie miteinander. Auf dem Land war es für Blanche und ihre Schwestern schwierig, einen geeigneten Ehemann zu finden, der ihrem Stand entsprach. Alice und Monet waren nicht sicher, ob man den Amerikanern vertrauen konnte und wollten nicht, dass ihre Enkelkinder weit entfernt lebten. Erschwerend kam hinzu, dass Monet und Alice noch nicht verheiratet waren, was auch dem Ansehen der Töchter schadete. Monet und Alice waren sich dessen bewusst.

Als Suzanne Theodore Butler heiraten wollte, verlangte Monet wohl, dass sie in Giverny blieben und ließ deshalb das Haus für das Ehepaar bauen.

Auch bei Marthe reagierte Monet anders, als sie sich in einen Amerikaner verliebte, was aus einem Brief hervorgeht.

Meine Schlussfolgerung daraus ist – Monet hing ganz besonders an Blanche und wollte sie unter keinen Umständen verlieren.

Wie genau es dann zur Ehe mit Jean kam, ist nicht überliefert. Wenn man Monets Briefe liest, scheint Blanche verliebt gewesen zu sein, Jean hingegen nicht ganz.

Zur Vereinfachung habe ich die Umbauten am Haus und im Garten, die sich über Jahrzehnte hinzogen, verkürzt dargestellt. Der Beginn des Teichbaus ist auf das Jahr 1893 zu datieren. Ebenso soll Monet die Besitzerin des Grundstücks zum Verkauf überredet haben, um den Teich vergrößern zu können.

Die Rue de l'Amsicourt heißt heute Rue Claude Monet.

In all den Jahren, die Monet in Giverny lebte, sollen dreihundertfünfzig Maler aus achtzehn Ländern nach Givery gereist sein, um dort und in der Umgebung zu malen. Blanche kümmerte sich bis zu ihrem Tod am 8. Dezember 1947 um den Erhalt des Anwesens.

Mein besonderer Dank gilt

Annalena Ehrlicher, weil du mit deinem Glauben an meine Geschichten mein Leben so positiv aufgewirbelt hast.

Meiner Lektorin Margit Schulze. Danke, liebe Margit, dass du mir dieses großartige Projekt anvertraut hast.

Dem Ullstein Verlag und allen Mitwirkenden, die Blanche diesen zauberhaften Auftritt ermöglicht haben.

Meiner Agentin Julia Eichhorn und Zoë Martin, die mir zur Seite standen und mich mit ihrem klugen Rat aus den schlimmsten Zweifeln gerettet haben, als mein Recherchematerial mich kurzfristig zu erschlagen drohte.

Liebe Julia, die Vogelperspektive war das Beste, das du mir jemals raten konntest.

Alexandra Bleyer für deinen unschätzbaren Detailblick als Historikerin und Sachbuchautorin, deine grandiosen Tipps und deinen Zuspruch.

Melanie Metzenthin für deine Recherchetipps und die Beantwortung meiner medizinischen und historischen Fragen.

Ariane Cauderlier, die nicht müde wurde, mich mit Informationen und historischen Dokumenten zu versorgen. Danke für deine einzigartige Führung durch Blanches Welt.

Vincent Francoise vom *Les Cabines* in Pourville, der mir meine erste Auster spendiert hat. Die Zeit bei euch war ein unvergleichbares Erlebnis.

Thimothée Dufour für deine unverhoffte Nachricht, sodass ich am Ende etwas über die *Villa Juliette* herausfinden konnte. Ich nehme dich gerne beim Wort: Wir werden genau dort einen Champagner trinken, wo Blanche gestanden haben muss, als sie ihr erstes Bild mit Ölfarben malte.

Meiner Familie, die mich immer und bei allem unterstützt, was ich mir in den Kopf setze.

Ihr alle habt zum Gelingen des Romans beigetragen. Ich bin glücklich, euch begegnet zu sein. Ohne euch wäre dieser Roman nicht möglich gewesen.

Quellen

Arnold, M.: *Claude Monet,* 2015, 5. Aufl., Reinbek bei Hamburg: Rowohlt Taschenbuch Verlag.

Clemenceau, G.: *Claude Monet, Betrachtungen und Erinnerungen eines Freundes,* 2017, 5. Aufl., Berlin: Insel Verlag.

Gentner, F.: *Zu Gast bei Monet, Rezepte aus Giverny,* 2017, 2. Aufl., München: Prestel Verlag.

Goetz, A.: *Monet in Giverny,* 2015, hrsg. Von Xavier Lacaille et. al., Paris: Éditions Gourcuff Gradenigo, Giverny: Fondation Claude Monet.

Hoschedé, J.-P.: *Blanche Hoschedé-Monet, Peintre impressionniste, pas dans l'ombre, mais dans la lumière de Claude Monet,* 1961, Rouen: Lecerf, EPub: Société FeniXX, 2020.

Joyes, C.: Claude Monet, *Life at Giverny,* 1985, New York: The Vendom Press.

Joyes, C.: *Monet´s Table, The cooking journals of Claude Monet,* 1989, New York: Simon and Schuster.

Joyes, C.: *Zu Gast bei Claude Monet, Der große Impressionist als Gourmet, 180 Rezepte aus seinen »Carnets de Cuisine«,* 1989, 11. Aufl., München: Heyne Verlag.

Joyes, C.: *Zu Gast bei Monet, Der große Impressionist als Gourmet, 180 Originalrezepte,* 2010, Wien, Graz, Klagenfurt: Edition Styria in Verlagsgruppe Styria.

Piguet, P.: *Die Geschichte einer Reise, Briefe aus Venedig von Alice und Claude Monet,* 2008, Ostfildern: Hatje Cantz Verlag.

Roe, S.: *Das private Leben der Impressionisten,* 2011, 3. Aufl., Berlin: Parthas Verlag.

Wildenstein, D.: *Monet, Der Triumph des Impressionismus,* 2021, Köln: Taschen Verlag.

Sowie unzählige Internetquellen, die zu nennen hier den Rahmen sprengen würde.